你的多瑙河

我的筒子河

龙鳞 著

金城出版社
GOLD WALL PRESS

图书在版编目（CIP）数据

你的多瑙河　我的筒子河/龙鳞著. —北京：金城出版社，2017.5
ISBN 978-7-5155-1178-8

Ⅰ.①你…　Ⅱ.①龙…　Ⅲ.①长篇小说-中国-当代
Ⅳ.①I247.5

中国版本图书馆 CIP 数据核字（2017）第 070981 号

你的多瑙河　我的筒子河

作　　者　龙　鳞
责任编辑　李　健　张礼文
开　　本　700 毫米×960 毫米　1/16
印　　张　22
字　　数　239 千字
版　　次　2017 年 6 月第 1 版　2017 年 6 月第 1 次印刷
印　　刷　三河市腾飞印务有限公司
书　　号　ISBN 978-7-5155-1178-8
定　　价　39.80 元

出版发行　金城出版社 北京市朝阳区利泽东二路 3 号　邮编：100102
发 行 部　（010）64210030
编 辑 部　（010）88637126
总 编 室　（010）64228516
网　　址　http://www.jccb.com.cn
电子邮箱　jinchengchuban@163.com
法律顾问　陈鹰律师事务所（010）64970501

引

不幸的是，我是个自私任性的女人；万幸的是美貌。

不幸的是，我是个自私多疑的男人；万幸的是财富。

美貌女人很容易遇见男人，但很难遇见真爱。

多金男人很容易遇见女人，但很难遇见真爱。

谁不想遇见真爱？然而当真爱站在你面前，你又如何认得出来？

真爱难道只能有一个？

是逃避成就了爱情，还是爱情成就了逃避？

或许，真爱早已在逃避的空隙中绝迹。

——本想写个世俗的故事，却到底是个悲哀的故事。

你就像个意外，让我手忙脚乱，不知所措，不能再做我想要做的自己。我曾经因为这些而厌弃你，可是到头来却发现我厌弃的只是厌弃你的自己。

——莫问

目 录

第一章

在人生的悬崖遇见你

2005年7月29日。

夏小桃一觉睡到中午，睁开眼看看墙上的挂钟，暗暗埋怨自己醒得太早。

> 桃之夭夭，灼灼其华。之子于归，宜其室家。
>
> 桃之夭夭，有蕡其实。之子于归，宜其家室。
>
> 桃之夭夭，其叶蓁蓁。之子于归，宜其家人。

《诗经》中的这段，每当小桃对自己感到失望和无聊的时候，就会自动在脑中回响，如寺庙大殿中盘旋不去的钟鸣，无缘无故，无始无终。

父母希望自己长得漂亮嫁得好的梦想，是多朴实啊，可怎么这么难实现呢？

大四的暑假——小桃这样称呼她刚刚领取大学毕业证却根本没找工

作的夏天——刚刚开始，就已经让小桃无聊到睡不醒。身边的闺蜜们一个个都有了男朋友，全都没空搭理她。那些追她的各色男人，却没有一个让她满意的，顶多能把他们当个晚上打发无聊的蹭饭工具。谁让他们都那么争先恐后地叫嚣着要请她吃饭呢？

A 男是个设计公司老板，堪称年轻才俊，跟她表白之后又掏心掏肺地说难以忘记前女友；B 男是个艺术家，堪称才华横溢，送给他一幅足以以假乱真的梵·高的《向日葵》，却说如果小桃肯跟他在一起，他立刻和女朋友分手；C 男是个乐队主唱，粉丝一大堆，为她弹吉他作曲，但他一张绝世花美颜只能远看不能近听，张嘴就是各种天津味儿的你妈逼；D 男是个大学教授，宣告深深爱上她之后竟然用刀把小桃的名字刻在身上……

尽管他们是如此各有千秋地让小桃无语，却有一个非常明显的统一特征。因为这个统一的特征，所以小桃在很多时候觉得自己就像一个被扔在野地里的臭鸡蛋，招来各色苍蝇蚊子趴着饕餮。

他们都以扑倒小桃为终极目标。为达到这个目标，他们无所不用其极地施展着各种招数，其手法不可谓不文艺。小桃对他们的目标心知肚明，但是她虽然不知道自己想要什么，却很清楚自己不想要什么。她不想要的就是，和一只处心积虑叮臭鸡蛋的苍蝇或者蚊子谈恋爱。

“咱们漂亮女人很容易遇见男人，但是很难遇见真爱。”小桃的朋友 Cindy Zhao——她喜欢人们这么叫她，可能是因为她的中文名“赵彩霞”太普通——说小桃就是文艺才俊收集器，自己则是达官贵人收集器。小桃虽然表示无奈，但是和文艺才俊吃顿饭什么的至少不乏味啊，她参加过一次辛迪的饭局，全是一群大叔，各自吹嘘着自己的丰功伟绩：“小桃，你可以去看看，全北京 KTV 的沙发都是我提供的。”

小桃想想 KTV 里坐在自己屁股底下的沙发，再看看他那和黑色皮沙发遥相呼应的老脸，彬彬有礼地接过他递来的名片，然后耐下性子向辛迪学习寒暄和恭维。她不得不佩服辛迪，无论多肉麻的恭维话、多恶心的咸猪手她都能面不改色，笑脸相迎。这令她反省自己的情商。但是无论如何，小桃还是忍不住在回程的出租车上，把“黑色皮沙发”的名片抛进风里。

其实小桃知道，这些局上的自吹自擂和那些文艺才俊为她作画写曲说到底是一回事，都是雄鸟在扑倒雌鸟前展示的漂亮羽毛。因为看穿了男人们第二阶段的兽性，所以她对他们第一阶段的一切招数都嗤之以鼻。但是辛迪不同，她可以将男人终将到达的兽性阶段善加利用，以谋取第一阶段利益的最大化。这相当于雌鸟被扑倒前要求雄鸟给自己点彩色石头，当然无可厚非。可小桃觉得，自己是个人，不需要石头之类的东西来取悦。

但是无论主动还是被动，两个人都终将面对第二阶段的必然到来，无论主动还是被动，其结果都是粘腻的暧昧。张爱玲曾经说，“要得到男人的心，要经过他的胃；要得到女人的心，要经过她的阴道”。辛迪和小桃，失去了贞操却没有失去自己的心，这样的结果很令她们自己安心。

想寻求真爱，却总和肉体遭遇。这让小桃很纠结，进而因为这个纠结，触到人生的存在感。

也许是为了辉映自己的美貌，辛迪喜欢带小桃出席这些局，小桃能推则推。直到一次 KTV 里，某高官一秘来的时候就已经喝大了，将自吹自擂阶段简要带过，火速进入兽性大发阶段，反反复复上上下下欣赏着小桃，啧啧低吟着“尤物啊……尤物……”又抱又亲地没完没了念叨“我爱你”。小桃招架不住，只好甩下骄奢淫逸的一干人等独自落跑了。自此，辛迪再也没叫小桃出席那种局。她大概觉得小桃实在是太不上道儿了。

对于小桃短暂的人生来说，女性朋友就是这样的时隐时现。因为各种原因，她们无一例外地无法和小桃保持太过长久的亲密关系；而男性朋友诚然可以和她长久融洽相处，但是能够保持纯友谊关系的凤毛麟角。所以对小桃来说，普通意义上的朋友有一大把，但真正意义上的朋友等于零。

她也不是不想拥有真正意义上的朋友，但是总在某个关键点失败。不是对对方的某一特质感到失望而无法再产生更加亲近的愿望，就是不小心使对方对自己产生了类似的感觉。这可能要归咎于完美主义的龟毛特质，让她在泛泛之交上极易相处，好说话得难以置信，但是深交之下就会发现她是个非常麻烦且拘于细节的人，对任何人——特别是别人——精神上的瑕疵都容易小题大做。

她对辛迪这种通过身体达到自己目的的变向卖身行为无法苟同。辛迪大概也感觉出了小桃这一点，所以两个人站到了各自友谊的临界线上，只能固守着各自的私域，在保持距离的前提下友好相望，用言过其实的甜言蜜语敷衍彼此。另一方面，她不否认人们讨厌别人的某一点，是因为从这点上看到了讨厌的自己。小桃排斥辛迪这行为的同时，也在多多少少埋怨自己为什么做不到。做不到和不想做不一样，前者是明明想做却不得其门而入，不具备实现这行为的能力，她做不成收集彩色石头而高飞的鸟，只能是一只躺在原地哪儿也去不了的臭鸡蛋，她怀疑自己是因为无法达到前者才只能选择后者的。因为这种非常容易导致自我厌弃的怀疑，她只好选择眼不见心不烦地跟辛迪保持高傲的距离。

“瓷器们，你们都躲在哪儿啊？”小桃的手机安安静静，别说未接来电了，连一条短信都没有，好像所有朋友都跟她一样还没睡醒。也对，一般她的手机到了傍晚才会热闹起来。那个时候，上班的家伙们下班了，睡觉的家伙们睡醒了。

辛迪还教导过她：女人就像一个桃子，20 岁之前渐渐成熟，等过了 20 岁就只能等着慢慢变烂了。她想，她刚刚过了甜蜜可口的峰值，一定要在烂得惨不忍睹之前把自己打发出去啊！

唉，可是我能把自己打发给谁呢？是不靠谱主唱还是疯子教授呢？他们的爱情是那么自我而热烈，可他们热闹他们的，我怎么就无论如何也进入不了角色呢？是不是我认识的人还不够多啊？话说为什么一个肯在白天招呼我出去玩的人都没有啊？

百无聊赖。小桃一边打开电脑，一边哑着刚起床的嗓子和音箱里的

The Beach Boys（The Beach Boys：海滩男孩，20 世纪 60 年代美国迷幻摇滚乐队）一起结结巴巴却欢快地唱：

Wouldn't it be nice if we were older（我们年纪大点儿多好）
Then we wouldn't have to wait so long（那我们就不用等啊等）
And wouldn't it be nice to live together（我们住一起多好）
In the kind of world where we belong（住在我们这种人的世界里）
You know it's gonna make it that much better（你知道那样一切会更好）
When we can say good night and stay together（当我们说了晚安还能在一起耗）
Wouldn't it be nice if we could wake up（我们早上醒来的时候多好）
In the morning when the day is new（崭新的一天又来到）
And after having spent the day together（一整天粘在一起）
Hold each other close the whole night through（还能整夜近在咫尺相互拥抱）

"小点儿声！鬼哭狼嚎的！工作也不找就整天游手好闲！万一你申请的那个留学批不下来看你怎么办！"妈妈在门外吼，声音由近及远，好像一台缓慢驶过的蒸汽火车。

"工作哪儿那么好找啊！"小桃翻了个白眼。她一直都在敷衍妈妈自己在找工作，可她其实只是眼睁睁看着外地同学们为了留京的工作和户口托关系找熟人猛力钻营到失眠憔悴掉头发说梦话，而自己听音乐写东西约会上网聊天。她第一次感到自己作为北京人的优越感，仿佛为了充分体验这投胎带来的户口优越性，她故意拖到即将大学毕业才象征性地去了妈妈托人叫她去面试的大企业——联意科技公司。

这个本土科技公司里数一数二的大公司副总，刚好是妈妈同事的儿子。小桃因此获得了面试的机会，却因为临走时妈妈过分紧张的碎碎念而逆反情绪大爆发，对着六七个面沉似水的面试官大放厥词，说什么这个公司如果不找她这么专业的一定会吃亏。尽管她学习的广告专业是全国业内数一数二的，但是如此不知天高地厚自然不可能被录取。

妈妈同事的副总儿子可能是碍于家里人的面子，特别把小桃召去教育了一番，说刚毕业要虚心，不可以这么年轻气盛。他摆出一副貌似推心置腹却不乏例行公事的专业性冷淡，对她的前途继往开来却不打算继续施以援手。她那天没有妈妈的碎碎念，心情平静似水，在豪华敞亮的公司会议室里虚心接受了这个正义凛然的年轻才俊的意见，大家互相问候了对方家长，当下礼貌告别。她本以为和这个英俊睿智的副总将老死不相往来，却于当晚辛迪的局里再次相遇，但是此人搂着辛迪乐出后槽牙的笑脸让她好久才把他的脸和上午那个严肃专业的副总面容吻合在一起。

那个夜里，小桃和辛迪被副总拉到妈妈同事家——当然也是作为这家儿子的副总家。确切地说，是小桃被辛迪和副总拉到那个她妈妈本人都没去过的同事家。

适逢二老出去旅游，位于望京的高层公寓偌大的豪宅里只有他们三个人，高挑的屋顶让他们说话略带回音。辛迪明显不是第一次来，像在自己家似的从冰箱里翻出龟苓膏给小桃吃，然后不知怎的，副总和辛迪就拉着小桃进入卧室，两个人率先忘乎所以地脱了，辛迪又盛情邀请小桃一起脱。

“我最近工作越来越忙，刚好缺个秘书呢……”副总搂过小桃在她耳边低语。

小桃笑笑，然后坐在卧室地上边吃龟苓膏边看着他们俩大搞特搞，却怎么也想不出什么非要让此副总大享齐人之福的理由。本土前三科技公司的副总秘书，接受这个职位之后不知道要经历多少次大搞特搞。

“无联意　不欢愉”这是副总所属的联意公司广告语。小桃边思索着联意公司在各大媒体猛烈投放的广告，边观赏他们更换不同体位。确实欢愉。小桃暗暗点头。

副总年富力强，忙活了好大一阵子，他们虽然遗憾于没有小桃的加持，但是因为有第三个人的视线而更加欢畅。小桃意识到这一点之后起身走出卧室，在客厅漫无目的地胡乱转悠时，她还在一个妈妈单位员工合影的相框里找到了妈妈。伴着辛迪和副总的高低和鸣，妈妈和副总家长等同事们在阳光下皱着眉头笑。

The Beach Boys 依旧欢唱，小桃也丝毫没有减低音量的打算，但是她不唱了，因为她发现昨天刚注册的校内网上竟然有一条未读信息。她想，自己可能对未读信息上的红色数字有强迫症，每次看见都心生期待，好像看到一扇通往无限可能性的门，门后面有什么好玩的人或事在等着她，招呼着她快点推门进去看。

那时她还太年轻，并不懂得，不是所有门后面躲着的东西，都是好玩的。但是很久之后她多次想起这一幕，仍然在脑海中无数次点开了这条信息，因为这就是她，她在劫难逃。

是一行简短的留言：

小弟：你最近怎么样？我回国了，有空出来玩。大哥。

竟然是她多年失联的大哥——莫问！这个死没良心的白眼狼，中学毕业就去英国念金融，从此半点消息都没有，枉费自己当年和他兄弟相称，当了那么久肝胆相照的同桌！这会儿居然从高中同学录里冒了出来。

她秒回：

大哥远征欧罗巴，小弟不过是个可怜的留守儿童，还能怎么样？亏你还记得小弟，我发你电子贺卡都不回！看你什么时候有空，反正我正闲得慌。

她点了发送键，伸个懒腰去刷牙。她一掌推开卧室门，门上贴着那张她打印给父母看的门贴“子非鱼安知鱼之乐”随之震颤。当她一边刷牙一边再次溜达到电脑边时，豁然发现又有一封未读邮件。

她点开看，又是一句轻描淡写的话躺在里面：

那就今天吧！两点怎么样？

哎哟喂，他竟然在线啊！小桃叼着牙刷回信息：行啊，在哪？

她转身加快了刷牙的速度。

网络另一边的莫问在笔记本电脑上飞快打出了几个字：南长街的5路汽车站。

他拿起背包，夺门而出。

身后空荡的大宅中回荡着母亲的呼唤："小问，小问！你去哪儿啊?！快回来！你爸回来不会放过你的！还不快拦住他！"

几个卫士闻声要拦。莫问早已窜出了院子，拉倒了门口的一排花盆架，把朱漆的木门挡了个严实。

他细长结实的双腿，在胡同里奔跑如飞，仿佛一只驰骋在非洲草原的鸵鸟。宁静的胡同里只有树上的蝉鸣和不知谁家门里响起的蝈蝈叫，还有郭德纲抑扬顿挫的相声从某个窗内飘来，三花猫懒洋洋靠在树荫下看着摇蒲扇穿大裤衩大背心的大爷发呆。同样的三花猫数量连接起来，大概可以绕地球一圈，但并不妨碍这只三花猫张扬独一无二又殊途同归的自己。

一切都是那么宁静，只有他，逃命一般地奔跑着，汗水抛在身后炎热的空气里，高大粗壮的槐树被他一棵棵甩在身后。他是那么迫切，仿佛生命的全部意义就是逃离那个属于他父亲的大宅。

很久很久，他没命地跑着，跑过街边的一个个小卖部和杂货店，跑到车和人渐熙渐攘的街边。当深蓝色T恤渐渐渗出微汗时，他喘息着回头看去。

追他的人早就不知道去哪儿了，唯有他一个人在这摩肩接踵的大街上，自由着，孤独着。

小桃站在公共汽车站的人群里东张西望，已经过了5分钟，根本不见莫问的影子。她很不习惯等人，因为向来都是别人等她，她则是姗姗来迟负责道歉的那个。她的道歉娴熟而表情真挚，却言不由衷，但通常对方在意的都不是她是否迟到，而是她是否愿意来，所以从来没人质疑她的道歉，只在她出现的时候展开不顾一切的满足笑容。

但今天她却破天荒地等人了，这让她恼火、焦虑，却燃起一丝新奇的兴奋。

这家伙到底是怎么回事？她端详着 5 路汽车站牌：南长街北口。嗯？怎么还有一站叫南长街南口？莫问说的南长街站到底是哪个啊？她受不了坐以待毙的被动，抬脚朝南长街南口走去，却越走越心虚。

要是他有手机，也好打电话问问，可是居然忘了问他手机号！自己怎么总是这么晕呢？小桃拿出手机，无趣地胡乱拨着通讯录，却发现了自己很久以前存过的莫问家的电话号码。

这好像还写毕业通讯录的时候互相留的，她也从来没打过。过了这么久，该不会电话号码已经换了吧？算了，打一个试试，总比这么傻等着强。

接电话的是个年轻男人，说话有点河北口音。小桃说找莫问，那人有礼貌地说：请稍等，然后接电话的却是一个中年女人。

那个女人说自己是莫问的母亲，问她找莫问什么事。小桃把他约自己的事情跟她说了，莫问母亲的语速忽然变快了，一个劲问她在哪里，她还没来得及答，又问她是谁，和莫问怎么认识的，叫什么名字，查户口似的问了一大堆。

小桃被莫问母亲问得一头雾水，不知道从何答起。猛然抬头，在遥远的人群中看到了一个熟悉的高大身影。她刚好趁机逃脱盘问：“啊，我看到他了。我叫夏小桃，是莫问的高中同学。阿姨咱们下次聊！”她挂了电话向莫问疯狂招手。

莫问很容易被认出来，他像一只鹤，在人群的溪流里卓然而立，依旧那么高，那么瘦，却在勾起的唇角边，淡淡发亮的黑色双眸中，让当年飞扬的不羁里压了些说不清的什么。那些说不清的什么里，留了些悲伤的影子，却让他更加迷人。

路人向他投来艳羡的目光。他目不斜视地走向人群中的她，微微扬起唇角，安静微笑，打量小桃。

当年总是乱七八糟的马尾辫已经变成一头披肩长发，傻乎乎的婴儿肥也出落成了魔鬼身材，宽大的中性校服换成了紧身性感的粉红色吊带背心。莫问看着人群中精灵般出尘的小桃，有些发愣。

小桃笑着迎向他：“大哥！我在公共汽车站等你，半天都等不到人！”

莫问淡淡笑：“我在南长街南口等你，后来才发现……”

“对呀！”小桃兴奋地抢着说，“我猜我可能等错站了，就往你那边走。看，果然让我猜对了吧！你也不说清楚，是不是刚从英国回来已经变路痴了？”

后来，小桃在脑海中无数次演绎过那个夏天午后的重逢。如果她没有走向他，如果他没有走向她，也许后面的一切都不会发生，而她也永远不可能知道，那时在她面前淡淡微笑的莫问，心中却背负着那样的记忆。

可是，他们偏偏在冥冥中走向了彼此，在彼此原点的中间遇见。

就算两个人站在不同的地方，他们也会不约而同朝对方的方向走。该遇见的总会遇见，就像夏天里总会有炎热的风和翠绿发亮的树叶。

夏小桃和莫问就在夏天特有的热风里，在翠绿发亮的茂密树叶下，漫无目的地行走。小桃在刺目的阳光里笑得像只欢脱的小鸟，叽叽喳喳说着往事。他们身上蕴涵着不知所谓的可能性，绽放一生中最美好的韶华，好像街上一道最美的风景，但是风景却不自知，艳羡地眺望彼岸。

莫问提议找个地方吃午饭，指向一个偏僻破落的饭馆：“那个莜面馆怎么样？”那样一个地方，他父亲的人不屑去的。

小桃马上说：“好啊！我还从来没吃过莜面，原来那个字念‘yóu’啊！”对她来说，吃什么从来都不是问题，和谁吃才是最大的问题。

饭馆里稀稀落落坐着一两桌人，看模样像是赶着吃午饭的的哥，服务员的白色制服闪着油亮的污渍，满脸漫不经心。这可真是小桃被男人约来的最差劲儿的饭馆了，因此她更加兴奋。

小桃起劲儿地说着莫问的高中往事。她没有意识到，那是她相当怀念的一段最后的纯真时光，因为那个时候，她还不是一只招苍蝇的臭鸡蛋，而是个地地道道的女汉子，和她眼前的莫问心无旁骛地称兄道弟。她是从什么时候开始变成女人的呢？是大学不再限制学生穿高跟鞋留披肩发的时候吗？或者，她现在真的已经变成女人了吗？

面对小桃的滔滔不绝，莫问只是听听，笑笑。她讲起莫问怎么边上课打瞌睡，边接过低年级女生辛苦传来的情书，看也不看扔进课位斗里，莫问仍旧只是微微笑着听，目不转睛地看着小桃，仿佛那些桀骜不驯的往事发生在别人身上。

“当时你那待遇，应该算得上是校草了吧？我听说当时初二年级四个班，两个班的女生追你，另外两个班的女生追魏欣。不过人家魏欣好歹还和送礼物的小女生聊聊天，你简直太不近人情了。”

“我那时候还没开窍呢！除了打篮球什么都不懂，不然也不会跟你称兄道弟……但是你根本也没把我们这些男生放在眼里啊，你那时候不是忙着搞师生恋呢嘛！”

“唉，别提了，孙老师后来真答应跟我在一起了，可是我又觉得没意思了。”

“为什么呀？”

“因为有一天我忽然发现他变胖了，腿也太短。”小桃由衷地呈出苦恼的表情。

“他腿短，大家都知道的呀！”莫问再一次笑了。当他这一次笑的时候，忽然发现自己回国这么多天，加在一起也没笑过那么多。

莫问暗自思忖：“那件事，那个人，我好像可以开始忘记了。”可是他这么一想，心中就像被什么拉扯了一下似的喘不过气。

想着可能忘记了，就代表着还记得。

“我记得你有次堵着耳朵听随身听，上课铃响了，教政治的老头儿进来都不知道，还摔着书大吼——”小桃自 High 得根本看不见莫问的笑容断裂了0.1秒。

“对，那次我可惨了。我从隔壁班借了本数学书，刘可却告诉我这节是政治课，我就吼‘这节是政治啊？靠，我还特意借了本数学书！’”莫问学着自己当时把书摔在课桌上的样子笑，“后来政治老头儿就一直看我不顺眼，有事没事就老找我麻烦。”

“他上课老呲嘚你，嗓门还特大。可是他对我还不错。有回我买块新的斯沃琪表，没有刻度，快下课自习的时候，老头儿走到我旁边看了半天，忽然大吼‘你这跟看日头有什么区别啊？’”小桃说得欢，嘴也不闲着，一碗莜面转眼被消灭在眼前。

莫问哈哈大笑说：“对对，我们都以为他站你旁边那么半天，是要跟你透什么重要的问答题，还都屏住呼吸侧耳倾听呢！”

“看，我还是可以这么开心地笑的。开始记起那件事，代表我终于不是一直想着它了。一切都会过去。”

莫问看着小桃，默默思忖，像是回到了几年前那段连忧伤都温暖的高中时代。“这才几年呢？为什么我和她隔着一个桌子，却像是已经生活在了两个世界？我还能再次踏进她那边的灿烂阳光里吗？”

服务员粗鲁地打断他们的谈话，说打烊了要结账。莫问此刻才想起来，刚刚从家里逃出来的时候忘了带钱。他尴尬说自己没带钱，小桃就惊喜地请了客：“你可是第一个让我有机会付账的男人。要知道，付账也是女人的权利，一开始就剥夺我这个权利，往后还不知道会剥夺些什么权利呢！”

“要请你吃饭的男人很多吗？”莫问淡淡地问，指尖轻轻敲着玻璃杯。

“还好吧，有那么几个。”小桃满不在乎地托腮玩着盘子里剩下的拍黄瓜，努力把两个黄瓜丁摞在一起，多次未果，叹口气把它塞进嘴里：“男人嘛，还不就那么回事儿，多数时候都用下半身思考，至少他们跟我在一起的时候是这样。”

莫问斜唇一笑，敲着玻璃杯的指尖却停了：“那怎么办？”

“唉，还能怎么办？该怎么办就怎么办呗！哎，我说你为什么不回我送你的电子贺卡啊？”

“我没收到啊？你什么时候发的？”

“大一那年元旦啊，你给我留的邮箱地址是不是错了……”

莫问模棱两可地笑了一下，陷入不置可否的沉默，玻璃杯在他的手中缓缓转着，带动腌臜的油渍和不愿开启的回忆。大一那年的元旦，正是他在伦敦挥霍无度、纸醉金迷的时候，那时他和那些所谓的哥们儿每天都在忙着想如何玩出更多的花样，把头发染成什么模样，还有……怎样把那个高冷却又风情万种的叶笙追到手……他那么忙，怎么可能有空理会这个千里之外的同桌。

莫问自嘲地笑了，换了一个新的话题。两个人多年未见，仿佛有说不完的话。小桃依旧像往日一样和他兄弟相称，却没注意到他再也没喊她“小弟”。两个人从饭馆走到和平门，从下午走到日暮，他却没有道别的意思，小桃就带他来到自己一个人住的即将拆迁的小院。

两个人莫名其妙聊到深夜，莫问的电话响了好几次，都被他面无表情地挂断了。每次挂断之后，他都会陷入短暂阴郁的空白，直到小桃用清脆的笑将那空白填满。

虽然不困，却早过了该睡觉的时间，不知是谁先提起来，他们就和衣躺在小桃的单人床上聊天。莫问高大的身躯让这床更显狭窄，小桃被他和墙壁夹在中间，她在想起什么的时候就说一句，莫问淡淡地答，然后两个人陷入并不尴尬的短暂沉默。

很多男人在小桃沉默的时候，总是挖空心思地寻找新的话题，那努力本身就让小桃感到尴尬，但是莫问在小桃的沉默里自在地沉默着，偶尔也会像小桃那样随意说上一句，偶尔引得小桃咯咯笑。

莫问双手很规矩地放在自己身体两侧，颀长的身体安静而不容小觑，像森林深处沉寂的巨木。莫问规矩的双手让他显得很有尊严，小桃就想起那些在这个床上想要扑倒自己的男人，那些姿势尴尬的肉搏，你死我活般的攻守，无论大学教授还是公司老板，无一例外地在这里展现给小桃兽性的可怜。他们在小桃面前像是一只求欢的公狗，看着小桃的双眼中充满精液。

而莫问却让她感到很踏实，真的像是能够让她没有任何担心的大哥。

到了凌晨，小桃朦朦胧胧地想要睡去，头不自禁轻轻靠在他的肩膀。那肩膀就稳稳地、淡淡地让她靠。

“大哥，你从来都是被众星捧月的那个月，大概有所不知，能有这样一个朋友让你安心地靠一靠，那感觉是有多好。”小桃的声音懒懒的，软绵绵飘荡在梦境和真实之间。

“我们虽然兄弟相称了那么多年，但其实一直没有深交。你那时候在班里总是我行我素，像个飘荡的游魂。”莫问的声音却清醒得像块冰。

“从小只有男孩儿爱和我玩，我一直没有什么朋友。”

莫问在没人看见的时候勾起了一丝真心的笑：“从小也只有女孩爱接近我，我也没什么朋友。”小桃闭着眼睛没有回应，像是已经睡了过去。那笑虽然有些苦，但毕竟还是笑。他在笑完之后豁然惊觉，他居然难得地没有笑给别人看，只笑给了自己。

莫问的肩头传来小桃柔软的温暖，整个人动也不敢动，更别提睡着了。他躺在床上看着顶棚晕开的雨水黄渍，回想自己为什么会身处在这间破旧的平房里。

“等你到了你爹我这个年纪就会知道，跟谁结婚都一样，不如找个对你和家里有用的。今晚跟我去你刘伯伯家吃饭，他女儿婷婷跟你不是从小就合得来的吗？她放暑假回来了，人家可是哈佛的高材生，钢琴九级，家里又和咱们家是世交。你刘伯伯跟我可是德国那时候的老交情，知根知底，门当户对，比你找的那个女骗子强得多！”

想到父亲白天说的那些字字如针扎的话，莫问不禁蹙紧了眉。他微微闭目，想要从久违的睡眠中寻找一丝困意的影子，却终究在缥缈的意识和层出不穷的怅惘中失败了。

本来约小桃，就是为了逃开父亲的逼婚。如今计划也像自己安排的那样顺利进行着，他顺利地躲开了父亲的追兵，顺利找到了一晚的栖身之所，但是似乎有什么在自己计划之外的事情发生了。

他感受着自己肩头传来的柔软温暖，那个拥有自己熟悉而怀念的过去，又向他敞开陌生而新奇的现在的女孩，好像可以带他逃开那片阴冷的沼泽……或许，我不该就这么听从父亲的摆布，却也不能总拿离家出走这种幼稚的把戏来对付。我选择逃出来的时候就对这一点很清楚了，只是没有更好的对策。因为，我对这个世界绝望了。

一个对这个世界绝望的人，是不可能想出什么办法来的。

莫问再次感受到肩头一点点模糊的温暖，心中想着，或许，这个世界还没有我想象的那么绝望，我只是对自己绝望了而已。

一个对自己绝望的人，是不可能企图想办法的。

孙悟空大闹天宫，终被压在五指山下。这是他的业报，却绝不是他的终点。

第二章

要义气还是要爱情?

晨鸟吵闹着新一天的来临，更加吵闹的敲门声惊走了鸟儿，扑翅之声仓皇而茫然。

小桃揉揉眼睛坐起身，看看身边的莫问，看看院门的方向，仿佛还没弄清自己是谁。

“你男朋友?”莫问的声音冷静清晰，似是从未睡过。

小桃“哧”地笑了:“你男朋友！不过说实话，你倒是第一个和我一起躺床上但是没企图扑倒我的男人，不愧是我大哥啊!”

莫问顿了一顿，目光闪烁，淡淡跟着说:“嗯，兄弟嘛。”

门外的敲门声更响了，仿佛笃定院里有人似的。小桃家住的是套院，自己的院门外还住着别人家。她连忙爬起身，嘟囔着越过莫问去穿鞋:“这一大清早儿的，非把满院子人吵醒不算完是吗!”

单人床很窄，莫问被小桃不管不顾坐住了一条腿穿鞋，“噢”的一声痛苦呻吟之余还被小桃嫌弃地瞥了一眼，仿佛在说，一个大男人，连这点儿重量都经不住吗?

小桃坐在莫问腿上若无其事踏上拖鞋，溜达到院门前问：“谁啊?”

“莫问在吗?”一个男人的声音，略微带些似曾相识的河北口音。

什么情况？除了我，连我爸妈都不知道莫问在我这啊！小桃莫名其妙开了门，门口站着两个白衬衫黑西裤的男人，英武吓人，不怒自威。

刚刚那个声音的主人走进院子，盯着小桃问：“莫问在哪?”他声音不大，但那气势就像小桃不回答就会挨揍。

“在……屋里……”小桃连问他是谁的勇气都没有，转眼就被吓得招认了，但是当那人闪电般越过小桃跨进院子的时候，小桃忽然抓住他的胳膊：“你们……你们要把他怎么样?!”

小桃已经暗暗后悔自己不该张嘴就说出莫问的下落，这帮人要是把莫问揍了，她岂不成了出卖兄弟的不义之徒？所以她涨起所有的胆儿，抓住了他的胳膊。一抓之下，却仿佛握着一块石头，那人瞥了小桃一眼，低声吼：“走开!”轻描淡写抖了一下胳膊，小桃已经要被抡出去摔倒。

小桃一个趔趄跌进身后稳定结实的怀抱里，抬头看去，发现莫问不知何时已经出来了。他下颌微微抬着，愠怒的筋脉盘旋在颈上，蔓延进深蓝色的T恤深处，眉峰微微蹙着，眼中闪出小桃不熟悉的光华，仿佛换了个人。

小桃连忙挡在莫问跟前，朝门口推他：“你快走，我……我随后走!”他们再厉害，总不至于打女人吧？但愿他们不打女人……

但是那俩壮汉明显比小桃这个少女经验丰富得多，两个人一前一后，已经将狭窄的院门全部封死。

小桃护在莫问身前，心里已经吓哭，却不甘心就这么认栽，所谓输人不输阵。她边推身前的壮汉边喊：“来人啊！救命啊!”却转眼被那壮汉按在怀里就要捂住她的嘴。

那即将捂嘴的手被莫问拦在半空，他低声说：“放开。”

小桃死命挣扎，那胳膊根本纹丝不动。莫问低低的两个字，那胳膊却转眼松开了。过早重获自由的小桃不知所措地站在莫问和壮汉之间，只见那壮汉微微点头行了个礼：“跟我们回去吧！”

莫问扯出个似有若无的冷笑：“就算你们不来，我也打算回去的。”他若无其事低头对小桃微笑，“他们是我父亲的人。不好意思，没吓到你吧？”

小桃打量一下那两个对莫问毕恭毕敬的壮汉，自言自语：“就是那个哈哈大校？”高中的时候，莫问说过自己父亲的军衔，小桃连军棋都没玩过，自然不懂大校是什么军衔，就说，你有大校，我也有，然后哈哈哈地大笑。

莫问又笑了，小桃又见到了那个她熟悉的大哥：“他已经不是大校了。”转身随两个人走出院门，顿了一顿又回身对小桃说：“有没有人告诉过你，你是一朵奇葩？”

小桃想反驳又弄不清他话里的意思，无从反驳的郁闷和茫然憋得她面颊绯红。他满意地玩味了半秒她如霞的红晕，才俯下身贴在她耳边低声说：“今晚，谢谢你。”

在壮汉围观下，他这突如其来的亲密举动弄得小桃愣了半晌，才想起来喊：“这都已经是第二天了，还什么今晚！……还什么奇葩……”却只有空空的院门能听见了。她一头雾水，又想起他刚刚贴在自己耳边低语的样子，忍不住心中乱跳，自言自语地恨恨说：“什么奇葩，我看你才是！不，你不是奇葩，是采花大盗！看你刚刚说话的样子，完全是个采花大盗里的高手啊！”

莫问走后，小桃想了又想，想起自己高中时疯狂骑车回家的路上，曾经撞过一个正打算上公共汽车的军人。她飞速骑行的自行车被军人石头般坚硬的小腿弹了回来，军人恐龙一般缓慢地望了一眼惊慌失色的小桃，若无其事上了车。那石头般的硬度，那钝钝如冷兵器般的眼神，和今天这两个壮汉如出一辙。由此可证，小桃一介弱女子，刚才是和两个官职不低身手不凡的军人较量了一番。

但她还是想不明白，那些当兵的是怎么知道莫问在她这里的？他们又为什么要像抓犯人似的抓他回去？她很想找莫问问个明白，但是她跟他聊了那么多，居然又忘了问他电话号码。她等着莫问的 QQ 头像亮起来，那头像却一直都是灰的。

值得庆幸的是，在那个以惊心动魄为开端的一天里，小桃接到了德国大学的录取通知书。那个她本来都不报什么希望的申请居然被通过了。她兴奋之余，欣慰托福、DAAD（DAAD：Deutscher Akademischer Austausch Dienst，简称 DAAD，德意志学术交流中心。最早成立于 1925 年，代表德国 231 所高校和 128 个大学生团体，是目前全球最大的教育交流机构之一。作者注）面试和笔试的时间跟钱没白花，她以吊车尾的成绩考进了德国一个名不见经传的大学的名不见经传的专业。但是这些都不重要，反正她去欧洲读书就是为了躲开那些满脑子精液的男人，顺便好好在那里玩耍一番。

那些男人让她迷茫，让她忧伤，仿佛他们是她的罪。她不知道他们那样子是不是算作爱情，她只是被动地任由他们的感情猛烈撞击，他们越是猛烈，就越是让她看到自己的淡漠。她在淡漠中笑他们，也笑自己。她笑自己不知道自己要什么，而自己的无知徒增了他人的罪。令他们变成一只公狗的，何尝不是因为他们看到了自己这只母狗呢?

所以她想要走到遥远的地方去，遇见一群不一样的人。在那里，没有人知道自己是一只母狗、咸鱼、臭鸡蛋；在那里，或许会有鲜活的眼睛和崭新到不可想象的生活；在那里，或许会遇见爱情。她一直觉得，人不能总是在一个地方，这样视角总是同一个，比如男人永远是公狗，女人永远是母狗；应该换一个地方，顺便换个视角，而欧洲是个有故事的地方，是个拥有无限可能性的地方。

她才二十一岁，对她来说，世界就是无限的可能性。她想要把自己的可能性如尘埃般挥霍到穷尽，看看到头来尘埃落定时剩下的会是什么。

她忙着准备去德国的东西、网上联系学校学生会去火车站接她、联系学生宿舍、买她从来没有用过的超大号行李箱，更加忙的还有串亲戚。她妈妈带着她把所有她能想起来的亲戚串了一遍，逢人便说她女儿要出国念书了，她还意外得到一些红包。虽然德国大学是义务教育，每学期只需要交二百多欧元的学杂费，学生宿舍比北京的房租还便宜，但是大家默认出国留学是一件花钱又体面的事，她得到了妈妈需要的所有欣赏和祝福。

她太忙了，所以根本没有时间想，作为一个对德语一窍不通的人，该怎么凭着三脚猫的英文在德国生活，并且读完那个连她自己都搞不清是什么的英语授课的专业。其实她也不是完全没有想过这些事，就像她偶尔想起莫问的神秘出现和消失，但是因为想不明白，就渐渐选择忽略了。

辛迪一口咬定，小桃这一走，准是肉包子打洋狗，一去不回头了。但是小桃对这些全无期待，甚至有一点点排斥，因为出国就嫁洋鬼子似乎已经成为一个老套的传说，她可不想还没出国就让人料定将来。

对于她来说，生活就是大片大片的无聊交织着一点一点的刺激，她穿着用无聊和刺激编织的衣裳在虚无中起舞，走向什么也到达不了的终点。嫁洋鬼子是老套无聊的，出国艳遇是刺激有趣的，她想要享受刺激，省却无聊。

当炎热的夏天就要结束的时候，校内网上的高中同学们经受不住彼此的勾搭和想念，为了看看大家各自吹嘘的是否属实，决定见一面，同学聚会的地点就定在他们高三毕业时的那个班里。

当晚莫问的QQ亮了起来，问小桃去不去参加同学聚会。小桃说当然去啊。莫问有一搭没一搭的和小桃聊着，忽然问她：我们假装男女朋友好不好？

好呀！小桃想也不想就答应了。畅想老师和同学惊见当年兄弟变情侣的样子，那场面一定很刺激。

一定吓他们一跳！小桃自顾自兴奋着，和莫问商量如何把情侣假扮得更加逼真。见莫问安然无恙而且心情不错的样子，也懒得再问他神秘消失的来龙去脉。毕竟他亲爹也不能把他怎么样。小桃唯一解开的疑惑是，我军的手机定位导航追踪系统真的存在，他爸爸追踪莫问的手机，不到 24 小时就派人敲了她的门。

第二天，小桃按说好的，提前和莫问在学校不远处见面。莫问主动伸出手，小桃笑嘻嘻拉上去：“对对，这样才装得像样。”

莫问的手干燥而稳定，握着小桃的力道不松不紧，充满从容的尊严。小桃最忌就是紧握的汗手，那种手传来的卑微和紧张让小桃都替那手的主人感到尴尬，她对莫问这只手很满意，享受且配合地轻握着向前欢快地走。

两个人手拉手走在林荫道上，鸟鸣和微风划过他们和煦的年轻笑颜。小桃满心期待吓同学一跳的样子，完全没有留意牵着她的人是怎么想。

莫问轻轻拉着小桃的手，看着小桃的欢笑，淡淡扯起唇角的弧度。他在夏天浓烈的阳光里微微眯起眼睛看向前方，手中传来小桃柔软的温暖。

不要那么多，就这一点点，刚好抚慰一下紧绷的神经，这一切足矣。

2005 年一个毫无特点的夏日，因为他们两个牵着的手，被彼此载入史册。

他们还没到，高三年级的班里，同学们已经七嘴八舌聊开了。考试如何挂科，工作如何难找，以及某些不在场同学的八卦……聊着聊着就聊到了莫问头上。

小桃的高中是重点中学里的小尾巴，因为地理位置的缘故，有大量权贵子女上学。

权贵也有高低之分的。众所周知，小桃的高中是底层权贵后代的成长摇篮。而风头正健的底层权贵只要心明眼亮腿勤脑子活，是极有可能发展为高层权贵的。

当初的二把手已是如今的一把手，这就是莫问家长的情势。一般来说，聚会总是谁不在谁遭殃，但是他们对莫问实在是羡慕嫉妒到连恨都无从恨起。

赵赫一贯是个话痨，唏嘘着说：“我女朋友的同学现在也在伦敦，在莫问隔壁的学校，说莫问在那儿都有宝马开，更别提住的豪宅和帝国学院金融系天价的学费了。”

妆稍微化得有点浓的孙淼笑道：“他爸升官了，如今正当权，豪宅什么的当然是小菜一碟了。”她也是军队大院的，从小和莫问同学一直到高中，也算是半个知根知底的发小。只是她爸爸虽然官居高职，她也因为爸爸的缘故被同届男生追得无处躲藏，但她爸爸即将面临退休，貌似没有莫家那么得风得雨。

赵赫接着说：“可怕的是他居然上课不睡觉了，听说还把一年的学分提前修完了，一定是爱情的力量。我女朋友的同学说他实习的时候认识了一个华裔的高冷御姐，比他大 8 岁，俩人应该是好了有一年了。他肯定是赶着修完学分毕业好养人家。”

孙淼叼着发圈，把掉下来的头发重新绑好：“不知道什么女人这么好命。不过他还没毕业，以后怎样也不一定……当初咱们班对他有意思的也不少，要是那会儿能先下手为强……”她唯恐天下不乱地瞥了一眼当年的校花徐菲颜，大家也都把目光偷偷往她身上瞟。

当年莫问不知道哪根筋不对，有一天忽然说要追校花徐菲颜，表白之后被拒，就照旧打他的篮球去了。其实徐菲颜只是为了表现出高冷的姿态，习惯性地拒绝了一下，本想之后再好好享受他锲而不舍的追求，展现高富帅校草拜倒在她石榴裙下，历尽艰辛精诚所至的伟大爱情。可没想到莫问就像把这事忘了似的，反倒让她生出许多遗憾和后悔。

世上就是存在许多游戏，不是玩，就是被玩。

热闹的谈话尴尬断裂了半秒，掉下的话题像是捡不起来的秤砣，大家无奈地目睹它坠落地面，在每个人的心里无声巨响。好在每逢这种场面，总有好心人开启新的话题：“话说我前几个月在街上遇见夏小桃了，她可都漂亮得认不出来了。”

“整容了？”

“不是不是，就是比以前会打扮了。有点后悔当初怎么没追她。”

徐菲颜为了体现她早已放下过去，连忙加入话题说：“小桃其实本来就挺漂亮的。”

孙淼抱肩淡淡看着徐菲颜说：“小桃在 QQ 上跟我说她今天也来。”

男生说：“赵赫，倒是你，连女朋友都有了，怎么听说你还无节操地加了她 QQ 和她私聊了半天呀?”

赵赫满脸不自在地辩解：“我们俩本来就挺铁的，当年她就坐我后边呀……再说，你要是不和她 QQ 私聊，是怎么知道我和她私聊的?”

掀起话题的男生无力辩解，坦然承认说：“我又没女朋友，再说咱们班男生大半都加了她呢！你们坦白，今天有几个是对夏小桃没憋着好屁才参加同学聚会的?”

男生们哄笑着互相贬损，却谁也没否认。孙淼却仍然似笑非笑地瞟着徐菲颜说：“男生女生半斤八两，今天又有几个女生不是对莫问没憋着好屁才来的呀?”徐菲颜果然红了脸。

赵赫喟叹：“唉，这还没入社会，节操已然碎一地了啊！先声明，我今天纯围观啊！”

“围观什么呀?”小桃随声音跳进教室，下意识握紧了莫问的手，使劲儿观察大家的反应。后面跟进来沉默微笑的莫问。当莫问不动声色地确认所有人都看清了他们牵着的手，这才缓缓松开坐了下来。

大家飞快地观察了一下眼前信息量极大的情况，除了呵呵，一时找不到话题。女生们不动声色地陷入沉默，男生们惊艳地看着小桃。有几个男生试图没话找话，但是话题再也提不起大家的兴趣，倒是小桃聊得很起劲儿，还跑到黑板前给大家出数学题，自己却被题绕在里面解不开。

“还有，是谁传的谣言，说我当年在校门口叫了一辆出租车，打开车门扔了一串点着的炮仗就跑。这纯属无中生有啊！”小桃已经被这个谣言骚扰多年，今天终于有机会质问。

赵赫轻拍着课桌叫：“这事儿我也知道，不是真的吗?”

又有男生起哄："这事是不是真的不要紧，要紧的是，所有听到这事的人，都相信夏小桃绝对干得出来，所以就传开了！"

小桃憋得脸通红："我真的没干过啊！你们到底是听谁说的？"

赵赫指指莫问："我当年听他说的。"又有几个男生附和。

小桃惊疑地看着莫问。莫问无辜地看着小桃："是真的啊！你是扔了串炮仗关了车门就跑啊！"

居然把瞎话说得那么信手拈来！小桃对他坦然的谎言简直百口莫辩："我什么时候干过啊！？原来罪魁祸首就是你啊！"她不轻不重地捶向莫问的肩膀，甚至开始怀疑自己是不是真的干过。莫问却不再辩解，只是纵容地望着她笑。徐菲颜看着两个人四目相对打情骂俏的样子，忽然干咳一声说："我们是不是该换个地方了？找个饭馆吃个饭。"孙淼像是闻到了徐菲颜话里的醋味儿，抱着肩低头无声地笑。

赵赫连忙附和："对对，我都饿了。莫问，你最高大上，给挑个地方吧？"

莫问拉起小桃的手站起来："我们就不吃饭了，还有事。"

小桃有点意外，但是说好了演戏就要演到底，只好跟着站起来说："嗯，还有事。"

孙淼起哄笑："你们忙你们的去吧！"她拍拍小桃的肩，"姐们儿我看好你，我终于学完回北京，咱可以经常见了。"

小桃依依不舍地跟孙淼抱了抱："你可算从那个奇怪的学校毕业了，回头咱再细聊。"她们俩上学的时候还挺不错的，经常和其他几个女生一起出去玩，只是自从她去了她爸给她安排的外地大学，连系的名称都保密到用数字代替，通过几次"三系孙淼收"的信之后就很少能再联系了。说来这也是命，孙淼当初因为爸爸的官职已经高到"直系亲属限制出境"的地步，所以只能在国内读大学，而官职没那么高的莫问家却可以把孩子送到伦敦学金融。

大家挽留了一番，又穿插进了别的话题，最后只能眼巴巴目送两个人手拉手出了教室。小桃被莫问拉着，确认走出去的距离足以让别人听不见他们的对话，才问："干吗不吃饭了？我还想和他们多聊会儿呢!"然后她把目光落向莫问依旧牵着的手。

莫问随着小桃的目光松了手说："我真的还有事，咱俩既然假扮情侣，当然得出双入对了。"

小桃踢着脚前的小石子说："真没劲，我还以为大家都能惊呆呢，可完全不见什么反应啊！他们是不是没看见咱俩手拉手啊？都说应该郑重宣布一下了，全怪你，说什么宣布的话太刻意太做作。你看，这完全收不到预期的效果啊!"

莫问不说话，只意味深长地笑。

他们刚走，教室里已经炸开了锅。女生们议论纷纷，男生们唏嘘感叹。孙淼拍着赵赫叫："你这都什么滞后的八卦消息啊？还伦敦御姐，莫问跟了夏小桃你都不知道，你 QQ 小窗都聊什么了！莫问这家伙也是，这么大事居然瞒着我!"

赵赫自顾自地兴奋："怨我怨我，看来这八卦需要更新了！这可是惊天的八卦啊……性感热辣小野猫夏小桃同学居然被高富帅莫问给霸占了！我得赶紧问问我女朋友的同学，那高冷御姐哪儿去了。"

有男生望空兴叹："白加她 QQ 了，白和她聊那么半天了，这一个牵手就让咱们的梦想全成浮云了……"

有女生也感叹："他要只是个官二代也就算了，偏偏还那么帅；他要只是帅也就算了，偏偏还那么有气场；他要只是有气场也就算了，偏偏还那么才华横溢前途无量……我看夏小桃也没长出个花儿来啊，他怎么就偏偏看上她了呢!"

又有女生说："莫问怎么会看不上她？他们高中时候就是瓷器（瓷器：北京方言，好朋友），小桃人又好，没那么多花花肠子。我看他们俩手拉手，四目相投的样子……可真是一对神仙眷侣！没想到咱们班还能出一段童话般的爱情故事……唉！可惜女主角不是我……"

孙淼再次瞥着徐菲颜笑："这叫'曾经有一个高富帅摆在我面前我没有珍惜，如今失去才知追悔莫及'。"

徐菲颜今天本来精心打扮了，等着莫问出现，好让他勾起往事，对自己爱火重燃，没想到莫问竟然连个眼角都没捎他一下，只顾着和夏小桃眉来眼去。如今被孙淼这么一刺激，高冷校花的脸上再也挂不住，红着脸起身说："我忽然想起来还有事，先走了。"她起身低着头奔出了教室。

莫问站在街边帮小桃拦出租车，小桃才想起来说："对了，我也要和你一样变'海龟'了！"

莫问一愣："你也打算出国念书？"

小桃神气地笑："不是打算，已经有德国的大学录取我了！我过几天就要飞走啦！"

莫问若有所思："我从来不知道，你居然还会德语。"

小桃满不在乎地答："我不会啊。"

莫问看着理直气壮的小桃，抱肩端详她说："有没有人跟你说过，你的奇葩成分里含着大量的傻，而且傻得出人意料？"

小桃白了他一眼："少挤对我！你在我们家门口上演警匪动作片才真的叫出人意料呢！后来你爸没难为你吧？"

莫问微笑的目光凝结了半晌。没难为我？我和老头儿之间，从来没有什么难为不难为的，都只是他去说，我去做而已，从小我若是说个"不"字，简直要冒着被千军万马踏平的危险。若不是我这些天彻底断了和小桃的联系，可能老头儿会对她这个收容我离家出走的帮凶彻查到底，绝不姑息。不过，很快老头儿就会知道，我早已不是那个唯唯诺诺的小孩了……

莫问面对夏小桃无邪的双眼，淡淡微笑："没有难为……不过……我父亲那两个警卫员可不是好惹的，你为什么连他们是谁都没搞清楚就为了我和他们打？"

夏小桃心有余悸地说："你不知道，那时候我吓得肝儿都颤了，但是我能有什么办法啊？难道丢下你跑掉？"

"他们是来找我的。你一个女孩，丢下我跑掉也是应该的。我也不会怪你。”

小桃义薄云天地拍拍莫问的肩：“开玩笑！我是那么不仗义的人吗!”

仗义？或许，义气比爱情可靠吧？莫问将目光灼热地落在小桃笑颜如花的脸上，他想要说什么，又不知从何说起。此刻小桃却向一辆空驶的出租车招了手。

车停下，小桃粗着嗓子抱拳说：“兄弟，后会有期！本来想跟你要手机号，可咱们都是要闯荡欧罗巴江湖的人了，QQ 常在，MSN 长流，咱们就此别过!”

小桃刚刚转身拉开车门，却被一只手拉住拽进了怀里。她刚要说话，唇却被堵住了!

莫问拥着她，在她唇上轻轻柔柔一吻，然后勾着唇角在她耳边说：“中式的告别固然不错，不过这是欧式的告别礼仪。既然你要去德国，还是早点习惯的好。”

小桃被莫问的突袭惊得说不出话，呆呆看着他捉摸不透的笑容，呆呆看着他高大的身躯一点点放开臂弯离开自己，才认真皱眉说：“哦，这样啊……”

莫问转身离去，颀长的腿和微微昂起的头在艳阳下勾出长长的影子，那影子挥挥手说：“到了德国，像你意志力这么薄弱的人，记得别碰大麻!”

小桃看着他远去，梦游似的坐进出租车，轻抚自己的唇，莫问的温湿犹存。虽说这是欧洲的告别礼仪吧……可是……但是……我为什么心里砰砰乱跳啊？

怎么我就糊里糊涂被莫问给吻了呢？而且看他说得入情入理，我还不能闹，不然岂不显得我很小家子气？可是，看他云淡风轻的从容样子，娴熟低头的优美角度，难道……他真的是传说中的高手？

第三章

无人聆听的呼救

早晨，北京首都机场早已人山人海。小桃背着背包提着电脑包逆着人流跑出检票口，喘着粗气投入眼巴巴看她最后一眼的亲人的怀抱：“40 公斤行李超重，要减到 35 公斤，剩下的只能放进编织袋。”她表哥表弟们就应声消失在机场的人群里，为她寻找编织袋去了。她喝了几口妈妈递过来的咖啡就不喝了。妈妈问为什么，她说：“不知道我咖啡过敏吗？”于是爸爸去帮她买来了矿泉水，喝了几口，编织袋出现了。

她在机场的地上把她的衣服鞋袜子游泳衣挨个展示了一遍，两个巨大的行李就出现在她面前。

她用 5 分钟和亲人挨个拥抱，听他们简短的叮嘱。她的鼻子酸了一下，尽快挣脱他们的怀抱，挥了挥手，一溜烟朝安检口冲去。

小桃跑出大约 20 米的时候回头看了一眼，亲人被送行的人流淹没，失去了踪影。她不知道此刻他们是不是在看她，想到这里对自己的寻找有些不好意思，马上转头走自己的路去了。

她就这样失去了一年内最后一次看见他们的机会。

这还是她平生第一次离开家，第一次去那么远的地方。未来令人期待又令人畏惧，因此更加令人兴奋。

坐在小桃旁边的女孩也是去读书的，同样是两年，到芬兰做交换学生。她说："你真平静。我昨天就哭了，都不想去了。你怎么这么平静呢?"

小桃说："我也不知道。"

她是一只反应迟钝的动物，在事情发生的时候不会悲伤也不会快乐；只会在很久很久以后非常悲伤或者非常快乐。

用两年的分离学习坚强，学习忘记，学习选择。通过她的离去，让那招苍蝇的臭鸡蛋似的宿命，或者改变，或者变得更臭。

北京为她的离去下了一场雨，它在雨里走近自己的冬天。飞机舷窗上一滴滴滑落的雨点打湿了小桃的心，停机坪上空的黑云压得她喘不过气，飞机终究穿越了乌云密布的天空，阴雨，寒冷，都在脚下了，上面是一望无际的灼晒阳光。

她穿过乌云，飞跃山川海洋，朴树在阳光里咕哝着唱：昨天已甜得发苦，我必须离开平平坦坦的大路……明天是个没有爱情的小镇，我会默默捡起我的冬天……哦可别哭，我的爱人……

她为了省钱，买了转机的航班。一夜忽醒忽睡的她，坐在赫尔辛基的候机大厅时就已经晕头转向。两个小时的候机时间，闲不住的她在赫尔辛基的候机大厅闲逛，唯一的收获是发现这里的驯鹿皮相当于国内羊皮的价格。

实在百无聊赖，她贴了个眼膜。北京已是深夜，她却只能靠一对眼膜消除疲劳。把眼睛一闭，也就看不见高大的北欧人对她这个在候机大厅做美容的亚洲女人投来的怪异目光。

到柏林时她几乎累得魂飞魄散，却又要拖着超级大行李费力寻找去科特布斯的火车。那个五颜六色的编织袋和周围低调奢华的欧洲配色非常不搭，并且一直很不合作地乱摆。就算是拉着滚轮行李箱，它仍然不时偏离她希望的轨道以宣告它不容忽视的重量，更何况经常遇到台阶，她就不得不把它提起来。

又是 1 小时 40 分钟。她在火车上却不敢再睡觉。身边已经充满另一种猴子变的人类，她已置身异地，在陌生的火车上等待到达她将栖息两年的陌生城市。她必须警觉地看着行李——她仅有的40公斤财产。

火车到站，一群德国人看着站在门最前面的小桃发呆。她习惯性地等待车门自动打开，却忘了这里不是北京。她飞速观察了一下形势，车门前的一个绿色感应灯掌控着车门的开启，在旁边有人伸手过来帮她开门之前，她假装熟练地把门打开了。

又是一顿死拉活拽。大概是那群德国人也看不过去小桃这个孱弱小妞对待行李的粗暴方法，车门处有人很绅士地帮她提起大箱子，她说了声“Thank you”就赶紧把它抢过来，尽管她相信没人能有本事拿着这大箱子飞奔而去，但她还是不敢松懈半分。

正当她不知道怎么摆弄这些蠢物，跌跌撞撞找出口的时候，一声“Hello”令小桃寻声望去。

“Hello”的主人正朝小桃绽开猛烈的微笑。说是绽开，绝不是修辞用法，她的笑容真有点皮开肉绽般的摧枯拉朽。她金色的长发软软地披在肩头，高小桃半个头，比小桃宽一倍。当小桃正稍感诧异时，看到了她胸前举着的牌子，上面用英文写着她的姓氏：“Xia”，她恍然大悟，马上报以同样猛烈的微笑。

这个学生会派来接站的德国女生接过较大的箱子，健步如飞地往前走去。当她发现小桃提着编织袋力不从心的时候，贴心地和小桃交换了箱子，让她管理那个有轮子的。但是她们各自维持原有速度并没有改变。

那皮箱重得叫人绝望，小桃却较劲似的咬牙提着它。尽管它把她弄得东倒西歪，她却不能停步，不能像以前一样扔下不管。因为这里没有宠她的家人男人，没有人会在她停下的时候接过手里的行李箱。

如果停下，她就成为陌生人的麻烦。

在黑洞一般沉重的行李面前，她连可怜自己的时间都没有，更没有想过在此之前，她是个连逛超市买东西多了都要爸爸下楼来车里接的娇小姐。

小桃企图跟德国大妞说些什么，但是她似乎并没有听她说话的意思，自顾自地喋喋不休。起初小桃以为她在讲德语，刚要表示自己不会德语，就发现她原来在讲英语。小桃对如此浓重的德式英语恍惚了一阵，就打起精神仔细聆听。

她边走边跟小桃介绍这个城市的概况和小桃居住地方的位置。学生会的人工作真的很负责，她已经把公寓的钥匙带给小桃，并且很快履行起向导的职责，一刻不停地向小桃介绍一切她该知道的事情。

此刻是北京时间凌晨6点，小桃在遥远陌生城市的无人夜里，一个比北京稍微寒冷的深秋里，拖着沉重的箱子和沉重的身体，听沉重的德式英语。

很悲壮，小桃的公寓在3楼。德国大妞发现她只能拖着行李原地扭动之后，就决定独自帮她搬运。小桃十分过意不去，但是只能像一只无能为力的鬣狗在强壮的犀牛身边徒劳地绕来绕去。

宿舍比小桃想象得要好，一水儿灰色家具，基本样样俱全。打开一个类似大衣柜的柜门，还有灶台和洗做台。浴室也不小，有水量充沛到难以想象的淋浴和盥洗盆。再加上一个算是宽大的露台，全归小桃一人享用。

女孩冒着汗珠喘着粗气向小桃告别，小桃赶紧找出一个从中国带来的小剪纸工艺品塞给女孩，这是她能想出来的最轻最有代表意义的纪念品。女孩看了一眼收下了，跟小桃约好上午9点来找她，一起出去办各种入学手续。

小桃其实很想问中午再见行不行。她在家里都是睡到12点自然醒的，更何况马不停蹄地熬了十几个小时，真想倒头睡它一天。可这是人家的地盘不能听她的，再说人家也是为她的事情忙得呼哧带喘的，她哪好意思再推三阻四。于是一口答应了，就赶忙准备睡觉。

大箱子散落在地上，她也顾不过来收拾，只把被褥和洗漱用品拿了出来，并且在这过程中抽空踩死了一只没来得及逃走的蟑螂。

在黑暗里，她刚刚躺上床，脑子里就忽然冒出一首歌唱个不停：异乡的夜，异乡的我，异乡的城市想着你的……不行，不能唱下去，不然眼泪就该下来了。她有些慌……床很窄，睡不舒服……

经过十几个小时追逐太阳的旅行，她在一张翻身就会掉下去的床上，听着窗外街道永不停息的马达声，不顾胡乱堆放在房间里的行李，辗转睡去。

小桃的睡眠在不间断的马达声里断断续续。大概是德国车的发动机太好了，一条普通的街道都拥有二环路上噪音的杀伤力。有力的马达声在空荡的房间内回响，无情地鞭打着她的睡眠。她只能一次次惊醒之后再努力寻找睡眠的尾巴。

加上时差的原因，她很早就醒了。听说德国人相当守时，不会早一分钟也不会晚一分钟。她也不敢怠慢，尽管因为昨夜的劳作而全身酸疼，因为昨夜的无眠而头疼不断，她仍然打起精神准备迎接不知道会发生什么的新一天。

女孩在 9：05 的时候按响了小桃的门铃，小桃的头也随着这声音铃铃作响。

她们徒步在深秋的德国校园里行走，高大的树木被微寒的空气染成绿色红色黄色，在一座座尖屋顶的房子前渗透出油画般的斑斓。树木把坚果和叶子落在自己脚下的草地上，她们不得不抬起脚小心地走，才不会踩到满地硕大的栗子和榛子。

学校很大，布满现代风格的教学楼。这是一所 1991 年刚刚建成的国际性学校，亚洲非洲欧洲的留学生很多。也正因为如此，她才能顺利地在这里找到一门用英语授课的国际课程。

女孩一路用飞快的德式英语向小桃介绍每座楼的用途，她听得一知半解，却连插话问一句的机会都没有。她只能努力记住自己所听懂的一切，可是需要记的那么多，她仿佛在记忆的同时就已经遗忘了。这令她很紧张。

整个上午，小桃被她带着在学校和城市来回地走，办理注册手续，银行转账，户籍注册。女孩仿佛跟全德国的人都很熟似的，跟所有人咕哝着神秘的德语有说有笑，小桃则坐在一边努力从他们的表情里寻找事情是否顺利的线索，在她伸手的时候把自己带来的一切证明文件掏出来供她挑选，或者经她的翻译回答一些简单的问题。

事情并不是十分顺利。这里的所有人都名正言顺地贪玩要不劳动。

德国人有星期六、日两天假期，那天虽然是星期五，但是很多地方在下午 1 点以后就不办公了。她们在城市和学校之间疯狂步行，却仍然没来得及办理领取学生证、银行卡和外籍学生登记。

星期一是 10 月 3 号，又刚好赶上东、西德统一的国庆，全国继续放假；星期二女孩要考试就不能帮她办了，所以小桃只能努力回忆一切需要的手续。

女孩说必须交每月 20 欧元才能叫电信公司的人把宽带接到她的公寓，小桃当时就想要她帮她去装，女孩又告诉她图书馆也可以上网，是免费的。她就迟疑了，毕竟出门在外还是能省则省的好。

到目前为止的 30 小时，小桃联系不上任何人，他们对于她，她对于他们，都不存在了。她不知道这会持续多久，但是一种恐惧感油然而生，仿佛她的过去也因为她认识的人的消失而消失了，而她这个疲于奔命的身影，也因为她过去的消失而正在逐渐变得透明。

我到底在忙些什么呢？我为什么要在这个陌生的异国城市围着这个异国人团团转呢？我是何必跑这么远来呢？

女孩见小桃这么急着上网跟家人联络，就在中午让小桃趁她回办公室办事的时候用她的电脑上网。她的电脑没有 MSN，小桃不能看到朋友们闪亮的头像，却从她的邮箱里收到了一堆男人的来信。

没有莫问的。

女孩很快就把事情办完了。因为时间紧迫，小桃只好粗略地看了一眼他们惦念她的文字。大学教授说他在小桃离去的那天又去北大讲课了，却心不在焉地想着小桃此刻飞到了哪里。

谁都好，只要此刻你出现在我眼前，把我带离这个倒霉的城市，我就跟你一生一世。

然而谁也不会出现，他们正在遥远的地方迎接落日之后的黑暗。

小桃一次次忍住因那些文字而涌动的泪水，简短地用英文回了信，告诉他们自己平安到达，不能上网。

德国女孩丝毫没有意识到小桃的不安，她还对着那些中国字的邮件笑，说好奇异的文字。

小桃也就陪着她笑。在这里她终于意识到，她毕竟还是个感情含蓄的中国人。在家里她生气就骂，不顺心就哭闹，男人都围着她团团转。而在这里，她变成默默含住泪水，默默微笑，轻声说话的中国女人，站在高大的白种人身后，弱小然而坚定。

女孩在图书馆前大声地用朗诵的口气歌颂了这座图书馆。她说这是科特布斯伟大的建筑之一，设计师真是个天才。的确，这座图书馆的设计别具一格，流线型的楼身加全玻璃墙的涂鸦，无声的宣告德国的建筑设计之强大。

从图书馆出来的时候，女孩遇到两个熟人。他们看起来是亚洲人，和小桃互相好奇地打量了一下，就用熟练的德语和女孩聊起天来。

聊了一阵之后，其中一个男孩忽然朝小桃说了句什么。小桃一天之中一直没有听到任何中文，乍听之下有了听外语一样的茫然。于是他又问了一遍："你说你需要什么样的插座？"小桃赶紧跟他解释了一下中国笔记本电源无法插进欧式插座的问题。但其实小桃中文的表达能力也不比英文高明多少，他们听了个大概，记了小桃的房间号码，说晚上找到了就给她送过去。

小桃跟女孩翻译了刚刚的对话，她很替小桃高兴，但是小桃仍然坚持最好自己可以买到。从中国男人手里拿到她想要的东西，这似乎有违于她在德国为自己设定的游戏规则，有一种类似于作弊的不完美。于是她们在城市的大商场里转了转，动用尽职尽责的售货员翻遍了所有插座的目录，但是哪个德国商店会出售中国插座呢？小桃终于死了心。

女孩和小桃在商场门口分手，她告诉小桃一切足以在这里生存的知识，完成了她的任务。小桃给她一个感谢的拥抱。她似乎不太需要。

莫问不是说欧洲人的礼节是吻别吗？怎么我给个拥抱对方都很勉强似的？小桃过于疲惫，只好让这些念头一闪而过。她是那种别人说什么信什么的人，如果出现了和对方所说有出入的现状，她首先怀疑的是自己。

小桃终于独自在这个城市游荡了。其实她有些盼望这一刻的到来，尽管彷徨，可免于和陌生人被迫交流，她的心里会稍微轻松一点。依靠女孩曾经指给小桃的方向，她仔细辨认着回到了自己的住处。顾不得仍然四处散落着的行李，稍微修整一下就赶紧跑向图书馆。

没了向导，终究碰到很多麻烦。先是迷路，绕一个大弯才找到本来离宿舍非常近的图书馆，进去之后又发现忘记带图书卡，只好再次跑回宿舍。到图书馆上了网，才发现 MSN 根本打不开，网页根本不支持浏览中文。她看到邮箱里似乎有了妈妈的邮件。妈妈在她临走前，用破烂的笔记本记了满满一页发邮件的方法。可是此刻她所诉说的一切语言都变成了不可辨认的小方框，空荡得叫人觉得恐怖。

这真是叫人恐惧的一天。小桃是那种轻易不知道害怕的傻子，却总在一些未知的、难以估量的事物面前感到莫名的恐惧。比如此刻。

她不知道那些没有表情的方框到底诉说着什么样的情绪。一切的牵念、一切的问题和一切的存在，都仿佛因为通讯的不顺畅而化为了“无”。只要有问题就有解决的方法，如果没有方法，那也只是我们还没有把它想出来。可“无”即代表一切可能，不知道问题的所在，就不可能解决它。这是最大的恐怖。

她第三次进入图书馆的时候，离闭馆还有 1 个小时。她决定宁可把笔记本的电池里的电耗光也要用它的中文系统弄明白信里到底说了什么。

她问了旁边的女生，才得知她带的网线和这个国家的接口不符合。又马上找了个看起来像中国人的男生帮忙。他在服务台要来了网线。

网络仍然不通。看着电脑的电量在一点点减少，她终于明白了什么叫“生死时速”。于是中国男生又找非洲男生帮忙，非洲男生又找意大利男生帮忙。直到她弄得图书馆里黄种白种黑种三个男生为她这点破事折腾得手忙脚乱，她才终于顺利上网了。

当她在 MSN 上看到莫问闪亮的头像时，离闭馆只剩半个小时了。他那边已是凌晨，却不知为什么守候在她的意料之外。

他叫了声“小桃”，打出一个笑脸的符号。她却再也忍不住，泪水流了一脸。

第四章

踏刃而起

大哥，我想回家。小桃哭着跟莫问不断这么说。

他不断安慰她说，别哭，习惯了就好了，掌握了语言就好了，待不下去就买飞机票回来吧。

她在他的安慰下仍然像个孩子似的不住哭泣，但是心里压抑了一天一夜的疲惫总算得以发泄，得到慰藉。她给在邮件里嘘寒问暖满是担心的妈妈回了信，告诉她一切都好，不必担心。至于是不是真的好，那些担心留给自己就够了。

从来没有想到，在她漂洋过海又失魂落魄的时候，莫问居然是第一个联系上她的人，第一个安慰她，又莫名其妙承受了她那么多眼泪的人。她想什么，他好像都知道。他好像她疲惫时候逃避的港湾，让心暂时逃回中国那个有家有亲人的熟悉之地，然后让她再次鼓起勇气，冲向遥远的海的那边。

也许是脆弱让她有些冲动，她在对话框前不假思索地对莫问打出了“我好想你”的文字，但是笔记本电池在图书馆即将关门前的一刻合作地结束了自己的使命，让没有发出的文字随着笔记本电脑屏幕陷入毫无指望的死黑。小桃对着冷酷的黑屏愣了半晌，想要争辩说我还没说完话，但是电脑的黑屏连争辩的机会都不再施舍给她。她只得静静合上笔记本电脑，让莫问从远方传来的只言片语在心底发酵，成为安慰自己的唯一凭借。

莫问看着小桃的头像忽然熄灭成死寂的灰，望着电脑沉默良久，然后点开另一个灰色的头像，飞速打出一行字："夏小桃去了你那里，尽快告诉我她的住址。"他的鼠标停留在发送按键上许久，许久，修长的食指在鼠标左键上犹疑，仿佛过了一个世纪，又仿佛只有几秒，像是经历了一场漫长的自我斗争之后，他终于点了下去。

文本伴着"嗖"的发送音，头也不回地去了。他又拨通一个电话，按了几个服务按钮之后说："取消去伦敦的机票，重新购买同一天去柏林的……我知道取消航班的费用，你买最早一班就可以了。"

莫问挂上电话，闭上双眼向后靠去，像是把魂魄也扔向了椅背。椅背黑沉沉地默默承受一切，隐忍地向后倾倒，又一言不发地在重量和自我之间找到舒适的平衡点，稳稳微倾。

"本来还在犹豫伦敦是不是做那件事的最佳选择，如今看来，或许是小桃在冥冥之中帮我找到了一个更好的避风港。"

千百件事在莫问的脑中飓风般席卷，那些飞快到不足以看清的想法让他无力思考，但这句话却像是自我安慰的结论似的，成为唯一留下的清晰印记。

小桃背着电脑包离开学校图书馆，梦游般地回了家——是的，从今天起那个 30 平方米的地方就是她的家。

她一边把所有的衣物都放在它们应该在的位置，一边不停地让大脑运转，寻找解决噪音的对策。

她企图把床搬到过厅的狭窄过道里，宁可承受进门就上床的麻烦也要为让自己睡个好觉。但是她粗略量了一下，如果那个地方放了床，房门和卧室的两扇门必然有一扇是打不开了。

于是她只好妥协地把床搬向离窗子最远的位置，一个人在屋子里把一部分家具的位置尽数调整到满意的地方。又是一阵子较劲的力气活，但是办法都是人想出来的。她把床垫和床架分开移动，还意外地发现了床下的储物柜。

白天见过的中国男生找到了她，给她一个电脑使用的插头转换器，并给她布置新的任务。

"明天是这周最后一个买东西的日子了，星期日所有商店都关门，何况再加上一个国庆日，不提前囤积粮食就该饿肚子了。"他用恐吓似的口气提醒小桃。

她躺在自己精心调整过的床上，用刚刚得到的电源转换器连上笔记本电脑听音乐，感觉汽车的噪音似乎没有那么震耳欲聋了。

天黑了，孤独又慢慢割着
有人的心又开始疼了。
爱很远了很久没再见了，
就这样竟然也能活着。
你听寂寞在唱歌，
轻轻的 狠狠的。
歌声是这么残忍，
让人忍不住泪流成河。

阿桑通透的嗓音让歌声寂寞回荡。在到达科特布斯的第一天，她经历了疲惫、茫然、恐惧和哭泣，成功了很多事情也失败了很多事情，却无暇整理自己的心情，只惦记着明天要在商店关门之前把粮食囤积好。活命比什么都重要。

终于仓皇睡去，等待迎接忙碌的新一天。

尽管她把需要购买的东西减到最少，却仍然装了满满 4 个购物袋。她把比较重的瓶装液体都放进背包里，最后塞进长长的扫帚把。扫帚把像武器一样立在她脑后。她气运丹田提起 4 个购物袋寻找回去的路。

尽管她拿出地图找到了自己所在的位置，还是错过了该转弯的路口，稍微绕了一段路。她在每个路口把购物袋放下，一边休息一边确认正确的方向。

耳机连着国产的 MP3，里面播放着 King Crimson（King Crimson：1969 年在伦敦组建的艺术摇滚乐队）的 *In the Wake of Poseidon*，用平常的语气诉说世上最可怖的事情。

在歌声里，她独自经过刚从家里走出来的德国老小，经过在破旧建筑里施工的德国工人，经过零星划过的骑车人。他们看到一个身后背着长长扫帚把的亚洲黄脸女人，散乱着头发提着跟她体积相仿的四个购物袋在寂静的街道奋力前行。

肩膀的疼痛一直没有停止，前夜搬行李，昨天挪家具，今天又提购物袋。她的肩膀发出温暖的疼痛，甚至可以感到肌肉一丝丝缓慢地生长出来。

一个人烟稀少的异国城市，一个让她免于开口的地方。没有娱乐，没有消遣，只有鲜艳的尖屋顶、露台的小花朵和斑斓层叠的树木。她在这个宁静的城市里挥洒汗水，经历疼痛，寻找道路，然后发现。只要坚定地迈出脚步，路就在脚下。

踏着青春里锋利的刀刃，她奋力冲向更高的天际。

经过镇上广场，小桃抬眼就撞见了迎面走来的美国男同学。虽然只在办手续的时候见过一次，但是因为即将同班，所以印象还挺深。那男生明显也是刚买完菜，这一点她从他身后黑色背包里剑一般斜插的两棵大葱可以判断出来。

他们买的菜量差不多，但是她提着沉甸甸的塑胶袋，头发飞散丢盔卸甲；他背着黑色鼓鼓囊囊背包，步履轻盈斜插裤袋，忍者一般让斜背的大葱直冲云霄。

他们已看见彼此，并且确定对方看到了自己，此刻对话在劫难逃。

“Hi，You just went to buy some vegetables？（买菜去啦）”小桃只好微笑着用英语没话找话，然后嘿哟一声将大包袱卸在地上，土豆摇摇欲坠。

“Ah?”美国男孩认真地露出不解的神情，仿佛没听懂小桃的话。

小桃回想一遍自己说的英语，确认语法和发音都没错啊。我说的难道不是英语吗？怎么他听不懂啊？美国男生的反应着实让小桃内心挫败，感觉自己连英语都不会说了。她尴尬微笑，只得结结巴巴再说了一次。

“Ah！Vegetables!”美国男孩恍然大悟似的，“我去镇上刚回来，现在要去银行……”美国男孩后面的话小桃没听懂，也不明白他为什么要用差不多的发音重复一遍她说的“蔬菜”这个词，不过她可以确定，他一点儿都不为非英语母语国家的人考虑，说话又快又充满美国西部牛仔口音，让她感觉自己置身《乱世佳人》。

然而她这一肚子话在肚子里翻腾了一下，因为无法组织成英语表达于外，只好放弃，流于若有所失的尴尬微笑。

美国男孩貌似也没什么兴趣和这个结结巴巴狼狈不堪的中国女生继续对话：“我得走了，我女朋友正在前面等我。”说着他便移动脚步。

太好了，我终于胜利完成了一次情景对话。小桃内心如释重负，感谢美国男孩比托福听力考试还要清晰的发音，她弯腰再次提起巨型购物袋，趁着心情一片大好，对他的背影说：“你女朋友很漂亮。”

美国男生回眸灿烂一笑，黑色短发下面晶莹的天蓝色双眸在阳光下闪亮：“我知道。”他说完大步走远，两棵大葱庄严肃穆地在他身后微颤。

小桃扶好购物袋里的土豆，理一下惊慌飞乱的头发，心中被美国男生的笑容和话语震颤。典型的美国式坦荡荡的表达，脸上却是对女朋友宠溺的笑。昨晚经过酒吧的时候，她看到过他和日耳曼女朋友跳舞。日耳曼女孩梳着两个金黄色的麻花辫，性感又可爱。小桃对于昨晚酒吧的记忆，只有这对碧眼人旁若无人的欢跳。女孩金黄色的麻花辫和笑容一起飞舞在灯火霓虹的夜里。

要是哪天我身边也能有个帅哥这样爱我该多好。当别人夸我的时候，他只需要简简单单说一句“我知道”就够了。可是我这结结巴巴狼狈不堪的土样子，帅哥都不爱跟我多说一句话，桃花运也只有眼馋的份儿了。她不知道自己是怎么把沉甸甸的购物袋弄回家的，满心只剩下唏嘘和羡慕。

打扫得差不多的时候，有中国男生来找她。他是被陆源——之前送她电源转换器的中国男生叫来的。“我有些东西要处理，你有没有需要的？现在就去挑。”于是小桃跟他去了他家。

他叫贺然，个子不高却很健壮，戴副眼镜，却和斯文的感觉不沾边。

他很健谈，跟小桃讲了很多在这里生活的事情。他说：“东西买了就是为了用着舒服，然后就扔。”“办手续的事情我帮你找个人一小时搞定。”“考虑一下租个猫，27 欧元包月很合算。”“接线板盘子餐刀平底锅洗碗布衣服夹一律拿走。”

小桃像个垃圾婆似的收了他一堆二手日用品，用个垃圾袋装好抱在怀里跟在他后面往回走。他提着个旧晾衣架进了她家。

他成为小桃新家的第一个客人。他穿了她的拖鞋。

他看了她的房间很兴奋。

“你不要换房间。”

“你的家具改天叫陆源来，我们一起帮你重新摆放一下现在位置不对。”

“你怎么喝自来水赶紧买个烧水壶我回去看看我那里有没有！”

“你这床太窄太不舒服了去柏林宜家买个大床。”

“这阳台夏天可以烤肉冬天可以涮火锅，这里坐两个人，这里再坐两个人。”

小桃靠在阳台的栏杆上抽烟，看着他眉飞色舞地挥动手臂，附和地微笑。

然后他说明天 3 点要去玻璃房子买东西——这里的中国人都把离他

们最近的百货商店叫玻璃房子。小桃说："我也正好要买菜，可我明天不知道几点会有空。"于是他说："下午 3 点在你楼下等你，你不来我就自己去。"

小桃看见他翻飞的白脚皮，想他可能有脚气。

然后他留下一个有歌有电影的移动硬盘让小桃自己挑着复制，还有三根中华烟和一个打火机。小桃感谢了他，毕竟那些二手日用品在这里买新的要花不少钱的。

然后她在他走后用开水烫了自己的拖鞋洗洗睡去。

曾经男人送的再贵重的手镯、项链，也不过是锦上添花，现在这个比小桃高不了多少的大众脸男生送来的锅碗瓢盆对她来说却是雪中送炭。她有些明白自己那些外地的大学同学为什么为了留在北京可以发愁到头发成把成把地往下掉了。这种根不在此处的漂泊感，是需要多少物质带来的安全感才能够固定下来的呢?

她想她有些变了，短短几天而已。她心底的某处不由自主地意识到这种变化，却又自欺欺人地不想承认。

游戏规则因为游戏的难度而有所松动。

第二天，小桃把洗手间里捡来的镜子挪到客厅，打扮好后准备和贺然逛街去。

一路上贺然和每个中国人打招呼聊天，向他们介绍她，并帮她打听小桃系里的情况。

贺然没吃午饭，就先到玻璃房子坐下吃了个叫"丢了"的土耳其大肉饼，并且强迫小桃吃下一半，说："你太瘦了，该再胖 10 斤。"被小桃断然拒绝后他自己把另一半也吃了。

"走，我们喷香水去。"贺然带小桃来到一家香水店。欧洲的香水店里永远有各大名牌香水免费试用无人看管。他说："我有个朋友曾经在巴黎喷了一个半小时，香味持续一周久久不散。"

小桃喷了几下 ANNA SU 的蝴蝶瓶子，果然甜美的娇艳宠爱全身。

玻璃房子里人头攒动，中心的广场搭了舞台，有类似主持小姐的人在那里吆喝唱跳。他们挤过围绕不散的人群，一路向北。

他说："你运气真不错，今天国庆节，是这里一年中最热闹日子，是不是有点中国大街的感觉?"

教堂周围搭了很多演出棚，老年唱诗班，中学民乐团，悠扬的乐声在熙熙攘攘的人群中时隐时现。人们边喝啤酒边拍手听歌，给小孩子玩的电子游乐车闪烁着五颜六色的灯光，人人都一脸淳朴的喜气。

小桃请贺然喝了杯黑啤，坐在穿着民族服装的乐手跟前，看他们吹奏着用一整只羊做成的古怪乐器，和周围的人一起拍手欢笑。

她置身这个童话的世界。

大学教授说她一直活在自己编织的童话世界里。不知道他们那些男人此刻在她的身边，会笑她孩子气，还是会和她一起拉着手静静享受这真实的梦境。

她在回去的路上在中国超市买了姜和香醋，然后仰天长叹 20 块人民币的醋呀……

贺然用他的小短腿在超市里迅速穿梭，很快把她需要的菜买齐了。他为自己如此熟悉超市各类商品的位置而自豪。

他说："晚上回去一起做面条吃。"

仿佛天经地义似的，小桃沉默了一阵想不出拒绝的理由，也就从了。她想，她此刻或许需要一个贺然这样对一切都了然于胸的人，这让她感到安全，让她看到置身于这个无法想象的世界的存在感。

他帮小桃把东西提到楼上，坐了一会，又开始为她屋子的建设出主意："有个地毯就好了。""我给你拿个音响来，你这电脑音响质量不好。"小桃笑着感谢他。可她其实什么也不需要。

不知道莫问怎么样了，已经两天没上网了。昨天在贺然家匆匆看了一下邮箱，教授发了 4 封信，莫问没有信。那时贺然阴魂不散地坐在她旁边，她不愿意当着他的面看信，只好匆匆关掉了。

她就这么坐在床上发呆。贺然说："你还真挺爱在床上待着的。"

他终于走了。小桃终于可以不用再说话。看着自己刚刚从楼下草地里摘来的白色雏菊，恬静地靠在她从沃玛特买来的玻璃杯里，什么也不想。玻璃杯上有白色的小鱼在蓝色的海水里游泳的图案。她在无边的虚幻里游泳。

发呆是件多么美妙的事情。

快九点的时候贺然又来了，带来了筷子、盘子和一个生菜。小桃给他做了西红柿鸡蛋面。

就这样，贺然每次出现都带来不同的小物件，全是些半旧的日用品。小桃没想到，自己也有像雌鸟一样接受雄鸟恩惠的一天，因为怀着对男人第一阶段利诱的戒心，她很怕饿虎扑食的第二阶段迅速到来，但是贺然只是殷勤地带她去中国学生家串门打麻将。她渐渐体会到了辛迪为了谋取第一阶段利益最大化的用心良苦，但她仍然由衷感谢贺然，因为如果没有他，她和韩秋秋的重逢不知道要推迟多久。

“你一定要当心。”贺然叮嘱小桃。

“当心什么？”已经认识贺然七天，小桃渐渐习惯了他大剌剌的说教口吻。有时候他说话只是说一半，好像还藏着另一半催人深省的秘密似的，引得她浮想联翩，但是后来她已经对那些故弄玄虚的话没耐心思考，往往不假思索地把话题推向答案。

“当心这里的中国男生。这是一个狼多肉少的地方。”贺然一边像首长一样背着手检阅公共汽车站精准到分钟的汽车时刻表，一边用一贯的老气横秋的口气说。其实，他比小桃还小一岁。

“狼多肉少？”贺然这次真的成功挑起了小桃的好奇心。

贺然看看手表，从黑边眼镜后面望着小桃说：“你想想，来这里的中国女生哪个不想找老外？但是德国妞又很少有喜欢中国男生的。”

“哦……所以中国男生就找不到女朋友了？”小桃想，和他对话可真够费神的，但是有这天大的信息量也算值了。

贺然在公共汽车站里踱着步，背着手又把汽车时刻表确认了一遍：“所以一旦新来了什么中国女生，男生们就会一股脑儿扑上来，能霸占一个是一个。尤其像你这么漂亮的，更得当心了。”

公共汽车分秒不差地出现，先打开后门的踏板，一个坐轮椅的残疾人毫不费力地被升降踏板运上车，把自己安放在轮椅和婴儿车专属的空位上，给轮椅系好安全带。贺然带小桃从前门上了车，过了两站按动扶手上的下车铃下了车。

不用买车票吗？小桃心里充满疑问，但是因为不想看到贺然那副“这种小事还用问”的表情，忍住没问。后来她才知道，德国火车、汽车都很少检票，许多中国学生就像贺然这样钻空子逃票了。她一开始觉得逃票不好，但是上车就要花一欧元，每次又坐不了几站地。她每月只有500欧元的生活费，包含房租吃喝，还要省下旅游的费用，于是只好和其他中国学生同流合污了。不是父母不给钱，只是妈妈穿了十年的秋裤，破了洞还接着穿，活活咬牙给她攒出来的出国学费，她一个有手有脚的二十来岁年轻人怎么好意思再多要呢？

“一会儿给你介绍个女生，你们都是北京的，应该会有的聊。”贺然带着小桃朝一栋玻璃建筑走，路边的落叶踩在他们脚下发出清脆的微响，空气里充满草木的清香。她已经渐渐喜欢上街边粗壮的橡树和油栗树。

这里的动植物，包括人，跟中国的同一物种比，不但每一样都大了许多，而且完全不是同一个画风。比如柳树，我们的柳树可以用“千树垂下绿丝绦”这样山水画的意境来形容，德国的柳树却堪称张牙舞爪，仿佛《格林童话》里的老巫婆摇身变成的。

小桃忍不住俯身去捡一个看上去膘肥体壮的油栗，心里奇怪，为什么地上这么多栗子居然没人吃？贺然扔下一句“别吃。苦的”，自顾自往前走去。

小桃扔了那个油栗，心中笑：是啊，这世上哪儿还会有中国人没尝过的东西？若是好吃，早被中国学生抢回去糖炒了吧？

“那个北京女生，也是狼多肉少的肉？是你的肉吗？”小桃跟上贺然有点快的脚步问。

贺然笑："她是我姐们儿，早就找了德国男友。"

哦，果然像辛迪说的，中国女人出国就是肉包子打洋狗。小桃随贺然进入那个一尘不染的玻璃建筑，见一个个小台子后面都站着几个人，是迎接新生的各系学长。

她先到自己系的台子前和德国学姐聊了几句，得知一会儿要开系里的新生会。她蹩脚的英语还无法顺利寒暄，在接收到必要信息后，彼此陷入微笑的空白。

"喏，就是她，跟你一样大，已经来了好几年了。"贺然旁若无人地用中文把那个依旧对小桃微笑的学姐晾在一边。小桃随他的手指看向不远处的一个台子后站的几个人。

一个高挑朴素的中国女生站在几个人高马大的德国学生中间，纤柔而醒目，挂着和气的微笑。"这人怎么这么眼熟——"小桃看着那女生自言自语，"韩秋秋!"

安静的大厅里回荡着小桃中文的尖叫。小桃奔向那个女生，欢呼雀跃："韩秋秋！真的是你！刚才贺然说带我认识一个同龄的北京女孩，我还想会不会是我认识的人呢!"

韩秋秋——小桃高中的同班同学兼好友，高中毕业直接来德国读书。在互联网不发达的年代，她们理所当然地失去了联系，没想到竟如此遇见。韩秋秋仿佛一个从古画上走下来的侍女，娴静地微笑，比小桃的惊喜平静得多："你真的也来这个鸟不拉屎的地方了?"她身边几个德国同学虽然不懂她们说的中文，也都礼貌地陪着微笑，仿佛在赞同韩秋秋说这里是个鸟不拉屎的地方。

"鸟不拉屎?"小桃对这个陌生的城市还充满了新奇的好感，没想到却被秋秋这么评价。茫然之余竟没有意识到韩秋秋那"真的"二字蕴含她早已知道小桃到来的弦外之音。

"对啊，这里就是个鸟不拉屎的破地方。"秋秋依旧和气地笑，说的话却像贺然一样难懂。

小桃要去开系里的新生会，赶紧和秋秋交换了 MSN 和住址。"你怎么没让贺然帮你弄个手机啊?”秋秋笑着瞥了一眼贺然。

“我早就跟她说过了。”贺然抢着说。

“我认识的人也没几个，就让贺然带着我买了个路由器，比北京的快了不知道多少倍，根本用不着手机，一个MSN全搞定了。”小桃一方面真心不喜欢被各色电话任性地骚扰，一方面也是想省下钱去旅游。

小桃本来一心想要在新生会之后去找韩秋秋聊天叙旧，却没想到在新生会上遇到了她留学生活的大boss关卡：她未来两年的班主任席勒先生。席勒先生高大肥壮，像个简装版的米其林轮胎人，乍一看去憨厚慈祥。他用流利而和蔼的英文向来自十几个国家的同学介绍了学科和注意事项，以及需要准备的东西。他的目光是那么温柔善良地扫过小桃，让小桃实在不好意思承认自己听懂的内容还不到一半。放眼望去，她的同学不是黑的就是白的，好容易凑过去和一个亚洲长相的女孩用中文搭话，人家还矜持地微笑说：“I'm Japanese.”（我是日本人），然后继续认真听讲，一副英文好棒聚精会神的模样。眼巴巴看着别的同学都走笔如飞的记了一大篇英文笔记，小桃心惊胆战地下了课。她心虚地凑到席勒先生身边，等了半天别的同学有问有答的对话，才用自己盘算了半天的一句英文跟席勒先生说：“Sorry，Mr. Schiller，I didn't... write down all the... information. Could you tell me...（对不起，席勒先生，我没记下来所有的信息，您能不能……)”还没等小桃结结巴巴地问完，她就感觉一道带着笑容的寒光从席勒先生的眼镜片后面闪过来。他微笑着打断小桃：“It doesn't matter. I can send you the file via e-mail. Just write down my e-mail and send me yours.”（没关系，我可以把文件用电邮发给你，把我的电邮地址记下来发给我你的就行)。

大哥，你要不要说那么快让我听不懂啊？你看我说一句英文就已经费劲成那样了，你说这么快是不是成心要我死啊？小桃心中千万匹草泥马奔腾而过，却只在席勒先生面前呈现出一片虔诚的痴呆：“I beg your pardon...”（麻烦你重复一下)。

席勒先生扶了扶眼镜，深吸一口气，像是压抑自己即将临界的耐心值，寒光愈发遮蔽住那笑容："I said, write down my e-mail and send me yours."（我说，把我的电邮地址记下来发给我你的）。他稍微慢了一点点，但是语气里已经充满了不耐烦。又有其他外国同学围过来要问问题，他们拿着笔记本耐心地围观小桃。

小桃努力消化他不啦不啦说的话，好像有一个 E-mail 这个词，她连忙掏笔说："好好好，不是——OK，e-mail." 外国同学们依旧耐心地围观着，小桃感觉各国同学的目光开始焚烧自己，她面红耳赤又手忙脚乱，翻出笔记本记电邮地址。席勒先生依旧程式化地微笑着，说："Schiller, slash…" 小桃写 S、H…… "No no no, SCHILLER, S, C, H, I, L, L, E, R." 小桃心中感谢他帮他拼写出来，但是下一个 "slash" 他怎么也不肯帮她拼写，只是一遍又一遍地瞪着眼睛说："slash! slash!" 小桃在各国同学安静的注视下越来越慌张，实在不知应该怎么拼，只好瞎拼了一个，却被席勒先生夺过笔，重新写了一遍自己的 E-mail，然后把笔扔下转头去回答其他同学的问题，再也不多看小桃一眼。

小桃拿着那本写着宝贵的 E-mail 笔记本仔细端详，原来那个 slash 根本不是姓名，而是一个倒霉的斜杠 "/"！这个词托福和英语四六级怎么都没教过啊！而且这鬼画符似的连笔英文是怎么回事？我怎么看不出他写的是什么啊？小桃欲哭无泪，拖着沉重的步子走在暮色渐浓的异国街头，手中笔记本上记的电邮，仿佛是自己和这个陌生世界连接的唯一路径。她只有破译了上面的连笔英文书法，正确发出 E-mail，才有可能获得接下来学习的资料，好像进入下一关之前的大关底，而那个米其林似的席勒先生就是坐在大关底的大 Boss。

她心力交瘁，想去找韩秋秋帮她破译鬼画符的电邮地址，却正巧瞥见韩秋秋挽着帅气的德国男朋友消失在校门口的街角。她想追，却只能站在红绿灯下看着汽车无视路人地呼啸而过。这是一个红灯停绿灯行的规则世界，如果她此刻无视红灯踏出一步，很可能被飞驰而来的汽车撞飞并且负交通肇事的全责。

必须要遵守这里的规则。只有这样她才能活下去。

她烂到无法交流、甚至无法学习的英文，怎么能让她懂得这里的规则，在今后两年活下去呢？她忽然再一次好想家。好想回家。

小桃到了这里，说话的声音变得很小，多数时候独自低头行走。无论遇到什么事情，她都会平静地面对，但是在一个人的时候会静静流泪。特别是在想起家的时候。

可是这次她咬着唇，没有哭。哭应该是为了达到目的而给别人看的表演，而此刻，她连一个观众也没有。

她安静而迅速地穿过亮起行人绿灯的马路，又在走到马路尽头时如泄了气的皮球一般缓慢前行。街上行人本来就稀少，在渐渐失去的日光中更加零落如幽魂。小桃进了充满奶油洋葱咖喱芥末酱油等各国饭味的学生公寓，在电梯里按下 3 层的按钮。

一个人都没有遇见，无论熟人还是陌生人。他们仿佛都在忙着各自的事情。小桃走过漫长的走廊，每一扇门后都关着各自的热闹。他们热闹他们的，和小桃全部无关。

当小桃掏出钥匙想开门时，才发现门口站着一个人。

第五章

是谁拯救了谁

小桃心中一颤，脑中第一个念头是想，千万别是非洲人。上次她在漆黑的楼道看见飘过来两只闪亮亮的眼睛，吓得她魂飞魄散，仔细一看才发现是肤色黝黑的非洲同学迎面走来。她本身并没有种族歧视，因为她在这里也不过是有色人种的外国人，可是上次她真的感觉自己被惊吓得头发都竖起来了。

但是这个颀长的身影随着声控灯的点亮成为实体，却是一张小桃熟悉的脸。因为小桃怎么也想不明白这张脸为什么此刻会出现在自己面前，所以盯着他恍惚地看了半天。

英朗的眉，俊秀的眼，挺直的鼻子和微微带笑的唇，是莫问，没错。

“是我疯了还是你疯了？”小桃瞪着莫问似笑非笑的面容自言自语。

莫问只是带着神秘的微笑，一言不发地轻轻将小桃拿着钥匙的手举起来，帮她把钥匙插进钥匙孔：“进屋再研究。”

先是他乡遇故知，遇见了韩秋秋；再是金榜题名之后被米其林恶魔席勒先生蹂躏；现在居然和本该在英国上课的大哥莫问一起站在德国的学生公寓里。小桃在经历了这一天诸多刺激之后，大脑自动死机，呆傻地随着莫问进了自己的房间，呆傻地看着莫问拿过自己的手中的笔记本瞥了一眼，蹙眉问："哪个帅哥的电子邮箱?"

小桃眼前闪过席勒先生的冷面胖脸，苦着脸说："一个承诺跟我共度两年德国生活的帅哥。"她忽然灵机一动，急切得像个抓住最后一根稻草的落水者，"你知不知道这个鬼画符的邮箱地址到底是什么？知不知道?!"

莫问端详了一眼小桃的神情，第二次向笔记本瞥了一眼，眉间的沟壑飞扬成笑，却抱臂假装为难地说："知道是知道，只不过……嗯……既然有帅哥追你，我这次就有点难办了。"他顺势瞥了一眼自己的脚边。

小桃随着他的目光看去，才发现他身边放着一个不大的行李箱。

小桃更慌了，连忙问："什么意思？你怎么找到我的……认识你又知道我地址的……只有韩秋秋那个死丫头！是不是她告诉你的？你要干吗?"

莫问不答，只带着他著名的笑容懒洋洋地坐在椅子上舒展自己的长手长脚："独在异乡为异客，每逢佳节倍思亲。值此中秋佳节的美好时刻，你给一个坐了快十个小时飞机的人点饭吃再说好吧?"

小桃惊呼一声，跑过去看窗外的月亮。又大又圆的一个月亮摊在天空里，她这才豁然醒悟，太久没用关注农历的自己忽略了一个重要的节日。

她又看看莫问，他面色已经在疲惫中加了些不耐烦。她知道莫问属于那种一饿就心情不好的人。上高中的时候，他曾经在上午的最后一节课因为肚子饿，跟老师大吵了一架。

"你不是早该去帝国金融学院报到了吗？怎么刚从北京飞过来？还飞到这里来?"小桃一边问一边打开冰箱做饭，安慰自己：给他做饭并不是因为我甘愿被这个莫名其妙闯来的家伙摆布，而是因为中秋节的仪式感而已。

“我飞伦敦在柏林中转，顺便看看你这个半句德语都不会的家伙是不是还活着，不好吗?”莫问笑得更加神秘了。小桃却被“活着”这个字眼击中，转身背对莫问自言自语说：“人倒是还活着，可离死也不远了。”

“什么?”莫问望着小桃背影的目光，却远没有他的问话那么一无所知。那目光里有担心，有牵挂，还有几分因这不该有的牵挂而引起的挣扎。

“没事。”小桃不再说话，沉默而熟练地洗菜做饭。每天也都这样简单地弄些接近中餐的饭菜，也都这样沉默地忙碌。可是今天有些不同，因为她的身后坐着一个男人，不像贺然那样喋喋不休的中国男人，一个早就相互熟识的男人。他安静地注视着她的忙碌，她因为他的注视而不再孤独。

裹着中国味道的炊烟在德国小城的公寓房间里飘荡，小桃沉默而娴熟地做了莫问最爱吃的西红柿炒鸡蛋，把在电饭锅里煨了一晚上的红酒焖猪蹄拿出来，又将超市里最便宜的蔬菜——胡萝卜切丝，放进黄油里煎炸到熟软，淋上放好盐的蛋液让胡萝卜丝成饼，再撒上切片奶酪化开。莫问沉默地看着她忙碌的背影。

两个他乡重逢的故交在不经意间，唇角都挂上了一抹笑意。此刻他们都有一个心照不宣的想法：尽管什么都不说，只要知道彼此还在这里，就足矣抚慰自己一天的惊心动魄。

是的，一天的惊心动魄。如果父亲知道他没有去帝国金融学院报到却逃到了这个偏远的德国小城，如果父亲知道他即将展开的计划，是不是又会在家里掀起一场血雨腥风?

“所以，你本来要去伦敦上学，却忽然想顺路吃根德国香肠?你当是去咱们放学路上拐角那家烤肠店吗?果然有钱就是任性啊!果然疯了的人是你啊!”小桃边吃边嚷。莫问无奈地把小桃喷出的米粒从自己脸上抹去，嫌弃地弹掉说：“我们都是去那家店吃羊肉串，只有你这种没见过什么世面的才去那儿吃烤肠。你知道英国菜的难吃是闻名欧洲的，而且你这个地方刚好适合我吃德国香肠。”他环顾狭小的房屋，满意地欣赏说，“又小又破又安静，但是有现成的一日三餐……嗯……没人会想到我在这里的。”

小桃把他要夹的西红柿炒鸡蛋用自己的筷子飞快抢走说：“大少爷，没人逼着你在这个又小又破的地方吃我又小又破的西红柿炒鸡蛋啊！”她狠狠地把抢来的菜塞进自己嘴里咀嚼说，“你知道德国的菜比中国贵好多，我可养不起你。”

莫问轻笑了一下，幽幽说：“真可惜啊，本来我还怕你刚刚出国，语言啊生活啊各种不习惯，本来想陪你共渡难关的。”他似有若无地朝书桌上那本依旧摊开的笔记本瞄了一眼，小桃下意识随他的目光看去，那笔记本像是一只狠心的手，揪得她心头一紧。他接着说，“更何况……你知道的……我又不缺钱，饭钱是可以管够的……”

“哦……唔……其实呢，我也不是那么不仗义的人，你看你都大老远来投靠小弟我了，我哪能把你拒之门外呢？可是……咱们也都长大了，共处一室很尴尬啊……话说你要住几天啊？”

莫问端起菜盘，把剩下的西红柿炒鸡蛋都拨到自己的碗里，慢吞吞说：“要是顺利的话，用不了几天……”

小桃忍不住探头问：“吃德国香肠有什么顺利不顺利的？要是不顺利呢？”

莫问的目光忽然像冰锥一般射向她。她心中一颤，不自觉向后靠了靠，一时间仿佛觉得眼前是个陌生人。

莫问犀利的目光如流星般熄灭在双眸的深处，夹起一筷子胡萝卜，扯了一下唇角说：“要是不顺利，就更用不了几天的。”

看着莫问高深莫测的样子，小桃已不敢多问，生怕哪句话问不对，又让他眼里生出刀子，把自己扎个透心凉。她默默打量认真吃饭的莫问，这个她认识多年的高中同桌，仿佛在这消失的几年生出许多秘密。他在英国是不是遇到了什么不寻常的事了？还是……他只是从男孩变成了男人，自然多了些阅历的熟味？想到这里，她不由得重新用审视男人的目光打量他。

尽管有些仆仆的风尘，他的白衬衫却一丝未乱，开着两颗纽扣的衣领深处，有暗色的筋脉延伸在颈侧，英挺的鼻梁，浓密的睫毛，高昂的眉宇，早已脱了当年的稚气。

他真的已经变成一个男人了，在小桃没看见的时候。

小桃正偷看莫问的面容，莫问已吃完饭，心满意足地抬起头。他的目光刚好对上她的目光，让她脸上莫名一热。

她连忙扭头站起身："哦，对了，我昨天刚好从超市买了瓶红酒。这儿的红酒真便宜，满满一货架都是两三欧元的好酒啊！"她用红酒起子费力地往软木塞里面钻，莫问就抱臂坐在她对面默默看着。看到她龇牙咧嘴把起子钻进去又拔不出来，终于说："我来。"

他拿过红酒瓶子，单手拉住起子，颈边的筋脉连同白衬衫中的肌肉微微涨鼓，那个顽固的软木塞无力地离开了酒瓶。"再给我盛碗饭。"莫问头也不抬地对小桃说。

小桃撇撇嘴，起身给他盛了饭："上次吃莜面也没见你这么能吃啊。"

莫问把酒倒进红酒杯，轻摇浅晃，闻了闻之后撇嘴说："上次根本没吃饱。"

小桃打量莫问，才发现他巨大的体积让本就不大的公寓显得更加狭小了，自言自语："长成那么大一只，真费粮食。"

莫问继续夹菜吃饭："你这个碗太小，简直像是猫用的。做的菜也不够，下次多做点。"

小桃看着他大嚼大咽的吃法，好像之前的饭菜根本不是他吃的，边喝红酒边啧啧称奇："我要是猫，你简直是只大金毛。不对，金毛多温顺啊……你是白眼狼——特大号那种——不但吃人家的还不领情。"

莫问又干掉一碗饭，把空碗递到小桃跟前："还有吗？"

小桃被他吃得直发慌："有……有……都给你，看不撑死你。"

"好吃当然要多吃点。"

哪个女生不喜欢男生夸自己菜做得好吃？何况还是这种身体力行的

夸法。小桃心头暗喜，却骄傲地不显露出来，故意对他啧啧摇头说："高手啊……真是高手……"

他指指胡萝卜奶酪做的鸡蛋饼："这是什么？特好吃。"

小桃忍不住得意说："这是我的独门私房菜——晴天蛋饼。中西结合的风格是不是特别有创意？"

莫问点点头，就着晴天蛋饼和红酒焖猪蹄毫无压力地干掉了整锅饭。电饭锅虽小，但小桃从来没想过一次吃完整锅饭的景象，只好坐在他对面边喝红酒边围观这壮观的吃法。不知不觉中，她把自己围观得飘飘忽忽的，飘忽间她生出一种莫名的想法：要是把莫问灌醉，说不定就能套出他那些貌似说不得的秘密了。

"海上生明月，天涯共此时。值此中秋佳节……来……我们干了这杯……"小桃酒量相当一般，自己明明已经说话不利落了，还为了灌莫问，率先干掉一大杯。她微醺的脸，白皙的面容开出两朵粉红的花，莫问微笑地欣赏着，浅酌了两口。

"你……你没喝完……你……你……不地道……"小桃不依不饶，莫问只好喝光了杯里的红酒，她连忙给他再次斟满，"来来来……海内存知己，天涯若比邻。再祝我们他乡遇故知……干……"她举杯又要干，莫问连忙按住她的手，"你已经醉了。"

她推开他的手："谁……谁说的……我……我没醉……我清醒得很……"她喝了一大口红酒，瞪眼看莫问，"你喝呀……喝呀……谁不知道你上学的时候就是著名的千杯不醉，老是跑到后海去抽烟喝酒打扑克，还被教导主任老刘抓住记过处分……你快喝！"

莫问又被她逼着干掉一杯红酒，面色根本丝毫不改，气定神闲地端详面前东倒西歪的小桃："小桃，到德国是不是好多男生追你啊？"

小桃得意一笑："那……那还用问……姐姐我到哪儿都是个臭鸡蛋，招来一堆苍蝇……"

莫问不动声色接着问："那你看上谁了？"

小桃又喝了一大口酒说："切……谁会看上苍蝇啊……没一个像样

的……我真是红颜薄命……君不见……高堂明镜悲白发，朝如青丝暮成雪……人生得意须尽欢，莫使金樽空对月……”每逢酒醉，小桃就会高歌《将进酒》。

莫问轻轻嘘了一口气，晃动着酒杯里的红晕，那红晕映着小桃的脸，杯影交碰间，已分不清哪个更醉人。

“那……那个邮箱地址……”莫问不顾低吟着漫长诗句的小桃，看似不经意地轻轻问她。

小桃忽然像触了电门似的跳起来：“对、对、对了！米其林恶魔！快帮我发邮件!”

莫问被小桃拉着发了一通邮件，帮她修饰了英语的词汇，通顺流畅地发了一封向老师要资料的信，两个人都像放下心中的大石一般长吁了一口气。不知道是不是因为酒的缘故，莫问仿佛笑得更加开心。他侧头看小桃，见她已经几乎睁不开眼睛，还努力在看着自己问：“你先别说我……说我……倒说说你自己……你偷偷跑到我这儿吃德国香肠，会不会引来追兵？……不会……不会明天早上又有两个彪形大汉堵在我门口要……要人吧？”

莫问沉默半晌，看着闪烁的电脑屏幕犹豫说：“不会的，他们应该不会这么快找上门来……我只是要借你的地方干一件大事……这件事如果做成了，我的人生就有了翻盘的机会……”他认真地望向小桃，可听他说话的人已经歪着脖子睡着了。他无奈一笑，把小桃抱到床上盖好被子。刚要起身，小桃却狠狠地搂住了他的脖子。

他被小桃拽倒在床上，却听小桃梦呓一般地说：“说……快把你的秘密说出来……那么多年没见，你为什么变成了一个这样心事重重的男人……到底发生了什么事……”

莫问倒在小桃的枕边，看着她微醺的睡脸，明媚无忧的睡脸。他抬起指尖拂去她颊边的乱发，半是自言自语地说：“若是我还和你一样，是个无忧无虑的学生该多好……可惜……我再也回不去了……”

小桃咕哝着听不清的梦话，算做对他的回答。他忍不住抬手去触摸小桃纯真的睡容，像是触摸自己再也不可能回到的过去。是从什么时候开始的呢？自己的心境已苍老得回不到从前。他真的再也回不去了吗？或许小桃是唯一能带他逃开那些过往的出口，或许拥有她，就不会如此悲伤得喘不过气。

他忍不住将自己的唇渐渐接近她的唇，接近，再接近，可是那些纷扰的过去，一片片如飘零的雪花，拍打在他赤裸的心上，无声，却冰冷疼痛。在疼痛的挣扎中，一个声音在心底冷冷地说："莫问，你不要再傻到轻易相信别人，轻易交出自己的心。"他颓然坐起身，望向窗外。窗外的夜漆黑无边，如同自己的心。

第六章

非典型同居

小桃被一阵宿醉的头疼唤醒，耳边响着莫名的鼠标和键盘声。天已大亮，她昏沉沉坐起身，看到书桌前坐着一个人。她不禁倒吸一口凉气，拉起被子躲在墙角。

哦，对了，是莫问。这个不速之客昨晚突袭她的公寓，此刻俨然一副鸠占鹊巢的架势，边喝着咖啡边在电脑前忙碌。

等等，为什么我身上凉飕飕的？小桃偷偷端详被子里自己的身体，啊!？怎么居然只穿件内衣?！再仔细往下检查……嗯，还好，昨晚的裤子还在身上……可是……可是这到底是什么情况？

“你……你……你把我怎么着了？”小桃裹紧被子颤声问。

莫问瞥了她一眼，继续盯向电脑屏幕：“你醒了？”

小桃看他一副淡然的样子，又看看半真空的自己，怒从心头起：“我问你呢！你到底把我怎么着了？”

莫问不答，仿佛没听见，只是蹙眉对着电脑屏幕忙碌。小桃恨得牙痒痒的，心想：你对我下此毒手，居然还摆出一副始乱终弃的样子，要不要这么薄幸啊！她刚要发飙，莫问却似百忙中终于有空理她的样子，喝了一口咖啡淡淡问："你真不记得你昨夜都干什么了？"

小桃转着眼睛想了半天，只记得自己要灌莫问酒，企图套出他的秘密，可是自己却莫名其妙在桌前睡着了……后面的事情……怎么就一片空白了呢？小桃只好虚张声势颤声叫："你……你干了什么你自己清楚！"

莫问又对着电脑屏幕一阵忙，不再理她。小桃只好趁他不注意，抓起衣服穿上，过来看他到底在忙些什么。

屏幕上绿绿红红的一堆线，还有各种数字穿插其中，看也看不明白，但是看莫问严峻的神色和电脑边已见底的大杯咖啡，他显然是忙了好久了，该不会……

"该不会你一夜没睡吧？你到底在忙什么？"

莫问抬手叫她安静，专注地忙碌着。小桃翻了个白眼，抱臂在一旁等了半天，才见他关了电脑，疲惫地揉了揉太阳穴靠进椅子里，向小桃勉强一笑："忙着赚钱买德国香肠啊！这是国内一只利好的独家期货，所以我会晚上赚香肠钱，白天借你的床睡觉。"

"哼……还得靠炒股才能买得起香肠，你果然还是我那个不靠谱的大哥。当年你跟我借的两块钱至今都没还吧？"

"不是股票，是期货。"莫问耐心解释，被她认真的样子逗得哭笑不得。天下竟然真的有人相信他堂堂莫问买不起香肠。

小桃凑近他的脸，研究他那副想笑又竭力忍住的表情："你骗我的吧？是不是？你到底在搞什么鬼？不会想要赖着我请你吃香肠吧？我先提醒你，可别做梦了！"

"昨晚本来想让你请来着，可是还没来得及说你就倒下了。"莫问伸个懒腰站起身，从行李箱里翻出洗漱用具。

小桃气得直翻白眼："你还赖起我来了？我倒下之后你到底对我干什么了？"她像只跟在大野狼身边的小猫，徒劳地阻拦他的脚步。

莫问似笑非笑地打量小桃："你这么紧张，不会还是处女吧？"

小桃看他一副始乱终弃的样子就来气，追着他跑到洗手间："作为一个二十一世纪的男人，你该不会还土气到有什么处女情结吧！?"

莫问边刷牙边说："那倒不至于，只是看你大大咧咧的，又那么多男孩子追……"莫问像是想起了什么，漱了几口水追问，"上次在学校门口……你该不会还是初吻吧?"

混蛋！那当然不是本小姐的初吻了！可我犯得着告诉你吗？你这个玩弄女生的色魔！那些苍蝇们也没你这么乘人之危的！小桃气得涨红了脸，揪起他的衣领拽到自己身前："少跟我废话！快说你昨晚到底干什么了！不然姐现在就把你哄出去，什么炒股票炒期货，你还是上大街糖炒栗子去吧！"

莫问揶揄的笑容渐渐消逝，认真地看着小桃因为愤怒而绯红的脸，后悔自己的玩笑开得有点太大了，蹙眉指了指扔在墙角衣物篮里的脏衣服。

小桃看去，是自己昨天晚上穿的衣服，污渍斑斑，显然是吐过。她的回忆瞬间被一段段召回，自己躺下之后没多久就吐了，莫问帮他脱去了脏衣服，照料她喝茶水，她还……她还半裸上身在床上跳舞，又哭着装成被主人抛弃的小猫……还拉着莫问要去 K 歌来着！

喝酒断片的记忆被找回来，恐怕是人生最难以面对的瞬间之一。小桃捂着脸逃出洗手间，躺在床上轻叹："唉……为老不尊了啊……"

小桃从图书馆回来，满载着席勒先生要求准备的资料，踏着秋季特有的草木芬芳和枯叶的清脆微响，轻轻哼歌。她仰头看着德国天空的白云，美丽而陌生；侧头看着不远处的学生公寓，那陌生感被心底的温暖融化，轻柔流淌，漾成脸上的笑。就是这同一条路，昨晚还是那样孤独漫长，今天却因为不远处那个应该还在熟睡的人，变得轻松而美妙。这对她来说是一种陌生的心情，可是在这陌生的城市里，她已经来不及区分陌生和陌生的不同，只是带着微笑走进学生食堂，和还不太熟的同学点头说声"Guten tag"（Guten tag：德语，你好），然后自己吃了一份午饭，又给莫问带了一份。

德国食堂是没有打包盒的，小桃在金发碧眼的围观中，赫然端着托盘走出食堂，过马路进公寓，一直端到三楼自己的房间。她轻声开门，见莫问依旧熟睡，就把菜放进微波炉，以免热量过快散掉。

还有三天就要开学了，不知道自己这三脚猫的英语能应付多少课上的内容，也不知道是不是别的老师也和席勒先生一样难搞，这些翻飞的忐忑在看到莫问熟睡的面容时，莫名地平静下来，如同纷乱的尘埃遇见大海。

这个人，怎么就会漂洋过海睡到了我的床上呢？一切好像是在做梦，可他平稳的呼吸声是那样真实，浓密的睫毛是那样熟悉。记得在我醉醺醺的记忆里，他说他要干一件为人生翻盘的大事，我弄不清这大事和他忙碌的电脑数据有多大关系，可是看他盯着屏幕的样子，是我从来没有见过的认真。这个熟悉又陌生的男人，到底还藏着多少我不曾知道的秘密呢？

男人总是因为认真而更加男人，人总是因为有秘密而更加迷人。

小桃怔怔看着莫问的脸出神，MSN 上忽然来了新消息。韩秋秋八卦的脸尽管躲在 MSN 那头，还是在她打出来的文字里一览无余：桃桃呀，是不是昨天有什么贵客登门啦？

小桃撇嘴回应：死鬼，都是你出卖我。

——嘤嘤嘤，臣妾冤枉啊！这么全校著名的高富帅点名要去找你，我哪敢拒绝啊？

——既然是高富帅，你干吗不把你自己的地址发给他，把他给收了？

——我倒是想呀！可我家这个鬼佬男人看得紧，我哪敢自取灭亡啊？

——福都让你享了，罪都让我受了。

——这是天上掉下来的馅饼啊！他老早就在 MSN 上留言说让我弄到你的地址，我当时都懵圈了！现在卷了他老爸给他的几十万学费去找你，难道不是要跟你私奔的节奏？

小桃心中一颤，仔细看了看韩秋秋打的字，确认自己没有看错。

——什么？卷了几十万学费？他告诉你的？

——他那么鸡贼，怎么可能告诉我？你别看我在国内无声无息，这几年欧洲留学生圈子已经遍及我的耳目，是帝国金融学院的同学告诉我的。

小桃看看莫问宁静的睡脸，万万没想到自己收留了这个胆大包天的孙悟空。他要西天取经，凭什么让我去当任劳任怨的白龙马？更何况……是在招呼都不打一个的情况下！莫问像是被小桃焦灼的视线盯难受了似的，在睡梦中挠着脸翻了个身，背对住她。

——他同学说什么了？

——莫问没告诉你吗？

——快说快说！

——他同学说帝国金融学院开学已经两周了，昨天是这学期报到的截止日期，莫问连最后一个学期的学费都没交，更别提报到了。他上个星期就让我打听你的地址来着，我还是听他说的才知道你也来科特布斯了呢！他怎么什么都没跟你说啊？难道你们俩光忙着干别的了……

——你拉倒吧！我们什么也没干！改天再跟你说！

小桃气哼哼合上笔记本电脑，莫问被吵得身子一颤，可还没醒，显然昨夜那期货之战确实壮烈费神。小桃站在床边，用膝盖顶了他几下："起来起来，别睡了。"

莫问惺忪着睁开眼，抬头烦躁地看她："啊？"

"我有话问你，你赶紧给我起来。"

莫问的脖子支撑不住未醒的头，再次倒回枕头里，闭着眼说："讲……"

"你是不是为了完成你的圈钱大计而放弃了帝国金融的学业，把你爸给你的学费卷包用来炒股？还要在我这里炒股？为什么啊？你在哪儿干这可能被你爸炮轰到死无全尸的事情不好，偏偏要来连累身在异国他乡可怜的我？这就是你翻盘人生的伟大构想吗？你家都那么有钱了，怎么贪得无厌至此啊?!”小桃连珠炮似的问完，再次迎来莫问长久的沉默。长久的沉默之后，才传来莫问喉咙间低低的一声“嗯”。

小桃对莫问这不咸不淡的回答相当不满意，使劲拉他的胳膊，想把他拉起来，可是却只能像只徒劳的想要拉起大象的老鼠。莫问蹙眉不耐烦地一拽胳膊，反而把小桃拉倒在他身上。

小桃在毫无预警之下瞬间倒进莫问怀里，他半睁的星目就在小桃面前，浓密的睫毛下，目光却是冷冷的。小桃心中一颤，脸上却控制不住红起来。

“你……你……干吗?”小桃被他拽着，根本起不来，只能虚张声势。

“我在你这里住不了几天，但是我在这里的几天，麻烦你记住两件事。”莫问的声音低沉喑哑，却透着不容置疑的口气。

“什……什么?”小桃不由自主被他的气场打败，声音越来越弱。毕竟她现在在他怀里，想要嚣张也没什么立场。

“我最讨厌两件事：一件是吃不饱；另一件就是在我睡觉的时候有人吵。”莫问胳膊一抬，像大象弹走一只恼人的老鼠。小桃身不由己站了起来。

莫问翻身对着墙继续睡，小桃只能呆呆站在他跟前，气得直笑。这明明是我的家，怎么居然他变成了主人似的？她想再继续争辩，想起莫问刚刚可怕的样子，又有点心虚，可是自己好歹也是雌霸一方的夏小桃，就这么灰溜溜被打发了岂不忒没面子？她进退犹豫间，莫问忽然低声说：“放心，我不会连累你。若是有事，我会替你挡；若是没事，你也会得到你应得的报酬。”

莫问背对着她，看不见脸，小桃却可以想象出他此刻闭着双眼的冷淡模样。

连累我？我夏小桃是个怕连累的人吗？我只是气你有事却瞒着我。还报酬？我虽然穷，但也不至于真缺这点招待朋友的钱！你若是真把我当朋友，怎么会说出这些话来!?

小桃气得牙痒痒的，却一句话也说不出，憋了半天只说一句：“我下午系里有会，饭在桌上你自己热……花了两欧八，记得给钱！”她说完拿起书包摔门而去。

莫问被小桃的摔门声惊得浑身一震，赌气蒙头大睡。也不知过了多久，他被周围昏暗的光线惊得睁开眼坐起身，看看写字台上的闹钟，离中国期货开市时间还早，才算松了口气。

按照昨晚的战绩，情势并不乐观。他的学费再加上之前他炒股攒的钱，这次必须要达到20倍的利润才能把上次损失的钱弥补回来，如果弥补不回来，不但这辈子都在父亲面前抬不起头，还可能后半生都只能任由他摆布。他虽然不知道自己要什么，但是他知道自己不要什么。

他不要任人摆布。而经济的独立才是他人格独立的根本。上次在叶笙身上犯的错误，将是他在女人上犯的最后一次错误。

想到叶笙这个名字，她艳丽如花的笑容像一根刺，搅得胸中绞痛。他至今无法相信叶笙会带着他的钱，不惜被英国通缉而潜逃海外。两千万，这就是莫问初恋的代价。

他不允许自己在同一件事情上犯两次错误。所以，他不允许自己身上再发生和爱情有关的事。不爱，就不会乱，就不会任人摆布。

“咱们这身份地位，女人接近你都是有企图的，就别指望什么爱情了！”父亲虽然一贯独断专行，可或许他的这句话是对的。

曾经想寻求真爱，却总和钱财遭遇。这让莫问对这个世界感到绝望，因此对自己绝望。他知道，这让他的血已经冷掉了，想热也没有力气。

莫问咧出一个比哭还要苦涩的笑，借着窗外昏暗的灯光站起身，看到桌上放着一个盛满饭菜的托盘。

尽管饭菜已冷，却仍然激起了莫问空白了一天的食欲。小桃那震耳欲聋的摔门声随之轰响在记忆里。

“你在哪儿干这可能被你爸炮轰到死无全尸的事情不好，偏偏要来连累身在异国他乡可怜的我？”小桃的话，让他想起自己被叶笙卷包之后的日子。他那些昔日一起吃喝玩乐的富二代朋友们仿佛都像躲瘟疫一样躲着他，他低下一向高昂的头颅，咬紧牙关才向两个自以为肝胆相照的好哥们儿借钱，可他们却都推说没钱；偶然听到他们在背地议论，听到的就是这“连累”二字。他们都怕父亲的背景，怕自己帮了莫问反而被莫问的父亲问个包庇之罪。何况，这钱若是莫问的父亲一气之下不管了，还钱之日可就遥遥无期了。

说到底，小桃和那些朋友也没什么两样，也是怕受自己连累。所幸她把话讲在明面上，不在背后嘀咕。莫问吃着刚刚热好的饭菜，肚里有食，心里对小桃的怨不由淡了。小桃虽然嘴上不饶人，对人还是实实在在的。也许他说的话有点太重了？谁让她偏偏在他最容易生气的睡觉时间跟他碎碎念呢？等她回来看看她还生不生气。

莫问边吃边听着门口的动静，几次有人经过都以为是小桃，可一颗悬起来的心又随着脚步声的远去落了下来。就这么七上八下的，一整盘饭都吃完了也不见小桃回来。

他边心不在焉地等小桃，边漫无目的地四顾这个简陋而狭小的房间。他自嘲地笑了笑，笑自己自从和小桃重逢，真的见识了所有贫民窟的类型：中国的危旧平房和德国穷学生宿舍。他瞥着那狭小的单人床，忍不住活动自己一夜在硬床上没伸展开的脊背。他越看这个房间的东西越不顺眼，打开德国的家具网站，疯狂采购了一堆家具饰品。他买家具的速度比小桃在超市买扫帚的速度要快得多，所以当他火速结束网购，不由得再次对迟迟未归的小桃胡思乱想。

都这么晚了，她是去外面和同学一起吃饭了？和谁？男的女的？或者……她会不会出事了？德国这边时有纳粹出没，那些人高马大的日耳曼壮汉要是喝多了啤酒，遇见小桃这么个东方女孩……莫问连忙穿起衣服冲到楼下，急匆匆左右寻找了一通也不见人。他给韩秋秋打了好几个电话，韩秋秋都说不知道，又找了小桃系里的会议室，早就关灯锁门了。他想回去看看小桃是不是回家了，才想起自己没小桃家钥匙，只得坐在门口的台阶上等她。

离中国期货开盘的时间越来越近，可是他此刻却一点也顾不上担心这些，只对小桃的安危越来越着急。她来这里没几天，认识的人不多，能去哪里呢？正急得团团转，小桃抱着一摞书从远处慢悠悠地走过来。

哦，看样子是去图书馆了，怎么我刚才去图书馆没看见她？莫问心中一块石头落地，却不知道该怎么解释自己为什么傻站在这里了。趁小桃还没看见他，他连忙急中生智，戴起帽衫上的帽子假作跑步状，装模作样向小桃跑去。跑到小桃身边，他故意慢了一下，等着小桃叫他，他才好名正言顺地跟她遇见。可小桃眼大无神，根本没看他一眼——或者是明明看见了却假装没看见——直勾勾从他身边走了过去。他只好跑过去之后又跑回来，故意惊叫：“呦，这不是小桃吗？你看多巧，我刚出来跑步就遇见你了。”

小桃面无表情瞄了他一眼，继续往前走。

莫问只好尴尬地自言自语说：“呵呵，我也跑得差不多了，正好跟你回去。”

小桃脚不停步问：“到底是跑得差不多了还是刚出来跑？”

莫问假装擦汗，跟着她进了电梯：“要按平时我跑步的距离呢，还远远不够，不过我刚刚经过……跑过超市的时候买了这个……”他从自己的帽衫兜里掏出一袋子德国香肠，举在小桃面前察言观色地晃，假装为难地说，“怀里揣着这些美味可口的奶酪香肠实在不方便……也只能跑这么远了。”

沉默。

小桃不知有没有相信莫问那番话，只是全神贯注盯着电梯上的数字，仿佛等待蜻蜓落上枝头的猫。电梯安静地发出轻响，那轻响拉长了时间的长度，让每个楼层数字的变化都仿佛花了好久。莫问几乎能听见小桃淡淡的呼吸声和自己咽口水的声音。

小桃这个吃货在她最爱吃的奶酪香肠面前都不为所动，莫问深深觉得自己这次怕是摊上大事儿了。

三层即将到了，莫问正准备走出电梯，却被小桃轰隆一声单手按在电梯门上。莫问虽然人高马大，被小桃突如其来从背后这么一按，也只得把整个脸贴在冰凉的电梯门上。

“我跟你只说一次，你给我记住：不管你有多了不起，在干一件多了不起的事，现在你在我的地盘，就得听我的，以后少跟我耍什么大少爷脾气。跟姐斗，活腻了吧你！”小桃的嘴巴贴在他的耳边，用不高的音量说完，把夹在腋下一摞沉甸甸的书塞进莫问怀里，绕过他走出电梯，“饭钱我会记账，房租跟我均摊，我不会让你吃亏，可你也别想占我半分便宜，更别想把我当丫鬟使唤！屋里都脏成什么样儿了？马桶也该刷了！是真心看不见吗？”

莫问看着她煞气逼人的背影，却让他不由想起多年前那个绑着马尾辫穿着校服，在学校里昂首游走的女汉子小桃。

小桃依旧是当年那个无所畏惧的小桃，不会惧怕莫问父亲的势力，也不会为莫问的钱财所动。或许莫问已被这无奈的世界搞得如惊弓之鸟，想得太多，对任何付出和得到都要掂一下这背后的重量，而小桃却还没有。

猜疑和误会被小桃无所顾忌的一推，推到了找不到的地方。

仗义。或许他心底有着对小桃的这样一份信念，也由此存着对小桃只身在外的挂念，才会千里迢迢到这里来找她吧？

莫问连忙在电梯门关闭之前跟出来，面上浮出难得的由衷笑意，却说不清这笑是为自己，还是为小桃。

几日过去，小桃开学了。她战战兢兢地去上学，垂头丧气地回宿舍。一进门就倒在床里，像是个刚打了败仗的士兵，疲惫得说不出一句话。

莫问凑到床边笑嘻嘻地问：“上课没听懂？”

小桃轻叹一声，闭着眼有气无力地说：“反正听懂的没有听不懂的多。”

“这很正常啊。就你那英语水平，有听懂的就不错了。”

小桃瞪他："你少跟我这扯闲篇儿，你的大业完成了没有？完成了赶紧走人。"她瞪了片刻，忽然觉得莫问身后的这个房间哪里不对，仔细一看，竟是许多地方不对。

廉价的瓷砖地板铺上了柔软的波斯地毯，学生用的台灯换成了复古绿琉璃写字灯，人体工学写字椅光看看就已经舒服得一塌糊涂，普通的灰色床头柜变成了巴洛克风格，上面放着与之相配的雕漆木床头灯，洗做台上的新锅和刀具晶晶发亮……就连她身下的床都变得又大又软了！

莫问对着目瞪口呆的小桃扯扯唇角，像是在说"不用谢"，又欲盖弥彰地解释说："我这么做也不全是为了你，我是必须讲究不能将就的，你这破地儿我早忍不了了。"

小桃呆望着莫问，像是在看个精神病人，半晌后问："我的床呢？"

莫问满不在乎地摆摆手："我让工人顺便放到了垃圾桶边上了。"

小桃跳起来奔向门口："房间标配不能动，少了东西是要罚钱的！还不跟我下楼搬床去！"

这次轮到莫问望着空荡荡的门口目瞪口呆了半晌，怅然环视被他引以为荣却被小桃无视的学生宿舍豪华版，长叹一声跟了下去。

"雪中送炭时候没你，锦上添麻烦时候倒有你……"小桃帮莫问把床架子竖在洗手间门后边，喘了一阵子粗气之后咬牙切齿低声埋怨，"幸亏我下去得及时，把床从垃圾车上抢回来了，不然你就给我满街追垃圾车去吧！"

同样喘着粗气的莫问边倒水边说："不知道你是奇葩还是low，这么不懂得欣赏。放心，我给你添不了几天麻烦了。如果不出意外，还有两天就赚够香肠钱可以回国了。"

小桃看着他将一大杯水一饮而尽的背影，想到这身影过两天就要从这个房间消失，心中忽然空落落的："你真要走了？"

莫问重新倒了杯水递到小桃手里，目光闪动地看着她的脸："怎么？舍不得我了？"

小桃夺过水一饮而尽，呛得直咳嗽："你想得到挺美！要走赶紧走，省得冲了我的桃花运！我还奇怪这两天贺然怎么这么安静，居然不来骚扰我了，今天我在食堂碰见他才知道。他说前几天他来找我，开门的却是一个男的，还跟主人似的请他进屋殷勤招待他，对屋子里的东西比我还熟悉。我解释了半天他貌似也没听进去，还挂着一幅‘我都理解’的暧昧神情。”

莫问面不改色说：“我这是帮你好吗？那个矮冬瓜有一米七吗？他老在你身边晃才冲你的桃花运好吗？”他接过小桃的水杯又给自己倒了一杯，慢悠悠品茶似的喝着，“还是……你真对他有意思？”

小桃摆手叫道：“快拉倒吧！在国内的时候那么多年轻才俊我都没看上，干吗还跑这儿找个国产货？大老远来旅游嘛，就得尝尝当地的土特产……”

莫问把水杯往桌上一蹾，似笑非笑着说：“终于把你的心里话说出来了吧？你来这里根本不是来学习的，是来游山玩水玩男人的。”

小桃一把揽住莫问的脖子笑：“知我者大哥也！欧洲这么好玩的地方，那种走马观花十日游怎么过瘾，就得驻扎下来进行深度游！”

莫问陪着她笑，可笑容有点僵。半晌他转转眼睛说：“我这大哥也不是白叫的，在欧洲多少比你多混了些日子。这欧洲男人和中国男人可不一样，你在国内吃香，人家老外不一定吃你那套。”

小桃瞪着纯真的双眼问：“真的？怪不得我们班上那些洋帅哥都不像国内那些苍蝇似的围着我转……”

莫问煞有介事地给她上课：“欧洲男人都喜欢大胆直接的女生，东方女人那种娇羞他们根本感受不到。比如见面打招呼，你都跟他们怎么来？”

小桃想想说：“就是招招手，说个 Hi，还能怎样？”

莫问蹙眉摇头：“这样不行的，根本没存在感，你懂吗？要亲热地张开怀抱，高呼他的名字，必要的时候献上双颊。”

小桃认真想了想，似乎的确见到班上的南美女生和男生打招呼时候是这样来着，可是跟不太熟的男生这么打招呼，她实在做不到啊！莫问这么一说，她瞬间觉得自己好差劲儿，连这么点入乡随俗的本事都没有，还吃什么土特产？

莫问默默观察小桃懊恼的样子，恰到好处地叹了口气：“唉！难得我今天心情不错，好人做到底吧！你拿我练练手，到时候跟同学见面也不至于跌了份儿。”他站起身，抱臂看向窗外，等着小桃过来和他打招呼。

小桃酝酿半晌，像学自行车似的摇摇晃晃张开双臂：“Hi。”

莫问低嗔：“你这样，人家知道你 Hi 谁呢？叫我名字？”

小桃走回去重来：“莫问！”然后僵硬地扑上去。

莫问抱臂享受了半晌小桃的拥抱，忍着笑说：“你是僵尸吗？自然点儿，亲切点儿！”

小桃噘嘴说：“我连英语都说不好，怎么自然亲切啊？”

莫问谆谆教导：“肢体语言最重要的是感情。你就想想，我作为和你朝夕相处的同学，孤独寂寞的你在异国他乡见到我就跟见到亲人似的，能不自然亲切吗？”

莫问话一出口，忽然感觉这话好像真的是在说他和小桃，他觉得不妥，去偷看小桃的面色，已见她眼圈都红了。话已覆水难收，想要说什么都已来不及。他们在这半真半假的情绪里互相注视，半晌小桃哑着喉咙张开双臂扑向他：“莫问！”

莫问不自觉微微张开双臂，迎来了怀中的小桃。她的拥抱温暖而热烈，毫无保留，没有半点犹疑。她纯挚明了的感情随之涌进他的怀中，如同万里无云的日光，让他包含猜疑和借口的感情自惭形秽。他在这自我唾弃中微微闭上双眼，无声地叹息，伸出双手拥抱太阳。

“可是吧，我觉得最大的问题还是语言。谁也没法跟个结巴谈情说爱啊！”小桃在他怀抱里抬起脸，眉毛拧成一团。

这只反应迟钝的小动物，她到现在都不知道我在逗她吗？莫问“噗”地笑了，他努力把自己的情绪调到小桃的频道，却一时仍然无法跟上她这辆单行道的快车。

小桃把他推开嘟囔说：“你笑什么！英语对学习对生活都很重要啊！小弟我这种学霸是不可能耽误学习的，要不怎么可能还为听不懂课着急呢！”

莫问忍不住惊讶说：“我刚认识你啊？你什么时候变成学霸了？”

“我学习成绩至少也比你强吧？你个千年吊车尾！我好歹是全班前十……五名呢！”

“你到底想不想让我帮你渡过英语难关了？”

“你……有办法？”

莫问起身伸个懒腰：“办法当然有，让我先撒个尿。另外我饿了，你知道我一饿脑袋就不转了……不过吃饱喝足……”

小桃连忙蹿起来：“有饭有饭，今天给你做九层塔三杯鸡好吧？”

小桃刚打开冰箱，门铃忽然响了。“天都黑了，谁啊？”小桃去开门，门外豁然站着一位帅哥，利落的金发，蓝如湖水的双眼。

小桃以为他走错了门，可仔细一看，这不是班上最帅的荷兰帅哥吉姆嘛？他怎么居然会找上门？而且站在门口朝自己微笑得这么灿烂。

“哦……吉姆……”小桃企图现炒现卖像刚才跟莫问学的那样和他打招呼，却发现跟不熟的人完全没法像和莫问那样自然地张开双臂，只好像只飞不起来的母鸡一样扑棱几下，然后讪讪放下双臂，手足无措地把他让进门。吉姆倒是很从容，微笑着跟小桃打了个招呼，不紧不慢走进屋四下欣赏：“Hemm…Nice room. You even have a balcony! You know it's quite rare in our apartment.”（你居然有个阳台，咱们宿舍很少能有带阳台的呢）。

小桃听懂了，但是英语的逻辑卡在脑子里成不了可以称之为话语的声音，大脑一片空白，不知道说什么好，只能傻笑。她边笑边一个劲想：我在班里连话都没跟他说上一句，他是怎么找到我这儿的？他找我干吗来了？

吉姆坐下，蔚蓝色的眼睛带着笑意望向局促不安的小桃，闲扯了些小桃全没听懂的话。当对话实在尴尬到只有他一个人在说，并且已经不知道该说什么好的时候，小桃为了不让谈话空白，只得用英语问了她唯一好奇的一点：“你怎么找到我这儿的?”

吉姆好像非常得意，滔滔不绝说了几句什么，小桃依旧没听懂。可看他那么眉飞色舞，又不好意思告诉他自己没听懂，只好假装心领神会地点了点头：“啊……”

吉姆倒是个很会聊天的人，他见小桃没接话，顺理成章地开启了另一个比较简单的话题：“你从中国来？哪个城市?”

哎呀妈呀，这可是初中英语课本前几页的内容，我总算有句可以对上话的句型了。小桃心中大喜，连忙微笑说：“北京”。

“哦，北京，北京……”吉姆作为一个荷兰人，英语说得惊天动地，又帅得天翻地覆，可小桃就是听不懂他说什么。她心里这个着急啊，尽管这么一个活蹦乱跳的帅哥送上门来，可她甚至都有点希望他别再跟自己说话赶紧走人。尽管她的内心是崩溃的，表面却只能礼貌性的报以微笑，并且装成仔细倾听的样子。她倾尽全身的细胞去听这个金发碧眼不请自来的家伙说话，忽然抓住了一个他话里的关键词“Forbidden city”（英语：紫禁城）。

紫禁城我熟啊，我绕着那玩意儿跑了三年的步，一到冬天练八百米，体育老师就拉着我们跑紫禁城旁边的筒子河。听他讲紫禁城是多么著名多么好，还问小桃是不是去过。小桃笑说：“我从来没进去过”。

“Shame on you…”吉姆表情夸张得脸都皱在了一起，又说了一堆小桃只好自动忽略的听不懂的英文。小桃就一直在他说的时候想：shame 是什么意思来着？我记得好像是“羞耻”啊？这人怎么这么不见外啊？没聊几句就说我羞耻？我不就没去过紫禁城吗？多大个事儿我就羞耻了？你们老外把它当个宝，可我绕着它跑了三年，看见紫禁城的角楼就累得喘不过气来你知道吗?

小桃这一肚子话根本变不成英文告诉吉姆，脸上却已阴晴不定的显了出来，吉姆大概是也察觉到小桃不对劲儿，见她接话也不那么积极了，以为是她不欢迎他，聊了一会儿就站起来告辞。

吉姆走之前又迅速环视了一遍小桃的房间，朝她满意地点点头。走过卫生间的时候看了一眼紧闭的门，和小桃紧张的目光对视了半秒，终于心满意足地走了。

莫名其妙地送走吉姆，小桃回头就看见了靠在洗手间门边的莫问。莫问唇边带笑，低头在小桃耳边轻声说："Shame on you."

"滚！"小桃一把把他推进洗手间，企图关上门。他抢着把门推开，踱进屋坐下问："你干吗不告诉他，你绕着紫禁城跑了三年的步？累成狗，哪儿还有兴趣进去看？"

小桃咬牙叫："可不是嘛！我是想说来着……可又不会说！"

"再说你也不是没去过紫禁城啊，咱们高一时学校组织观摩国旗班，他们不就住在紫禁城门口那排房子里吗？"

小桃懊恼说："我满脑子中文英文全茬在一块儿了，哪儿还想得起来这些啊！要说那次观摩国旗班才逗呢，老师不是让每个组听一个国旗班的士兵讲故事嘛，本来老师可能想让咱们受爱国主义教育，可是我们那个兵哥哥讲着讲着，就讲起紫禁城闹鬼的故事，还一本正经地警告我们天黑以后不要靠近紫禁城的大门！"小桃跟莫问一起为共同的往事哈哈笑个没完，转眼把吉姆莫名其妙地来去抛在脑后。小桃照例一个人忙前忙后地做饭，莫问照例枕着双手躺在床上看她。

对小桃来说，给莫问做菜是一种休息，让自己能从紧张的异域感和因而产生的自我怀疑中暂且抽离的休息；对莫问来说，看小桃为他做饭也是一种休息，让自己从纷繁的尔虞我诈和令人窒息的金融战争中暂且抽离的休息。

习惯了这种一个人忙、一个人闲的休息，仿佛这种习惯，本身就是一种幸福。

可是习惯一旦不能再继续，往往会在心上断裂成空虚的痛。

第七章

来不及说再见

光是预支一下这种未来，心中也是掠过一阵恍惚。小桃为了不让自己恍惚，更加潜心做菜。烹饪是一种让人可以全神贯注暂且忘记现实性事务的活动，暂且营造了一个平行宇宙的空间，把外在事务隔离，让人单纯执着于食材的切割、调料的调和以及火候的掌控，仿佛人与自然的一场较量。

她把沃玛特超市买来的小火鸡切块。说是小火鸡，却和大母鸡个头差不多，但是肉质更嫩些。

她用麻油、糖色和姜片把鸡块上色，再淋上酱油、白葡萄酒翻炒，然后和水炖上，心中想着，若是有蚝油就完美了。可是亚洲店卖得太贵，下次一定要从国内带些过来。她之所以用白葡萄酒不用米酒，是因为米酒要两欧元，白葡萄酒也要两欧元，想想国内几块钱的东西到这边涨了近十倍，把钱花在上面就觉得冤。她就这么凑合着过着东西合璧的日子，却不知道自己后来将这种东西合璧的风格发挥到了极致。

三个电磁炉可以让她同时操作很多料理。她用另一个炒锅做了德式炒蘑菇，又煮上奶油土豆汤，同时又拌了个蔬菜沙拉。此时鸡已炖得差不多了，她加了辣椒、小葱段，拌炒收汁，再抓一大把洗好的新鲜九层塔（九层塔：也叫罗勒叶，一种调料），调味盛盘。超市里买的罗勒是连盆带土的整株植物，所以她可以用完之后再把这调料放到阳台继续生长。

米饭已熟，她从家里带来的小电饭锅，漂洋过海蒸腾着家乡的味道。德国的米都是纸盒子的小包装，颗粒小小的，上面写着 Milchreis（Milchreis：德语，牛奶米），好像只有用牛奶煮出来的米才能吃似的。

小桃用一个多小时做的饭菜，通常会被莫问在十分钟内消灭大半，剩下的一点点留给小桃慢慢吃完。这么一点点，还是通过小桃对他的狠毒瞪视争取出来的。小桃从来不知道饿，也不知道吃饭要抢的，自从和莫问“同居”以来，她第一次对吃饭有了紧迫感：比速度是无法拼过莫问的，所以她必须对自己想要吃的东西提前将之保护起来。不提前圈划，并且在莫问企图染指她的饭菜时对其频频施以狠毒地瞪视，可能根本吃不饱。

但是他的吃法和吃完后满意的表情，简直是对小桃最大的捧场。小桃视烹饪为一种神圣的艺术，有人能如此欣赏她的艺术品，她就算冒着吃不饱的风险也心甘情愿。

食色，性也。小桃通过消化道征服莫问，莫问通过被征服后的各种快感表现满足小桃。他们两个每天通过肠胃器官进行的情感交流，绑定两人关系的能力并不比另一种器官的交流来得弱。

莫问将身子向椅背一靠，微微长叹一声，咕哝道：“妈的，又吃撑了。”莫问一旦把筷子放下，就绝不会再拿起来。小桃知道他将不会再染指她的饭菜，举起筷子的手略微变得从容了些。

“吃饱了？那可以说了吧？”小桃欣赏着自己的厨艺，能在德国这个到处是奶酪和黄油的地方做出别出心裁的中西融合菜，她真是佩服自己。

“说什么？”莫问陷入饭后暂时的大脑供血不足，目光有些呆滞。

小桃瞪他。

“哦……是……英语的事？”

“废话。”

“这个好说，你多听多说就可以了。”他站起身把自己挪到床上躺下。

小桃迅速扒完自己的饭，追到莫问身边叫：“我花一个多小时给你做那么多好吃的，你就这么一句话给我打发了？”

莫问拿起手边的全英文金融专业书，边看边淡淡说：“我刚去英国的时候，英语还不如你呢。”

小桃一颗七上八下的心略微放下来，半信半疑问：“真的？”

莫问盯着书说：“第一个月能听懂50%，第二个月70%，到第三个月就差不多90%了，当然你得多说多用。现在好多中国学生到了国外，还是在华人圈子里混。中国人遍布全世界，到哪都可以说中文，那你英文还能进步？”

小桃点点头：“我本来也没打算在华人圈子里混。既然来到德国，当然要多认识些德国朋友。”

莫问瞥她一眼，翻一页书接着看：“德国人虽然和英国人有很多不同，但是欧洲人有个共同点，他们表面虽然和蔼可亲，但骨子里是排外的。你跟他们做朋友，恐怕没那么容易。”

小桃嚷道：“有朋自远方来，不亦乐乎。他们凭什么排斥咱们啊？哎，你别看了行不行？”

莫问放下书，伸个懒腰直起身，低头望着斗志昂扬的小桃，微微一笑：“你知道欧洲的失业率是多少吗？他们自己都找不着工作，凭什么欢迎你来跟他们抢饭碗啊？”

小桃摇头道：“啧啧，真是彻头彻尾的资本主义啊，每个毛孔都滴着血和肮脏的东西，连交朋友都想着资本竞争呢！”

莫问拿起外套说：“离开市还有一阵子，我去你们健身房看看。”

小桃问：“健身房？我怎么不知道我们学校还有健身房啊？你整天

宅在家里是怎么知道的？等等，我也去！你等等我啊！”

小桃抓起外套追出去，没完没了地追问莫问怎么知道的。莫问轻笑了一下说：“刚刚你那个同学吉姆说的。”

哦，原来跟吉姆面对面聊天的我啥也没听明白，在洗手间偷听的莫问却听了个一清二楚！小桃忽然觉得自己就像个大傻瓜，恼羞成怒：“你英语这么好，怎么不在我抓瞎的时候跳出来帮我当翻译？居然还在这儿赌现成的，盗取特供给我的有用信息！”

莫问瞟了她一眼，自顾自地往前走，沉默了好一阵子才轻声说：“你不是不喜欢我挡你的桃花运吗？”

小桃觉得莫问这话说得阴阳怪气的，但是又无法反驳。想想也对，要是吉姆看莫问这么一大只从我洗手间里出来，恐怕交谈结束得会更快吧！Anyway，反正结果都一样，吉姆估计以后也不会再来找我这个话都说不利落的笨蛋了。我刚刚是在自己的内心独白里加了一个 Anyway 吗？呵呵，我居然开始用英语思考了，这是我英语水平提高的一个好兆头啊！呵呵，呵呵……

莫问不再说话，小桃自娱自乐地跟在莫问身后，来到了教学楼后面的一片矮房子边。里面果然有很多健身器械，有几个外国学生在健身。哦，不对，在这里小桃是外国学生才对。

小桃刚进门，就看见了吉姆，旁边还有另一个同班的美国男生，就是曾经在广场和小桃狭路相逢的那个大葱忍者。小桃现在看见吉姆就心慌，生怕他又跑过来和自己聊天，让自己秀出英语下限；更何况加上那个说英语母语的美国男生，无论她说什么都会疑惑地“啊”，一切就更加悲剧了。

如果说吉姆的存在让她觉得自己英语听力有问题，那么美国男生的存在就让她从根本上怀疑自己会不会说英语了。

她想躲已来不及，只好硬着头皮上去打招呼，硬着舌头跟大家介绍彼此。幸好满口英式英语的莫问自动承担了交谈的主要任务，小桃只需要在旁边微笑聆听，必要时点点头表示附和，更表示自己听懂了即可。

好在他们的交谈内容多半也和小桃无关，好像也就是聊聊健身房的器械，自己都爱做什么运动之类的。不过他们聊着聊着忽然说起旁边的体育馆还开着，要不要一起过去打篮球。小桃瞬间激动，竭力对莫问压低声音也难掩兴奋：“到你露一手儿的时候了，可别给咱中国人跌份啊！”

小桃忽然发现，自己跟莫问在一起，不再那么害怕和老外说话了，自己偶尔也能搭上两句话。要是当年高中的灌篮高手莫问能在篮球上替自己一雪前耻，自己灰头土脸的中国结巴形象好歹也能从莫问身上找回几分面子，让他们觉得中国人也不是都像她这么面。这自欺欺人的补偿心理让小桃有种和莫问成为一个荣誉共同体的归属感，却仍然在这共同体下作为有着独立意识的个体嗟叹：唉，为什么莫问就能跟他们谈笑风生对答如流呢？我什么时候才能像他那样啊？

莫问站在这些高大壮硕的欧美男生旁边，居然比他们还略高一些。那从容自如的谈笑，让小桃第一次真正用仰视的目光望向她这个多年拜把子的兄弟。他真的变了，变得更帅了，而且是那种无法忽视的帅，男人味十足的帅，让她心跳的帅。

那心跳的感觉就像臭咸鱼对于擦肩而过却挑食的纯种家猫，希望挑剔的猫过来看看自己，又怕被它咬得支离破碎。

她像个娴静的中国小媳妇似的跟在莫问身边，随他们进入体育馆。场上有几个德国男生正在打球，可是看他们打球的样子，小桃忽然有点后悔刚刚对莫问说的话。

那速度，那互相碰撞的力量，根本不是小桃在高中操场上见过的。如果场上站着的是她，被他们随便一撞就能像子弹似的飞出去。三打三一般不是只打半场吗？怎么他们这么几个人就满场狂奔根本不累似的？果然不是一个猴儿变的，马来小黑熊和大北极熊打架，终究是要吃亏的。她看看淡然等待换场的莫问，生怕刚刚的话给他压力太大，连忙又低声说：“你不是还要炒股票吗？要不咱们回去吧！”

莫问悠然地看着打球的男生：“时间还早……再跟你说一遍，是期货。”

“哎……我忽然想起电饭锅没关……咱们还是这就回去吧!”小桃想拉莫问走，却已来不及，有三人下场把莫问等三人换上去。莫问顺势把外套扔给小桃，挥挥手走了。

“我是不是该说水龙头没关……”小桃只能拿着莫问的外套坐在场外看着，只见莫问娴熟的带球传球，自动承担了他熟悉的中锋职责。他不怎么激烈奔跑，也不和对方硬碰硬，可是却能抓准空当箭一般的突袭，或者远远投中一个个三分球。

小桃一颗悬在半空的心被莫问娴熟的动作和从容的神情安抚，渐渐放了下来。她见莫问已 hold 住全场，就开始拿出相机记录这光荣的一刻。拍完莫问拍吉姆，拍完吉姆又拍美国同学和德国帅哥，拍到没得可拍就自拍，玩到没得可玩了，就只能继续乖乖看莫问打球。

她看着场上叱咤风云的莫问，仿佛自己一下子回到了高中操场那棵大槐树下。女生们大都在为莫问加油，或者高声呐喊，或者深情凝视，小桃却在为另外一个班的三分神投手加油。当莫问中锋防守失利，被神投手钻了空子灌了个三分，小桃的招牌欢叫响彻全场:“给他一大哄噢，噢吼——噢吼——”莫问愤愤地看着把兄弟小桃，想要在万千少女前装作云淡风轻，却只憋出一副内伤的表情。

小桃边笑边回忆过去，放眼看向如今的莫问，神情总是波澜不惊，再也看不到他的情绪。他进球时，同队的吉姆比他还要高兴；对方进球时，也不见他高中时沮丧到咬牙切齿的样子。

多年之后的千里之外看莫问打篮球，陌生又熟悉，真实又虚幻。他这些年到底发生了什么？让他变成如今这副冷漠到麻木的样子？只有心冷的人，神情才能霜冻至此吧？又是什么让他曾经天真炽热的心置身寒境了呢?

但是这个答案被封存在唯一可能提供答案的人身上，莫问自己不回答，别人就永远不可能知道。而且很明显地，他不可能回答。

小桃久久凝视着篮球场上淡定投球的莫问。那好像是他，又好像不是他；他好像在这里，又好像不在这里。那种半透明般的存在感，让小桃想起初到德国时的自己。

想要求救，却无人聆听；想要逃离，却无处可避。

是孤立无援的寂寞。莫问明明身处众人的环绕之中，竟还会如此寂寞？

小桃忽然自嘲地笑了。当初的自己，又何尝不是身处众人的环绕之中，却依旧感觉寂寞？

对方防守失利，莫问再进一球。小桃心中一动，像当年那样站起来大叫：“给他一大哄噢，噢吼——噢吼——”除了莫问，这里没有人明白小桃在喊什么，而那个唯一听懂的人，只是身子一顿，恍若没听见一般去拦截对方的投球。那暧昧不清的半透明感，也无法辨出是否有所缓解。

散场之后，吉姆对莫问的兴趣明显已远远大于对小桃的兴趣，跟莫问聊得滔滔不绝，话题从篮球聊到吃喝，又从吃喝聊到最近中国的禽流感。吉姆说中国人就是什么都吃才惹出的病，还对着小桃不知说了句什么，让莫问脸色一变。

小桃没听懂他说的是什么，可看两个人的脸色，明显说的不是好话。美国男生也跟着添油加醋说了一句，清晰的美语却让小桃听得一清二楚。

他说，总看见小桃在超市流连在鸡肉的购物区，让她放心购买，德国的食品检疫不像中国那么不靠谱。

小桃听见资本主义国家联合攻击中国，心里一肚子愤恨却憋不出有理有据的反驳。她总爱买鸡肉是因为鸡肉最便宜，可没想到这居然成了他们的笑柄。

莫问微微一笑说，中国政府的执行力比所谓选举的民主国家执行力要强得多，疫情绝对比疯牛病控制得快。“我们比较规矩，只是人吃肉，可还没像你们那么有创造力，让牛吃肉。”

莫问拿出前几年横行欧美的疯牛病当杀手锏，那时候每年有成千上万头牛因患这种病导致神经错乱、痴呆，不久死亡，就是因为牛饲料里加入了死去动物的内脏引起的。这话说完，欧美国家代表果然陷入了沉默，半晌只辩解说了句“那都是英国惹的祸”，然后讪讪地跟中国代表握手告别。

吉姆还特意跟小桃拥抱了一下，为了不显得拥抱太刻意，他又跟莫问握手拥抱。

但是在拥抱的时候莫问和吉姆似乎偷偷耳语了什么。吉姆面色一变，僵硬地站在原地，看着小桃和莫问离去若有所思。

小桃全然没有在意这一切，只是沉浸在刚才莫问有理有据的辩论里：“英语好是多给中国争光啊！这要是换成我，就连疯牛病怎么说都不知道，只能干生气。你简直是民族英雄啊！”

莫问淡淡一笑，只是看看表，加快了脚步。小桃又意犹未尽地塞给他相机，让他回顾自己刚刚叱咤球场的样子。他迫于无奈瞄了一眼，却攥着相机停住了脚步，蹙眉反复翻看那些的照片，尤其把吉姆的几张照片放大了看个没完，眉间的沟壑越来越深，好像要把照片里的什么用眼睛剥离出来拷问个明白似的。

“怎么着？难道你真看上了吉姆？那你们怎么没来个欧式告别吻啊？”

小桃忽然停住笑容问：“离开中国的时候你说欧洲的告别仪式是吻别，可为什么我至今也没看见半个人用这种道别仪式？就连才刚才吉姆道别，顶多也就是拥抱一下而已。你是在骗我的，对不对，对不对？”

莫问不语，任小桃追问，大步走向宿舍，那脚步快得让小桃不得不小跑着才能跟上。“你走这么快干吗？别以为走得快就能逃得了！你等等啊！”小桃上气不接下气地跟在莫问身后跑，他头也不回地往前走，进屋就脱掉了上衣，赤裸出一身匀称的肌肉。

小桃叫：“不是说好了在洗手间换衣服的吗？你这是干吗？”

莫问神色严峻，抓起干净T恤进了洗手间：“来不及了。”

“什么来不及了？你还没回答我的问题呢。你说的吻别是不是在骗我？你干吗骗我？存心占我便宜是不是？你对我到底存着什么不轨的图谋？”小桃喋喋不休地问，问到莫问从心事重重到心烦意乱，转身将小桃按到浴室的墙上。

莫问纠结的肌肉挂着微汗，赤裸的肌肤几乎贴在小桃的身上。他的瞳孔深处摇曳着寒冷的火焰，一只手按着小桃颈边的墙壁，随意之间已将小桃控制在他身前的方寸里。

“你……你占我便宜……还有理了？”小桃企图燃起抗衡的斗志，却在莫问居高临下的掌控中拾不起信心。

“对啊，我就是想吻你，所以就吻了，怎样？”莫问的语气淡淡的，唇却离小桃越来越近。

小桃气得无言以对，却被莫问逼到越来越紧贴在墙上。她看到莫问眼中寒冷的火焰像是利刃的锋芒，照亮两个人的寂寞，渐渐地，渐渐地接近。

互相猜疑着，各自骄傲着，在这猜疑和骄傲的战争中，已分不清谁是谁的俘虏，谁是谁的瓦砾。

小桃心中砰砰乱跳，千百个念头纠缠成无解的空白。她睁大双眼，目睹莫问微凉的唇触来，像是一个忧伤的询问。他的眸子和吻一样冰凉，居高临下地审视着小桃，探寻而犹豫地吻下去。小桃无声地回望那审视，回答那询问。守着各自的矜持和傲慢，在情绪决堤之前，一个抬臂推开，一个转身而去。

莫问在转身之前感到了小桃推开的力量，小桃在推开他之时也感到了莫问离去的虚空。他们为自己在被对方拒绝之前抽身而感到庆幸，又为对方拒绝了自己而心寒和斗志昂扬。

浴室门“砰”的一声被关上，转眼只听到“哗啦啦”的淋浴声。小桃在流泻的水声中轻抚自己的唇，余温犹在，心绪成麻。

上一次莫问吻她，借口是告别的礼貌；这一次吻她，也像是个不情不愿的借口。每次的吻都需要一个借口，每次的吻都紧随着他的转身而去，好像是在逃避什么，又好像根本什么都没发生。吻她，完全和穿衣服系鞋带一样是惯常的、不得已而为之的一件事，或者可以是任何和感情无关的事情。

不行，我一定要问个清楚，我在他心里到底算什么。

小桃的 MSN 响起邮件提示音，她只好暂时放弃蹲守浴室，开门跑去看邮件。是米其林恶魔席勒先生的邮件，让她准备好申请交换学生的资料，还要递交证件照。明天就要，不得有误。

“我证件照都用完了，这么晚了让我上哪儿洗相片去啊？德国的商店都是晚上八点准时关门，多一秒钟的买卖都不做，他这不是成心跟我过不去嘛！”小桃嘴上抗议，却只能对米其林恶魔逆来顺受。她忽然想起韩秋秋说过她男朋友爱摄影，有照片打印机，这会儿去或许还来得及。可是莫问的事不能就这么算了，对他这种玩弄女生的高手绝不能姑息。

她在屋内来回踱步，盘算半晌，只能贴着浴室的门对里面说：“我出去一下，等我回来，我们必须把这事儿说清楚。”浴室依旧响着无情的流水声，也不知他有没有听见。小桃恨不得推门进去吼他一顿，可是想想莫问半裸而嚣张的样子，到头来没准吃亏的又是自己，只好咬牙对着浴室徒劳地叫嚣：“我告诉你，你夏姐姐的便宜不是这么好占的！等我回来。你要是不跟我说明白，让你这个莫大花花公子变成莫大公公！”

依旧没有回应，本应是两个人的对话，只有自己这一头恍若掉进无底的深渊。

莫问在浴室，无声地听着小桃的喊声回荡进迷雾般的水蒸气里。那充满威慑力的摔门声饱含着关门者的愤怒，他忍不住被那声音震得眼睛一眨。

他抬臂把镜子上的水汽抹去，混沌的玻璃再度现出清晰明亮的反射。

若是心里的混沌也能这样一把抹去该多好。莫问低声对着镜中苦笑的自己说：“你连自己的心都看不清，还能跟她说什么？”

他将视线从镜中的自己滑向两腿之间。两腿之间的生殖器此刻悠然歇息着，像是根本忘了刚才的剑拔弩张。吻到半截急匆匆扭头就跑的一半原因也是因为它。当过剩的血液被心脏猛烈的跳动冲向头顶，同时也毫不犹豫地冲向了它。本来犹豫不决的情绪被它彻底暴露出来，只隔着一件薄薄的运动短裤，那揭竿而起的存在感已经到了无法忽视的地步。

本来是在十万火急的节骨眼上，身不由己吻了她也就罢了，身体的某一部位像是带领其他部位全体起义似的冲向她，人生再次出现了无法掌控的情况。这让他觉得十分没有尊严，并且从心底里拒绝这种情况的发生。

门如他所预料的那样被敲响了，隔着两道门，听起来遥远却笃定。小桃不在，他该完成的事情进行得差不多了，不该出现的萌芽也该拔除了。门响得正是时候。

如果还有什么不合适的地方，那就是他欠小桃一个答案。一个连他自己也不知道的答案。

小桃在食堂经常偶遇韩秋秋和她男朋友罗迪。在她的印象里，罗迪是个高冷的金发帅哥，虽然会英语，但是基本不怎么跟小桃说话，习以为常的任由韩秋秋和小桃叽咕中文，自己坐一边安静吃饭。所以小桃也不敢太麻烦他，本来想拿白墙当背景随便拍一张，在 PS 里调一调打印出来就可以。可罗迪听说是证件照，就专门拿来好几盏灯给她打光，又说小桃的花衣服不行，换了韩秋秋的深色衣服，来来回回照了好多张，又仔仔细细地在 PS 里调了半天。

德国人认真的热心肠让小桃深受感动。感动之余，实在有些熬不住，眼看过了半夜，韩秋秋都倒在一边睡了，那位仁兄才慢吞吞地打印完成。小桃手捧照片千恩万谢，心想以后再也不敢麻烦他了，这阵势也忒大了。

小桃拿着照片奔回自己家，一路盘算如何能够先发制人在气场上震慑住不可一世的莫问，把那些千头万绪的纠缠一口气问个明白，可想到莫问此刻一定在全神贯注炒期货，正踌躇着怎么面对莫问爱答不理又理直气壮的面瘫脸，开了门，屋内却一片漆黑。

毫无生气的黑。

难道今天期货休市，莫问睡了？

小桃轻手轻脚打开洗手间的灯，怕把莫问吵醒，自己又被莫问的“起床气”无辜袭击。可她走到床边，发现床上空无一人。

“莫问……莫问？”小桃打开房间的大灯，灯垂死挣扎地闪了几下，居然熄灭了。

她打开台灯把房间姑且照亮，确认这巴掌大的房间里除了她，再没有别人。

这么晚了，莫问会去哪儿？小桃把照片和资料按着席勒先生的要求准备好，却魂不守舍，总觉得心里缺了点儿什么似的不安。

真倒霉，前几天洗手间的灯坏了，还是莫问给修好的，这个灯也等莫问回来再说吧！

小桃等了又等，不见莫问回来。等他回来，非好好骂他一顿不可，这么晚了出去也不留个纸条告诉一声，何况刚刚那一幕……那一幕之后怎么能一声不吭就进去洗澡了呢？他这种乘人之危占完便宜就跑的作风，完全是个游刃有余的高手！小桃边刷牙边在心里抱怨，忽然盯着洗手间的置物架一动不动，牙都忘了刷。

莫问的牙刷不见了，就连他的刮胡刀都消失了。仔细一看，衣服、书籍、电脑、行李箱……屋里关于他的东西一样不剩，全都蒸发得干干净净。

小桃满口白沫的愣在房间中央，不得不告诉自己：莫问走了。像来时一样，招呼都不打地走了。

小桃在心里反复确认着这个现实，慢吞吞刷完牙，又洗了脸，换了睡衣。她安静而有条理地完成每一件睡前该做的准备，还不忘给自己倒一杯白开水放在床头。

她盯着白开水杯，认真把全身心都集中在该不该睡前再喝一口水这件事上，越是想，嗓子越是干渴，终究拿起水杯喝了一口。

白开水苍白无味，此刻浇到她凌乱的心绪上，仍旧只是连苦涩都留不下的苍白无味。

她转而又强迫自己将视线集中在头顶那盏坏掉的灯上。灯不容置疑地坏掉了，绝不打算再亮，死皮赖脸地等待小桃采取下一步行动。

小桃赌气似的撇开视线躺下睡觉，想要等明天天亮再换灯泡，可是怎么也睡不着，总是想着那盏还没换掉的灯。她辗转反侧闹了一阵，一声长叹翻身坐起，打开台灯瞪着那盏再也不肯醒来的吸顶灯。

早晚是要换的，不如尽早接受这个现实，现在就换。

小桃下了决心似的找出备用灯泡，搬来写字台的转椅颤巍巍站上去。正好可以够到吸顶灯。她为自己这微不足道的进展全心全意地骄傲，并且竭尽所能让这骄傲占领每个有可能胡思乱想的神经。

她抬起手臂用尽全身力气转动吸顶灯罩，脑海里却不情愿地闪出莫问不费吹灰之力取下灯罩的样子。

那殚精竭虑不去想这件事的努力功亏一篑，她为了不再想他而唾弃他，更为了想他而唾弃自己。

滚，滚得越远越好！招呼都不打就走了，还想他干吗？

小桃赌气地继续全神贯注换灯泡，可是用力过猛，转椅猛地在脚下转动了一下，她低呼一声掉了下去。她落地时紧紧抱着灯罩，像是在保护眼前唯一可以保护的财富，因此灯罩令人欣慰地没摔坏，可屁股却硬生生地疼。

小桃安静地扶着自己的屁股，那疼痛击垮了她心上奋力建立起的厚堤，泪水顺着早已溃败的缺口，不争气地滚落下来。

疼……好疼……

窗外，德式发动机在一辆辆飞驰的车体内暴虐轰鸣着，划破深夜，却更显得深夜寂静而寂寞。小桃独自坐在自己的房间地板上，哭得像个迷路的孩子。她清楚这是一出无人观赏的哭泣，可她却无法阻止自己，更因为无人观赏而放心地大哭。

第八章

遇见百分百男人

上课，下课，派对，考试……小桃像莫问没出现前那样独自生活，每周一早上七点半去上学校为外国学生组织的免费德语培训，每周三早上八点去蹭听建筑系的裸体素描课……她尽力让自己的生活变得健康而有规律，却无奈地看见过去的自己孤单地站在原地，无处可去，并且随着自己的前行，在身后渐渐模糊不清。

有什么出现了，那出现的什么又让她若有所失。仿佛心上生出一道擦痕，微不足道，却痛入骨髓。

小桃不但报了德语早课，而且和一个德国女生成立了语言互助小组。她努力学习德语，努力交外国朋友，努力说英语，咬着牙让自己忙碌起来，想要忘记那道擦痕，却总是忍不住在疲惫的时候等待莫问那个熟悉的 QQ 头像亮起，或者捎来只言片语。她想要从别人那里知道关于莫问的消息，但是又不肯开口。因为一旦开口问，就好像自己承认了那出现的什么似的。

没有消息，莫问像是已经把她忘了。

该是忘了的。她在莫问离去的第二天，发现自己笔记本电脑里夹着一张银行卡，卡上用马克笔潦草地写着两个字：生日。她去银行办事的时候顺便查过，她输入莫问的生日，密码不对，输入自己的生日，密码居然对了。

银行卡里存着一大笔钱，那钱远远超过莫问在小桃这里吃住所花的数百倍。小桃却只有苦笑。

他是想要用这笔钱了结两个人之间的一切关系，包括情分。

账已结清，小桃这个人就可以抛在脑后了。认识莫问这么多年，他没有说出口的意思小桃也能很明白。她甚至有些希望自己不要这么明白，但是事已至此，再把那个风一般来去的人挂在心上也是徒劳。

一阵春风吹来，萌着绿芽的柳枝乱颤，草木纷飞，风过徒增凌乱。

小桃在这飘着花香的风里静静矗立，微微闭目，等待时间抚平一切。

阵风过后，她理清额边的乱发，望了一眼变绿的交通信号灯，平静而笃定地迈开脚步前行。

她带着德语书走进一间学生公寓楼，熟练地走到二楼按响门铃。一个黑发德国男生开了门，羞涩地请她进去。

“Emma，Guess what I brought today?”（艾玛，猜猜我今天带了什么）小桃打开背包，拿出一瓶老干妈，朝从屋里迎出来的棕发女生喊。

“What's this?”（这是什么）艾玛捧着那瓶泛着诡异油光的东西问。

“Try it.”（试试。）小桃眼里闪着神秘兴奋的光，拿起桌上的叉子沾了一点点，喂到女生口里。

女生犹豫着品了一口，脸皱成一团：“So spicy!”（太辣了）

小桃满意的笑。她已经从这个跟她做语言交换课程的女生身上初步掌握了一些德国人的习惯，比如怕吃辣。另外就是，德国人也不是像传说中那么守时而刻板。她本来是通过学生会和艾玛联系上的，说好小桃教艾玛一节中文课，艾玛再教小桃一节德语课，这个励志的学习计划坚持不到几次，艾玛和小桃的学习时间就渐渐变成了一起去玩耍的时间，或者比如这次一起做午饭的时间。

她和那个英语不怎么样的羞涩男朋友都是这个学校的穷学生，所以请小桃也吃不起什么好吃的。但是对小桃来说吃什么从来都不是问题，和谁吃才是问题。她喜欢和这些远在千里之外的异国人厮混在一起，她喜欢和他们一起温和平淡地做些自己从未想象的事情，吃些从未想象的东西。这让她感到生活带来的奇妙。

艾玛把土豆撒上盐和罗勒叶煮好，然后三个人一起围着小客厅的小桌子剥土豆皮。煮熟的土豆超级烫，烫得小桃没法剥，看着艾玛用餐刀好像自己用削皮刀一样麻利地剥土豆皮，自己自叹不如，只好帮她切菠菜。

小桃把菠菜切碎，艾玛已经把黄油化开撒上洋葱末炒香。大把的菠菜碎进锅又加上奶油，十几分钟就已经煮得香浓嫩滑。小桃一边看着艾玛加了盐、胡椒、罗勒，一边自己默默记忆。菠菜是德国最便宜的菜之一，虽然现成的冻奶油菠菜也有的卖，但毕竟没有自己做的新鲜。

加了面粉把汤汁调稠，艾玛把一锅香喷喷的奶油菠菜淋在各自放好的三盘土豆边上，又煎了三个溏心的鸡蛋和着菠菜蘸土豆吃。德国的土豆小而香，鸡蛋又大又醇，小桃学着艾玛的样子，把盘子里的菜吃了个干净。

起初，小桃把土豆和黑面包当主食，觉得怎么也吃不饱，如今已经妥妥的入乡随俗。他们一起刷着盘子，艾玛问她星期四有个派对要不要参加。

“你说的是环境管理系开的那个派对吧？我当然去啊！”这个派对韩秋秋早就跟她说过，说环境管理系帅哥云集，必须去大饱眼福，连很少参加派对的韩秋秋都会去的高颜值派对，她当然要去。

到德国已半年多，小桃的英文已不再令自己和谈话的对方捉急，还跟韩秋秋学了不少“实用”的德文。比如在派对上如何撩汉子。

“Zu meine oder zu deine.”韩秋秋严肃地轻声念。

“Zu meine oder zu deine.”小桃一本正经地学。

“就是去你那儿还是去我那儿。”韩秋秋讲完，陷入意味深长的微笑。她的微笑总让小桃感到古琴般的恬淡，但这朴实优雅的古琴却总在拨弄狂野奔放的摇滚。

从某些角度上，小桃理解着韩秋秋。无论心有多野，越是待在西方，自己就越东方，唯有凭此才能找到自己的坐标。

小桃努力记住韩秋秋教授的德语，可从来没机会跟谁说。确切地说，她还没遇见什么值得让她说这句话的德国男生。德国男生普遍羞涩，很少和陌生人主动攀谈，而小桃被人追习惯了，也不是什么主动的类型，所以就算小桃看见不错的，也无法开启交流模式。

只有一个建筑系的德国男生最近主动追她，连小桃自己都忘了是怎么认识他的。他长得虽然高大，却总让她想起《小红帽》里的狼外婆，而且他跟小桃亲自坦白说自己只有一个蛋，因为另一个蛋几年前在一次派对上被人撞坏了。

他说这话的时候小桃已经脱得只剩内衣，他们在小桃屋子里喝了一瓶红酒，小桃有点欲火焚身。

小桃最近很容易欲火焚身，她想可能是自己太闲了。德国生活节奏太慢，自己认识的朋友又不多，每天除了上课就是买菜做菜吃菜。饱食思淫欲。她渐渐开始把大把的时间交给了抚慰她自己。她甚至闲到去情趣店买了一个制作精良的按摩棒，尽管是中国制造，可质量还是很过瘾的。

她喜欢远眺着那些连绵红色房顶上的白色云朵，沐浴着初生婴儿般鲜嫩的阳光，静静地让自己接近天堂。她从来不拉窗帘，导致有次戴着按摩棒站起身的时候，楼下经过的一个德国男人的目光不小心从她的裸体上擦过半秒。她缩身之后再偷眼看的时候，那人正不可置信地站在原地，仿佛无法相信自己的眼睛。

她以为自己在中国是个异类，到异国会有许多同类。可适得其反，自己这个外来物种的存在总是在扰乱着当地物种的正常习性。

比如当那个追她的德国男生约瑟夫坦白了自己只有一个蛋之后，小桃的欲火就熄灭了大半。

小桃觉得自己或许多少有些生殖器崇拜，对男性性器官的品相存在近乎苛求的完美主义。被她看上的性器官，从颜色、大小到形状和使用上都须堪称性器官里的偶像派，单蛋这种情况和毁容无异。

基于对他坦诚相待的尊重，她本不想对这无关实际操作的残疾有所歧视，毕竟两个人的情势已裸裎至此，如果他自己不坦白，醉醺醺的小桃都未必会上下仔细打量他，因而未必发现得了他单蛋的现状。

但是处女座的约瑟夫偏偏上下仔细打量了小桃一番，发现她穿着黑色的内衣而内裤却是粉色的，脱口而出一句："They don't match."（这俩颜色不搭。）

本来也不是特意为了让他脱掉才选的内衣内裤，多数女生在只给自己看的情况下就不会那么讲究配色和款式了。她没挑剔他的单蛋，他居然挑剔起她的配色品味来了？活腻歪了吧？小桃马上把枪已上膛的约瑟夫请出了自己的房间。

不幸的是，多数德国人把诚实当做自己人生的第一守则，容易在不恰当的时刻太诚实；万幸的是，多数德国人严守法律法规，绝不会采取霸王硬上弓这种可能被告强奸的手段。所以本土物种约瑟夫在严守本土生存法则的情况下，成功被小桃这个外来物种驱逐出境。

星期四，小桃满载一腔的欲火，内穿玻璃房子买来的露乳内衣，外罩黑色蕾丝粉衬吊带上装，武装上阵，步入学校斜对面街角的酒吧。

在灯火弥漫的人群里，小桃遇到韩秋秋和她酷帅的男朋友罗迪，又和艾玛那一对寒暄了一阵，点了一杯啤酒，和着震耳欲聋的乐曲贴着韩秋秋耳朵说："今天这场子确实质量超群啊！你看十一点钟方向。"

韩秋秋八卦而矜持地随之转头，这转头之矜持，让小桃可以保证就算此刻她朱钗玉坠插满头，也没有一个会因此摇曳。收到她回首之后的会心微笑，小桃不禁有点担心地瞥向她的金发男人罗迪。该男人正在韩秋秋旁边认真地和朋友喝着啤酒聊着天，全然不知这对中国小女人的花花肠子。

小桃眼里闪着饿虎扑食的目光："布拉德小皮皮，有没有？"

韩秋秋淡定地笑着说："先别急，再喝喝，再看看。"俩人在轰然群舞的肉体边静默碰杯。小麦般金黄的德国啤酒泛着面包的醇香，让小桃的欲火火上浇油。

小桃使劲朝十一点钟的布拉德小皮皮抛媚眼，小皮皮仿佛也为之所动，对小桃报以迷人微笑，却拘于德国男生的羞涩始终不肯上前，只用德语和身边的哥们儿聊天。小桃媚眼抛累了，翻了个白眼跟韩秋秋闲扯淡，恍然回首时又发现了新大陆："八点钟方向八点钟方向，阿汤哥有没有？"小桃又揪着韩秋秋兴奋地叫。

韩秋秋随之望去，浅笑："呦，这不是小朱吗？他是我一个中国哥们儿的同屋，环境管理系的，叫朱利安。"

小桃仔细又不敢太仔细地瞥了几眼那个叫朱利安的金棕短发男生，典型的日耳曼帅哥长相里透着几分东方韵味的迷人，深邃的眉眼，笑的时候可爱得像苹果，不笑的时候又冷酷得像纳粹。"真好像汤姆·克鲁斯啊……"小桃痴迷地念叨。

"他可不是读 master（硕士）的，才大三，算算今年才二十吧。"韩秋秋喝着啤酒说。

"啊？比我小两岁呢！那还是算了吧！人家嫩草才看不上我这头老牛呢！"

"那你就错了，德国男人能找个比自己大的，骄傲着呢！咱们叫'老牛吃嫩草'，人家叫……嗯，翻译过来怎么说呢，叫'小孩骑大马'。"

"小孩骑大马，那就是说小孩有本事呗？"

"Ja klar!"（Ja klar：德语，可不是嘛）。

小桃和韩秋秋对着那个叫朱利安的帅哥边喝酒边遥遥品鉴。朱利安仿佛感到穿过人群的目光，向她们这边看来。韩秋秋朝他招招手，他居然笑着走了过来。

本来远观的摆件忽然从展台走向她，小桃有点慌，又竭力让自己笑得云淡风轻。为了缓解自己的不自在感，她捏着啤酒杯喝了一口，被韩秋秋用德语相互引荐了。小桃微笑着和朱利安握手——这才是德国人最惯常的见面礼节——韩秋秋和他用德语聊了几句，小桃听了个大概，依稀说了小桃是哪个系的。他恍然“哦”了一声，用可爱调皮的音调跟韩秋秋快速说了句什么，引得韩秋秋大笑。小桃正尴尬得不知该不该跟着笑，朱利安已马上贴心地用英语对小桃说：“我说咱们两个系是全校绝无仅有的联合国资助英语授课专业，或许哪天联合国没了，咱们就可以放学回家了。”

小桃“咔哧”一笑，用英语回道：“你家近，我家可远着呢！”

朱利安和小桃见到彼此时已浅醉，你一句我一句拿贫嘴当下酒菜，不知不觉已喝得飘然欲仙，记不清自己在说什么，对方在说什么，只记得每说一句都好像点燃了彼此的笑点，笑得莫名其妙。

小桃半酣之余，还不忘瞅一眼十一点钟方向的小皮皮。大概是小桃熏然醉意的双眸太过电人，又或者是那个遥远的小皮皮也和哥们儿喝好了，在小桃他们已经喝得东倒西歪的时候也凑过来跟小桃说了句什么，可他说的是德语，小桃还没听明白，已被朱利安挡在身前。他对小皮皮快速说了句德语，将小桃拉进了舞池。

朱利安醉得站不稳，还不忘绅士地向小桃做了个“请”的姿势，轻吻了一下小桃的手背。小桃就随着他在万众欢腾的乐曲中跳了起来。两个人醉得不轻，因为人太多，他们在热意撩人的舞池紧紧贴着彼此，更加撩拨着彼此的醉意。小桃这才发现自己的身高才到朱利安的肩膀，只好踮起脚贴在他耳边问：“刚刚你跟那男生说了什么？”说话之间，朱利安身体特有的味道传入小桃鼻间，那味道混杂着男人干爽的微汗、德国男人的荷尔蒙，还有欧洲绅士的淡香水。

小桃相信，爱情是突然发生的化学反应，而彼此的味道，就是这化学反应的催化剂。小桃闻到了中意的味道，心中一跳，边大笑着起舞，边在这猝不及防降临的情欲中不知所措。

朱利安边跳舞边搂住小桃的腰，俯下身子在小桃耳边说：“他要请你跳舞，我说，这个女孩已经被我预定了。”

朱利安说完，缓缓离开小桃的耳畔，直起身体。他那游刃的动作和从容的神态，忽然让小桃想起在出租车前吻自己的莫问。她望着朱利安斜唇而笑的深邃面容，眼前的影像和脑海中莫问转身而去头也不回的挥手重叠在一起，莫问的影子被朱利安再次袭来的特有味道冲散，小桃在人群中呆立。

不要，不要这么快，我还没来得及建立防御的工事。小桃一边在心里叫，一边和朱利安欢跳，滑向不知所谓的深处。在那深处，他们甩下所有的朋友跑出了酒吧，外面下起温软的细雨。朱利安带着小桃躲进不知谁家的门洞里，他坐在台阶上，小桃坐在他的腿上。他们笑着低语，谁也不知道彼此说了些什么，只觉得看着彼此的眼睛笑着低语是这世上最最重要的事情。

小桃觉得自己仿佛是做了一个格林童话式的梦，一位英俊的金发王子在午夜潮湿的街道带着她梦游，他身上有好闻的荷尔蒙加淡香水的味道，怀抱里有火热的温度。他的黑色露臂 T 恤鼓噪着结实坚硬的肌肉，温柔明媚的眼睛仿佛夜空里最亮的星。他温软的低语带着德国人少有的幽默，体贴的风度又让小桃受不到一丝风雨的侵袭。

在这个童话梦境的末尾，那个百分百的英俊男人吻了这个游弋在真实和虚幻之间的女人。这不是一个借故托词的吻，而是个满怀着情欲和爱慕、让小桃可以全心相迎的百分百的吻。

一吻终了。朱利安的味道已将小桃全身包裹，她看到他轻轻拉开自己蕾丝吊带上装的前胸，让自己的胸膛在白色露乳内衣的托举下映出皎洁的微光。

她的欲望在他面前尽显无疑，多么骚动而压抑的人才会穿着露乳内衣来赴派对呢？一瞬之间，她有些羞愧，不是因为自己的胸脯展露在他面前，而是因为自己的欲望展露在他面前。

“Beautiful…”（好美）朱利安带着欣赏的目光审视她的胸脯和内衣，深深吻下去。小桃抬起头，任他吻着。雨中有什么在摇曳，好像是路灯，好像是欲望，又好像是她的心。

后来，他们好像两个暗夜里的魂魄，他拉着她的手，急急的在夜里走。身边稀稀落落掠过几个同样酒醉的男女，尖声大笑中显得他们两个格外沉静，又或者是他们并没意识到自己的尖声大叫。

进入小桃宿舍楼旁边那座同样长相的楼，不知到了几层的哪个门，朱利安停下掏出钥匙开了门，拉着小桃轻声进屋："别吵醒我室友。"

他在狭小的公共客厅里是那样矜持有礼，轻手轻脚，这让小桃更加意外于他关上自己房间门之后的迅猛激烈。

没有一丝铺垫、犹疑和商榷，小桃被朱利安扑倒在门上，扑倒在墙上，扑倒在他的床上。小桃用全身的每个细胞感受着朱利安原始而迅猛的激情，肌肤与肌肤之间交错，液体与液体之间交换，如此酣畅淋漓，如此血脉贲张。小桃积郁已久的欲望被朱利安无情打开，动情升华，让它绽放成暗夜里最绚烂的花。夜色透进窗户，打在小桃上方朱利安的脸上，某一刻里，小桃恍然看见了惩罚战犯的纳粹。

早已分不清彼此的味道，他们的气味混在一起，交织在彼此的睡梦里。一夜酣眠，然后礼貌告别。

小桃回到自己的房间，对这个一夜情很满意，但是不敢期待更多。朱利安虽然在她走的时候依旧浓情蜜意，但是他会如何看待一个穿着露乳内衣，见第一面就打炮的女生，小桃说不好。换做是自己，大概也会把自己看成一个 bitch，所以她只敢把这次的艳遇界定为一夜情。

一夜激情，激情易来也易去，不必想太多，更不要想太多。

可她还是想了。上课的时候，下课的时候，在食堂吃饭的时候……她都在想他会不会再来找他，又会不会像莫问一样一去无踪。

有时候小桃觉得自己还是那条臭咸鱼，遇到讨厌的野猫，她固然只能任由他们闻嗅；遇到喜欢的虎斑或是暹罗，也只能任由他们来去，连伸出一只手挽留和争取都不会。

万幸的是，小桃很漂亮。漂亮的臭咸鱼，总会撞上几只不知道回家的暹罗。小桃奔去打开朱利安敲开的门时，她本是这么想的。

第九章

对手戏

朱利安带着几丝宿醉之后的呆滞，脸有点肿，他寒暄了几句之后步入正题："我今天收拾房间时看了一眼昨天的套套，发现破了个洞。"

"哦……"小桃对这个话题比较陌生，一时不知道他要表达什么，大脑一片空白，犹自挂着笑，沉浸在他来找她这件事的喜悦里。

"所以我觉得你有必要去买点避孕药吃一下。"朱利安看她发呆，只好把话说得再明白些。天杀的，这个昨晚还散发着男神光芒的情圣居然今天站在我的门口叫我去吃避孕药；天杀的，我居然听懂了避孕药这么生僻的词！

小桃心头一冷，几乎想哭，却只是趁着那犹自未收的笑容的惯性勉强说："好的，我知道了。"

朱利安可能也觉得这事有些尴尬，还加了句解释说："一般这种事情是不会发生的，但是……你知道……以防万一嘛……"

你妹的，还什么一般不一般的，说得这么老练，你干过多少次？小桃想怒想骂，却仍然咧出微笑说："我明白。"

朱利安抬起浅棕色的眸子深深地看着小桃，低声温语说："你要是不方便，我可以陪你去买。"

小桃本来想一摔门说："姐用不着你陪！"可忽然想起自己连德语的避孕药怎么说都不知道，这种事也不好敲锣打鼓叫上韩秋秋这个广播电台一起去；转念又想，事儿是你跟我搞出来的，你当然得陪我去，要赶走你身上的东西，药钱还得你付！于是她点了点头。

他们约了时间地点，小桃把门一关，冷着脸自行其是。什么男神，什么王子，什么绅士，到头来不过是一个找来处理自己精液后事的公兽。小桃忽然觉得自己有点可笑，居然对一夜情抱什么幻想。

傍晚，小桃心灰意冷地跟着朱利安去买避孕药，任他用德语跟卖药的店员一阵商榷之后把药交到自己手中，仔仔细细看了使用方法。毕竟一夜情之后中招是谁也不想发生的后遗症。

后事处理完毕，小桃以为他们之间就算结束了，可朱利安却加了小桃的MSN，让小桃有点摸不准他到底怎么想的。韩秋秋也跳上MSN跟她裹乱，说她那个哥们儿——朱利安的室友陈贤说，昨晚朱利安带回个洋妞，做爱叫得热闹。又八卦说朱利安不久前刚与一个女朋友分手了，今天晚上又看他带回来一个身材火辣的德国妞，可能是那女人又回来了，安慰小桃不必在意，男人都是送到嘴边的不要白不要。

小桃嗯嗯应着，心想昨夜那个叫得热闹，让朱利安不要白不要的女人就是你闺蜜本小姐我，今天晚上的德国妞是朱利安跟她说起过的高中同学，来这里玩耍借宿几宿。她虽不好意思跟韩秋秋承认自己搞一夜情，但是韩秋秋给她更新的八卦信息倒是给了她不少安慰，至少朱利安什么都跟她报备了，没藏着掖着，所以就算他高中女同学身材火辣，和他共处一室，她也不怎么在意，反而庆幸无辜女生替她背了叫床的黑锅。

她和韩秋秋都默契地不再提起莫问，因为她们知道自己还年轻得很，年轻得来不及过问那些转瞬即逝的情愫。

韩秋秋又说起朱利安，对小桃说，他们应该见过面的。春节时中国学生会举办联欢晚会，朱利安也被陈贤叫去了。小桃点开当时的照片文件夹，有小桃站在自己房间门口自书的春联边的自拍，上书“花果山福地，水帘洞洞天”，横批“大闹天宫”；有她穿着唐装和各国各色同班同学拿着福字的合影；还有和韩秋秋的一大帮中国朋友的集体照，仔细看去，里面有贺然，有陈贤，在最后面的角落里，自己的身后，赫然站着朱利安。

朱利安和小桃在不相识的时候已经同框，他站在她的身后，高她将近一个头，英俊的面容被小桃挡住了下巴，却依旧自在微笑。

小桃心中一震，豁然看见冥冥中的天意。她被这看不见摸不着的天意俘虏，虔诚笃信就是因为上天的指示，才将朱利安从茫茫人海中带到她身边。

俩人好的时候，总有千百样好的理由；若是到了不好的时候，不好的理由也是千奇百怪。

朱利安总在上线的时候和小桃聊天，打出一堆快活的表情符号。小桃也用一堆表情符号快活的回应。自此她才学会了很多英语聊天时的简写，比如 BTW 是 By the way（顺便说一句）的简写，kiss U 是 kiss you（吻你）的简写。

不几日，朱利安的女同学走了，他又约小桃出来。他带着她坐在宿舍楼前的草地上看落日云霞，喝啤酒。她从上一个追她的德国男生约瑟夫那里已经学到德国人是不需要下酒菜的，可是像朱利安这样空着肚子也能喝下几瓶啤酒的，小桃只能暗赞他年富力强。

小桃说起她有些想家，想要申请回中国的交换学生。她知道这样挺没出息，但是系里去约旦的交换学生项目已经结束，她远赴中东的冒险梦被扼杀在摇篮里，也只好选择这个探亲顺便赚学分的好机会了。不过全校只有两个名额，听说另一个被德国学生占了，不知道自己能不能得到这最后一个。

曾经她以为世界是她的，只恨自己到不了月球，可是到头来，她最想去的地方就是家。

朱利安刚要说话，碰见约瑟夫从对面走来。小桃给他俩互相介绍了一下，他们用英语寒暄了两句就忍不住说起德语来。小桃听不懂，落得清闲，自动开启胡思乱想模式，想他俩也算情敌了吧？还好，德国男人看得开，情敌之间也算蛮和平的。

谁知朱利安微笑目送约瑟夫离去之后，小桃提起约瑟夫今年就毕业了，还不知道自己该干什么，一直在烦。朱利安就冷冷地说了一句："那么大个人还没点自己的想法，活该。"

小桃满意偷笑，嗯，这才是为我吃醋的男人该有的样子。

朱利安看小桃笑，问她笑什么。小桃摇摇头说："笑你长得帅呀！你知不知道你长得有点像汤姆·克鲁斯？"

朱利安更加没好气地说："像他有什么好？说你像安吉丽娜·朱莉你会高兴吗？"

小桃被他问愣了，说他像明星还居然会不高兴？我倒是想像安吉丽娜·朱莉呢，可也得沾上点边啊？嗯……他们德国人真是喜欢"我就是我"，都想做"不一样的烟火"呢！

小桃只好转移话题，问他世界杯有没有看足球，喜欢哪个队。她本以为这是男人必爱谈论的话题，朱利安却说他不喜欢足球，根本没看。小桃又在心中暗暗点赞，她就喜欢这种不跟风不盲从的性格。她说中国足球队虽然踢得稀巴烂，可全中国的男人就跟不爱足球就不爷们儿似的，全都大半夜点灯熬油的看着完全没有自己国家的球赛呢。

到了德国，遇见世界杯，小桃才觉得中国男人可怜。她巴西的同学欢聚在酒吧，为自己国家的球队熬得嗓子都哑了；阿根廷的同学和一帮拉美同学在学校餐厅的电视前面边看自己国家的球队比赛边踢球；德国同学更是为了自己国家队进四强，自二战以来第一次在街头巷尾挂起了国旗。想想中国，远在时区的背面，没有自己的国家，还都热血沸腾地熬夜看着，这跟风的激情也是没谁了。

小桃又问他，那你喜欢干什么啊？他说他喜欢 Fire spinning。这下小桃遇见生词了，可是在他面前，小桃好像可以很自在地秀出自己的英文下线，就问那是什么。朱利安就毫不犹豫地给她解释个透彻，好像她有不知道的生词是件天经地义的事情。

经过朱利安的简单又明白的解释，小桃才知道那是一种火术，可以是一根棍子两端点燃的火，也可以是两根锁链尽头点燃的火，高超的火舞者可以让火焰在周身飞舞又不沾一星。他擅长锁链火术，偶尔会接一些演出和走秀，还说下次可以带来一些类似的玩具给她玩。

原来她在和一个火舞者约会。

和朱利安在一起，小桃丝毫不觉得他是个比自己小两岁的男孩，反而感到自己是个什么都需要他照料的小女孩。她喜欢这种心有所依的感觉，却又害怕这种感觉。因为一旦依靠，就要承受所依靠之人闪身走开时跌落的痛。

可是此刻是如此美好，朱利安的头发和睫毛在夕阳的余晖下闪着金黄色的光，深邃的眉目和棱角分明的面颊切割出迷人的侧影。这样一个英俊的火舞者坐在她的身边，温柔地和她促膝低语。她是多么希望这一刻停留到永远。她贪恋着这一刻的美好，贪恋到顾不得在意那些可能到来的疼痛。

可疼痛是随时可能跳出来折磨爱情的，如果没有那些飞蛾扑火的痛，毫无忧虑的爱情或许索然无味。他们是如此亲近地相拥谈情，喝酒聊天，他们为彼此头脑里从小养成的截然不同的想法而惊喜，却不知道这些截然不同的意识却是彼此折磨的根。

初相恋的人，总是如胶似漆，却又只能小心翼翼地接近彼此。因为自己守着那么独立而重要的个体，却因为爱情而在瞬间被迫交融到不分彼此。他们被爱情猝不及防地击中，又在这猝不及防里惴惴不安。

转眼到了期末考试，本土学生朱利安说要复习，游客学生小桃不放弃任何一个观光游览的机会，抽空和中国同学一起参加了柏林夏天一年一度的“爱的游行”。

这个中国女生叫刘爽，和小桃一个系，比小桃早入学一年，却因为四处玩耍而不得不和小桃一起上课补学分。小桃去宿舍找她的时候，她正在客厅研究新买的睫毛膏。

“你看，我这只眼睛和那只眼睛哪个睫毛好看?”刘爽粉底已厚，苍白着还没涂口红的脸凑到小桃跟前。

小桃仔细端详半晌，她左眼的睫毛已经粗到互相粘在一起，右眼虽然也好不到哪儿去，但毕竟还能认出是睫毛，只好字斟句酌认真地说：“你左眼都刷出‘苍蝇腿’了，还是右眼自然点儿。”

刘爽把睫毛膏愤然合上：“妈的，就不该跟风，新买的这支 Channel 还不如我从国内带回来那支好用。”

正说着，刘爽的男朋友徐圣被一帮中国哥们儿轰然推搡着从里间涌出来。有哥们儿打开水龙头，看着汹涌而出的自来水笑嘻嘻等着。

小桃见了大笑：“又打升级啊？输了呀?”

“嗯!”瘦瘦小小的徐圣戴个眼镜，在哥们儿的起哄声中咬牙撩开袖子，眼睁睁看着自己的胳膊被自己送入喷薄而出的自来水中。有哥们儿开始掐表：“一分钟啊！少一秒都得重来。”

徐圣妥协地笑，半晌，淋着自来水的胳膊已经有点发抖：“他奶奶的，这德国的自来水怎么一年四季都拔凉拔凉的!”

刘爽白了他们一眼，自顾自化妆。她已经以同居为名白吃白住了这个老实巴交的中国男生半年多，本该双人合租的宿舍，被一个中国男生独自住着一个卧室，而徐圣任劳任怨和她一起挤在不到二十平方米的卧室里，她还是总对他看不上眼。她火速化完妆带着小桃出了房间。走出宿舍楼，几个非洲同学黑黝黝地迎了上来，她才对小桃说：“我找了他们几个凑火车票，这样咱们平摊五人的州际车票往返柏林才最划算。”小桃看着黑山头一样的几个非洲同学露出白牙朝她笑，她也只好勉强握手打招呼，说不清刘爽这是精打细算还是占便宜没够，不惜损失一场祥和安逸的旅途也要把钱省到极致。

果然，其中一个最英武的非洲同学在去柏林的火车上一直跟小桃聊个没完。她本来以为中国男人在追姑娘时候就够贫够贱的了，这时才发现非洲男人在这方面简直甩出中国男人几条街。一路上黑山头从她脖子上的六角星项链扯到各个角数不同的星星拥有的不同魔力，并且把她脖子上戴的一欧元便宜货大大夸赞了一番，说六角星是众多星星中法力最为无边的，她将拥有战无不胜的力量。说得小桃乐到想哭。

到了柏林，“爱的游行”已经如火如荼，各个花车上面千奇百怪的人在千奇百怪的电子音乐里扭动，把他们一路引到勃兰登堡门。广场上已经挤得满满的，有穿古装的，有画油彩的，还有半裸的，不分男女，一律跟磕了药似的狂 High。裹着厚重白色缠头的印度瑜伽师父在针板上旁若无人的打坐，世事全部与他无关，除了放在他跟前的零钱盆子。

因为人太多太 High，小桃又被黑山头搅和得晕头转向，就和其他人走散了。小桃站在广场上奋力喊刘爽的名字喊了半天，却像汪洋上徒劳鸣叫的海鸥，叫声转眼被浩瀚的人海吞噬。

“你骑我肩膀上来，这样好找。”黑山头不知道出于什么目的出了这样一个主意。

啊？我长这么大还能被人“喝儿喽”？这样真的可以？小桃迟疑之间，黑山头已经把她拉到一个台阶边叫她站上去，转过身等待她骑上来，好像一只驯服的大黑马。

小桃此刻也想不出更好的办法，何况除了她爸“喝儿喽”过她，她五岁之后的“喝儿喽”史一片空白，这个主意实在很刺激。她像一只不长记性的老鼠，每次看见奶酪都会忘记陷阱，对后果的思虑转眼被眼前的渴望踢飞，奋不顾身地冲上去。只是她的奶酪不是珠宝也不是金银，而是那种叫做“刺激”的玩意儿。

在所有人忘乎所以地各自张扬的修罗场，她将骑着黑马俯瞰人群，成为高人一等的存在。这让她想想都觉得兴奋。

她摇摇晃晃在“坐骑”的帮助下骑在了他的肩膀上，那黝黑的“坐骑”双臂按住她的双腿，居然轻捷地四处走动。

“刘爽……刘爽……”雄壮的非洲公猴驮着一只纤细的亚洲母猴，柔软的中文呼唤穿插在欧洲猴子们颠三倒四的尖叫声中。大家都忙着自顾自奇形怪状，这对摞在一起的亚非组合也并没博来多少眼球。

骑上去没多久，小桃就领悟到什么叫“骑虎难下”。她只穿条短裤，白花花的大腿内侧汗津津地贴在黑山头的脸侧。黑山头仿佛毫不在意地牢牢按着她的大腿，这姿势实在有些尴尬。可她说让他放自己下来，黑山头却只会说人还没找到，再找找。她无计可施，谁让是她自己骑上来的呢？她只好硬着头皮接着叫，接着骑。

总是在自掘坟墓，可若是给她机会再选一次，或许她还是会骑上他的肩头。性格决定选择，选择决定命运。这就是她的命，无法改变，就像她无可挽回地会和莫问重逢，和朱利安邂逅，和他们两个纠缠到血肉模糊。

所以她只好如同一个上古洪荒的野人，胯下一只自作主张地悠游漫步的神兽，在肉体的丛林里四顾，呼唤，心猿意马。

“这儿呢这儿呢！”刘爽遥远的回应声总算让小桃捏着的一把汗安心擦干净了。

所以，在回去的路上，小桃故意和刘爽坐在一起，再不给黑山头搭讪的机会，可她没想到非洲男人的厚脸皮程度也是中国男人无法匹敌的。几个人一路回到宿舍楼各自作别，黑山头要送小桃回家。小桃拒绝也无济于事，对方已经打定主意非要知道她的住处不可。

弱女子被强人所迫之际，第一个想到的就是投奔到自己男人的庇护之下。朱利安虽然和小桃初识不久，可已成为小桃此刻能够投奔并且想要投奔的第一人。小桃一想到朱利安可以一展男人雄风，把登徒子霸气驱散，那心有所托情有所属的过瘾感觉，让她马上怀着满腔忐忑的期待奔向朱利安的公寓。

她断然对黑山头说：“我去找朋友，不回家。”

黑山头起初不信，依旧坚定跟随，直到朱利安接听了楼门口的对讲机。黑山头鸡贼而敏锐，一听是男的答话，以小桃没有反应过来的速度消失得无影无踪，只剩小桃站在对讲机前。

“是我，桃桃。”小桃答。

“哦……什么事？”朱利安的语气有些冷而木讷。

什么事？我他妈的被一个非洲同学纠缠了一天，刚才差点儿追到我家。可我也不好这么说啊，这么说好像我特意来抱着满腔希冀投奔你依靠你似的……话说知道是我开门不就完了，这句多余的“什么事”是几个意思？

千百个念头电光火石般在小桃头脑中风暴，终究化成淡淡一句话：“没什么事，就是路过看看你。”

“……哦”，对讲机用似有若无的不良信号呜咽了这么一声，片刻响起开门的滴音。

面对强人，小桃柔情似水的投奔而来，本想上演一出英雄救美美人倾慕的年度大戏，没想到贴上这么个冷屁股，心里十分不爽。但是门已开，开了的门就该进去。她这么劝说着自己，五味杂陈地上了二楼敲响熟悉的门。她不想承认，其实她就是想见他。

门倒是开得很迅速，可门里暗暗的，有着不符合时间的黑。朱利安目光呆滞地探出头来，鼻子上还架了个大框眼镜，让小桃差点认不出来。

“How are you?”（你好吗）小桃没话找话的打招呼。

朱利安有些迟缓的答：“挺好……就是有点累……我不是跟你说了我今天要学习吗？”他本就白皙的面色有些苍白，长而浓密的粽金色睫毛眨出空洞的眼神，淡漠的表情让小桃觉得陌生。

“对，你跟我说过。我就是刚从柏林回来……顺路看看你。”小桃有点无言以对，她没想到他说要学习的意思是不许人打扰。

“那个‘爱的游行’怎么样？”朱利安显然也在努力配合她，但是仍然没打算让她进屋。

“挺好的……也挺挤的……”以小桃的英文水平和此刻的心境，也只想说这些。“你学完了吗？”她看看幽暗的房间，想要进去，却被朱利安执着地挡在门外。

“桃桃，你看，我还没学完呢。咱们待会儿再聊好不好？”朱利安轻声说。小桃觉得他今天德国口音特别重，特别是在说“学习”这个单词的时候。

小桃讪讪地回到自己房间，看着 MSN 上朱利安亮着的头像，也没有再搭理，一整天都闷闷的。一颗芳心付之流水不说，她甚至有些怀疑朱利安屋子里是不是有别人。但是跟韩秋秋打听一番，朱利安室友陈贤的供述表示确实他一整天都在学习，也没见别人进出。看来他真的只是学傻了而已。

朱利安真是把你我分得分外清楚，就算在热恋中也随时保持着作为“我”的明确界限，并且让对方也清楚触摸到这界限，谁也别想跨过雷池一步。小桃越想越冷，越想越憋屈，却又说不了什么。人家只是名正言顺的学习，不想让人打搅，可怎么就让人觉得这么冷酷无情呢？把人让进屋子里说几句话又不会死。

好像怀抱金银财宝远道而来的快递员，却在门口被对方拒收了。

小桃愤愤地憋了一天。第二天朱利安在 MSN 上跟她打招呼也没理，心猿意马地上课，发现吊车尾的成绩单里，建筑学不及格。

说来也不奇怪，她连那些问题到底问的是什么，该怎么答都说不清，总觉得那么开放的问题好像自己背的书里哪个答案放上去都行。德国测验的试题就是考综合理解力，简单背书根本交不出答案。好心的女老师又给她出了道题让她回去补考，可她就算拿着书看还是一头雾水。

她想起约瑟夫的建筑专业刚刚毕业，前几天还美滋滋跟她显摆他毕业通过的建筑模型来着。她虽然说不准他滔滔不绝介绍的建筑力学、自然美学之下的建筑模型到底好不好，但知道他帮着写一份建筑学补考作业还是能胜任的，可又拿不准诚实的德国人会不会答应这种作弊行为。

她忐忑地去他宿舍。门虚掩着，他正坐在窗台上对着窗外斜上方的位置发呆。

“怎么了？”小桃问。

“史蒂芬妮她真的不喜欢我。”约瑟夫低沉地呜咽。他改得倒快，见小桃跟朱利安如火如荼，转眼又开始追起小桃系里的巴西金发美女。“刚刚我敲她的门，她假装不在。回来就听见她在窗边跟楼下的朋友喊话。”他用双手捂住狼外婆一样的长脸，痛不欲生。

不知道这是约瑟夫第几次失恋了，仅凭他亲口告诉小桃的失恋史，就可以编成一部连续剧了。

他以前有个关系稳定的德国女朋友，稳定到和她生了个孩子，但是孩子没生多久俩人就分了手；他现在每个月得交几百欧元的赡养费，孩子还不和他在一起。后来他又找了个日本妞，是个无论做什么饭都用筷子的绿茶婊。她非常贤淑地甩了约瑟夫跟另一个德国男孩同居，但是俩人总是吵架。每次日本妞和男朋友吵架就哭着来找约瑟夫，令约瑟夫当备胎都当出了责任感。前些日子最新的消息是日本妞的男朋友在一次争吵之后发疯，第二天一早连人带行李人间蒸发，留下消息说自己去了中国，让约瑟夫煞是费了一大阵苦心来安慰日本妞。

小桃觉得这样很不好，让她有种来中国的老外大多脑袋不正常的错觉。这归根到底还得怪日本妞，而且她让小桃觉得自己甩约瑟夫甩得很不精彩。

小桃想笑，又使劲忍住，安慰他说：“你不是不知道毕业去哪儿吗？就去北京吧！北京姑娘欢迎你。”

“真的？”约瑟夫深到找不着的泛红眼窝里投来认真希冀的光。

“对呀，北京有好多姑娘都老稀罕外国人呢！你去了肯定受欢迎。”小桃只是半真半假的随便一说，没想到约瑟夫就此找到了后半段的人生。

她成功安慰了舅舅不疼姥姥不爱的约瑟夫，顺利把建筑考试转嫁给他。心情刚刚好点儿，回家就遇见了正在敲门的朱利安。

“你学习完了？”小桃不冷不热地问。有心也把他拒之门外，可他不知道怎么就自己进了屋。

厚脸皮真是国内外通吃的泡妞法宝。

“我今天都考完试了。”朱利安貌似考得不错，凑过来笑嘻嘻地闻小桃的颈子，“你好香。”

小桃推开他：“你学完了，我还没学完呢。”她心里却已原谅了他大半。他这副天真无辜的小动物模样，真让人没法生气。

“你是不是生我气了？”朱利安说话从不兜圈子，直奔主题。

“我没有，我有什么可生气的。你学习，我打扰你了，是我不对。”小桃气鼓鼓地坐在椅子上，去开电脑，故意不理他。

“我昨天学傻了，太累，真的不想多说话。”朱利安拉过小桃，明亮的双眼可怜兮兮地看着她。

“你累？你知道我昨天为什么找你吗？我去‘爱的游行’，被咱们学校的一个非洲同学纠缠了一天，最后他还非要送我回家。我不想让他知道我住哪儿，又没地方可去，就只好去找你……可你……连屋都不让我进……”小桃用蹩脚的英语颠三倒四地说着，撇嘴哭起来，像有一肚子委屈的孩子。

朱利安把小桃拥进怀里，柔声安慰着：“对不起，我没考虑你的感受，也没想到发生了那么多事。”

对方已承认错误，并且态度诚恳，入情入理。小桃也挑不出更多的理来，只觉得一腔憋闷的情意终究可以在这个想要释放的怀抱尽数发泄。她被朱利安滚烫的怀抱包裹，被他滚烫的味道包裹，嘤嘤而泣，心却更加滑向这个引她哭泣的男人。

女人是用水武装的堡垒，无论是上方还是下方流泻，都会让感情倾泻。

“你第一次是几岁？”小桃躺在朱利安的臂弯里，明媚的阳光透过暗红色的厚窗帘，把屋内染成混沌暧昧的阴暗，恍若子宫。

她觉得，应该更加明晰地了解枕边这个男人了。他于她来说，在脑海中仍旧是个单薄的二维图形，飘飘忽忽，总是担心一阵风会吹飞。她想要分享他的一切，包括他的过去，让他在她的心中扎根、丰满。现在这个阶段问这些问题正合适，不会让人觉得好像犯了疑心病。

可是沉浸在爱里的人哪个不犯疑心病？热恋里，一半是相互猜疑的海水，一半是自我纠结的火焰。

“13 岁。”他的答案刚好落在她预估的老外破处年龄的下限。是个刺激而不失节操的答案。13 岁的少年好奇地寻求生命与生活的答案，小桃仿佛看到了小朱利安恍若法国电影般彷徨而激情的蒙太奇心路。但凡再早一年，就沦为一个变态儿童。

“你喜欢那个女孩？”对小桃来说，年龄已不是问题，他的感情才是问题。

“也不算喜欢吧。那时候就特别想明白这是怎么一档事，所以就一直纠缠一个女同学，只是做了那么一次，后来也没怎样。”朱利安看着天花板，像是在说别人的事。心无旁骛。小桃很满意。

第一关过了，下一关。

“你和上一个女朋友为什么分手？”

“因为她用斧子砸我的门。”

“……她为什么砸？”

“她是韩国人，住在柏林。我们吵架，我躲在自己家不给她开门，她就砸……我们总是吵架。”朱利安一只手搭在眉间，微微蹙起眉。

小桃有点不知道该说什么好了。这个答案超出了她的预估，她只能认为朱利安遇人不淑，不让进门就拿斧子砍的疯子都让他遇见了。

“你从哪儿买的？”他望着小桃衣柜顶上的两个小毛绒玩具问。他的问题从来不对过去刨根问底，只停留在现在和将来。

两只比手掌大不了多少的毛绒玩具，一只是穿着德国传统短裤的棕色小熊，一只是长黑犄角的红色小魔鬼。它们居高临下地微笑俯瞰两个相拥在床上的恋人。

“哦，那个啊！是我在宿舍楼梯上捡的。我路过的时候它们就并肩坐在台阶上，可能是谁搬家没带走放在那里等人好心人认领的。”

“你知道吗？那个小熊穿的就是我家乡巴伐利亚的服装。”

小桃欣喜地爱抚朱利安的面颊：“真的吗？怪不得你也像小熊那么可爱。”这里离巴伐利亚那么远，偏偏捡到一个巴伐利亚熊，她再次因为神奇的天意心中兴奋暗涌。

“我一半像那个熊，另一半却像那个魔鬼。”朱利安缓慢地说，仿佛在确认自己说出的事实。

小桃侧身搂住他的腰，身体交错间，朱利安身上特有的味道四起。她顺势在他的颈畔一吻，几乎在同时，朱利安吻上了小桃的额头。

小桃在他的颈窝扯出笑的弧度。你只是之前没遇到对的人，跟我在一起就能让你知道什么叫幸福了。

一开始，恋爱中的人都是这么相信的。如果没有起初这么美好的相信，后来也许还不会那么痛。一开始，恋爱中的人都是如此喜欢给对方加上美图滤镜的，无论音容笑貌还是行事谈吐，皆无遗漏，乐此不疲。如果没有起初这么美好的滤镜，后来也许还不会那么失望。

但这就是爱情。因盲目而可爱的爱情。

“这是米歇尔。”朱利安渐渐把自己的朋友介绍给小桃，自此小桃才明白为什么德国抽烟的女人比男人多。因为男人大多抽大麻，比如面前这个金发乱蓬蓬的米歇尔。

他在大麻的作用里，泛着迷人而自我陶醉的笑，眼角因为过度日晒引出的干纹随之深邃。他和小桃亲切握手，然后应别的朋友的要求把自己有点碍事的车挪开。车缓缓开走，但是并没有关上两侧车门。车内乱七八糟的杂物呼之欲出，他则一边开着飞机一般展开双翅的半旧 POLO 轿车，一边用德语和朋友说笑。小桃听不明白他说什么，但她确信他也不知道自己在说什么。

米歇尔和朱利安同班，但怎么看都比朱利安长得老。许多欧洲人不喜欢自己白皙的皮肤，非要用日光浴把自己晒成小麦色，才能显示自己爱运动爱健康，不是整天宅在家吃薯片看电视的废物，所以皮肤过早被晒老化也是常有的事。他们就特别羡慕小桃天生的小麦色皮肤，完全无法想象在遥远的东方有大批人类为了变得和他们一样白花花在千方百计躲避太阳。这让小桃唏嘘审美取向的意义到底为何。

米歇尔在学校附近租下一个民居，比学生公寓自在得多，那就是他们常常闲坐的据点。

屋子里有多少人，就有多少大麻味儿。那是一种植物散发出的烟味儿，混着清晰的芬芳，让小桃觉得陌生又危险。

“到了德国，像你意志力这么薄弱的人，记得别碰大麻！”莫问的话仍然存留在小桃心里，这时候及时跳出来提醒她。所以就算所有人都抽着大麻，并且友好地递给她一根，她也会微笑着摆摆手，然后在烟雾缭绕的房间里和他们喝啤酒，闲扯淡，吐槽 Youtube 视频里的笑料。

大多时候，“去米歇尔那儿”基本和“我不知道现在干什么好”是一个意思。每次去的时候，总有几个“我不知道现在干什么好”的同校校友坐在米歇尔的原木饭桌边喝咖啡，有一搭无一搭地说话，表情肌肉放松到连微笑都懒得显露。由此小桃又认识了许多朱利安其他的哥们儿，大多和米歇尔异曲同工地不靠谱。比如英国学生玛索。

玛索苍白消瘦，稀疏的金发一缕缕随意搭在他的窄片眼镜上。明显的地中海发际线，让小桃有理由相信他可能跟英国皇室存在血缘关系。他表面上自带《英国病人》里的阴暗潮湿，实际经常魂游天外，想入非非。

他会毫无顾忌地当电灯泡，和小桃、朱利安一起去湖边沙滩晒太阳，然后独自捧着一本书旁若无人的发出笑声；还会在派对上接受米歇尔的邀请，被他连夜骑摩托带往波兰边境，和米歇尔一起把满头金发染成了粉蓝黑三色头发，还和偶遇的“纳粹”嬉皮笑脸聊天。当然小桃对此要负一部分责任，若不是派对上米歇尔被小桃灌了一口家乡带来的二锅头，感觉整个消化道燃烧起来，就不会为了缓解自己的坐立不安而抽了大麻，也不会 High 到带着玛索去飞车染发了。

“大麻不算毒品吗？怎么他们都抽？”有一次小桃问朱利安。

“大麻比毒品干净得多，那是纯植物的，又不是化学制品。”朱利安说得理直气壮且平静得像是讨论有机蔬菜，让小桃找不出什么理由来反驳。她只是暗暗想，罂粟也是植物，鸦片也会上瘾啊！

“你也爱抽？”小桃更关心这个问题。她只是偶尔见朱利安在米歇尔那里抽过，平时两个人在一起时只看见他抽烟。

“我戒了。”

小桃稍微放心了。因为她听说米歇尔的东欧女朋友就是因为这个跟他分的手。

米歇尔很爱找东欧女孩，朱利安笑他是东欧姑娘收集器。米歇尔就笑朱利安是东方姑娘收集器。小桃不确定他们的爱好是基于怎样的心理动机形成的，总是找同一类型的对象是否存在着某种心理怪癖。她本人就倾向于刻意收集不重复的类型，还曾经掰着手指头默数自己是否已集齐十二星座的追求者。

除去大麻的问题，小桃觉得和他们在一起还是挺开心的。他们经常坐在学校花园的草地里一起复习功课，这让小桃觉得复习像野餐一样美妙。这个学校除了彼此距离不近的玻璃建筑，其余都是草地，从教室还能远眺到连绵的山。到了秋天，那山就被染成深深浅浅的斑斓颜色，恍若仙境。

有一次正在草地上复习，米歇尔忽然跳起来趴在草地里，边咕哝着德语边撅起屁股扒着草丛寻找什么。

“他在干吗?”小桃捧着书本问朱利安。

朱利安笑：“他在找四叶草。因为他觉得光凭复习已经没指望了，只能找到一棵四叶草来许愿才有救。”

正值暮色，米歇尔蓬乱的金发和绿草被夕阳染上橙色的辉光。那辉光也映着朱利安和小桃开心的笑脸，像是一个不会醒来的梦。

小桃很中意许愿之类不受科学常识控制的把戏。比如若是小桃掉了一根睫毛，朱利安就会轻轻将它从面颊上拿下来，像是拈起一朵花瓣，然后捧在指尖对她说：“许个愿吧。”这时小桃就会瞬间韩剧女主角上身，虔诚地对着自己刚刚掉下的一根毛发闭上双眼，双手合十，许下关于眼前这个男人爱情的誓愿，然后优雅地轻吹仙气，让那睫毛随风而逝。到此，便算许愿礼成了。

但通常现实不像电视剧那么完美，那代表戏剧性幻象的睫毛不是粘在朱利安略带汗渍的手上吹不走，就是小桃连同自己的唾沫星子把它吹到朱利安脸上或身上。但是这并不会干扰热恋情侣的心情，他们只会用笑化解尴尬，然后将那些不完美自动忽略，将完美的部分封存在记忆里。

陷入爱情里的人，觉得世上最最重要的就是彼此和彼此的爱情。至少小桃是这么认为的，而朱利安是不是这样认为，小桃说不好。现在朱利安虽然与她几乎日日相见，耳鬓厮磨，但是来自另一种猴类的陌生感依旧让小桃觉得忐忑。这种忐忑让她不安，那种不安又让她心跳。所以她想这就是爱情。

因此当她问他："你说，我们的爱情是不是这世上独一无二的？"她期待的答案是，"当然。我对你的爱是无可取代的"。他却答："不是，这世上每个人的爱情都是独一无二的。"

他的答案虽然不是她想要听到的，却是脚踏实地的。她喜欢朱利安把她飘忽天际的灵魂瞬间击落在地的感觉。这感觉如此陌生，如此意外，所以如此给她惊喜。

朱利安通过回答这个问题而再次把小桃折服的时候，刚刚用自己的电吉他为小桃唱完一首自己作词作曲的摇滚乐。小桃对此并不新鲜，所以看着他稍显做作的痛苦表情和唱腔有些走神，想起国内那些为她而唱的堪称专业的民谣和摇滚，又想起约瑟夫用木吉他给她唱的比眼前这首还要难听的歌。德国孩子学习真悠闲啊，全有时间搞这么多自己的业余爱好呢……想到这里，朱利安一曲终了，瞥来一抹等待赞赏的目光。

小桃表演完自己用心聆听的戏码，由衷说了一句自己眼下唯一能说的实话："比约瑟夫唱得强多了。"

"那当然。弹木吉他的都是业余的。"频频在朱利安脸上闪现的自我陶醉的表情再次闪过。那表情因为幼稚所以可爱。

小桃只好点点头，不再说什么。那么多比他唱得好的歌都没能打动她，而此刻她却为他这样一首稚嫩的歌曲处心积虑地叫好。因此她想，她对他是真爱。

眼看暑假越来越近，小桃开始陷入患得患失的恐慌中。她下个学期在中国大学做交换学生的申请已经通过，这一走就要半年多，那朱利安怎么办？他们的爱情怎么办？她现在一天不见到他都想得要命，怎么能熬得了半年呢？

此刻小桃韩剧女主角的激情再次上身，把自己和朱利安当成是因为外力阻挠无法在一起的苦命鸳鸯。如果不能在一起，不如断个干脆，省得想念。

小桃下了这样一个决心，打算和朱利安谈分手。当然她并不是真的想分手，只是想给自己上演一出悲欢离合的伤情桥段，另一方面也检验一下朱利安对她的情意有多深。

世上最无聊和幼稚的事，恐怕就是拿分手来检验对方的感情了。但这无聊和幼稚的事大多女人都干过，而大多男人都会认真地上当。因为这世上本来就有太多的无聊，就看你能不能走心而认真地上演这无聊了。

小桃说这件事的时候确实是十分走心而认真的，认真到趴在朱利安胸前哭了一场，并且几乎真的相信他们即将分手。

“好吧。我尊重你的决定。”朱利安的语气依旧那么温柔。

什么？这就答应了？我可是在谈分手啊！小桃抬起头呆望着他，已经忘了哭。

“既然你都想好了，半年的时间也不算短，等你回来我们再续前缘也不迟。”朱利安帮她抹去面颊未干的眼泪。

“半年的时间的确不短，我可能会在国内遇到很多人……很多男人……”小桃想要朱利安有一丝悔意，可自己的话已经说出去，收不回来。

朱利安打断她说：“若是真爱可以轻易被人拿走，那也就不是真爱了。我相信你。你是我的 soul mate。”

Soul mate 是什么？此情此景，小桃不好跟他讨论生词，带着一肚子疑问回了家。回到家里就有些后悔，她的决定到底对不对呢？可朱利安既然同意了这个决定，就代表这个决定有它存在的意义。她还特意上网查了 soul mate 是什么意思，翻译告诉她是“灵魂伴侣”。灵魂伴侣这个中文对她来说依旧陌生，不过看起来有些根深蒂固无法取代的意思，但小桃依旧对朱利安说的话有些摸不着头脑，不知道他对她是过于认真还是过于不认真。

接下来的一整天她都沉浸在离愁里，为失去的爱人和爱情痛心，那痛心里又有些不在状态的茫然。德国男人也太尊重女人的意见了吧？尊重到连他到底怎么想的都搞不清。

她带着失去朱利安的空白和失落走进留学生办公室。红色头发的德国女老师爱答不理地给她办了交换学生的手续，微笑里都渗着严肃。她已经习惯德国人的口头语：“No。”那声调里带有规矩不容挑衅的庄严肃穆，然后她在一连串的 No 后面挖出新的破解方法。比如她问中国学生可以选修汉语专业来赚学分吗？在国内可以选修列表之外的科目来赚学分吗？答案都是斩钉截铁的 No。她就想到时候跟国内老师好好说说，或许也未尝不可。

她正怀揣极度的忧伤跟德国老师讨价还价，德国老师忍不住抱怨了一句：“你真是个麻烦精。还好另一个申请去中国的学生没你这么多事。”老师在她面前抗议似的挥了挥另一个德国学生的申请单，一张蓝底深色 T 恤的男生证件照在她面前一闪而过。

那男生居然酷似朱利安。

为了不被老师蔑视为不懂规矩的中国学生，她忍住一把从老师手里夺过申请单的冲动，努力把飞舞在老师手中的申请单定格，却依旧来不及看清照片上的男生。

德国帅哥的长相都差不多。金棕色的头发、深邃的双眼和凹凸有致的轮廓，所以小桃有理由怀疑自己看错了。她不敢给自己任何升起希望再让它破灭的机会，正纠结之际，朱利安轻快地走了进来。

他调皮地瞥了一眼小桃，跟横眉立目的女老师规规矩矩说了几句德语。老师就笑逐颜开地把刚刚挥舞的申请单递给他。

的确是朱利安的证件照，并且相片里的朱利安此刻在填写自己的资料。

小桃马上明白这是怎么回事了。狂喜油然而生，连同一丝被戏弄之后的委屈。

“你该不会爱我爱到跟着我跑到中国去吧?”出了留学生办公室，小桃早已忘了“忧伤”二字怎么写，贱兮兮追在朱利安身后问。

朱利安笑，金色的睫毛在窗外的阳光下颤动：“我认识你之前就已经申请了。”

又是天意！这就是所谓的缘分吗？真是妙不可言！小桃打他：“那你不早说!”

朱利安笑得更厉害：“我想说来着，但是跟你在一起……你也知道……哪顾得上说这些无紧要的事，再后来……你就跟我分手了。”

小桃说不出是喜是怒：“我都着急到跟你说分手了你还不告诉我!”

“你不就喜欢搞这么戏剧性的事儿吗?”朱利安帮她推开走廊沉重的大门，让小桃跨进草地的阳光里。

小桃咬住唇，泪都要涌出来：“我还以为你根本不在意我。”

朱利安拥住她，轻吻她的额头：“我怎么舍得跟你分手?”初夏的阳光透过茂密的树冠，向两个人撒去稀疏不均的光斑，浓烈的热度经过树影的过滤，稍稍有一点冷。

后来，小桃想，也许朱利安的证件照没有出现在另一张交换生报名表上，才是最好的结局。但是生活没有也许，发生就是发生了，全是血淋淋的现实，就算遍体鳞伤，也得咬牙往前走。

然而，那时的她看不见血淋淋的将来，分手风波一过，小桃就开始倾情准备自己的告别派对。小桃基本属于无宴不欢的人来疯，在德国一年认识了不少朋友，此去半年，自然走的时候要轰轰烈烈的热闹一场。她凭着自己本科广告的三脚猫 PS 技术做了一张电子邀请函，邀请函上是火焰四射的烤炉和上面嗞嗞冒油的烤肉，上书“FIREWELL PARTY”几个大字。她很久之后才知道“告别”的英文拼写应该是“FAREWELL”，当时她就顶着这个错字昭告天下，可哪个朋友也没告诉她她写错了，可能还以为是她故意搞的创意。

告别派对开始之前的几个小时，她正美滋滋提着几件刚从 H&M 买的换季打折衣服，盘算着晚上穿哪件好，却和斜插芹菜的吉姆在镇上的广场狭路相逢。没寒暄几句，吉姆就不咸不淡来了一句："听说你要办告别派对？"

小桃没想到他消息这么灵通，只得尴尬的"哦"了一声。算起来吉姆和她在系里也算相熟，她这次本来想请他，可是她和他刚刚分手的前日本女友彩里纱更要好，又怕两个人相见之余尴尬，就只好把吉姆抛弃了。

另一个没请他的原因，是朱利安对吉姆似乎不大感冒。说起来他和朱利安都是亚洲妇女爱好者，应该惺惺相惜才对，可有一次朱利安坐夜班火车回科特布斯的时候偶遇吉姆和彩里纱，让他对吉姆印象不佳。

朱利安说，火车到科特布斯都已经半夜了，路上一个人也没有。吉姆要回学校宿舍，彩里纱要回镇上自己租的公寓。彩里纱说她自己回去就可以，于是吉姆就真的由着她打车回去了。朱利安表示女生说不用送就是要送，问吉姆怎么不送送他。

"谁他妈知道这些日本女人在想些什么。"吉姆只不屑地甩出了这么一句。

当时朱利安用不可置信的表情重复着吉姆的话，好像他这么说实在不太尊重亚洲妇女了。小桃也由此对朱利安更加满意，对吉姆更加嫌弃。而且听朱利安不知道从哪打听来的八卦说，吉姆还经常去赌博，欠了一屁股赌债，恐怕连学都没法接着上了。小桃听了，由衷暗自庆幸当初他来自己家的时候自己英语烂到没法跟他说话，不然万一跟他有什么瓜葛，那真是遇人不淑了。

此刻小桃边尴尬地支吾着，边飞快想着怎么接话，实在想不出借口，只好实话实说："我本来想邀请你，可我已经邀请了彩里纱，所以……你知道……"

吉姆没说话，点点头岔开话题："你这次回中国，就可以跟你那位未婚夫相聚了。”

“未婚夫?”小桃由衷觉得他是个话题杀手，怎么他的话这么难接呢?打哪冒出来个未婚夫啊?

“就是很久以前跟我打过篮球那个人，叫什么名字来着?”

小桃胸中莫名一震，沉寂在心中早已被忘记的情绪涌进血液，随之冲击着身体每一个细胞。这是一个她想要忘记，并且以为自己已经忘记的名字，可这久违的痛楚让她感到意外，让她明白那道心上的擦痕一直被自己尘封在遗忘了的角落，久久未愈，疾入骨髓。她努力压住这痛，压到让自己足以忽略它的存在。

小桃淡淡答道：“莫问。”

“对，是叫莫问。你未婚夫这么有身份的人，到哪都有随从跟着，不过他知道你和朱利安在一起吗?”吉姆的目光里带着戏谑和挑衅，让小桃看了心头火起。

小桃盯着他的眼睛飞快回答：“首先，他不是我未婚夫；其次，你什么时候哪只眼睛看见他有随从了?”

吉姆有些茫然：“他不是你未婚夫吗?他说是啊……而且他的随从特意叫我去你家找你，还说如果看到莫问就告诉他们。”

这次轮到小桃茫然了。原来开学不久那次吉姆不请自来的背后还有这么一段故事。看来莫问的父亲是派人盯上她了，给了赌鬼吉姆些好处，他才莫名其妙去她家的。

所以后来莫问意外消失，也和这件事有关了?她连忙问：“那时候莫问的……哦……随从……都跟你说什么了?”

吉姆挠挠头说：“他们只说想知道莫问在德国过得好不好，让我去看看，如果知道他在哪里就马上告诉他们……”

小桃顾不得听他慢条斯理的回忆，急急地问：“所以你就告诉他们莫问在体育馆打球了?”

“对啊，打球休息的时候就告诉他们了。不过莫问那小子还威胁我似的让我离他未婚妻远点儿，好像我对你有意思似的……或者……难道你对我有意思?”吉姆邪恶地笑着，故意凑近她，身后的芹菜像一棵招摇的树。

小桃回忆起莫问让吉姆面色大变的耳语，又回忆起莫问看了自己相机里的照片之后阴郁易怒的样子……

“做你的春秋大梦吧!”小桃撇下满脸猥琐的吉姆跑回家。翻出以前存在电脑里的旧照片，看着自己在体育馆里拍的照片久久出神。她忽然觉得自己活错了方向，原来的自己依旧站在跟莫问分手的岔路口上，无处可去。

她真傻，为什么当初神经那么大条?没发现照片里的秘密，更没想到莫问忽然消失背后或许有着什么难言之隐。

但她已走出太远，原来的自己就算还在身后，也已依旧无处可去。

第十章

爱情的两端

照片里，吉姆打球的身后背景，是体育馆的大门，门口露出一个中国男人的半个身子，正目不转睛地盯着莫问。

是不是莫问从照片里看到了他父亲派来的人，才急着离开的？可是他给我留下银行卡的事实不能改变，他真的就想拿钱把我打发了而已？

再次重逢后的莫问，对小桃来说一直像一个谜团。谜一样的双眼，谜一样的笑容，谜一样的出现，谜一样的对她忽冷忽热，又谜一样的消失。每当她以为更加接近他的时候，他都转瞬滑向更远的地方。她太年轻，年轻到没空把这些谜团破解得水落石出，所以只能在很久很久以后，独自吞食这谜团结出的果实。

朱利安敲开了小桃的门："时间差不多了，我们该准备了。"因为朱利安的学生公寓离烤肉的草地更近，所以就把他家当成了储备物资的仓库。

米歇尔已经窜进来走进阳台，指着烤炉大惊小怪地说了一堆德语。其实他是会说英语的，可能因为说不太好，又加上有点懒，每次都叫朱利安给他翻译。

所以朱利安就笑着主动翻译说："他说你这烤炉质量可真不错，绝对是不会烤煳的高级货。"

小桃心不在焉地扫了一眼那个酷似街头爆米花炉子的黑家伙。

是的，现在的自己已经站在朱利安和米歇尔身边，面对黑魆魆的烤炉。唯有把篮球场上跟踪莫问的半个身影和坏掉灯泡的学生公寓锁在空寂漆黑的过去，才能继续前行。

她对米歇尔淡淡一笑："这是我前些日子捡来的。反正我也要退房了，今晚用完之后，你喜欢就拿去。"

米歇尔自然高兴，和朱利安一起抬着大黑炉下楼去。"我房间钥匙在我后兜里，你直接拿走去准备吃的吧!"朱利安抬着炉子，把一侧屁股翘给小桃。

小桃笑着从他裤兜里拿出钥匙关上门，看着进入睡眠模式的电脑呆呆出神，那笑坠进无尽的深海。

半年前的场景锁定失败，自己仿佛同时存在于半年前坏掉灯泡的空寂寒夜，和半年后蕴满朱利安余味的此刻。花了半年的时间，她把自己从那个漆黑房间移到了一模一样的相邻公寓楼朱利安的房间里，沐浴着夏日傍晚的浓烈阳光，为朋友和爱人准备派对的晚餐。

小桃拿出朱利安冰箱里的鸡翅，倒上黑胡椒、酱油、蜂蜜、红酒、糖、盐和洋葱把鸡翅腌好放在一边，又把特地从柏林的土耳其区买来的羊肉切成小块。正切着，朱利安回来，说炭已备好了，等人来了就可以开始，然后洗手帮小桃切羊肉。

小桃看朱利安俨然把自己当成派对男主人，忙得比她这个邀请人还热闹，何况他已经可以毫不犹豫地把他家钥匙交给她，安然让她在他家独处。这坦荡和信任让她心中踏实。因为踏实，所以幸福。

她回想半年前处于寒夜空室的自己，确认这幸福，并说服自己前行。

他们一起切完羊肉，又把羊肉泡进煮好的胡椒洋葱水里，把生口蘑片、芝麻叶、小萝卜、西红柿、黄瓜配成的蔬菜沙拉从冰箱里拿出来，淋上橄榄油、红酒醋、西芹、黑胡椒、洋葱末、糖、盐、调好的油醋汁，再撒上意大利 Mozzarella 奶酪。

朋友们陆陆续续来了。夜色初起，他们拿着食材和啤酒到楼下的草地上开始派对。

韩秋秋没带男朋友，和初次见面的约瑟夫聊得火热；小桃边喝酒边和彩里纱聊天；几个系里的各国朋友自得其乐；朱利安一边喝啤酒一边烤肉，酒到酣时又表演了他的著名火舞，把小桃的朋友们伺候得大饱口福眼福叫好连连。

火球在朱利安的周身飞舞成一道道艳丽的流光，红色的火光映着朱利安英俊的面容，让小桃忘记那阴暗的空室和久违的疼痛，沉浸在他编织的梦境。

在梦境的末尾，小桃喝得烂醉，远低于她酒量上限的烂醉。

“你男朋友真帅。”系里的土耳其女孩半醉着贴在小桃耳边说。

“我知道。”小桃喝了一口啤酒，忘乎所以地微笑。如今她终于可以坦然说出那句她期待已久的情话，可心上的疤痕却让她的期待不那么完美。她因为这种不完美而淡淡燃起对莫问的恨，却因为这恨笑得合不拢嘴。

她不断咕哝着不知所谓的英文，就算跟韩秋秋说话也止不住那英文的惯性。似乎醉酒让中文回路自动关闭，只剩下英文频道无法阻拦地放着谁也不在意的节目。

她看见韩秋秋坐在狼外婆一样的约瑟夫身边，好像一个乖巧的小红帽；她看见朱利安拿起约瑟夫的木吉他撕心裂肺地在自己身边歌唱；她看见傍晚时候拉着行李跟大家挥手告别赶飞机的英国学生玛索又灰头土脸地回来跟米歇尔喝啤酒，因为身为一个英国人，竟然把英文的到达时间看成了起飞时间；然后，她看见自己拥着彩里纱笑成一团。

这是她最后看见的画面。后来，她听到很多人在自己周围说话，感到一个人把她抱起来，闻到朱利安熟悉的荷尔蒙加淡香水味道。她心满意足地搂紧朱利安的脖子，咕哝着自己也不清楚是什么的情话，任由朱利安把她抱上二楼。朱利安像爸爸对待女儿一样认真负责地给她洗澡，她却自顾自激昂地高声诵咏着李白的《将进酒》，抑扬顿挫的中文古诗回荡在红色尖顶的德国学生宿舍楼中。

君不见，黄河之水天上来，奔流到海不复回。
君不见，高堂明镜悲白发，朝如青丝暮成雪！
人生得意须尽欢，莫使金樽空对月。
天生我材必有用，千金散尽还复来。
烹羊宰牛且为乐，会须一饮三百杯。
岑夫子，丹丘生，将进酒，杯莫停。
与君歌一曲，请君为我倾耳听。
钟鼓馔玉不足贵，但愿长醉不复醒。
古来圣贤皆寂寞，惟有饮者留其名。
陈王昔时宴平乐，斗酒十千恣欢谑。
主人何为言少钱，径须沽取对君酌。
五花马、千金裘，呼儿将出换美酒，与尔同销万古愁！
万——古——愁——

德国高质量莲蓬头冲击出猛烈的水流，她在水流中夸张地咧嘴大笑，面颊上说不清是水是泪。

越是想要忘记，那个人就越清晰。就算回到中国，也该是再也没有交集的了。莫问，我恨你。但你连我的恨都已不值得拥有。

为了省钱，小桃买了慕尼黑起飞的机票，刚好离朱利安父母所在的纽伦堡不远。小桃和朱利安商量一起买青年火车通票回他家，朱利安说："我们可以开车回去。"

"你有车？"整天看见朱利安穿着牛仔裤光脚穿行在学校草地上，

或者蹭米歇尔的二手老爷车去超市买东西，小桃从没听他说自己有车。

当朱利安带着小桃和她的四十公斤行李开车穿行在勃兰登堡州的草原上，小桃才确信了他有车的事实。

他不仅有车，还有豪车。当小桃好奇地触摸保时捷卡宴的控制盘，把音效逼真的乐曲调来调去的时候，她不得不承认自己有点没见过世面。

“你从来没开过这车？”小桃边东摸西摸边问。

“你确定要开电热座椅吗？这是夏天。”朱利安平静地瞥了一眼中国制造的好奇宝宝小桃。他好像不大乐意提起这个话题，却只是平静的逆来顺受。

小桃“哦”了一声，把自己刚刚打开的不知是什么的按钮关掉，好奇宝宝是不会对自己想要知道的事情善罢甘休的，所以她锲而不舍地问：“你怎么从来没开过这车？”

“怕同学笑话。”该知道的，早晚还是会被知道的。朱利安并不拒绝小桃的追问。

“为什么？”

“因为这车明显不是我自己买的。”

“那是谁买的？”

“我外公（grandpa）。”

小桃没再接着问，因为她被英语“grandpa”这个词困扰住了。她不清楚他说的是外公还是爷爷，英文对这种认祖归宗的问题太疏忽了，但是不久之后小桃就知道了这车是且必须是他外公送的，并且承认整个拉丁语系国家都对认祖归宗这件事存在着障碍性认知。

德国的公路大多无限速，小桃在朱利安淡定飙车时，瞥了眼仪表盘，再看看身边所有车飞奔到快要离地的状态，心里更不踏实了。仪表盘的指针指着的位置，在中国基本是不可能看到的。不过话说回来，为什么在中国驾驶的车辆都只能使用仪表盘的左半边时速呢？

“你打算以这个速度一路开回去？”小桃不想听到肯定的答案，却又忍不住问。

“不是。这段路是有最低限速的，还有的路有最高限速。”朱利安的车和前一辆车保持着很远的车距，这样大家才能安心飙车。“每年七月，有一群吃饱了没事干的富商，他们开着自己的车从意大利出发，一路飙车到北欧，接一堆超速罚单，就为了第一个到达。”

小桃看了眼朱利安的不屑神情，对他开车这件事稍微放心了些。“这事很著名吗？是不是欧洲人都知道？”

朱利安轻叹了一声说：“也不是很著名，刚好我堂兄参加过而已。”

小桃夸张地瞪眼：“你家里好像很有钱呀！”

朱利安面无表情地说：“那是我父母的，不是我的。”

小桃撇撇嘴，没说话。只有真正的有钱人才会这么说吧，切。

中午，他们在休息站随便吃了些东西。整洁的格子台布上放着小花瓶，插着几朵精心设计的鲜花。尽管偏快餐，但是菜品也美味可口。旁边的超市里货物应有尽有，小桃把里面的东西仔细调查把玩了一番，详细研究了去腥味金属皂和后端连在一起的塑料练习筷的使用方法，然后被朱利安催上了车。

下午的景色已经渐渐不同，崎岖的山路越来越多，茂密的森林偶有几只鹿淡定地经过，他们就不得不减速，无奈地看着它们慢悠悠走过。

“它们这么没安全意识，万一撞上了怎么办？”小桃问。

“撞死也就罢了，万一撞个半死，还得打电话叫来有执照的猎人，让它尽快把痛苦减到最低死去。”

“一枪毙命？请猎人也要花钱的吧？”

“对啊，而且不便宜。所以大家都不想撞到它们。”朱利安小心翼翼地穿越在森林的公路上。公路蜿蜒曲折，尽管两边是毫无雕琢的原始森林，公路却走到哪里都是一模一样的平坦开阔，绝不会出现泥潭、坎坷之类的障碍。

小桃默默想，就算没把鹿撞死，偷偷地把它丢在一边谁知道啊？不过对方是把诚实当做人生第一守则的德国人，不问也罢。

尽管朱利安和他的朋友一样有些不着四六，但他终究是土生土长的德国人，骨髓里存在着许多和小桃巨大不同的东西。这些不同已经巨大到无法通过语言来形容，成为一种根深蒂固的存在。

一次，有中国同学告诉小桃在某个教学楼有个茶话研讨会，小桃以蹭吃蹭喝为目的，按他说的时间企图过去参加，结果什么也没有。晚上，她跟朱利安吃完饭在学校里遛弯，偶遇了那个还算挺熟的中国同学，小桃就笑着嗔怪他：“那儿根本没茶话会，你这个骗子。”那个同学说：“啊？没有吗？我听说是在那儿的啊！”按中国人的思路来说，应该是小桃这位同学自己也听错了消息，反正是可有可无的会，大家哈哈一笑各走各路，这件事就翻篇儿了。

但是同学走后，朱利安偏要问她和那个中国男生用中文说了什么。小桃就耐心地又用英文给他复述了一遍。

“你怎么能说他是骗子呢？这简直是人身攻击！”朱利安神色严峻地看着小桃。

小桃百口莫辩，只能说：“我们在开玩笑，在中国人之间说对方是骗子也没那么严重啊！”

“你质疑他的信用了。”

“我没有……我们只是在开玩笑……他也没在意啊，你在意个什么劲儿？”

“中国人都不把信用当回事儿吗？”

这下小桃真的无语了。中国人都不把信用当回事儿吗？想想时下的中国人，小桃无力再反驳什么，只好说：“这是文化的区别啦！你就别那么严肃了。”尽管小桃那次把事情敷衍过去，却有一种深深的疲惫感，不知道这疲惫感来自于徒劳的解释，还是解释之后对自己国家乃至自己的质疑。

基于这种前车之鉴，小桃不会再问他为什么不把半死的鹿丢在路边。因为单凭自己这么想想，就觉得自己思想意识比较不地道。

车子驶过大片大片的草原，在经过一群点缀上草原上的黑脸白绵羊时，他们偶遇一个搭顺风车的男孩。男孩上了车就和朱利安用德语有一搭没一搭地闲聊，小桃自动切换入自己的神游模式。

搭车这件事是小桃喜闻乐见的。没认识朱利安之前，她圣诞假期独自去西班牙旅行，通过搭车省下不少时间和钱。她在毕尔巴鄂遇见过邀请她抽大麻去派对的西班牙男孩，其结果是男孩被她反邀请抽了中国名牌香烟红塔山，并以朋友在等她为由婉拒了不知道在哪会发生什么的派对邀请；遇见过独自在巴塞罗那出差的马德里白领，他在圣诞夜邀请小桃去酒店，脸上满是每逢佳节倍思亲的孤独，但是小桃想不出自己为什么要假装圣母玛利亚来安抚这个寂寞的灵魂，所以婉拒了他，回到空无一人的家庭旅馆睡大觉。

寒假去法兰克福旅游的时候，她也搭车在周围小镇玩耍了一番，遇到过家住小镇、每天走一个小时高速路去法兰克福上班的汉莎航空高管。中年高管在途中摸了一下小桃穿着丝袜的大腿，说："真白"。小桃对这个举动比较无语，只好看着自己的大腿同意地点点头："确实白。"

通过搭车这件事，小桃深深体会到欧洲从南到北的热情指数随纬度成正比下降。她伸出大拇指，在西班牙她需要大约十分钟可以搭到一辆顺风车，并且受到得体的邀约；在德国她需要大约十五分钟可以搭到一辆顺风车，并且受到含蓄的骚扰；在北欧，就算她在雨天的傍晚被淋成落汤鸡，也不会有一辆车稍微犹豫一下，全部自闭地呼啸而过，因为对沉默的北欧人来说，夫妻之间都能肩并肩坐六个小时火车一言不发，打开车门被迫和陌生人闲聊这种事，还不如死了算了；然而，在坐落于欧洲南端的意大利，小桃得到一辆顺风车的时间是负值。

前一阵她和同学去意大利的时候，小桃根本不敢搭车。试想在一个出门两秒钟就会被搭讪、走在路边都会有敞篷车里的男人朝她吹口哨调情的国度，她怎么敢随便上一辆陌生人的车呢？最让小桃无语的是，她在拿波里火车站问一位意大利的人民警察去罗马的火车在哪个站台，那位警察就问她是哪里人呀？多大了呀？去罗马干什么呀？我一会儿就下班了，跟我去我家玩儿好不好呀？小桃冷汗无数，只能推说火车马上就要发车没法去你家。人民警察就殷勤地写下自己家的住址，并和小桃合影留念，说："以后来拿波里，我家就是你家。"

以上搭讪和顺风车的提供者，无一例外皆为男性，但是唯有在意大利，她体验过一次被女孩搭讪的经历。那女孩和朋友一起出现在小桃乘坐的渡轮上，不会英语，一直用意大利语和小桃聊，小桃当然也不懂意大利语，所以被聊得昏头涨脑。但是当她到了海滩后发现一批以能说会道著称的美国游客也被她聊得一样晕的时候，彻底释然了。

小桃正神游着，搭车男孩已经到站，跟他们挥手而去。朱利安大概讲述了男孩的事情，小桃才明白这位是因为酒后驾驶摩托而被吊销驾照的可怜虫。

德国畅通的道路和大家遵纪守法的安全感息息相关，行人和车辆完全遵守红绿灯不说，只要有一次酒驾就会被吊销驾照，要想重新考，还要经过半年的心理学家认证，证明你这个人在责任心方面没心理障碍才可以。小桃对这件事是相当认同的，因为她有一个国内的朋友就因酒驾英年早逝，全家幸福和他蒸蒸日上的事业全部泡汤。

暮色将草原和羊群镶嵌上金黄色的亮边，朱利安驶进一个小村庄："到我家了。"小桃仔细看去，绿油油的田野上间或坐落着棕色房顶的房屋，远处群山环绕，依稀可见一座古堡盘踞山间。

一条大河不知从田野的哪个弯处冲到他们脚下，在桥下奔流而去，安静而清冽。

因为河水太宽太深，吞没了撞击它的沙石，所以反而没有小溪那么吵闹。

"哇——大河——岸边那些屋子多漂亮。"小桃扒着车窗眺望岸边那些棕色红色的尖顶房屋。

"Donau."朱利安说出这个词的时候，小桃隐隐感到了他压抑着不好意思全部展露的自豪。她在脑中反复确认这个生词，忽然用中文脱口而出："多瑙河?! 这就是传说中的多瑙河?"

见小桃如此喜爱他的家乡，朱利安满意地微笑。

多少次在故事和音乐里听说的这条河，没有想象中的波澜壮阔，却因为就在自己眼前而美妙："这里的景色和东德很不一样啊。德国南部可真美。"小桃忍不住赞叹。

朱利安不羁地扯起唇角："我们巴伐利亚人都不把自己当德国人。"

也对，自古罗马时期就名号响亮的巴伐利亚，也是新兴帝国中的强者，与其说巴伐利亚是德国的，朱利安可能更愿意承认德国是巴伐利亚的。

车子又拐了几个弯，一路向山边驶去，村庄渐渐远去，却仍有稀稀落落的房屋闪过。"那个城堡挺漂亮啊，明天带我去玩玩吧！"小桃喜欢这些古代建筑，每个地方都在说着无穷的故事。

"我们不会去那儿游览的。"朱利安边开车边淡淡地说。

"为什么？"小桃问。朱利安从未带她旅游过，怎么第一次请求就敢断然拒绝？

"我们会住在那儿。"

第十一章

古堡里的秘密

车子毫不犹豫地爬上山。尽管已近暮色，只有路灯照亮并不算宽的山路。面对复杂的岔口，朱利安却像闭着眼也能知道一样毫不犹豫地选择其中一条路开进去。

草木郁郁葱葱，遮天蔽日。忽然，在山中消失已久的古堡赫然眼前。

修建整齐的巴洛克式花园正中端坐路西法天使像，洁白如玉的雕像和满园色彩和谐的花朵被泛着黄晕的园灯点上烛火般的亮色。浑圆穹顶的古堡中也泛着同样的灯火，在渐黑的天际中沉默肃立。有孩子从古堡的大门里跑出来，向他们的车子张望了一下，跳起来拉响古堡门边的铃铛。

“路德维希。”朱利安笑起来，“我侄子。”他摇开车窗喊了一句，停车带小桃进入古堡。

和门外奢华的巴洛克花园不同，古堡的大厅蕴含着新古典主义的优雅，墙上的油画显而易见是有年头的，四处点缀的玫瑰花把大厅本来有些阴森潮湿的古老味道熏得温馨优雅。小桃正跟游客似的东瞅西看，一对中年夫妇已经含笑迎上来，显然是被路德维希的铃声召唤来的。

很明显，朱利安已经跟家里报备过小桃的事了，他们在朱利安的引荐下和小桃一一握手。小桃努力记忆他们的名字，但实在有些徒劳，记住之后马上就忘了。

消瘦高大的黑发男人，发际线略高，但是眼中透出洞彻世事的精明，除了微笑什么也没说。这是朱利安的父亲。

金发微胖的美丽女人不用问都知道是朱利安的母亲，简直和朱利安从一个模子刻出来的。她笑得热情，握得含蓄，对小桃用流利的英语说："你们开了一天车，累了吧？晚饭马上就好了，先吃饭吧！"她和朱利安又亲又抱，然后看了几眼小桃，用德语叽里咕噜说了半天。

小桃看着好奇地盯着自己的路德维希，金色的自来卷，清澈的蔚蓝双眸如一弯潭水，漂亮得像个洋娃娃。她想问他爸妈在哪里，但是刚进门就这么八卦还是不太合适，只好忍住了。

他们像出现时一样，不知道消失到古堡的哪个角落去了。朱利安帮小桃把行李搬进房间的时候说："我妈刚刚问我，你是自己一个房间还是和我一个房间。我说和我一个房间。"

你倒是不客气。小桃撇了下嘴，但想到宽阔得有些阴森的穹顶，说话都略带回音的大厅，要让她自己住一个房间，她还真不敢。

朱利安的房间倒没有想象中的大，除了古色古香的木地板之外，都是些现代化的极简陈设，角落里一对巨大的音箱旁边还堆着电吉他和黑胶唱片，四处是歌星乐队的海报，一派混杂凌乱的嬉皮士气息。

小桃一头倒在松软的床上，懒洋洋蹬掉鞋。可算能把憋屈的身子拉直了，坐一天车可真够受的。她虽然有点饿，可真不愿意一会儿下楼去和朱利安的父母吃晚饭。见男方父母最麻烦了，连该说什么都不知道。她光想着能跟朱利安蹭车饱览巴伐利亚风光，完全没顾及见父母这个环节的可怕。又一次成为看见奶酪却忽略陷阱的小白鼠。

小桃轻叹一声，朱利安已站在她的两腿之间居高临下地望着她：

“累了?”

“嗯……”小桃揪住他的衣襟，他很合作地倒在她身边。“你更累吧?”

“嗯……开了一天车……”朱利安搂着小桃，把脸埋在她的胸前，几乎要睡着。

小桃看着天花板的吊灯和屋顶的壁画，懒洋洋问：“在德国，住在城堡里的人多吗?”

“不多吧？好多以前的贵族因为维护不起，都把古堡卖了。”

“你们家以前也是贵族?”小桃嫌朱利安的脑袋沉，把他的头挪开，自己狠狠扎进他的臂弯里。

“我 grandpa 现在还顶着一个侯爵的头衔呢!”朱利安逆来顺受地蠕动了一下身子，继续舒服地闭上眼。

“我去好多古堡旅游过，不过住在里面倒是第一次。”小桃到现在还是弄不清他说的是外公还是爷爷，也懒得再问。

门被有节制地敲了三声，传来一个女人的呼唤。

“我妈喊咱们吃饭了。”朱利安似乎也懒得动，无奈地叹了一声。

小桃把他从床上拽起来：“走吧，吃完再睡。”两个人朝门口挪去，像两只不情不愿的猫崽子。

朱利安父母的房间就在走廊的尽头，他们早已下楼去了。小桃随朱利安走下楼，左转右转进入餐厅。夏季封存未用的壁炉边，偌大的长桌只在一边摆着饭菜，却仍然是桌布桌垫蜡烛鲜花一大堆，做足了气氛。

朱利安的父母已坐下，小桃帮着朱利安从碗柜里拿碗摆碟，路德维希从厨房拿来刀叉，折腾了一阵子大家都坐下来。佣人上了菜，饭菜很简单，一人一盘煎牛里脊、猪肋排配沙拉，奶油蘑菇汤，中间大银碗里还有各人自取的土豆。

“这沙拉好好吃!”小桃最爱吃德国的土豆沙拉。

朱利安和母亲咕哝了几句德语，对小桃说：“这是我妈特地下厨房做的。”

妈妈还真是疼儿子，恐怕平时应该都不会轻易下厨房的吧？小桃又夸赞了几句，朱利安的妈妈告诉她：“我没放沙拉酱，太油腻。现在是夏天，放酸奶拌土豆沙拉正合适。”

小桃默默铭记，暗赞真是个好主意。朱利安来的路上报备过她妈妈有一个跨国集团，小桃最崇拜出得厅堂入得厨房的女人了。

大家仿佛也跟小桃没别的话题可说，只得都谈论饭菜。朱利安的爸爸话不多，但看小桃的目光很友善，还说德国有句谚语“要像中国人那样吃东西”。小桃问为什么，他说因为德国人用动物油太多，奶酪和黄油让人吃成个胖子，中国人用植物油炒菜，很健康。

他们间或忍不住用德语聊天，小桃就乐得清闲自在，美美吃自己的晚餐。整个餐桌上大家轻声细语，就连路德维希都很安静，只有小桃切不下来猪肋排骨头边上的肉，弄得盘子“嘎嘎”响，响声回荡在整个城堡里。小桃尴尬得直冒汗，朱利安的爸爸却笑着给她做示范。

看着他轻而易举把猪排的骨头用刀叉剔个干净，又把叉子上连肉带芦笋、土豆插了一串送入口中，小桃只能竖起拇指点赞之后继续“嘎嘎”地切肉。

这饭吃得比想象轻松，小桃总算记住了玛利亚和麦克的名字，因为朱利安就是这样称呼自己父母的。饭后大家一起把盘子送到厨房，佣人才接过去刷了。整个古堡只配了五个佣人：两个打扫，一个厨师，一个园丁，就连小路德维希都把自己力所能及的事情做了，不会麻烦别人。

跟商量好了似的，大家收拾完餐具自动溜达到另一个房间喝咖啡。房间里摆着一架只有两个踏板的古典钢琴，上面放满全家的各种纪念照。有朱利安小学一年级抱着入学奖励的糖果袋子的特写，有玛利亚少女时期的玉照，还有好几张全家福。在这些全家福里，小桃看到了朱利安的弟弟，应该就是路德维希的父亲。他弟弟又高又壮，是彻底金色的浅发，和朱利安金棕的发色很不一样，所以看起来更有日耳曼人彪悍的感觉。这感觉让人有点望而生畏，由此小桃才发现朱利安的面容有些偏亚洲人的温柔，所以才让她不由自主想要亲近。

他弟弟只小他一岁，却已经是一个三岁孩子的父亲。小桃特别想八卦这里面的事儿，却不敢贸然问。

朱利安已坐到钢琴边：“好久没弹了，不知道还会不会。”小桃刚想吐槽说你还是回屋弹吉他吧，一曲华丽而古典的巴赫《哥德堡变奏曲》已回荡在整个古堡里。

和撕心裂肺耍吉他的朱利安不一样，此刻的他安静、优雅，流畅如水的钢琴曲仿佛与他浑然一体。微闭的眼睛，高挺的鼻尖，优美的双唇和飞舞的双手，一起将古典主义时期的德国宫廷画面重新呈现在小桃面前。

“我找的不是德国绅士，简直是巴伐利亚王子。”她斜倚在琴边，如痴如醉地看着自己的男人，任由玛利亚和麦克在乐曲中翩翩起舞，再次置身童话般的梦境。

在梦境的深处，却有一个影子总是跳出来，呈出阴暗空室里曾经的自己，让小桃心中一紧。她总会咬牙努力把他连同曾经的自己一并赶走，并因为他不合时宜的出现而加倍恨他。

人的记忆真是可笑，想记住的，偏偏容易忘却；那些希望快些忘掉的，却怎么也挥之不去。弗洛伊德说，你忘掉的都是你想要忘掉的。所以反过来，我忘不掉的都是我不想忘掉的。难道莫问这种扑朔迷离的家伙，居然我还不想忘掉？我一定是个受虐狂！

第二天清晨，朱利安去收拾许久未骑的摩托车，小桃为了给相机腾出更多空间，把照片拷贝到电脑里的时候不小心打开了自己给莫问拍的照片。有他心无旁骛操作期货的，有他提着帮小桃买的一大堆东西在街上疾走的，还有他在小桃的纠缠下不耐烦地遮住半张脸的……这些记忆的片段尽管曾经真实，却因为无法前进的现实而支离破碎。

明明已经支离破碎了，可莫问的面容却为什么总是那么清晰地驻扎在我的脑海里，在我和朱利安最快活的时刻闪现呢？

小桃怔怔发呆，身后忽然响起一声低呼。她还没来得及回头看，玛利亚已按住了小桃的鼠标。

她目不转睛地盯着莫问一张猝不及防被小桃抓拍的照片，他抬起一侧眉毛，唇微张着，站在学校食堂边庞大的榉树前望着镜头。那表情里有简单的讶异，还有半分心不在焉的纵容。那是莫问对小桃惯有的表情。

那照片仿佛是小桃不足为外人道的心事，此刻却暴露在玛利亚灼灼的目光下。昨晚她温和的表情早已烟消云散，皱眉紧盯着电脑屏幕，现出德国人典型的认真严肃的表情。小桃也不能怪她没敲门忽然闯进来，谁让自己连门都忘了关呢！

玛利亚端详了半晌，低声咕哝了句德语。小桃虽然德语稀松平常，但是因为这句太简单，所以她碰巧听懂了。

“不，不是他。他不会还这么年轻。”玛利亚咕哝完这句话，彷徨不定地用英语问小桃：“他是谁？”

她该不会是把自己当成准婆婆，来盘问我的感情历史吧？小桃连忙说：“他是我高中同学。”朱利安也留宿过自己的女高中同学，这个答案她能理解的。

此刻，如果玛利亚再多问几句，比如“你为什么看着他发呆？”“你干吗给他照那么多照片？”之类触及心灵的问题，随便哪个问题都可能把小桃连自己都说不清的心绪问得无所遁形。万幸的是，玛利亚倒没接着问更多，她仿佛沉浸在自己的心事里，望着莫问的照片轻声说：“在中国，长成他这样子的也不多吧？”

这话像是在问小桃，又像是在自言自语。小桃拿不准该不该回答，也拿不准该怎么回答，只好呵呵地干笑了两声。

这气氛好像很尴尬啊，玛利亚阴晴不定的样子似乎有点生人勿近，让她这么一直盯着莫问瞧也不是个办法。小桃只好说：“朱利安在洗摩托，我去帮他。”她顺手把电脑顺理成章地关掉了。

让玛利亚恍然出神的照片瞬间变成一片漆黑，她才大梦初醒般拾起昨晚那种温和的笑容对小桃说：“对……你这么做就太好了。”

小桃顺利从着了魔似的玛利亚身边逃脱，跑到后花园，见朱利安和麦克已经把摩托收拾得差不多了。那辆黑色的是麦克的，那辆橙色的是朱利安的。本田摩托车俊俏的车身在阳光下闪着光，这对父子穿着上下全黑的摩托服，把自己裹得密不透风。

“你们热吗?”小桃实在忍不住问。

“速度一旦上去，风会把你穿透的。”朱利安平静地解释。他总是对小桃各种稀奇古怪的问题给予详细耐心的回答，好像小桃有问题就像夏夜里有萤火虫那么天经地义。

小桃撇撇嘴，起初不信，可是当她穿着牛仔裤和麦克给的皮衣都能感到呼啸的狂风要把自己吹跑的时候，只能紧紧抱住朱利安，把整个身子贴在他的背上。

幸好有头盔，不然恐怕连呼吸都成问题。小桃看着朱利安紧随着父亲，两辆摩托车像箭一般在原野上随着蜿蜒的公路狂奔，感觉自己好像一朵漂浮天际的白云，在碧草和蓝天之间随风而逝，连同那些不愿回顾的过去一起抛在脑后。

朱利安在家周围玩了几日，他就有一个马会火焰秀的表演要去纽伦堡。小桃像个吉普赛婆子似的帮着朱利安的表演队拿道具，穿表演服，准备乐曲，熟练地跟着他忙前忙后。在科特布斯，他表演过许多次，无论在学校里还是在镇上，都无一例外地迎来欢呼和掌声。当然，迎来的还有走在路上众多姑娘的迎面注视。

地中海气候的夏天，虽然白天艳阳高照热力四射，但是一旦没了太阳，暮色初起就会泛起凉意。小桃缩在自己宽大的披肩和长裙里，远离西服革履的颁奖人和观众，随火舞者在马场边席地而坐，看着各种马术获奖者依次展示自己高超的花式控马技术。朱利安和伙伴们彼此交换一下眼神，不约而同泛起嘲讽的微笑。小桃不知道他们的嘲讽点是什么，她只是觉得再高超的欧洲马术，都不如蒙古人酒酣之后抓着马鬃信马由缰来得痛快淋漓。

火舞者开始了为马会颁奖典礼进行的开场表演。节目和排练时稍微有出入，其中一个火舞者因为紧张少做了一个动作，因为火球的链接传递会牵一发动全身，所以团体做动作的时候全部都差点卡住。朱利安顺利把那个还没恶化的失误接过来由自己展开了一段独舞秀，然后又过渡到后面的团体动作。

火术表演散场时依旧掌声爆满。朱利安安慰队友说，没有哪场演出是完美无缺的，只要观众觉得完美就足够了。当火舞者各自散去，颁奖典礼正式开始，小桃才远远看见那个被众星捧月般给马会颁奖的人竟然是麦克。

麦克一身白色军装，笔挺的制服和周围尊敬的目光，让小桃几乎辨不出他就是那个餐桌上少言寡语、在摩托上壮心不已的父亲。

“你爸爸也参加马会啊？他怎么没和咱们一起来？”小桃八卦地问。

朱利安边收拾东西边朝那边张望一眼：“我不知道他今天要来啊，他也不知道我今天来这里。”他也禁不住朝那边多看了一阵，此刻麦克刚刚跟获奖者一一握完手，走完了该走的程序，似乎也知道了朱利安的到场，微微抬手向他们这边晃了晃。

小桃随朱利安一起也朝他招手。见朱利安没有再流连的意思，就和他一起回到附近一个火舞者女同伴的家喝酒吃烧烤。那女孩年纪轻轻，已是一个两岁多男孩的母亲，男孩父亲却不得而知。她有一副亚洲人长相，只能从略深的眉目和稍有棱角的脸型看出欧洲人的痕迹。朱利安说她是日本和德国的混血，还担忧地说：“我们都觉得，以后白种人会消失的，因为黑发和黑眼睛的基因太强大了。”

小桃端详着她说：“但是她挺白的啊，不像我们黄种人这么黄。”

朱利安好奇而谨慎地问：“你们亚洲人不在意说自己黄吗？”

小桃想起非洲人忌讳别人说自己黑的问题，大剌剌解释说：“我们本来就黄啊，你会介意人家说你白吗？愤怒都是自己的心魔，自己只要不在意，别人说什么也无所谓。”

朱利安点点头似有领悟，陷入思考式的沉默。大家边喝酒边吃肉闲聊，朱利安因为要开车，只喝可乐。他和朋友们说了一阵德语，忽然贴在小桃耳边笑说："你知道吗？她的男朋友居然是宝马的市场经理！"那笑容仿佛碰见了一件天大的怪事。

火舞者就是这样子，随遇而安，因为表演而随性地聚散，从来不把那些天天坐办公室的人放在眼里。小桃看看其他人如出一辙的笑容，想象一个西服革履的男高管是该如何跟一个要火的女嬉皮约会，不由得也笑了。

但是念及汉莎航空高管的咸猪手、国内高官一秘油腻的嘴，小桃又觉得这没有那么可笑，反而有些可悲。对于那些男人来说，她或许和小桃一样，是个被随便趴着饕餮的臭鸡蛋而已。

可她看着女孩平静美丽的笑颜，还有她的小儿子在大家中间自行其是的安闲，小桃却觉得现在自己对于臭鸡蛋这件事有了更深刻的认识：只要臭鸡蛋不认为自己是臭鸡蛋，那么她完全可能变成别的什么。比如女嬉皮也可能和男高管结成一段良缘，自己也能找到自己的归宿。别人是不是认真对待自己不重要，自己不认真对待自己才是最可怕的。

想到这里，她偷偷看向朱利安。他金棕色的头发和深邃的轮廓依旧像初遇那晚一般迷人，迷人的光环下却已生出许多熟悉的故事。她轻轻将头依向他的肩头，微闭起眼，让无谓的往事将她穿透。

和这个男人的未来不得而知，她也不急于知道。毕竟他们还有大把年轻的日子可以挥霍，而此刻真实的爱情让她觉得什么都不再重要，包括那个曾经独坐在寒夜空室里哭泣的自己。

不过几日，她的航班即将起飞。她为了感谢朱利安一家人的照顾，特地让朱利安陪着去镇上的亚洲店买了中国食材，给他们一家人做了一顿中餐。被广大西方食客称为"糖醋肉"的菠萝咕咾肉得以重现真颜。小桃又按着德国人能接受的口味，做了红烧排骨、蒜蓉西蓝花、蛋黄焗南瓜和黑椒牛肉粒，吃得玛利亚和麦克赞不绝口——当然这称赞可能有一半是出于礼貌。

小桃和朱利安的家人照常吃过晚饭，却被玛利亚叫到花园单独喝咖啡。除了朱利安偶尔带着小桃去花园散步享受二人世界，小桃基本没看到过玛利亚和麦克在那个有古典钢琴的侧厅以外的地方喝咖啡，所以知道这次单独会谈想必不一般了。

小桃不知道玛利亚的跨国集团有多庞大，因为她从没在玛利亚的家里看见任何有关她事业丰功伟绩的痕迹，但是从玛利亚偶尔穿过花园时异彩纷呈的精致穿戴和门庭若市的各国访客，小桃可以推断她的事业规模不小。晚饭时玛利亚也和麦克谈过瑞士银行的一些公务，这已经是小桃暂居期间玛利亚第四次一天之内往返瑞士了。

玛利亚、麦克和朱利安、小桃一起吃饭时很少谈及工作，只是单纯享受着放松的家庭生活，好像绿叶吸收阳光般慵懒闲散。但大雨难免淋湿叶子的背面，关于工作的只言片语还是会穿插进关于日常生活的安排里。

比如有一天，麦克要请小桃吃镇上澳大利亚餐厅的鳄鱼肉和袋鼠肉，问小桃的时间安排，小桃就说明天下午好不好？麦克说，好啊，我们没事。玛利亚会马上说："你怎么知道我没事？你都没跟我讨论过。"然后麦克就"啊"的一声懒洋洋地陷入半待机的状态，任凭玛利亚说完自己工作的时间安排，并且和朱利安两个人安静地围观小桃和玛利亚安排妥当整个澳大利亚餐厅之行的日程表。

"我看过一本描写日本女人的书。"夏夜的晚风微凉，她们坐在古堡檐下的桌边看油黄的灯光将花园中的草木染得更绿，那灯光也照亮玛利亚的侧颜，恍若天主教题材的油画，"我很欣赏亚洲女人，她们表面柔弱，一切全由男人支配，但其实她们的内心才是强大到足以支配一切的。"

"二战之后，德国女人重建家园的强大力量，也一样令人钦佩。"小桃不得已只能陷入互相捧臭脚的对话中。二战让德国男人大幅度减少，战后重建的大量工作几乎都是女人完成的，或许这就是为什么德国女人相当强势，譬如管理这个国家的默克尔。

"我还是相信女人一定要有自己的事业，无论那事业是什么，只要用心去经营，才能找到自己的存在感。”玛利亚说完望着小桃，像是说完一个谜语等小桃来解。

关于事业的问题，小桃从没认真考虑过。她总觉得什么事情如果变成了谋生的手段，再喜欢的事情也不好玩了。一个人整天干着自己不喜欢的事情，很难说得上什么真正的存在感。但这很明显不是玛利亚所期待的答案，所以小桃只得反问：“你喜欢自己的事业吗？”

“这是个好问题。一开始我是迫不得已才接替父亲的工作，的确谈不上喜欢。但是当你做一件事，慢慢得到越来越多的成就感时，你就会喜欢上这件事。”

从小只是在家写作业，在学校写卷子，就连曾经上过九年的绘画班，也在进入高中后因为家长觉得耽误学习而停了，这样被打消一切其他可能性地一直到大学毕业，小桃从不知道除了学习之外，自己到底真正擅长什么，喜欢什么。她陷入沉思，但这些沉思的事情不足为外人道，更羞于对玛利亚启齿。她不想让玛利亚知道，她的儿子爱着一个漫无目的浮游于世的女人。

谈话的双方陷入各自的沉默，一段实际很短但是经历起来相当长的谈话空白在两个人之间慢慢拉长。

“那天我进你房里说的话，你不必让朱利安知道。”玛利亚像是将这句话在脑中盘桓了许久，却仍旧忍不住德国式的单刀直入。

莫问的事情小桃从没向朱利安提起过，也无从提起。她淡淡微笑：“那天也没什么特别的事情，自然也不值得提起什么。”

玛利亚像是心中的一颗石头落了地，低声说：“那就好。”她陷入沉思，半晌不语，又像是突然想起什么似的抬头问：“你跟那男孩的关系，不一般吧？”

该问的终究还是躲不过。小桃心中一紧，神色如常地笑着说：“我们只是高中同学。”

玛利亚侧过头，油黄的灯光映住她连唇色都略显苍白的面容，姣好的轮廓在宣告着她曾经的美丽。她不再追问，只心知肚明似的自言自语："我们也都年轻过。"

这下让小桃百口莫辩。玛利亚仿佛连小桃那些说不清的心绪都一目了然似的。她无从解释，只好沉默不语。

玛利亚嘬了一口咖啡接着说："人和人虽然可以离得很近，却可能因为心的距离相当遥远。我只希望你们可以抵御住中国人和德国人之间心的距离。"

小桃半懂不懂，只好点头说："我只比朱利安早回中国半个月。"

玛利亚点点头，盘桓一阵仍旧不放心地说："小桃，答应我。无论朱利安在中国发生了什么，都要在他身边。"

我们不过是去中国半年，他能发生什么？这就是传说中的"儿行千里母担忧"吧，看来在哪国当妈都不容易。小桃宽慰地拉起玛利亚的手，顽皮地笑："北京是我的地盘，他在德国照顾我，这回轮到我在北京照顾他了。你就放心吧！"

"你们是在举行照顾我的交接仪式吗？"朱利安不知道从哪窜出来，站在她们跟前笑，"女人无论什么年纪都那么啰唆，我这么大的人还用得着你们照顾吗？"

玛利亚抬头意味深长地望着朱利安，眼中几乎泛起泪光。朱利安踱过去拥起她吻了一下她金黄的头发，低声说了几句德语。玛利亚点点头，只是紧紧搂着朱利安的腰不肯松开。

小桃望着这对亲密的母子也是心头一热，有点想念妈妈。中国人虽然远比德国人表达感情来得含蓄，但是深浅却是一样的。朱利安这一家子人到现在还在周末一起泡澡，而妈妈则是不断在 MSN 上追问她回国都想吃什么好吃的。

朱利安却像是完全不在玛利亚担忧的情绪里，任玛利亚搂着自己，还对小桃用英语笑："我妈就是喜欢制造这么戏剧性的气氛，跟你一样。"

因为早上就要赶飞机，小桃提前跟玛利亚道了别，麦克也过来跟他握手作别。朱利安说要带她参观一下古堡，小桃当然欣然答应。因为一直忙着在外面玩，这偌大的古堡还有很多地方没有去过。

很多房间因为多年无人居住，就空废在那里。朱利安带小桃看了他弟弟的房间，此刻已是路德维希的。她才知道朱利安的弟弟墨菲十六岁时就把女朋友弄怀孕，德国又不允许打胎，只好生下路德维希，却和女朋友分了手。大概是折腾得太厉害，麦克看不过去，就把他弄进空军入伍，让军队好好收拾他。

推开长长走廊的另一个房间，瞬间仿佛步入《茜茜公主》的电影里。这房间比别的房间大得多，好像一个宫殿，里面陈列的尽是古色古香的巴洛克家具，角落里还放着几件十八世纪的礼服。

“这是我外公的房间。”朱利安看着那些老古董不以为然地笑。

朱利安的外婆早已过世，外公最近身体微恙，一直住在医院。小桃还随他去看过一次。当时老爷子坐在医院单间的病床上看书，和蔼之中略带严厉，问她会不会说德语，小桃只好怯生生回答“Ein bisschen”（一点点）。老爷子就嫌她说得不准确，认真地纠正她的每一个发音。

小桃看着挂在墙上的那件燕尾服，遥想这衣服穿在老爷子身上该是多么有范儿，又摸摸《傲慢与偏见》那类电影里才看得见的重纱千层褶裙，暗赞这比戏服简直不知道考究多少倍。朱利安忽然顽皮地趴在小桃耳边说：“穿上它。”

小桃一惊，明天还要赶飞机，现在已经是该睡觉的时间了，可是……她还真不怎么困呢……她对朱利安的主意兴奋不已，也压着嗓子低声问：“叫你爸妈发现怎么办？”

朱利安一撇嘴：“这又不是他们的。我外公还说过给我呢，我都没要。”

朱利安率先穿上了他外公年轻时候穿的晚礼服，戴上绅士礼帽，还真跟他身后宫廷油画里的人如出一辙。此情此景，怎么能叫小桃不动心？她就算是个山寨版的灰姑娘，也要和王子搭配一下才过瘾啊！

可是穿十八世纪的欧洲女子礼服比穿男士晚礼服麻烦多了，穿那身华丽的纱裙之前要先穿束腰。朱利安在她身后，用绳子差点把她勒断气。她埋怨几句，朱利安却说她腰粗："我外婆年轻时候可是巴伐利亚第一细腰！"

"你看见了？吹吧！"小桃嘴上不服气，可心里不得不服，因为就算被朱利安勒成那样，穿上他外婆的玫瑰色纱裙时候，全身一点富余没有——除了胸。

欧洲女人的胸，本姑娘真心比不了啊！小桃按下虚浮的低胸装，自己还没来得及唏嘘，已被朱利安揶揄的目光惹得叫："看什么看！我们又不是一类猴子变的！"

朱利安笑嘻嘻帮小桃戴上小咖啡色礼帽，走到屋外，不忘补刀："放心，我不喜欢太大胸。"

小桃哭笑不得，被他拉着手一路奔向阁楼，感觉自己好像随王子夜奔的白天鹅，都忍不住哼起柴可夫斯基的《天鹅湖》主旋律。她看着越来越漆黑的阁楼高处，还真有些胆战，怕有猫头鹰之类的妖怪窜出来。

还好，皎洁的圆月已洒向窗台，圆圆的阁楼顶除了一口大钟什么也没有。穿着一袭玫瑰纱裙的小桃和穿着燕尾服的朱利安一起沐浴着月光俯瞰山林，微风中起伏的林海波涛伴随着粼粼的月光。多瑙河闪耀皎洁的光辉，安静地流淌在山林之间，安静地回望这对恋爱中的男女，仿佛洞悉一切。小桃几乎看见了天鹅从月亮尽头飞来迎接自己。

"王子，你真的愿意带我走吗？"小桃声情并茂地拉着朱利安的手问。

朱利安马上配合地将小桃的手捧在心上："亲爱的，你是我今生的所有，我在世上独一无二的公主。"他金棕色的头发从礼帽中蓬乱地遮在额前，金棕色的眸子在月光下泛起淡蓝的光。

居然演得比我还走心，台词又那么考究，完全莎士比亚范儿，欺负我英文词汇没你丰富吗？小桃咬牙拉紧他的手接着演："那就跟我一起跳下去吧！"

朱利安拉着她的手往怀中轻轻一带，小桃随之不由自主地跌进他的怀中。他目光闪动地望着她低语："你跳，我就跳。"

小桃顾不得笑他说了《泰坦尼克号》的台词，被他渐渐深入心中的目光穿透，望着他渐渐接近的唇，抬起脖子，沐浴在如水的月光里，沐浴在他的爱情里。

被朱利安深深吻着，小桃愈发觉得浑身像是着了火，唇那边传来的情绪像是泼在火里的油，她看到自己的胸脯再次暴露在夜色之下。

无论多考究的古董礼服，此刻在朱利安眼里都成了碍事的麻烦。他几下把外公的礼帽和燕尾服扒下来扔在地上，却解不开自己给小桃扣上的束胸。

手忙脚乱之间，小桃不由笑了起来，头上的咖啡色小礼帽已歪到后脑勺。朱利安也尴尬地笑："这下我知道为什么如今男人把这东西废掉了。"

后来，朱利安不再跟这东西较劲，他外婆一定做梦也没想到这东西会被自己的外孙这么玩儿。空无一人的窄小阁楼里，他们偶尔呻吟，偶尔笑。不是朱利安碰响了身边的大钟，就是小桃把礼帽掉到了什么不知道的地方。

"我爱你。朱利安。"小桃迎着月光靠在钟上，朱利安精疲力竭地靠在她身上。小桃揽住他的头，勾起满意的笑意。在临别的前一晚，这一切都是如此完美。

"我也爱你。"朱利安轻轻吻着她的颈子，将头顺势靠在她的肩上，陷入疲惫的空白。

带着一身黏腻的汗意，他们姑且把衣服找回来穿上，却怎么也找不到咖啡色礼帽。"刚才好像掉到这里面去了。"小桃指着阁楼角落一口井似的东西说。

朱利安面色一变："你当真?"

小桃被他的表情吓了一跳："对啊……是掉楼下去了吧？我去找找。"

朱利安沉着脸说："不是楼下，是地窖。"他边走下楼边埋怨，"你也太不小心了。”

“我不小心？这主意不是你出的吗？”小桃早已不再把委屈憋在心里，马上开口反驳。哪儿有刚温情脉脉就转眼卸磨杀驴的？

“我又没让你把帽子扔下去。”他压着嗓子边走边说。

多大个事儿啊？捡回来不就完了吗？至于这么不依不饶吗？“怎么不是你，要不是你干那么猛，它能掉吗？”小桃词汇量有限，情急之间也只能直话直说了。

朱利安回身白了小桃一眼，仿佛忍耐似的轻叹：“正常人都知道先把帽子摘了。”

正常人也不在阁楼干这个啊！小桃跟他掰扯不清，气得直翻白眼：“对不起，先生！您回去洗澡吧，我捡回来不就完了！”

朱利安耐下性子，很宽容似的说：“地窖有锁，恐怕要惊动我父母了。我们把衣服放回去，一起洗完澡再说吧。”

小桃一听，也有点儿胆寒，要是惊动他父母，他们整晚折腾的事不就全都得让他们知道了？她立马怂了，灰头土脸地跟着朱利安放衣服洗澡，然后心神不宁地看他。

“你在这等着，我大概知道钥匙在哪，可他们从来不让我去地窖，所以不能让他们知道。”朱利安套上T恤，蹙眉出了屋。小桃坐立不安地等着，想象他是如何小偷似的趁着夜色摸进父母房间偷钥匙的。当等待的时间已经漫长到足以让她认为朱利安被父母逮住促膝长谈时，朱利安才兴奋地溜进屋，压着嗓子叫：“拿到了！”

小桃跳起来，也跟着他压着嗓子叫：“我跟你去。”她可不想让朱利安落下话柄，得个敢做不敢当的骂名。

欧洲建筑用石头筑造的好处，就是保存的时间要比中国木质建筑长得多。他们虽说没有中国历史悠久，可那些石头建筑的历史却可圈可点。两千年前的万神殿能依然在罗马屹立不倒，这座二百多年的古堡也就不足为奇了。

地窖是巴伐利亚时期关犯人的地方，走到门前都觉得阴气逼人。当朱利安把大铁门打开进去的时候，小桃生怕跳出个冤魂。她天不怕地不怕，就怕鬼，所以紧紧拉着朱利安的衣襟壮胆。

里面倒是整齐得很，有条有理地堆着很多杂物，都是些陈年不用的东西。他们摸不着灯的开关，打着手电筒，小桃不小心碰翻一盒子东西，万幸里面都是纸张证书，没发出太大的响声。

他们顺利找到了外婆的咖啡色小礼帽，算是松了口气，赶紧借助手电筒的灯光收拾掉下来的东西。地窖腐朽的气息已经让小桃闷得喘不过气，她憋着气给朱利安照亮，一心想让他快些收拾完。他却越收拾越慢，居然看起了盒子里的那些纸。

一律是德文，小桃看不懂，有些不耐烦，不住催他快些。他却仿佛没听见，干脆蹙眉盯着一个证书看个没完。小桃只好也凑过去看，借着手电微弱的灯光，她努力认出德文的“出生”字样，上面写着朱利安的名字。

该是他的出生证明吧，这节骨眼干吗怀旧起来？

“咱走吧……我汗毛都竖起来了……”小桃轻声说，生怕惊动鬼魂，却只能徒劳地看着毫无反应的朱利安。他越来越阴郁的面容让小桃想起那个拒人于千里之外的黑暗复习日。他拿着那张证书，脸色煞白地呆坐半晌，然后心事重重地收好其他东西，带着证书出了地窖。

“锁……锁门啊！”小桃在朱利安背后低声叫。朱利安却魂不守舍地把钥匙连同礼帽都扔给她，独自走了。

小桃再次翻了白眼，但谁让这事儿是自己惹出来的呢。她只好用飞快的速度乍着胆子锁好门，吓得魂已经飘在头顶。当她把小礼帽放回外公的房间整理好，回到朱利安的房间，他居然已经睡下了。

那个把他变得阴阳怪气的证书就放在他的床头，小桃拿起来，凭着有限的德语知识读了一遍，大概能认出的是朱利安和玛利亚的名字，但父亲那一栏却是空着的。

为什么麦克的名字没在上面？他们德国人的出生证可真奇怪。小桃看朱利安蹙眉微闭着双眼，知道他还没睡着，就问：“钥匙不放回去吗?”

朱利安半晌没出声，小桃以为他睡着了。心想既然他不着急，当然就有不着急的理由，我急也没用，便关了灯一起躺下来。

小桃想要像往常一样躺进他的臂弯，因为那样自己就可以闻着他的味道一头倒进梦都没有的黑睡眠。可她刚刚把头枕在他肩头，却被朱利安一掌推开。小桃瞥了一眼朱利安转过身去自闭的卧姿，心头翻起莫名其妙的失落，不明白自己到底是哪儿得罪他了。因为不明白，所以干脆恼怒起来，赌气也用力翻身睡去。

当她几乎睡着的时候，低声的啜泣又把她从睡意中拉了回来。她确认了半天才彻底意识到自己没听错，确实是朱利安的啜泣声。

小桃想要拥住他问他怎么了，刚刚碰到他的身体，他已转过来紧紧搂住了小桃，像抓住救命的最后一根稻草。

她从未见朱利安哭过，他总是那么轻松快活，好像什么事在他眼里都不叫事。可他此刻却明确地啜泣着。尽管低声而隐忍，却悲恸到无法自已。小桃在黑暗中看不见他的脸，却明确感受到他的悲恸。她拥着他的头，让他的泪水在自己胸膛流淌，却什么也不想再问。因为她觉得此刻无论问他什么，都仿佛是在撕裂翻飞的伤口。

决堤的山洪，奔涌也只是过境。朱利安尽管啜泣到颤抖，却很快恢复了平静，然后一字字在小桃耳边说了一句德文，那话像是说给小桃，又像是跟自己确认：“麦克不是我父亲。”

第十二章

散而难断

一脸黑眼圈的小桃隔着慕尼黑机场安检大厅的玻璃向朱利安挥挥手，同样一脸黑眼圈的朱利安顶天立地站在玻璃窗后微微摆手，好像一副忧伤而分裂的后现代主义画像。小桃不放心地看了他一会儿，想叮嘱他好好和父母谈，别太冲动，可两个人已被一道玻璃墙隔开，彼此看得见却听不见。此刻朱利安也安静而目不转睛地望着她，那目光好像即将离开主人的大型猎犬。小桃只能从那装着朱利安画像的玻璃窗里收获到深深的孤独和凄凉，然后轻叹一声转身而去。

昨晚，朱利安说的那么简单的德文小桃还是能听懂的，而且明白朱利安那时的心情，他根本无法用英语说出那句他自己都无法相信的话。

小桃当即在他绝望的泪眼中片刻明白了早在二十多年前朱利安出生之际就板上钉钉的现实。她很想问你父亲是谁，可是转念想到那空白的"父亲"栏和朱利安的震惊，很明显这个问题他也回答不了。

"没有写麦克的名字，也不能代表他就不是你父亲吧？"想想麦克和朱利安骑摩托驰骋在原野上的样子，还有他隔着马场向朱利安招手的样子，怎么也无法相信他们不是亲生父子。

“我比对了墨菲的出生证明，上面就有麦克的名字。出生证没写父亲的原因只有一个，就是我母亲不提供父亲的名字。”

“万一那时候有什么特殊原因无法提供呢？”

朱利安蹙眉用手遮住额头，仿佛在躲避什么迎头扑来的撞击：“不，他不是我父亲。看到那证件的时候我终于印证了我一直以来的许多疑惑。为什么虽然我们都是深色头发却长得一点都不像，为什么他对我虽然关心却从来没什么要求，对墨菲却严格到要他去参军，接替他的事业。”

小桃连忙劝他：“这些都是巧合吧？你长得像你妈妈这谁都看得出来啊！再说了，要是麦克真让你去参军，你愿意吗？别想那么多了，你现在胡思乱想也不是办法，明天直接问问他们不就可以了？”

朱利安好像疲惫到无力思考，闭目“嗯”了一声，不想再说话。那只挡在额头上的手臂依然徒劳地在那里，迎头痛击没挡住。

“要不……我明天不走了，陪陪你？”小桃试探着问，可并不期待得到同意的回答。她讨厌改变一切原定的计划，何况这还不知道要花多少钱的改签费。本来为了省钱才来朱利安家的，结果遇到这五雷轰顶的事儿。其实小桃心底里微微觉得这在德国人中间也不算什么，单亲家庭比比皆是，比如约瑟夫的妈妈就到现在都不知道她的爸爸是谁。

无论如何，这事儿摊在谁身上都是不好受的，就好像狗屎虽然多，但踩上毕竟不爽。所以小桃于情于理都认为自己该提出陪他的建议，至于这个建议朱利安是否接受，那就看他自己的了。

“不用了，这是我家里的事儿，你不在也好。”

可能掉下来的石头被抬走了，小桃微微放下心来，全情投入到对朱利安的同情里。

怀疑自己是不是父母亲生的这种事，小桃小时候也有过，尤其是无法在一个小时内背出头一次见到的《九九乘法表》而挨爸爸一顿胖揍的时候。那怀疑让她感到自己身无所依，对自己以致整个世界的真实性都产生根本质疑。但是这种质疑很快就被打消了，因为她越长越像爸爸，笑起来又像妈妈，是如假包换的亲生闺女。

那种对自己以致整个世界真实性的根本质疑早已离她太遥远，远到她无法拾回，所以她只能将朱利安搂在怀中，轻轻抚摸他柔软的头发，像是安慰一只受伤的小狗。朱利安也像小狗一样顺从地躺在她的怀中，将曾经挡住额头的手臂轻轻搭在小桃的腰际，仿佛此刻她是他唯一的依靠。

的确，小桃是他最亲近的人里唯一置身事外的。他的父母合谋在出生这件人生大事上骗了他，并且如果不是他阴差阳错地发现，可能打算就这样骗他一辈子。

其实小桃觉得，无论是不是亲生的，反正在一起度过这么多年的事实是无法改变的，所以朱利安和父母的关系没有可供改变的根本性原因。但是小桃知道，把诚实当成头等大事的德国人是无法轻易放过这天大谎言的，所以她并没有说出这些可能火上浇油的安慰话。

折腾了一宿，朱利安能按时起床开那么长时间车送小桃去慕尼黑机场，小桃又感激又于心不忍，然而这份感动并没能持续多久。

当飞机快到北京的时候，她才在半空中想起自己所有的画稿好像都忘在慕尼黑机场大厅的长凳上了。朱利安本来帮她拿着，可能因为太过魂不守舍，听到登机通知的时候，他们把画稿筒扔在那儿，谁也没想起来拿。

那些画稿都是她每周参加建筑系的裸体写生课累积的作品，虽然她参加这个课起初是为了看男女裸体模特，但是德国绘画老师那一通指着肉体的绘画理论分析，充分结合了生理学、物理学、几何学，让她小时候在少年宫学的六年素描瞬间变成儿童简笔画，惊叹怪不得欧洲人体油画那么炉火纯青。

更要命的是，自认深得欧洲绘画学真谛的小桃，还得意地让朱利安摆着《泰坦尼克号》女主角罗斯的模样画了一幅他的裸体画。那幅堪比鲁本斯、肉感十足的大作可是她的心头肉，怎能随意流落异国，沦落他人之手呢？

小桃垂死挣扎地按下服务铃，半晌国航空姐有礼貌却难掩不耐烦地走过来。

坐上回国的航班，是小桃一年来第一次和那么多国人待在一起。乘客们高声的谈话还有本国空姐单刀直入不带微笑的询问，让小桃深感亲切又暗叹我天朝民风彪悍。

“我在慕尼黑机场大厅丢了东西，请问有什么办法可以找到吗？”小桃虽然不抱什么指望，但问问总比不问强。

果然，空姐一副“这种问题也值得叫我来”的表情，半笑不笑说：“这恐怕我们无能为力。”回答简短笃定，不留一丝指望。

小桃仍然不死心：“就没什么办法联系到机场大厅吗？”

空姐耐心地叹口气：“当地机场我们也无法联系。如果捡了东西，他们一般会放在失物招领处。您如果有朋友去机场，可以让他去问问。”

我那么多杰作，哪个捡到舍得放在失物招领处啊？或者也可能有人把它们当垃圾扔了……

她自己的东西自己不想着，丢了当然懊恼，只得将自己该承受的懊恼堆在最后一个拿着它的朱利安身上，深深责怪起他。可朱利安此刻摊上大事儿，责怪他又于心不忍，所以无处排遣的责怪加上朱利安最后留下的孤独凄凉的身影，让小桃对他在自己脑海里的存像徒增了几分可怜。

一个女人一旦开始可怜一个男人，恐怕就是爱情结束的开端。

刚一进机舱连接机场的走道，北京夏天特有的桑拿熏蒸已扑面而来，再加上几分新鲜的霾味，让小桃确实感到自己回家了。

爸妈早已等候在机场 T3 大厅的人群里。提行李开车回家吃饭，小桃什么都不用再操心，每天除了蒙头大睡就是用 MSN 呼朋引伴。朱利安也发来邮件，说跟父母谈了之后，玛利亚已供认不讳，说麦克确实不是他父亲。至于到底谁是他的生父，玛利亚拒不交代，他因此跟家里闹翻，住在朋友家。

小桃替朱利安闹心，可除了闹心也无法可想，就只好在 MSN 上安慰他的同时，不忘提醒他来北京的时候在慕尼黑机场大厅的失物招领处找找她的画。

来自遥远大陆的牵肠挂肚更让她觉得此刻的自己百无聊赖，小桃能解决的问题就只有如何在北京赚到更多的欧洲旅游基金。她把 MSN 的名字改成“求职：通下水道　修马桶　修电灯　修电脑　修手机　替人打架　打小孩　打老人　打大人　跑腿　收账　代缴话费　贴小广告”，然后她就收到了一个广告的兼职机会。

那是大她三届的一个师姐宋睿，知道她从德国回来，就叫她来自己的公司当兼职。小桃多少还有些广告实习的经历，文笔又好，如今还添了海归英文好这顶帽子，自认为还是应该挺受待见的。可是她去了宋睿的小公司仔细一聊，发现是让她当水军。宋睿自豪地说，这是互联网广告新兴的契机，现在全北京发现这个契机的只有她和另一家公司。她每天的工作就是在 BBS 发帖和策划顶贴的思路。“我早就看你在这方面有潜力，你肯定适合这个职业。”宋睿的称赞让小桃不知道该不该高兴。

无论干什么都好，反正她跟钱又没仇，马上一口答应了。她刚刚接过客户的资料，打算抱回家冥思苦想时，宋睿的下属就敲门进来说：“莫先生来了。”

宋睿浓妆艳抹的脸瞬间龟裂了：“怎么提前来了？不是说好下午的吗？快快快，公司资料和经典案例的 PPT 呢？”

“朱丽娅还在改……”男下属显然已经熬了一夜，摸摸头发蓬乱的后脑勺，也跟着心虚地慌了。

“改他妈什么改，赶紧给我弄好了送到会议室。”宋睿在学校就是出名的浑不懔，当了老板之后变本加厉了。

一贯笑看樯橹灰飞烟灭的大师姐宋睿慌成这样，小桃很好奇到底是来了哪路大神。很明显，宋睿已经根本顾不上小桃了。于是小桃只好捧着资料安静地溜出她的办公室，尽量不挡热锅蚂蚁般奔跑的白领们的路。

“我就是在附近办事刚好路过，随便看看。让你们宋总别着急，我在会议室等她。”一个男人的声音从拐角尽头的前台传来，清朗而淡定，里面却有不容置疑的笃定。

是小桃熟悉的声音。

小桃被这熟悉的声音震得心中一痛，站在拐角探头看去。浅色半休闲裤、舒服而精致的亚麻上衣里，是那个男人高大的侧影。轩朗的眉峰，挺直的鼻子和心不在焉的笑容，莫问的侧颜依旧俊逸而摄人心魄。那是每一次心跳中带着微痛的摄人心魄，却不知是因为气场，还是因为那熟悉的过往。

世界那么大，本想再不相见；圈子那么小，该遇见的终究还是遇见了。

小桃下意识藏回拐角，又忍不住再次探头去看。他已经撇下支支吾吾的前台小姐自顾自向会议室走去。还好，会议室在小桃的反方向，莫问不可能再有机会发现她。

奇怪，做了亏心事的又不是我，为什么我要躲着他？想到这里，小桃挺起胸膛阔步走出拐角，刚刚扬眉吐气了一秒钟，却被迎面而来的男同事撞得她手里的资料洋洋洒洒飞了一地。此刻宋睿已故作镇定地向莫问飞奔而来，看到小桃狼狈不堪的样子，更是给她惨烈的状态雪上加霜，低声嗔怪：“你怎么还在这儿啊？”

莫问一条腿已跨进会议室，却被办公室另一头的喧嚣引得驻足看去。小桃面红耳赤地和那男同事一起捡资料，生怕被莫问发现自己这么糗的样子。当她不放心地抬头向他那边瞥了一眼，却发现他已站在自己跟前。

“不好意思啊，莫总。这是我们公司的一个兼职小妹妹，她本来挺机灵的，平时也不会这样的……”宋睿满脸堆笑，捋着头发匆匆解释，还不忘矜持地催促小桃，“好了好了，大概收拾一下就可以了。”她平时本来豪放得像男人的声音，此刻忽然尖细了几十分贝。

小桃真恨自己手笨，那一张张A4纸就好像成心跟自己作对似的，越是想捡起来，越是捡不起来，简直把时间拉成了难以逾越的长线，怎么也结束不了。更可恨的是，最后一张居然还被莫问踩在脚下。

头顶传来莫问的声音："没关系，你们公司气氛还是挺活跃的。"

"嗯……咱们公司都是业界的年轻人，虽然活跃，但绝对专业。"宋睿的笑声尖细回荡。

小桃满头大汗，脸像火烧，捏着那A4纸的一角不客气地说："劳驾抬脚。"

深咖啡色的小牛皮休闲鞋犹豫片刻抬起来，尴尬地落在旁边。小桃知道莫问绝对已经认出了她，至于为什么假装不认识，她不得而知，但是她也不想认得他。所以她涨红着脸站起身，捋一捋乱糟糟黏在额前的头发，高傲地抬起头飞快瞥了一眼莫问，对宋睿挤出一个笑："姐，那我先走了。"

可以感觉到莫问的目光灼热地浇在自己脸上，小桃被这目光浇得心中砰砰乱跳，表面上偏要故作镇静给他看，眼角也不再扫他一眼，走出了公司。

输人也不能输阵。小桃背对他们，已忍不住面露颓相，却听背后宋睿低声说："莫总别见怪，还是个没毕业的小孩儿，不大懂事儿。"

擦，宋睿真是把莫问当神仙供着，为他不惜挤对我。算了，看宋睿姐紧张成那样，肯定有求于莫问，我就不必给她拆台了。小桃支起耳朵努力想听见莫问到底回了句什么，可行进速度拘于面子不肯减慢，耳力不佳，空余恨。

广告公司的东西催得永远那么急。没两天，小桃就被迫赶出来一份网络推广策划初稿，逆着下班的人流去宋睿的公司。她像一只逆流而上自由的鱼，却忍不住想着自己不知道哪天也要像他们一样，朝九晚五，掩埋于找不到自己的鱼群里。有工作，没前途。

或许就是不想混迹于难辨彼此的鱼群，才会在班主任和爸妈催促自己找工作的疾风骤雨中大声道出"我要出国留学"。从成千上万雷同的鱼变成三五成群的海龟，或许并不是她的终极目标，而是姑且如此的过渡期。本来她只是漫无目的游泳的鱼，走异路到异地，在玛利亚和朱利安的影响下，寻到了或许可以称之为目标的想法。如果可能，她想变成独行的鲨鱼，但是否只成为一条落单的傻鱼，这点不得而知。

不幸还是万幸呢？她是人而不是鲨鱼或傻鱼，存在于人世而非深海，因而拥有更多的可能性。

好在宋睿对初稿很满意，添了些自己的想法叫小桃修改，这案子基本就宣告完结了。广告创意基本就是创意人拿出来叫老板和客户强奸的，对这个现实小桃在以前实习的时候就已经有了基本的认识，所以逆来顺受地回去改。她们谁也没提莫问，小桃也不想打听，回家却从 QQ 里的高中同学那里听来了八卦。

孙淼一向消息灵通又嘴大，小桃解释半天那次和莫问心血来潮假扮情侣参加同学会的事，孙淼说，难怪呢！虽然全班男生都因为那件事对小桃望而却步，之后却再也没见到半点她和莫问的八卦更新。还说莫问现在早就成为国内的金融界新秀，风投融资所向睥睨，好多同学都被托了关系，想要搭上他给自己公司加持重金，可他已经高冷地跟所有同学断了联系。

想必宋睿也想让他给自己公司投资吧，怪不得那么紧张。不过看宋睿今天的脸色，事情好像也算顺利，不然依她的个性早就骂街了。

有钱人都生怕别人知道自己有钱，自然得离大家远点。当年在自己小宿舍吃睡炒期货的莫问已今非昔比，小桃替他欣慰，又恨他翻脸不认人。认识我很耻辱吗？毕竟也是受了我吃睡之恩的，不涌泉相报也就算了，竟然还任由宋睿数落我也假装不认识。

小桃翻出莫问给的那张从来没用过的银行卡，轻笑着自言自语："也许你早就想到了今天，所以让我们只剩下这张卡的关系了。"

这想法让小桃感到自己成为世上大多庸人中的一个，和身边功成名就之人相比较，因相形见绌而自怨自艾。功成名就之人早已独自去了功成名就的世界，自怨自艾之人也只能独留原地自怨自艾。

小桃胸中憋闷，冲爸妈喊了声：“我出去遛弯儿。”下楼骑上自行车乱转，莫名其妙地转到了高中学校门口的筒子河旁边。

当年身材已经高大的莫问经常怀里搂个同学，骑自行车往这儿跑。他怀里的同学坐在他的自行车大梁上，有时男有时女，可能半个班的同学都被他带到筒子河边玩儿过，不过那些人里偏偏没有小桃。

所以想来，自己和莫问的交集也没那么深。她又转头朝筒子河那边望去，夏日的河畔灯光朦胧，望着那河水，她不由想起自己高中那次逃操被教导主任训斥。主任老李正教育着她，手下老师风风火火跑进来说有一群学生在筒子河逃课滑冰。集体逃课的罪过当然远远比单独逃操大得多，老李就撇下犯了小错的小桃，转身飞奔过去惩戒犯了大错的那群同学。

小桃被更加恶劣的学生转移视线而莫名获救，一时失落找不到归宿，还贱兮兮跟在老师屁股后头跑过去。看见班里一群同学在老李的呼喝下四散奔逃，那里面就有莫问。他滑得不怎么样，凭着一身蛮力晃晃悠悠在冰面上笨拙前行，好像一根随时要倒的竹竿。

或许那时她就已是一条独行的傻鱼，却没看出莫问那条混迹鱼群的鲨鱼。

小桃正苦笑着回忆那些无忧无虑的日子，一辆看不懂是什么牌子但是很厉害的跑车亮晶晶地停在自己跟前。车门徐徐升起，里面走出熟悉的高大身躯：“你怎么在这儿?”

小桃瞥了眼莫问，侧头自言自语：“怎么哪儿都有你啊?”心里却按捺不住有些高兴，又因为这种高兴有些嫌弃自己。

功成名就之人再次主动撞上门来，与自怨自艾之人建立起联系。可小桃已没空自怨自艾，只想把脚步跨向没有阴霾的远方。远方有什么不得而知，但这是她最后能守护的骄傲。

莫问站在小桃的长椅跟前，日食般挡住路灯的光，没有坐下来的意思：“我遛弯儿。”

小桃白他一眼：“我也遛弯儿。”

莫问顿了一顿，勾起著名的笑容：“这是不是就叫缘分？”

小桃暗骂，还说不是高手，三句话就习惯性撩妹。她故意说：“我们一般会说‘真他妈巧’”，似乎她已忘了自己安在朱利安身上多次的“缘分”学说。

“嘿……你还是那么不着四六。”

小桃本来就毒舌，此刻又成心噎他：“没你那么会七十二变。如今变成金融巨子了是吧？那您还是和名门淑媛扯缘分吧！我只是个被你甩张银行卡了事的小催巴儿。”

莫问被小桃噎得无语，讪讪地说：“得……您慢慢遛弯儿……回见。”

“回见。”小桃成功把他气跑，心头却又有些不甘。嘴上说着回见，心中想着不知何时才能再见。但她的骄傲让她不能示弱，咬牙怔怔看着紫禁城的红城墙，故意不看他离去的背影一眼。

走吧，走吧，赶紧消失也好！消失！小桃把心一横，闭眼在自己心头嚷。

莫问沿着河边走了几步，望向灯火迷茫的筒子河对岸，想起高中那次被老李抓个现形儿的滑冰事件。他为了逃跑摔了一个大屁蹲儿，忽然听见岸上清脆的笑，于是便看见了不远处的小桃。小桃正指着自己笑得忘乎所以时，被老李发现：“你在这儿干吗？还不快去上课！”小桃幸灾乐祸的笑声被老李打断，灰头土脸转身跑了。

莫问心头一暖，回头忍不住看向依旧噘着嘴赌气不看他的小桃，犹豫之间想了很多，又好像什么也没想。

他这次偶遇她，又是因为逃跑。不过不是从他父亲身边，而是从一个女人身边。

那是一个刚认识没多久的三线小明星，请她吃过几次饭，对方就跟他到家里来了。莫问刚刚搬入一间高层公寓，位于CBD（CBD：Central Business District，中央商务区的简称。指一个国家或大城市里进行主要商务活动的地区。这里指北京国贸一带），可以俯瞰全城。

“哎哟，好热啊！”女孩把她的裙子脱了。“哎哟，好紧啊！”女孩把她的上衣脱了。

于是莫问不得不把视线从繁忙的长安街主干道移到女孩身上。

脱得只剩内衣和丁字裤的女孩，身材前凸后翘堪称完美。可他眼前忽然闪出小桃在自己宿舍里喝醉酒半裸上身载歌载舞的画面，心里像是被针扎了一下，扭头递过一件自己的白衬衫：“把这个穿上。”

女孩犹疑片刻，钻进白衬衫，绽开“你的意思我懂”的笑容，妩媚贴过来。莫问下意识地退了半步：“……你能不能帮我个忙？”

女孩笑逐颜开：“说，什么忙我都能帮得很彻底。”

然后，莫问就一边抽烟，一边欣赏女孩穿着丁字裤和他的白衬衫帮他组装刚送来的宜家床头柜。看着她弯腰拿着螺丝刀卖力地拧螺丝时高高翘起的臀部，莫问不得不承认自己有点动心。但是他知道动心之后带来的一系列后果，想想那些麻烦，浮出的那一点点动心的泡沫也瞬间被打碎，尸骨全无。

“你要是累了就睡吧，明早会有管家来收拾房间。”莫问撇下全情投入组装家具的女孩，打开门。

“哎！”女孩叫他。

“嗯？”

“你是不是哪儿有毛病啊？”女孩同情而不解地低声问。

莫问侧头认真想了想女孩的问话，自言自语地出了门：“嗯……我恐怕确实是哪儿出毛病了。”

开车徘徊在拥挤的车流里，夏天湿热的风灌进车内。从自己的家逃出来，他虽然如释重负，却似一个彷徨的游魂，不知归处。

不知不觉的，他把车子拐进了儿时就熟悉的街道，在筒子河边停下。这里的晚风没有主干道的汽油味，草木气息浓郁而清凉。他正要下车，却看到远处河边的熟悉身影。那身影和多年前那个穿着校服的影子以及无忧无虑的晴朗天空重叠，让他舍不得移开视线，甚至舍不得走近，仿佛视角一变，一切都会灰飞烟灭。

他想就这样静静地看一会儿，然后静静地离开。可是，很快小桃不远处的几个鬼鬼祟祟的影子就不得不把他拉回可憎的现实里来。

河边的路灯不负责任地把路照得更显幽暗，但那几个男人不怀好意的低语和渐渐靠近小桃的身影还是逃不开莫问的视线。他几乎可以想象出那些模糊不清的脸上是露着何等猥琐的笑。

当那些影子和小桃的距离已经近到让莫问汗毛倒竖的时候，小桃却依旧浑然不知地无忧无虑。他叹口气，一踩油门停在了小桃跟前。

那些刚要耍流氓搭讪的男人看见莫问和他的豪车，纷纷一愣，转眼消散在黑暗里。

不想见却已见了，想留却又留不下来。莫问走到拐角，忍不住再次瞥向远处小成一个点的小桃时，却又瞥见那几个影子从黑暗里冒出来。这次他们却上下联手地把小桃围起来，小桃显然是怒喝着躲避，却显得那么徒劳无助。

莫问想都不想地冲了回去，打翻其中两个人，把小桃拉上车飞奔而去。

他低声咒骂一声："大晚上一个女孩子跑这儿来干吗？"

小桃惊魂未定，却兀自嘴硬："你管我！"

他淡淡问："你不用我管？那好我把你送回去。"作势要掉头。

"哎哎哎！"小桃连忙叫，"那个……你随便找个地方给我停下吧。"

他唇角微微上扬："我又不是你司机，想停就停啊？"

小桃知道他成心跟自己过不去，咬牙说："那行，您爱去哪去哪儿！大不了我待会儿打车回去取自行车。"

他瞥了一眼小桃乱蓬蓬的头发和掉了一半指甲油的指甲，用鼻子"嗯"了一声。

光鲜明亮的美容沙龙里，韩国发型师把小桃按在座位上，边摆弄小桃的头发边和助理低声用韩语交谈；小桃的手脚都被美甲师控制住，仔细打磨，好像一个在受刑的犯人。

犯人忍受着这一切，用自己唯一自由的嘴质问："你把我带这儿来干吗啊?”

莫问坐在她身后的沙发里，边喝服务员倒的茶饮边看杂志，头也不抬地答：“我上次看见你就想带你来这儿了。怎么在欧洲待了一年变野人了?”

小桃撇嘴不答，她整天跟朱利安光着脚在学校的草地上走来走去，的确跟野人差不多：“欧洲那么崇尚自然的地方，我可是特别享受当野人的生活呢！你还敢提上次，为什么你在宋睿姐公司见到我假装不认识?”

莫问百无聊赖地放下杂志拿起一份英文报纸：“我是为了给你少找点儿麻烦。”

小桃一想，也对。如果当时莫问承认跟我认识，宋睿姐还能放过我这么一个现成的关系不攀？现在早就朝九晚五地缠着我，让我劝莫问给她公司投资了。小桃又想了想，摇头说：“不对，我看你是想给自己少找点儿麻烦吧，你是怕我缠着你给宋睿姐的公司当说客吧?”她乱动的头被发型师无情地按住，像棵不情愿的菜花。

如此明摆着的事儿，这位姑娘都要想这么半天，还生怕别人不知道似的嚷嚷到台面上来。莫问放下报纸叹口气，无奈地看着小桃：“我是该夸你聪明吗?”

小桃兀自得意：“那当然啦！本小姐可是看宫斗剧长大的!”

“你要是活在宫里，不知道死了多少回了。”这句话莫问忍住没说，只得再次摇头叹气，然后他才发现自己已经不知道是今晚第几次为她叹气了。她怎么就那么有让人操心的潜质呢？还是他特别爱替她操心?

美容美发沙龙里，时间是静止的。那些美发师在小桃的头上好像总有做不完的事情。小桃好想跳起来跑一圈，然而内心挣扎到极致，却累到睡着了。当她被吹风机的轰鸣声吓醒的时候，发现身后的莫问仍然在专注地看报纸。

“是不是就要完事儿了?”小桃哑着喉咙问。

莫问嫌弃地指指她的唇角，她这才觉得下巴有点痒，一擦，口水一大滩。她飞快瞥了一眼工作的美发师，他们好像都没看见似的专注于自己手里的工作，这才放下心来；朝莫问嘻嘻笑，笑到半截儿，忽然想起自己还在跟他生气，又把笑容收住白了他一眼，不去看他。

莫问起身要去结账，小桃拉住他一字一句地说："你不告而别，音信全无的事情，已经用一张银行卡了结了。那张卡我今天没带，改天会全额还给你。今天我做的是自己的头发和指甲，用不着你拿钱。"

她抢过结账单，目光从霸气到不可置信，数着上面小数点的位数确认自己没看错，又故作镇定地翻了翻自己的钱包说："我今天只是出门遛弯儿，没带什么钱……你……你先垫上，下次我还你。"

莫问了然一笑，结了账和小桃出门后，小桃才对他大叫："你疯了吧？不过是弄个头发指甲，就花那么多钱?!"

莫问依旧挂着无所谓的笑："身体发肤，受之父母。替父母多花点钱应该的。"

小桃咋舌："我爸妈要是知道我为他们花那么多钱，非打断我的腿！"她从德国给妈妈带的欧莱雅平价化妆品和给爸爸买的仿古怀表，都被他们盘问了半天到底花了多少钱呢！

莫问看着柔亮的淡棕长发里明媚的小桃，拿起她淡粉色的芊芊玉手一字一句说："他们会觉得很值的。"

小桃看着他浓密纤长的睫毛下摄人心魄的双眸，猛地抽回自己的手，喃喃自语："高手啊……高手……你放心，钱我一定还你。等下次在宋睿姐公司见面时我偷偷还你。"

"我们恐怕不会再在那里见了。你要约我，就单约。"

"谁要约你！……你不去她公司了?"

"嗯……"莫问自顾自地向前走。小桃跟在后面问："你不给她公司投资了?"

"嗯……"莫问轻描淡写地答，却语气笃定。他钻进车，小桃跟进来追问："宋睿姐虽然势利点，但是很靠谱的，也算这个行业里挺专业的了。"

莫问反问她："是不是你已经跟她说认识我了?"

小桃连忙说："我才没有！我至于不开眼到拿你嘚瑟吗……就是觉得她真的很好，你不投她们公司很可惜的。"

莫问气定神闲地在车流里穿行着说："我投的是生意，不看人。上次我故意没在约定的时间去看，他们公司整体比较散漫，现在虽然暂时在行业领先，但是营销的内容漏洞太多，难以长久。"

小桃恍然大悟："原来你上次不是顺路，是专门趁他们不备去突袭考察的!"

莫问瞟她一眼，翘起唇角："你看我有那么闲吗?我不会把时间花在没意义的事情上。听准备好的报告和看准备好的公司，谁都会，但是能看到多少真实的东西?他们面对突如其来的情况明显准备不足。"

小桃听着他头头是道的生意经，靠在座位里沉默半晌说："不把时间花在没意义的事情上……所以你才连'再见'都不说一声就走，连个消息都不给我，扔一张银行卡完事?"

莫问看向小桃，她愠怒的面容涨起红晕，双眸直直地瞪着他，在暗夜里仿佛夜空中最亮的星。

一年前，小桃刚离开宿舍，他就被父亲的人堵在门口。他除了在他们撞破门闯进来之前留下一张银行卡，根本来不及留下只言片语。他知道仅仅一张银行卡，很可能让小桃误以为他用钱了断他们的关系，但当时就连这张卡，都是他趁警卫员没进来前飞快抛下的。

他所拥有的，除了钱，还有什么呢?

他知道自己没机会解释清楚这种行为了，因为回家之后就会失去与小桃联系的自由，甚至自己行动的自由。

果然，他迎来了父亲步步紧逼的盘问。他携款而逃的劣迹、他胆大妄为的炒期货，更重要的是他和小桃的关系。

"是不是又被女人迷了心窍，做出这些胆大妄为的事情?"莫问父亲的质问让他背后发凉，叶笙已经成为他们全家的梦魇。

他知道父亲的监控手段有多高明，所以干脆放弃一切可能和小桃联系的方式，服从父亲的安排，被发配到与世隔绝的边防站参军，以免她遭到无妄之灾。所幸的是，他这次期货赚回了因为叶笙损失的两千万，由此堵住了父亲更深的追问。

说到底，他也想趁此断了自己那些不该存在的念想，如今他需要做的只有尽快独立，才能脱离父亲的掌控。在北方风雪弥漫的小屋里，他默默筹划着进军金融领域的办法，在偶尔闲时，他也会抬头仰望星空。

因为他的杳无音讯，小桃得以安然仰望同一片美丽的星空。知道着这些，他觉得这个极北的边疆并没有那么冷。

莫问沉默半晌说："能用钱了断的事情，就不必花时间。"他语气淡淡的，眼中却似有波涛汹涌。

小桃咬牙问他："我管你吃住，收留千里之外被父亲追捕的你，只是为了用钱了断？"她这么盘问之后心中淡淡后悔，感觉自己仍然在自怨自艾，这让她的骄傲渐渐磨损，渐渐磨出自己不想看见的真心。

莫问不答，只是竭力平息眼中的波涛，淡淡看向车窗外的远方，好像那里有什么东西等着他。这让小桃不小心抛出去的真心坠入深海，更加令人懊恼，所以她将那个卑微的纠结往事的自己踢飞，颤声说："好……那你今天替我打流氓又带我做头发，你花这些时间的目的是什么？"

莫问蹙眉说："这是一个意外。"他为什么花时间又花钱还如此享受？他自己也说不清。

小桃苍白着脸冷冷地说："……你停车。"

莫问再次叹气："你干吗？"

"你让我下车，别再把时间花在我这个没有意义的意外上。我也不需要坐在你这个把一切都用钱来衡量的人身边！"

"你别闹好不好？"莫问顾着前车忽然的刹车，又手忙脚乱地阻止企图开车门的小桃。

刚好遇见红灯，小桃下车消失在街边灯火朦胧的街巷里。莫问的副驾驶空荡荡的，和他刚刚逃出家时一样，心却盛满了莫名的沉重，让他的灵魂不再虚无缥缈地飘荡。

第十三章

惨烈的磨合

小桃穿一件水绿色旗袍，身背一柄木吉他，走进大学的咖啡厅里等朱利安。朱利安的室友陈贤和他同一航班回国，顺利把他安顿到学校的留学生宿舍。即将开学，小桃又忙着宋睿公司的各种项目，本就分身乏术，暗自庆幸陈贤帮她分担了照顾朱利安的麻烦。

斜照的阳光射进朱利安的眼底，激起翠绿色的光，脸上却似蒙上北京特有的灰。他站在咖啡厅的门口望住小桃，上下打量一番："真美。"

小桃故意穿了旗袍，就是要让他感受到身在故国的自己是如何美丽。朱利安总是那么配合她的亮相，这让她满意地笑了笑，把自己许久未弹的木吉他送给他。

那把吉他是父母送给她的生日礼物，虽然她努力学了一阵子，但发现自己在这方面实在没什么天赋，于是半途而废，但是这并没有降低她对吉他的热爱。她曾经在停电的时候用它自弹自唱过《明天我要嫁给你》，也曾怀反复擦拭调弦地珍藏着它。她现在把这把吉他和会弹吉他的爱人聚在一起，仿佛他替她拨响琴弦，就能让她的梦想远走高飞。

不知道从什么时候起，她开始收集那些替她实现梦想的男人，把自己认为无足轻重的愿望半途而废，然后托付于有能力继续前行的男人，回报隔岸观火的成就感。

她被他牵住手，飘荡的心绪渐渐因为面前这个人而尘埃落定。

“你父母那边的事有进展吗？”

“对于二十多年前就已成定局的事情，还能有什么进展？”

“我是指你们的关系。”

“我对我妈那些弄虚作假的事情本来就受不了，这次居然连亲生儿子都骗，我跟她已没什么关系。”

“什么弄虚作假？”

“她公司那些肮脏的勾当，我都不想提。”朱利安蹙紧浅棕色的眉峰，将脸埋进手里，像是承受不了自己脑海中翻滚的波涛，“这次跟她一刀两断，我没什么可后悔的。这是她诸多恶行的报应。”

什么事那么严重？小桃看朱利安痛苦的样子，像是忍受着难以忍受的刑罚，也不忍心再问他。因为仿佛每一个问题都会像一只狠心的手，揭开他不愿触碰的伤疤。她这时才发现原来玛利亚和朱利安之间没有看起来那么亲密，怪不得他一直羞于承认来自父母的财富。无论是哪里，家家都有本难念的经。

朱利安没再提起他父母的事情，小桃也就不忍提，看他至少在表面上情绪还算平稳，就和他聊起宋睿的公司。

“有个和欧洲联系版权制作礼品的项目，或许你可以参与进来。”小桃想，给他找些事情做，他就没空胡思乱想了。

“再说吧！刚到北京，时差还没倒过来，只觉得累。”朱利安淡漠得有些反常。

还是有些不一样了。朱利安从来没说过自己累，如今这副心不在焉的疏离样子，又让小桃想起刚认识他时自己被非洲兄弟纠缠却吃了他闭门羹的那次。

也许他的确还需要时间才能适应。适应那件事，适应北京。小桃安慰自己。

“无论如何，这次到了我的地盘，轮到我照顾你啦！”小桃豪气云天地握紧他的手，另一边尽管传来想要用力的意图，却有气无力地任她握着，只露出同样有气无力的微笑。

目送朱利安回留学生宿舍，没有久别重逢的满足感，小桃那些本以为尘埃落定的心绪再次凌空飘散，挖出更加空虚的洞。

上一代给孩子闹出的狗血剧情，连个彻头彻尾的交代都没有，小桃有些淡淡责怪玛利亚，好像她当年干的好事让自己来买单似的。

“小桃，答应我。无论朱利安在中国发生了什么，你都要在他身边。”此刻小桃回想起玛利亚说这些话时欲言又止的神情，才发现她可能话里有话。可这和他来中国又有什么关系呢？

小桃刚刚操心完朱利安的家事，却没想到到了家，父母也告诉了她一个噩耗。

这本该是个好消息，可是小桃觉得太奇葩了。她在新疆的堂弟下个月要结婚，叔叔却因为身体忽然不好，急召爸爸去主持大局。爸爸作为这个大家庭里的长子长孙，就好像打了鸡血似的，刻不容缓要带着妈妈奔赴乌鲁木齐。

每个奇葩的身后，都有一对更加奇葩的父母。小桃只能眼睁睁看着他们两个吵吵嚷嚷地收拾行李，订了第二天的机票飞走了，连句开学了要好好学习之类的嘱咐都没留下。

面对人去屋空的两居室，小桃怅然之间心生一计，虽然有些冒险，但是为了再次去欧洲旅游……额……还有学习的大计，赚钱才是第一要务。

她把父母的房间收拾一番，在网上发出一个招合租的广告。因为位置不错，转眼就收到了一大堆合租的申请。小桃乐不可支地安排一个个见面，结果发现不是太邋遢就是色眯眯，好容易有一对拉拉看起来还比较正常，却带着一只比小桃还大的狗。而且好多人都提出至少租半年，可小桃的父母万一回来了，知道这事还不得把她手剁了？

唉，果然一时兴起想出的主意不靠谱。正当小桃心灰意冷的时候，她面前出现一位慈祥的大叔。大叔貌似为人诚恳正直，性取向正常，而且推心置腹地跟小桃讲了自己的事情。

“我家在不远处已经给孩子买好了学区房，但是房主还没腾出房子，眼看就要开学了，我们是真着急。”

全家入住，为了孩子也得干净整洁地保护这房子啊！这个靠谱。小桃正高兴，转念一想不对，连忙问：“您一家三口挤一个小卧室，就算客厅和厨卫共用，是不是也有点不够用啊？”

“这也是我想找你商量的。你看……要是能把整套房子租给我们，我给你之前合租租金三倍的价格，怎么样？”

小桃又惊又喜：“啊？……这……这我住哪儿啊？”

“就一个月，那边房主承诺一个月就把房子腾出来，我们肯定住得特珍惜，收拾得比现在还干净！”大叔擦着额头上的汗，那汗转眼又从稍微有些往后退的发际线边冒出来，仿佛一颗颗密密麻麻的小玻璃球。

唉，可怜天下父母心。为了孩子上学，把人都折腾成这样，小桃真的忍不住想点头。可是，她也不能为了这事无家可归啊！她家另一处平房在她离开的短短一年之内被拆迁，当年惬意的小院已经不复存在，实在不行……去朱利安那里忍一个月？尽管是和一个奥地利学生合租的宿舍，床也小点，但是毕竟也可以凑合了。

“好吧，我想想。”小桃说。

“能麻烦您快点回复吗？我们真的很着急。今晚之前可以吧？”

“您总得给我点时间找个住处吧？我尽量！”

“好好好，太谢谢了，附近的房子都被家长们租得差不多了，您家已经是离学校最近的了。我们不急着让您搬，只要开学前一天能住进来就成。”

小桃送走心急如焚的孩子家长，转眼就给朱利安打电话。

“我问问我的室友吧，总得征得他的同意。”朱利安的声音仍旧平淡得让人发冷，没有因为小桃要住进来而兴奋。

这几天小桃忙着出租房子和工作，朱利安忙着办手续，两个人本来就没什么时间见面。唯一一次见面，还有些不欢而散。

那天朱利安约了他刚认识的两个留学生同学逛王府井，小桃刚好从附近宋睿的公司出来，就说要和他见面。一见面，就发现朱利安带着一黑一白两个女孩，不仅如此，那个法国的金发大妞还老挑衅似的给小桃出难题，一会儿说要找个地方喝东西，一会儿又说这个地方不好得换一个地方。

“那你想去什么样的地方呢?”小桃站在王府井酒店大堂的咖啡厅旁边认真地困惑。

“我也不知道，反正不用这么……富丽堂皇。”似乎是为了加强对“富丽堂皇”这个词的嘲讽意味，法国大妞挥起一只手朝朱利安笑了笑，带着法国女人特有的朦胧与迷人，仿佛在说：我的意思你懂的。

朱利安居然心领神会的样子，和她相视一笑说：“就是一个随便点的地方。”

你妹的，我是来和你约会的，可不是给你们这些老外当导游的。小桃又瞥了一眼站在朱利安另一边的哥伦比亚女孩。女孩小巧玲珑，倒是没说什么，只是四处好奇地打量，头几乎靠在朱利安的胳膊上。

小桃朝天翻了个白眼，竭力压抑心中的怒火，面带礼仪之邦的微笑说：“我们再往前走走吧!”然后她把朱利安的胳膊从哥伦比亚女孩的头上拽到自己怀里。

朱利安任由小桃拽着，两个人走在前面，把那对黑白无常甩出老远，小桃心里这才舒坦点。她把他们带到王府井小吃街，这几个人却说刚才已经吃过了，也没什么特别的，然后他们只好继续往前走。

“你不是说北京是你的地盘吗?”暑热未退，几个人走得浑身粘腻腻的，朱利安忍不住抱怨。

见那对黑白无常离自己还有一段距离，小桃忍不住低吼：“谁他妈知道你们到底想去哪儿啊？再说你知道北京有多大吗？这是东城区，我家在西城!”

朱利安不可置信地瞪着她："我还跟她们吹来着，说你能带我们玩儿！你这也太让我跌份儿了！"

小桃见那对黑白无常已经渐渐逼近，故作亲昵地贴在朱利安耳边说："你们德国人还讲面子？别扯了！"

朱利安倒没当着黑白无常让小桃难堪，只是黑着脸跟在小桃身后走。这下朱利安就落入了黑白无常的魔爪下，小桃自己落了单，成了彻头彻尾的旅行团队形。她偶尔能听见法国白无常发出的笑声，却碍于面子死也不回头看，一路暴走到金鱼胡同。

"哎哟，这儿不错哎。"法国女孩的英语居然没什么法国口音。作为一个拒绝说英语的国家，竟能有这么一位出现在朱利安面前，让小桃格外不爽。

"嗯，那就这儿吧！"朱利安随她在一个路边摊烤串店停下。

邻邦本是宿敌，人民之间却如此友好，尤其在吃串这个问题上如此一致，让小桃更加不爽。她怎么也没想到，德法联军说的所谓"随便一个地方"竟是如此随便。

但是她仍旧尽显地主之谊，随他们在折叠小桌边的折叠小凳坐下，看着他们庞大的身躯坐在岌岌可危的小折叠凳上，享受地吃串，慢慢体会到他们大概来中国就是想追求这种随性的土得掉渣的快乐，才不稀罕那些被他们大欧洲玩剩下的富丽堂皇。

小桃明白了这些，更加高兴不起来了。仿佛她这个发展中国家的代表，永远难以走进德法联军的世界似的。她虽然也在吃串，可似乎和他们吃的并不是一个串，这平行宇宙的世界观，因为无法逾越，让小桃更加恼火。

上次这么不欢而散，也许确实不是一个让小桃提出同居要求的好时机。果然，小桃等了半天，朱利安才打来电话说："奥地利室友觉得有个女孩在屋里频繁出现不太方便。"

不知道是他不同意，还是拿室友来当借口。小桃赌气说："那好吧，我只能再找找其他朋友了。"

“别太勉强自己，不就是为了那么点钱嘛。”朱利安在电话那头冷冷地说。

你是住着古堡不差钱，可你知道我为了去你那个满是古堡的国度得努力赚多少钱吗？小桃憋着胸中一口气，冷冷“嗯”了一声，撂下一句“我就是需要那么点钱，很需要”，然后挂了电话。

刚挂了电话，小桃连生气的时间都没有，就收到宋睿催稿的短信。她看着短信，有点想哭。我何必把自己逼得这么苦？可是同年纪的朋友都工作赚钱了，自己这么大还伸手向父母要钱，这手实在伸不出去。

她带着稿子坐宋睿的车去亦庄提案，一路上她疲惫得几乎睡着，但是只能强打精神把案子提完。宋睿还有别的事，把她放到长安街边的地铁就走了。

朱利安大概也怕小桃真的生气了，发来短信问她在哪里干什么呢。小桃简短回了个汉语拼音的地址发了出去，想他一个外国人知道了也没用，还何必这么没话找话地问。

本以为来了中国，爱情会在自己的国土上越来越近，可不知为什么，朱利安到了小桃的国家，那种来自异域的陌生感越来越浓，让爱情越来越远了。这一切到底是怎么回事呢？

她看着地铁上空林立的摩天大楼和周围的人群有些头晕目眩，连哭的力气都没有，僵着脸沿着街边高端大气的大厦底商行走，只想让行走缓解她憋在胸口的压抑。

走过迪奥（迪奥：Christian Dior，简称 Dior。著名法国时尚消费品牌，其审美以奢华的雕饰为特色）旗舰店，一个女人窜过来险些踩了她的脚，她用仅剩的小脑内存，下意识地躲开她的高跟鞋，却没有幸免于她袭人的香气。

她半梦半醒地抬眼看那个光鲜亮丽的女人。那女人却根本顾不上瞄她一眼，全情投入地挂在一个男人的胳膊上说：“哎呀，好累啊，去你家歇会儿吧！”

小桃扫了一眼她手臂上挂着的一堆迪奥包装袋，心里滑过一个疑问：她的累，到底是因为挂这些纸袋子还是挂那个男人？然后她扭头走自己的路。

“我约了人，这就得走了。”那男人的声音夹杂着车水马龙的嘈杂，在小桃耳中若隐若现。

“得了吧，我真累得走不动了。”女人娇嗔声离小桃越来越远。

“我真约了人，哎，你看人来了！”离小桃仿佛一光年的声音还没断，她的胳膊已经被猛地一拉，整个人跌进一个高大男人的怀里。

小桃看看面前那个香气主人诧异的花容，这才想起抬头去看那个怀抱的主人。

莫问满脸堆笑地看着小桃，那笑刻意得超出了往日的最大值。小桃下意识地挣扎了一下，仿佛人还在梦里，却被抱得更紧。

“我约了她……约了她。”莫问对香飘飘的女人说。

“香飘飘”这才认真打量了小桃一番。小桃这灰头土脸的白领打扮明显够她嫌弃三天的：“她？”

小桃连忙说：“没……我没……”她话还没说出，却已被莫问强行搂走，“别赌气了，我错了还不行吗？咱们这就回家好不好？”

回家？回谁家？他家吗？我为什么要回他家？

“香飘飘”显然也不信，嘟嘴说：“问，你就算搪塞我，找个像样点的货色也算是对我的尊重，找个这……”

这？什么叫这？本小姐堂堂正正在街上徘徊，受这无妄之灾也就算了，居然还被这蛇精脸羞辱成一个代词“这”？

小桃用力搪开莫问的臂膀，拽起他的手递到“香飘飘”面前说：“这位大姐，麻烦你把‘这’领走，他挡到我的路了。”然后她又慢条斯理地上下审视着她满身的名牌衣服，“啧啧”地说：“衣服倒是好衣服，可惜不搭……不过正和莫问这个拿钱买人情买时间买一切的家伙是绝配。你们慢慢玩过家家躲猫猫，在下恕不奉陪！”

小桃刚要转身走，那香飘飘却在后面冷哼一句：“呦呵，不但是个穷白领，还是个想装白莲花的穷白领，请问你是穷得气急败坏还是穷得恼羞成怒啊？我们拿钱爱买什么买什么，就是因为有钱。只有没钱的才假装愤青看不起钱呢。”

小桃冷冷一笑，瞄着那堆迪奥袋子说：“把别人的钱当自己的花，这门丐帮绝学我还真修炼不了。哦，对了，今天看见你正好……”她翻开自己的背包左掏右掏，找到钱包抽出一张金卡塞进莫问怀里：“你的卡。自己去查查，我一分钱没花，还加了上次你陪我做头发做指甲的钱。”

莫问一直没说话，似笑非笑地看着这两个女人斗嘴。他素知这个娱乐圈名嘴的厉害，可小桃半分也没输给她，此刻还出了大招，把他留给她的金卡亮了出来，那句“丐帮绝学”又正说到他心里。他忍着没让自己笑出来，拉起小桃的手就走。

果然，香飘飘明显被金卡晃懵圈了，拿着一堆迪奥袋子站在原地，含泪自言自语：“莫问居然还会陪人做头发……”愣是没敢追上来。走过大厦拐角，小桃忙不迭挣脱莫问的控制，停下说：“行了，行了，表演到此结束。”

莫问笑着松开手：“谢谢你配合我。”

小桃白他一眼：“我不是配合你，是看不惯她那副狗眼看人低的嘴脸。金玉其外，败絮其中。怪不得你忙不迭地想躲开她。你看着挺聪明的啊，怎么对女人的眼光和处理手段这么稚嫩呢？”

“桃桃。”朱利安远远走来，随便穿着一件 T 恤配着漏洞的牛仔裤，在人群中依旧像是一道风景。他盯着他们，一脸怒意地逼近。

小桃一怔，看看他又看看莫问，低声嗫嚅：“你怎么来了？”

朱利安摆一摆手机里的短信：“你告诉我你在这儿的。”他不疾不徐地走到他们身边，故意把小桃揽进自己怀里，拉开她和莫问的距离。

莫问悠闲的神色瞬间消失，凝重地看着他们。小桃尴尬地笑了笑，给他们互相介绍：“莫问，我高中同学。朱利安，我男朋友。”小桃任由朱利安搂着，偷偷观察他们之间蕴满火药味的气氛，心中暗想：这怎么回事？明明我还在生他们的气，怎么好像他俩忽然调转枪口生起我的气来了？就好像我突然变成了劈腿被抓包的坏女人似的。不知道朱利安什么时候来的，他有没有看到莫问和我刚才那场……牵手大戏。

朱利安冷冷地伸出手，和莫问轻轻握了握说："你好。"然后两个人依旧盯着彼此，像是谁都不打算说什么，仿佛两只开战之前怒目而对的海豹。

小桃赶紧打破沉默说："哦……我现在也没什么事了，咱们走吧。"她想拉着朱利安走，赶紧结束这场说不清到底怎么回事的闹剧，自己的肚子却不争气的"咕噜"一声宣布存在感。今天忙了一天，根本没空吃饭，此刻才发现自己早已饿了。

小桃捂着肚子，脸涨得通红。莫问此刻已恢复了往日淡定的神情，故意似的用英语微笑说："要不要一起吃晚饭？"

小桃连忙说："不用了，不用了，我们还有事。"朱利安却像是接战书似的直视着莫问说："好啊。"

于是小桃就莫名其妙被他们拖到了附近的北京菜馆。旁边坐着朱利安，对面坐着莫问，在他们剑拔弩张的气氛里低头吃炒肝。

"这是北京菜，你一个外国人，可能吃不惯吧？别客气，吃不惯就直说。"莫问淡淡笑着，那笑容里尽是挑衅。小桃在心里暗骂：你这是哪根筋不对了？怎么那么有空，居然跟我们吃起饭来了？

朱利安茫然地看了一眼那碗深棕色的食物，用勺子搅和一下抬头淡定微笑说："没关系，我就是喜欢尝尝当地的美食。小桃已经带我去那个著名的饭馆街吃过了……那地方……叫……"

"簋街！簋街……"小桃笑着接话，又担心地看朱利安犹犹豫豫地把炒肝送入口中。上次带他去簋街吃她的最爱——麻辣小龙虾，朱利安吃了一只就不吃了，还说德国人只吃猪肉牛肉，顶多吃羊肉，不像中国人什么都吃。

"不错。"朱利安努力地咀嚼着炒肝里的猪肠，奋力挤出笑容。

莫问洞悉一切似的笑了笑："爱吃就好。"他吃了几口，把猪肠挑出来全都给了小桃，又把小桃碗里的猪肝挑出来放进自己碗里。

小桃看着朱利安越来越黑的脸，惊慌阻止莫问："你干吗……"

莫问满不在乎地吃着炒肝用中文说："你不是只爱吃肠不爱吃肝吗？我只爱吃肝不爱吃肠，正好。"

小桃一愣，这才想起以前一群同学一起逛庙会的时候，小桃曾经逼着莫问吃自己碗里的肝。她忍不住也用中文回说："那时候你可是千百个不愿意，什么时候这么积极踊跃起来了？"

朱利安低声对小桃说："说英文。"

小桃连忙用英文解释："我们在说些高中时候的事情，没什么要紧。"

朱利安咬牙吃完一碗炒肝，转眼又上了新菜：芥末墩、卤煮火烧和炸咯吱。小桃眉开眼笑，又忍不住用中文说："呦呵，都是我爱吃的！真的好久没吃了。我在德国时候特想这口儿！"

莫问给小桃夹了一筷子芥末墩："这家的味儿冲，小心。"

朱利安被小桃和莫问晾在一边，赌气夹了一大口芥末墩吃。芥末的劲道一下子蹿到脑门，呛得他忍不住一拍桌子站起来，又不好意思把吃的东西吐出来，凭着强大的意志力活生生咽了下去，挣扎了半晌，终究敌不过芥末的倔强，含混着用英语说了句"对不起"，泪光莹莹地跑向洗手间。

莫问和小桃相视一笑。小桃有点心疼莫问这么整朱利安，但是想起上次他和法国大妞一起整她的默契，心里淡淡生起一丝报复的快感。快感过后，对朱利安就只剩怜惜。她蹙眉对莫问说："干吗这么整人家？人家老外容易吗？连炒肝都吃了。"

莫问无辜地看着小桃："又不是我让他吃那么一大口的。你这个小男朋友，太嫩。"

小桃观察着莫问云淡风轻的样子："你知道他比我小？……早知道我有男朋友了，对不对？"

莫问夹着炸咯吱的筷子顿了一下，抬头望着小桃说："在德国一别之后，我从来没有停止关心你的事情。”

莫问漆黑的眸子盯着小桃，浓密的睫毛下，小桃几乎可以看到他双眸深处的自己。小桃被他认真的样子慑得浑身一震，一口东西忘了嚼，咬着筷子望着他。

小桃以为他扔了一张银行卡把她打发了，可是他现在看着小桃的样子一点都不像平时那么慵懒淡然，说的话不像是假的。原来……他从来没忘记她，从来没像她以为的那样把她抛在脑后……这是真的吗？她真的可以相信他这个高手吗？

朱利安回来坐到小桃身边，莫问和小桃从定格的时间中跳出来，若无其事地吃着东西。他们或许只相互凝视了几秒，却仿佛有什么难以挽回的事情发生了。

小桃的生活一直在自己的计划之内，按计划出国，按计划找男朋友，按计划回国。她很讨厌发生计划之外的事情，所以她很讨厌此刻的情绪。她胡乱地扒了几口，想尽快跟朱利安离开，可朱利安却故意跟莫问示威似的对小桃说：“我后来想过了，如果奥地利的室友不同意你住进来的话，我可以单独租一个公寓跟你住。”

小桃连忙说：“不用了，我只需要住一个月，那样太麻烦了。何况以你现在的情况，支付公寓的租金也不是很容易。”

朱利安跟母亲断绝关系后，坚决不再花她的钱。

朱利安拉起小桃的手说：“我不光是为了你，也是为了自己。那个奥地利室友不是很好相处，我也不想住在那里了。”

小桃看看自己被朱利安拉着的手，又不好意思地看看莫问。莫问好像没听见他们说话似的，心不在焉吃着自己的卤煮火烧。

小桃低声对朱利安说：“在北京找房子不是那么容易的，很可能你租到房子的时候，这个月已经过去一半了。你刚来北京，一切都不熟悉，真的不必为我那么麻烦。”

朱利安刚要说什么，莫问忽然用英语清晰地说：“你可以住到我家来。”

小桃和朱利安各自一惊，她慌不迭地摆手说："那怎么行，那怎么行？大不了我不把房子租给他们了，反正也是我一时心血来潮想出来的馊主意。"

莫问夹起一块猪肠放到小桃碗里，笑得扑朔迷离："那有什么不行，反正我们又不是没一起住过。"

这几句非得用英语说吗？小桃瞥了一眼朱利安诧异的神色，心中暗骂莫问真是哪壶不开提哪壶。莫问的事情，小桃从来没跟朱利安提起过，一是因为她也说不清自己对莫问的感情，二是她觉得已经过去的事情没什么说的必要。

"你们住在一起过？"果然，朱利安貌似平淡的问话里已有火药味，日耳曼人凶狠的目光灼灼燃烧，唇角虽仍旧违心地奋力向上提着，但这让小桃更加胆战心惊。

"就是我刚到德国的时候，他有事借用我的宿舍而已。"小桃此刻的内心是崩溃的，她不知道为什么今天非要卷入这一连串焦头烂额的事情里来，她只是老老实实和宋睿出来提案的啊！

还好，朱利安抛来了信任的一笑，盯着小桃的嘴角看了半秒，毫不犹豫地啄了下去："嘴角有东西，怎么吃东西总是这么不小心？"然后自己挑着卤煮火烧里能吃的火烧慢慢吃起来。

小桃瞥了一眼莫问。他不动声色地吃着东西，脸色麻木冰冷。她此刻真的连吃天下美味卤煮火烧的心情都没有了，嗓子眼儿紧张得都挤在了一起，于是站起来说："我吃好了，去结账。"

莫问站起来说："怎么是你结账呢？我家就在对面，我得尽地主之谊。"

朱利安什么也不说，直接站起身走向款台结了账。小桃要去追，却被莫问拦住："他又不是没有钱，喜欢充大头就让他去充好了，反正咱俩吃得开心就好。"

小桃无奈地看着朱利安结账的笃定背影，他在德国是那么让自己觉得值得依赖，每次结账说德语时，小桃都有一种他能镇住全场的感觉，此刻在中国也是他结账，怎么有种被莫问玩弄的感觉呢？莫问真是太可怕了，这谈笑间樯橹灰飞烟灭的心机，真是太可怕了。小桃躲瘟神似的看着莫问，上去拉起朱利安就跑。

出了饭馆跑了几步，见莫问没追过来，小桃这才缓下了脚步。朱利安却甩开她的手："你跟他住一起的事，怎么从来没跟我说过？"

得，小桃就知道朱利安不会善罢甘休，他表面上演着和谐美满的戏码，实际上一点儿小问题都不会轻易放过。小桃耐心解释："这事发生在我们认识之前，我没必要把我出生之后的每件事都跟你报备吧？"

"和男人住一起的事情，不是随便的事情吧？"朱利安总是一语中的，让小桃因为没法和稀泥而恼火。

所以她大叫着来遮掩自己的心虚："他只是我的高中同学，你不是也和高中女同学住过吗？我说什么啦？"

炎炎的夏日余晖落在朱利安金棕色的睫毛上，曾经是那么梦幻般的美丽，不知是因为此刻的情绪还是北京的乌烟瘴气，让小桃只觉得逼人的刺眼。

"她住我那里，我向你报备过。因为我知道信任是来自双方的，所以我什么都不会瞒你。"

唉，还好，他没问小桃和莫问到底住了多久。人家女同学只是住了两天，莫问可是住了两个多礼拜呢……但是……"那毕竟是我们认识之前的事情啊！你揪着过去的事情说个没完有意思吗？"

"动动你脑袋里的石头想想，你那个同学跟你之间就那么清楚吗？我从他看你的眼神里就能看出有问题。你不把这事说清楚，我们以后就没什么信任可言，更别提在一起了。"夕阳的最后一丝余晖已经落尽，朱利安的面容在突如其来的夜色里冰冷如铁。

什么叫动动我脑袋里的石头?！我在你眼里就是傻子吗？那你跟我在一起干吗?！小桃想说"爱谁谁，不在一起拉倒。"可她觉得这一切实在是太冤了，只好耐下性子劝朱利安说："他跟我有仇，他成心要我玩儿呢！你别搭理他，我也不会再搭理他，行吗？"

朱利安的情绪稍微平复了一些，将信将疑："他跟你有什么仇？"

“我刚才把他女朋友骂了，正在骂他，就撞见你了。所以他成心报复。”小桃觉得自己没有说瞎话，可能莫问的种种举动就是因为这个。

还好，事情就这么过去了。和朱利安道了别，小桃给那个租房子的大叔打了个电话，说真的没法租给他。她打消了租房的念头，想让这一切赶紧过去。可她走到自家楼下，就看见大叔带着全家灰头土脸地跟在中介后面从楼里出来。

“那个房况也太差了，什么家具都没有，叫孩子怎么住啊?”大叔的太太向中介埋怨。

“大姐，现在真的没房了，那已经是这片最后一套房了，要不是没家具，早就被那些家长抢走了。”

“实在不行就把咱家的单人床搬过来，再搬些简单的家具，让小清住得舒坦就够了，咱俩打地铺忍一忍，反正天还热。”大叔劝太太。

“爸爸，妈妈，你们要睡地上吗?”那个男孩虽然很小，但是看起来很懂事的样子。看爸爸妈妈要受罪，抿着嘴眼里泛起泪光。

这都叫什么事儿啊？怎么如今上个小学就跟一下子回到解放前似的？可我怎么觉得自己就是欺负农民的狠心地主婆啊？她走过他们身边，对他们点了点头，快速钻进楼道。她实在不忍心看到无家可归的一家三口，可自己能有什么办法呢？难道还真的按莫问的馊主意搬进他家不成？

第二天是开学的日子。小桃去学校报到，发现这个硕士班总共没几个人，教授不像老师，倒像个生意人。果然如小桃的预料，她在中国修这半年的学分用不着像在德国时那么严格费力，教授说只要她帮他把一份要发表的论文翻译成英文，她连学校都不用来，该给的学分一样都不少，还拉着她这个系里唯一的德国交换生和系领导吃饭，她按教授的心意给学校和老师一顿好夸。大家各自满意散去。

她跟朱利安说了这个学分大甩卖的好消息，朱利安对于中国这些弄虚作假的双赢局面倒没过于执着，一笑了事。小桃本想继续和朱利安做出双入对的大学情侣，却渐渐变成了偶尔到学校探望他的编外人士。和朱利安同期的留学生很多，小桃本来也该算是他们中的一员，但是她这种本土“留学生”和朱利安那些真正的留学生存在着根深蒂固的差别，尤其是一起吃了顿火锅之后，那差别如同破土而出的春笋，把小桃雷得前仰后合。

她从来没想到火锅原来可以这么吃的。首先，大家点了火锅菜单中几乎从来不需要出现的主食：米饭。然后，两个印度同学毫不犹豫地把筷子插在米饭正上方，像是坟头上的两炷香。小桃看了触目惊心，忍不住低声对朱利安说：“在中国只有给死人上贡的饭才会这么摆筷子。”然后朱利安就微笑着把筷子往米饭上一插：“是这样吗？”

小桃简直要被气晕，连忙把他的筷子拔下来，却看见他旁边的巴基斯坦同学正在用根本没掰开的方便筷子夹东西。

“你看，筷子要这样用的。你的还没掰开。”亚洲留学生英语不都是很好，他们都用蹩脚的汉语交流。小桃耐心地给他解释，怕他汉语不好，还特意把自己的筷子展示给他看。

“我知道，但是筷子我用不好。我这样用筷子。”巴基斯坦同学慢吞吞地说，继续像使用镊子一样使用筷子。小桃无语地看了半晌，只好自顾自地涮肉去了。

最让她安慰的还是韩国女生，使筷子固然不在话下，而且看着饭馆电视里播放的 Rain 演唱会，和小桃一起花痴尖叫。

“Girls……”朱利安撇嘴看看她俩摇头。

和韩国女生有了共同语言，小桃竟然可以平静地看着朱利安和他的欧洲同学把要涮的西红柿蔬菜拼盘当沙拉生吃了。

到了 KTV，小桃这才深深感到了中韩差异。看着韩国女孩和她的本国男同学拿着麦克风载歌载舞唱跳自嗨，她才知道韩剧里的 KTV 桥段真不是表演，朝鲜族人民真的比汉族的音乐细胞强太多，每一个都是热舞歌星。不过到了从来不去 KTV 的朱利安那里，却怎么唱都走调，连平时拿着电吉他的自我陶醉都做不到。小桃在他身边笑得前仰后合。他还满脸不高兴：“我们可不是人人都把自己当歌星，总来这种地方的。”

小桃觉得朱利安来到中国，少了些悠游自在，多了些紧张肃穆。德国人典型的认真表情在他脸上越来越多，这让小桃觉得陌生。可她也能理解他，刚在自己家里出了天翻地覆的事情，又来到这样一个陌生的国度，怎么会不紧张呢？她却眼睁睁地一边在理智上理解着他，一边在感情上离他越来越远。她不想这样，却像在一条强劲的激流里逆水行舟的人，越是努力往前划，越是无奈地看到自己后退，心力交瘁。

她在他的抗议声里满不在乎地笑，可那笑也像是激流里的水，再一次拉大他们之间的距离。总的来说，他们在一起还是开心的，但是在这开心的地表深处，岩浆慢慢地在他们不知道的地方涌动着，等待着破穴而出的一天。

无论什么样的情侣，到了一定时间总要迎接这尴尬一刻的来临。对彼此的了解和熟悉，让他们产生了自己与对方融为一体的错觉，因而忘乎所以地忽略了“人作为孤独的个体将永远孤独”这一现实。他们将无所顾忌的喜怒施加于彼此，时常带来以为能用爱情抹平的伤害。有些情侣凭着执着和理解坚持过了这磨合的阶段，又有些凭着骄傲和自负在磨合之间半途而废。

小桃和朱利安都有各自的骄傲和自负，却坚持着自己的执着和理解，所以这磨合来得更加鲜血淋漓。

更何况，这磨合里还卷进了另一个人。或者说，另一个人让这磨合分外惨烈。

大家从 KTV 出来告别的时候，小桃高中同学孙淼打来电话说，她父母要出去旅游一个月，自己又在外地实习，家里的猫没人喂，问她有没有什么认识的朋友可以帮忙养一个月。她灵机一动，问她要是不嫌弃，能不能让她住一个月，顺便养猫。孙淼说没问题，让她明天就收拾收拾搬进来，钥匙就压在门口地毯下面。

这简直是天上掉馅饼啊！小桃满心欢喜，没想到事情就这么柳暗花明了。她连忙给大叔打电话说，可以把房子租给他了，大叔千恩万谢自然无话。小桃觉得自己每次起床都应该先看看黄历，昨天一定诸事不宜，今天一定大吉大利。

她把这个好消息告诉了朱利安，就急匆匆回家收拾东西。爸妈正好打来电话问她家里怎么样，让她别忘了浇花。她暗暗吐舌头，心想爸妈要是知道她把房子租出去了，还不得打断她的腿！她满口应着家里一切都好，听着堂弟两口子未婚先孕的八卦，让他们专心替叔叔张罗这双喜临门的婚事。

小桃一早迎进来喜气洋洋的一家三口，小清特别喜欢小桃房间里的大镜子。独当一面墙的自由切割设计，出自小桃自己之手。小桃看小清高兴的样子，特别欣慰自己这次做对了选择，不然小清模糊的泪眼就该扎根在她的脑海中无法拔去了。

她简单交代了水电煤气的注意事项，挥手告别了这一家三口，拖着行李离去。她按照孙淼说的地址辗转找到了国际大厦的楼下，怎么也没法理解她父母为什么住在这么西化的国际公寓里。

她从小都在名校，学校里不少学生家长非富即贵，其中也不乏低调奢华的。孙淼家和莫问家一样，都属于军队系统，她爸爸的官衔不低，所以住豪宅也是不意外，但是不该住军队大院里的豪宅吗？怎么会在CBD这么商业化的地方？

大院儿里孩子的世界好难懂，小桃摇摇头。北京孩子也分类，从地域上划分，“穷崇文、破宣武、贵西城、富东城”那都是老话了，小桃自己的总结是：崇文宣武出鸡贼，西城出文痞，东城出流氓，海淀出摇滚，朝阳出土大款；另外一种分类在出身，就是胡同儿的和大院儿的。

她从小在胡同里长大，不知道大院儿里的孩子是怎么看他们的，但是她作为第十四代北京胡同土著，是有点儿瞧不上大院里的外地移民的。毕竟他们的父母祖辈都是充满各路口音的外地人，是把自己的父母祖辈革命了批斗了之后才在帝都安身立命的。

而且她也看不惯大院儿里孩子从小就论资排辈的市侩，孩子的地位从小就根据父母的官职决定。大官的孩子谁也不敢惹，炊事员的孩子注定当碎催，远没有胡同里孩子们群雄逐鹿的自由自在。孙淼和莫问两家都不弱，或者说，上学时孙淼家更厉害，现在莫问家更厉害，而且两家交情不错。所以他们不但地位平起平坐，还有点狼狈为奸的意思。

这并不影响她对个人的看法，她就一向欣赏孙淼身上那种云淡风轻的三毛气质，八卦而不失主见，风骚而不失风度。

"真是苍天有眼啊！我这千载难逢地帮人又收利，居然还不小心住进了豪宅，孙淼真仗义！"小桃满意地自言自语。揭开门前的地垫，找到钥匙打开门。

一股新家具的气息扑面而来，虽然淡淡的，但是让整个房间有种崭新的感觉。跃层的大开间里，崭新的沙发，崭新的茶几，崭新的酒柜……一只灰色的虎斑猫趴在酒柜顶上警觉地偷看着小桃。

"啦啦，你就是啦啦吗？啾啾啾啾，过来过来。"小桃走到酒柜下，抬起手逗猫。猫高冷地蔑视着小桃，像是饱经风霜的长者在看一个不知天高地厚的天真逗比。

小桃只好放弃，奔向飘窗赞叹长安街的堵车壮景，又奔到楼上去看卧室，在舒服的羊毛踏脚毯上打滚。她掏出手机给孙淼发短信："这次多亏了你，真是赚到了。给猫当个铲屎官都有这么好的待遇，你回来我请你吃饭。"

半晌孙淼回了短信："呵呵，饭就不必请了，你不怪我就好。"

孙淼这丫头居然这么客气，果然是要入社会的实习生了。小桃不再多想，把自己的行李拆开一通整理，又找出猫粮喂了猫。啦啦在食物面前仍旧不放下架子，等小桃走远了才慢吞吞凑过来吃。

小桃放自己洗漱用品的时候，忍不住去研究那个四面八方全是喷头的浴室，可不小心摁错了按钮，水喷了一身。她忙了一天，浑身是汗，只好顺势洗个澡。这浴室虽然没有朱利安家那几十平方米的浴室规模大，也没有他家那样超豪华的多功能按摩浴缸，但是胜在崭新。浴缸也是不小，最新的多角度喷头和最新的电脑控制桑拿房，足够满足小桃东方风格的沐浴需求。

她美滋滋地洗完澡，正哼着小曲洗内裤，忽然听见外面传来开门声。天快黑了，还有谁会来孙森家？该不会是贼吧？知道他家没人，想要乘虚而入？

小桃已来不及换衣服，只好裹着浴巾抄起浴室的马桶塞，蹑手蹑脚乍着胆子往外摸去。房间里昏黑，她对地形又不熟悉，磕磕绊绊还划破了脚。她忍着疼朝那个黑影看去，隔着盆栽和家具看不清，只见到他在门口弯着腰，不知道在鬼鬼祟祟干什么。她想要藏起来，但是歹徒入室，躲也是躲不过的，总不能在自己替孙森看家的第一天就遭了贼，到时候连说都说不清了。她冷静确认了那人手里没有凶器，决定大喊一声抡起马桶塞没头没脑打过去，来个先下手为强。

那人的手机忽然响起来，“喂”的声音好耳熟。

“对，明天就可以开始谈了。直接把越高收购了，人员裁掉一半重新招人就行了。宋睿的去留不必管，她愿意接受咱们的条件就暂时留着，不愿意也由不得她。总之我们这次已经胜券在握了。”莫问冷静漠然的声音在阴暗的房间内回荡。

第十四章

和他，爱你

越高不是宋睿的公司名吗？他要把宋睿姐怎样？不是说对她公司没兴趣吗？这几天我去宋睿的公司，她好像还高高兴兴地和同事说起和莫问融资事情如何顺利。小桃还以为莫问只是还没正式拒绝宋睿，怎么忽然一下子要把人家公司收购了？小桃趴在书柜后面，想听个仔细，可忽然没了声音。她正伸着脖子寻动静，忽然头顶的灯一亮，莫问的俊脸高高在上地藐视着她："你在这儿干吗？"目光之高冷，比啦啦有过之而无不及。

小桃看看自己不能遮体的浴巾和手里拿着的马桶塞，尴尬起身站起来比划着说："我……我在做瑜伽……你来孙淼家又是干什么？"

莫问面无表情地把小桃拽到写字台前，指着上面的相片问："你说这是谁家？"

小桃趴在相片前仔细地看了又看，里面的莫问面带嘲讽地对着她笑。她觉得事情不对，却不敢相信："为什么孙淼家会摆着你的照片？她……暗恋你？"

莫问仰面叹了口气："智商捉急啊，你！"

小桃又环顾了一下这个毫无老年人痕迹的家居摆设，如梦初醒地叫："这是你家?！……孙淼这个骗子！大骗子！"她捶胸顿足的动作太大，浴巾险些掉下来。她连忙蜷住身体捂住胸口看向莫问，莫问也正目光直勾勾地看向她。小桃尖叫一声，莫问连忙把目光移开，可已来不及，小桃抡起马桶塞劈头盖脸打过去："看哪呢看哪呢！你这个骗人的臭流氓！"

莫问连忙招架，辩解说："没怎么见过的东西谁都会多看两眼的好不好？很明显是孙淼把我也骗了，她说她表弟来北京没地方住，在我这住两天……"他竭力撇清事实，可小桃已经一溜烟跑上了楼，只能说给空气听了。他像只遭遇牢笼的困兽般在屋内漫无目的地徘徊片刻，进洗手间小便的时候忽然瞥见了洗手池边一团可疑的白色物体。他好奇地展开来看，缓缓地，美妙地，小桃的白色内裤就展现在他的眼前。

看了没怎么见过的东西刚刚被打，转眼手里又拿了从来没拿过的东西！为什么我的洗手间里要出现这种东西并且我还要拿着?！莫问赌气地把内裤一扔，白色湿软的丝绸物逆来顺受"噗"的一声拍在地上，无害而无辜。

很明显，小桃也是被骗了，并且十分不情愿，所以这次的事情不怪小桃，也不怪我，只怪孙淼……

莫问叹一口气，把小桃的内裤捡起来，用抱歉的目光审视这湿漉漉、软绵绵却无法忽视其存在的物体，又深叹了一口气，把它洗干净挂好。

恐怕让自己没完没了无奈叹息的日子即将拉开序幕了，但是为什么自己却一点都不反感，却反而有些期待呢？

小桃在楼上手忙脚乱换衣服，同时重新想了一遍和孙淼在 QQ 上的对话。孙淼和莫问从小学到高中都是同班，一直替莫问这个黄金单身汉着急，而且跟小桃八卦了一阵她和莫问的"牵手实践"之后没提起过他。当她知道小桃"拿房子换银子"的不靠谱计划之后也只是打镲听笑话，却忽然有一天冒出一只需要人照料的猫和一个无人居住的空屋……难道这一切真是这个八卦教主一手制造出的全新八卦？

无论如何，自己的事是小，宋睿姐的事才大条。看来现在莫问真的打算把宋睿姐的公司连招呼都不打地吞并了，自己是不是该给宋睿姐提个醒？还是……

小桃换好衣服，稳定情绪深吸一口气，下了楼。莫问已躺在沙发里看电视，啦啦不知什么时候冒出来，趴在他身旁的沙发靠背上，面沉似水，双目微阖，好像正在感悟天道伦常的修道之人。莫问抬眼瞥向换好衣服的小桃，却看见小桃光着的脚上淡淡的擦痕。

“我是不会跟你这种冷血魔王住一起的，孙淼以为我是这么容易给她当八卦炮灰的吗？这次她死定了！亏我还从德国带了她最爱吃的三角巧克力，回去我就把它们吃光！一块不剩……绝不剩！”小桃把手指的关节弄得咔咔作响，用槽牙把脑海中那个坐等看好戏的孙淼咬碎。

莫问什么也没说，坐直身子望着她的脚。他后悔不该跟孙淼在QQ聊天的时候说起上次与小桃的不欢而散，孙淼问他是不是喜欢小桃的时候，也不该说“不知道”，而是应该断然否定。孙淼和他从小一起长大，太了解他的“不知道”里有多少“知道”，聪明如她，更明白如何将那“知道”变成现实。她什么都好，就是跟自己男朋友过上甜蜜幸福的生活之后就特别爱多管闲事，好像全世界的人都有义务跟她一样甜蜜幸福似的。

男女之间能保持如此纯洁的友谊关系，彼此必然存在择友标准的盲区。比如对莫问来说，孙淼的盲区就是不尽如人意的长相和官宦之家什么都想管的做派。对于孙淼来说，莫问反超自己家官阶的逆袭和他从来不受人掌控的霸道也是择友标准的盲区。

“孙淼自从有了男朋友之后智商简直为零了！居然以为我能和你这种魔王住一起，居然以为你这种魔王会花毫无意义的时间和钱来收留毫无意义的我！”小桃像只小号困兽一样在他面前徘徊，恍如十分钟之前的莫问。

女人真是麻烦。为什么对别人无意中说的一句话能记得那么清楚？我当时只是就事论事说越高的投资，怎么就被她上纲上线念叨至今了呢？莫问干咳了一下，将目光从她受伤的脚上移到她因为愠怒而红晕如霞的脸上："既然事已至此，我也不能把你赶走，再说……你当初收留了我，算是我欠你一个人情。既然你不肯收我的谢礼，我让你住一阵子，我们就两不相欠！省得我……省得我老挂念这件事！"

小桃翻个白眼，笑道："你一个杀公司不眨眼的兼并魔头，还会有挂念的事？……鬼才信你会被孙淼那个无脑的家伙骗……"

莫问的目光像是被烫了一下，从小桃仿佛可以洞悉一切的脸上移开，心猿意马地落在啦啦身上。啦啦已经恍如入定的老僧，闭着双目任凭二人折腾。他抚摸了几下啦啦的脊背，啦啦合作地打起呼噜，而莫问眼前却总是现出小桃受伤的脚。时间被挣扎和迟疑慢慢拉长，他终于叹了口气，取来药箱把喋喋不休的小桃按进沙发里。

莫问一点点仔细擦着药，小桃看着莫问纤长的睫毛低垂，和自己的距离近到有些令人窒息。她刚刚的坚忍不拔转眼融化成温暖而柔软的湖水，让她抓不起又放不下，不禁在自己晃动的情绪里微微挣扎了一下。

"别动。"莫问低头蹙眉说，"比啦啦还让人操心。"

小桃被他上的药微微刺痛，倒吸了一口凉气："还不是被你突然闯入给吓的……所以你对我的伤口负责也是应该的……"低头看自己的伤口是不是被莫问弄得更加惨烈疼痛。

"都怪我，我负责。"莫问不屑和她争辩这些鸡毛蒜皮的问题，爽快地认罪却让小桃心里的湖水晃动得更加厉害。朱利安在任何自己对的事情上从来都不肯有半分让步的，像莫问这样说一句难道不是更爷们儿吗？等等，我为什么要拿自己男朋友和这个魔王比？

"我一会儿收拾行李就走。"她斩钉截铁地说给莫问，也宣布给自己。

莫问抬头对小桃说："你现在走了，还有地方可去吗？"他抬头过于突然，和小桃低着头的脸咫尺相对。两个人都是一愣，看着彼此的眼睛，却谁都不愿移开。他们各自心中的慌乱随着自己不愿移开的视线疯狂飙升，直到各自心中的湖水晃动成脸红心跳的波涛。

电视里忽然有广告大叫："到我碗里来!""你才到碗里来!"他们各自一惊，连忙错开了目光。啦啦依旧沉着冷静地卧在沙发靠背上，此刻却已睁开双眼，目光穿过面前惊慌的两个人，洞悉一切似的看向无极的远方。

莫问娴熟地把创可贴撕开贴好，小桃看着他若无其事的样子，几乎有些怀疑刚才一瞬的情绪到底有没有发生，或者是不是只发生在她自己的心里，只好红着脸低头不语，假装真的什么也没发生，大脑却已一片空白，早就忘了自己刚才说过什么话。

"做饭吧，我饿了。"莫问把药箱收好，语气像是在说一件每天都在说的事。

什么？这是把我当保姆使唤吗？……好吧，反正还有宋睿姐的事情没解决，在跟莫问谈事情之前还是要把他喂饱比较好，不然他饿着肚子气急败坏，恐怕什么也答应不了。我先跟他把宋睿姐的事情谈妥再走也不迟："我先跟你说好，我跟你当初的情况可不一样，不是无家可归，所以我给你做完饭就回去。这顿饭就算是抵消我住你这里半天的租金了，不谢。"

莫问已悠闲地看电视。他换了个姿势，依旧盯着电视懒懒地说："你不用算得那么清楚。到了一个月我也不会留你，你踏踏实实回家收房租就好。"

靠，孙淼这个大嘴，不但把我给卖了，连我的情报也都买一送一免费给莫问了。小桃忍住气，心虚地微笑着什么也不说，打开冰箱想要做饭。冰箱里除了饮料什么也没有。

"你这空空如也的家境，让我怎么做饭啊？跟我下楼买菜去。"小桃把莫问拽起来。莫问叫道："我工作一天怪累的，你自己去买不完了？"

"你家里什么都没有，我买那么多自己提得动吗？有你这么个现成的牲口不用，我傻啊?”小桃把莫问拖向门口。

莫问身不由己地被小桃拖着，却也不十分抗拒，只是嘴上不饶人：“你不看报纸杂志，也不上网吗?人家都说我是金融新贵、融资金眼，你怎么能把我当牲口用?”

他挣扎无果，被小桃拖出门：“那是因为他们没看到你人面兽心的本质。”

“我收容无家可归可怜的你，还人面兽心?”莫问在楼下会员制超市里拿着一个红色彩椒端详，企图放进购物篮，却被小桃扔出去：“这个太贵了，不划算……你打算收容的只是孙淼的表弟，根本不是我……我现在都不知道跟朱利安该怎么交代呢!”

莫问听到朱利安的名字，面色一变，把彩椒又塞回购物车，愤愤地说：“我就要吃点辣的，又不用你结账!”然后扬长而去。

小桃看着他发无名火，觉得他可能是太饿了，对彩椒嘟囔说：“你是彩椒又不是辣椒……真是传说中的四体不勤五谷不分啊……”她无奈地看着莫问愤怒的背影，不敢再惹他。

莫问不顾小桃反对，买了几百块钱的两块澳洲和牛牛排，又买了一盒超大号芬兰北极虾。要不是小桃几乎跟他翻脸，他很可能把仅剩的十几只美洲生蚝全都包圆儿（包圆儿：北京方言，把东西全买了）了。

“这些够吃吗?”莫问看着小桃买的一大堆蔬菜，因为肉量不足有些惆怅。

“我回去给你煮一大锅土豆，撑不死你才怪。”小桃把购物袋交到他手上，“当心别把鸡蛋碰碎了。”

澳洲和牛果然肉质鲜嫩多汁，不用拍松，稍微一煎，调一调味就已美味无敌。她用西蓝花、芦笋和胡萝卜做了几道配菜，又用搅拌机加牛奶、盐和黑胡椒调了土豆泥当主食。看着莫问已打开一瓶红酒，她心中暗想：把他灌醉，再给宋睿姐说情，一定马到成功。

莫问果然对和牛赞不绝口：“你看，对自己的嘴就不能那么抠门。没有那么好的材料，你能做出这么好的菜来吗?”

小桃剥着她最爱吃的北极虾，不得不承认：“你不是天天都这么奢侈吧？这比我平时下饭馆还贵呢！来，感谢金融……金融什么来着？”小桃拿起酒杯，想在给宋睿说情之前先拍拍他的马屁，却想不起马屁词。

莫问举杯帮她拍自己：“金融新贵。”

“对对对，感谢金融新贵收留小女子！敬你一杯！”小桃吸取了上次灌莫问大酒自己先倒下的教训，自己抿了一口，看莫问也抿了一口，连忙说：“莫公子，您喝啊……喝酒啊！”

莫问瞪着她说：“你怎么忽然变一副鹌鹑样了？我怎么这么不习惯啊？”

小桃嘻嘻笑着又跟他碰杯：“我这不是刚刚良心发现……不对，是如梦初醒吗？要不是您救我于水火，我现在可能已经流落街头了！”小桃水汪汪的大眼睛看着莫问。看得莫问脸上有些发烧，嗓子有些干，只得喝了一大口酒，不自在地笑了笑说：“知道就好。”

小桃见自己计谋得逞，顺势乘胜追击，接二连三地跟他干杯。莫问喝得兴起，说喝了配牛排的红酒，就该喝配大虾的白酒了。两个人开了一瓶白葡萄酒继续喝。小桃虽说尽量少喝，但是酒量在那摆着，已经几欲上限。眼看莫问已喝得眼睛有些发直，小桃在喝晕之前不忘责任，跟莫问碰了个杯说：“来，敬……敬你，敬那个……赌场金眼。”

莫问更正她：“你……嘿嘿……你喝多了，是……是融资金眼。”

小桃摆手笑：“唉，融资跟赌博有多大区别啊？反正都是把钱扔进去，能不能赚更多靠运气。”

莫问转着酒杯若有所思：“你这么说，也不是没道理。”

小桃催促：“我都喝了，你怎么不喝啊！来来来……干了！”小桃喝了半杯。莫问“咕咚咚”一杯见底，斜睨着小桃问：“我干了，你怎么不干啊？”

小桃连忙说：“我没你酒量大，你得让着我……我问你，你非得把宋睿姐的公司收购了不成吗？你让她和公司里的人怎么办？我和他们虽然接触不多，但他们都是好人，表面上可能有点……哦……浮夸，但是工作都尽职尽责，对人也很诚恳的！”

一丝似有若无的笑意飘过莫问的嘴角，又消失在夜里。他给小桃又满上酒说：“你不要总是那么感情用事。你看人，只是在表面上。她们是不是真的诚恳待人，你怎么知道？我的工作你不懂。”

小桃忍不住喝了一口酒，急急说：“我是不懂。你本来说她公司的项目不能长久，拒绝投资，这也就算了。可怎么忽然又要收购她的公司呢？”

每当小桃的酒喝光，莫问就默默给她满上。他边斟酒边说：“她的项目不是不好，是在她手里不好。凭她的客户资源和员工结构，我可以轻易达到她现在经营的十倍利润。你说这个买卖不该做吗？”

千万级的资产运作被莫问边倒酒边轻描淡写地说着，像是在说第二天的早饭，却笃定而不容置疑。小桃想了半天，居然想不出说服他的理由，只好从别的角度突击：“就算你要收购她的公司，你也不能辞掉一半的员工啊！在你眼里公司可能就是赚钱的工具，可公司却是由活生生的人组成的，所以公司是有灵魂的呀！他们每个人都是有家人的，你让他们忽然一下子失业怎么办？何况宋睿姐待人那么好，她怎么能一下子接受自己一夜之间在自己的公司变成一个打工的？”小桃一下子说了那么多话，口干舌燥，忍不住喝了一大口酒。喝完她才想起来灌莫问的计谋，只好催促：“你怎么不喝啊？”

莫问应声慢吞吞喝了口酒：“我早跟你说过，我看的是公司，不是人。这些杀伐决断的事情你这种妇人之仁是没意义的。”他边说边给小桃默默斟酒。

小桃再次不知道该怎么反驳，喝了口酒，想了半天，发现自己脑子好像不太好用了，只好说：“总之你这样不近人情真的好吗？你如果待这个公司的员工好点儿，他们会感激你，会更加努力工作的！你想想，若是换成你爸爸或者兄弟被这样活生生地裁掉失业了，你不……”

小桃还没说完，莫问已笑着轻轻吐出三个字：“不可能。”

是啊，他爸爸位高权重，怎么可能失业？他又是独生子，哪来什么兄弟？他身处孤高之境，怎么可能对平凡的人有半分怜悯之情？

小桃觉得自己好失败，连替宋睿姐说个情都做不到。尽管被帮助的一方还一无所知，自己却仍然因为无能为力而沮丧。就像自己给自己设了一个目标却怎么也没有力气到达。她的沮丧来自这无法达成的目标，更来自无法达成目标的自己。

她喝完杯中最后的酒，颠三倒四地说："我只是想，我的爸妈都是像那些员工一样的普通工薪阶层，他们若是失业了，我别说出国念书，恐怕早就打工赚钱去了。我想回国做交换学生，一方面是因为学分好赚，另一方面也是为了给他们省钱。我为了能再出国，想多攒点钱，宋睿姐二话不说就帮了我。她那么仗义，我在这唯一能帮她的地方都帮不上……还有公司的人都跟我玩得那么好……我怎么忍心……大虾哥的孩子就要出生了……笔笔的妈妈一直住院……马蜂的车刚付了首付……"

她絮絮叨叨的声音越来越小，越说越伤心，趴在桌子上"嘤嘤"地哭了起来。

莫问放下酒杯，刚才还泛着朦胧酒意的双眼刻着冷傲的清醒，他抱臂审视趴在桌子上的小桃，半晌低声问："宋睿给了你多少好处让你来说情？"

小桃抬起泪眼模糊的脸，哭着说："呜呜呜……她还不知道……"

小桃沉沉醒来，居然一点也不觉得头疼，浑身只有沉睡之后的清爽，想来酒的质量确实不错。莫问……他真应该改叫魔王，我那么苦口婆心地劝他放过宋睿，他居然不为所动。对了，他电话里说今天要行动，那他现在是不是已经出发了？

小桃想到这里，才把自己的意识从睡梦里唤醒。她猛地睁开眼，想要看看莫问走没走，却发现莫问的脸就在自己面前，睫毛紧闭，静静沉睡。她惊得忘记了呼吸，这才发现自己在莫问的床上。她连忙检查自己的衣服，万幸的是自己昨天穿的那身衣服没有脱。

莫问被小桃的动静弄醒，缓缓睁开眼，静静看她上下检查自己。她使劲儿地回忆昨晚发生的事情，然后沮丧地看向莫问，发现他正看着自己，惊声一叫。

小桃边惊叫边推了莫问一把。莫问纹丝未动，丝滑的床单却让她滑向床下。

完了完了，不省人事地跟他睡一张床就够糗的了，居然还从床上掉下来！小桃闭着眼抱紧被子，全心全意等待扑街那一刻，却感觉腰被搂在了半空。

她睁开眼，莫问的脸再次近在咫尺。他用一只手把小桃拦在床边，身子半裸，下半身有没有穿衣服不得而知。小桃被他吓得再次惊叫，挣扎之下莫问松了手，她抱着被子掉到雪白的羊皮地毯上。

小桃从地上跳起来，见莫问已站在床边，下半身穿着睡裤。这让她放心地怒喝："你干吗睡在我床上？"

莫问扯过棉T恤穿上："拜托，这是我的床。我睡在自己床上有什么问题吗？"

小桃只好说："那你干吗让我……让我跟你一起睡？"

莫问扯了下唇角："我本来让你睡沙发，可你不干啊！"

小桃追忆不着自己昨晚断片的内容，只好吞吞吐吐问："我昨晚……又光着膀子跳舞了？"

莫问轻笑一下："没有。"

她仍旧不放心地追问："那我……又吐了？"

莫问望着她，眼中仍旧是那种神秘的笑意："没有。"

笑得这么淫荡，肯定昨晚没干好事，可自己和他到底干了什么，自己又完全想不起来。小桃赌气转身进入洗手间。她看着镜子里自己宿醉的凌乱样子，沮丧地洗脸，忽然昨晚的某个片段袭进她的脑海。

那个片段里，莫问在床上牵着半醉半醒的小桃的手，一字字低语："真希望我能离你这个意外远一点。"那温柔又无奈的目光，忽远忽近，似真似幻，让小桃捉摸不透。因为捉摸不透，所以心慌意乱。

她忐忑地从洗手间出来，莫问已穿好西装，一副准备出发的样子，清朗淡定一如往日，让小桃恍然觉得自己昨晚的记忆或许只是梦境。

看来他这是打算去灭掉宋睿的公司了。小桃赶忙去换了衣服，公寓管家已经把房间收拾干净，昨晚饭桌的狼藉已换成了一桌清新的早饭。她心烦意乱地边吃早饭边默默地看着莫问喝咖啡看报纸，好像昨晚的话题再也捡不起来了。

莫问旁若无人地吃完早饭，拿了手机钱包钥匙往外走。小桃也赶紧拿东西换鞋跟出去。

“你干吗？”莫问停步回头问她。

小桃追得太紧，不小心撞在莫问身上，好像撞上一堵墙，站不稳要摔倒。

莫问把摇摇欲坠的小桃扶好，叹口气：“拜托，你能不能不要整天弄那么多意外出来？有病就吃药。”

“真希望我能离你这个意外远一点。”莫问昨晚在枕边的低语再次袭进小桃脑海，让她心慌意乱。她挣脱那些触不到的虚幻，不服气地叫：“都是被你气病的！要不是因为你，哪来那么多意外？你不孝啊！”

莫问不再说话，走进地下停车场，一辆黑色宾利商务车已停在门口等他。小桃见他进了车，迟疑着该怎么继续跟踪他。

莫问摇开车窗：“你不是要去宋睿公司吗？上车啊！”

他怎么知道我要跟着他去宋睿公司的？小桃欲盖弥彰地说：“我……我去公司有项目要接……可她们万一看见我坐你车，不太方便吧……我还是打车吧……”

莫问叹口气，对司机使个眼色，司机马上下车打开车门：“夏小姐，请。”

小桃实在不习惯那么大个人站在那里等着伺候她，连忙上了车：“你就把我放在她们公司附近就可以，你该干吗干吗去。”

莫问“嗯”了一声，不再理她，一直把车开到宋睿公司停下。小桃连忙下了车。车门刚关，车就缓缓开动了。小桃追着车问：“你不去公司吗？今天你不是要收购她的公司吗？”

莫问摇下车窗对小桃矜持地微笑：“收购这种小事用不着我亲自出面。我还有别的事，晚上见。”

啊？那我跟他半天有什么用？完全是蹭坐免费的出租车而已啊！怎么好像又被莫问耍了？

小桃本来今天也没什么项目要接，完全是想来看看莫问到底要把宋睿的公司怎么样的。可莫问根本不出面，莫问公司手下的人她也不认识，更加无计可施。她心事重重地进入宋睿公司，见所有人还都一无所知地欢乐着，不知道转眼就要面临失业危机，她的心里像被拧紧的乱麻，连嘴角都沉重得扯不出笑容。

“宋睿姐呢？”小桃问创意总监大虾哥。

“她一早就出去开会还没回来。”大虾哥在电脑前面折着纸玩具，还跟同事聊着昨晚刚看完的大片。

原来并购的项目不是在宋睿的公司签约。这一屋子大大小小都跟孩子似的简单，真不知道宋睿开完那个并购的会议回来会怎么样。

小桃坐在那里忐忑地等了半晌，大家都呼朋引伴地约着出去吃午饭了，并没有人主动过来招呼她。

一个临时过来帮忙的自由撰稿人，就像一只闯进家猫群里的野猫，家猫们因为野猫注定留不长，而懒得花精力经营人际关系。她毕竟是个不熟络也没有多少时间变熟络的过客。

她本来也没有胃口，所以落得不必敷衍的清净。直到公司的人走得差不多了，她的手机忽然响起来。

是朱利安打来的电话，问她在朋友家住得可好。她知道朱利安最讨厌自己有事不说，特别是关于莫问的事，可是她不敢在电话里简单明了地告诉他自己住在莫问家，只好跟他约了晚饭，打算到时候再慢慢和他说清楚。

“那正好，我那个法国同学给我推荐了一家法国餐厅，听说不错。我们可以晚上去试试。”电话那边朱利安的声音万里无云，仿佛心情不错。

小桃应声挂掉了电话，长叹一口气。为什么所有人都在无知地快乐着，自己却因为知道了各种阴谋而不知所措？到底是自己出了问题，还是这个世界出了问题？

不对，问题全在莫问身上。要不是因为他，她身边哪来那么多阴谋？再加上昨晚他枕边没因没果的那句突兀的话，连是梦是真都不得而知，更给小桃外加了一桩心事。

“他昨晚的话，到底是嫌弃我这个意外，还是想离我远点呢？但是他说话的样子又不像是那么嫌弃，那么想离我远点……”小桃百思不得其解地自言自语，忽然耳边一个萌妹子的声音问：“谁想离你这个香饽饽远点啊？”

小桃恍然定睛，才发现一身日式小清新裙装的笔笔已经出现在自己眼前，正趴在她耳边八卦着下文。

人一旦聚集成群，必现异类。笔笔就是公司里懒得跟小桃变亲近的那群同事里的异类，仿佛一股清流，自然而然环绕在小桃周围，让小桃无法敷衍。

她心中一惊，假装若无其事岔开话题：“你刚到公司？你妈的病怎么样了？”

笔笔把额前的齐刘海一口气吹开，又看着它们一丝丝落下来说：“还能怎么样？就那么拖着呗。坏不了也治不好。”她捋了捋乱蓬蓬的长发，贴在小桃耳边说：“不提那些烦心事。说说你，什么情况？”

女孩之间可以变得亲近的里程碑，就是分享自己感情的那些事。小桃和笔笔她们加班的时候经常闲聊些自己的事情，她知道笔笔的男朋友是另一个公司的设计师，经常吵架。他们一吵架，笔笔就和小桃念叨分手，小桃却从来没见他们真的分过。

总是笔笔说的时候多，小桃听的时候多，她从未主动提起过自己的感情，或许她天生就是个无法和人很快亲近起来的人。

但是这次好像是躲不过去了，小桃支支吾吾半天，被笔笔追问得没办法，只好字斟句酌地问："是这样……我有个朋友……女的……她有男朋友，但是之前认识一个高中同学，很久之前就有点暧昧，但是最近又忽然出现，总是跟她纠缠不清似的，他又不说清楚什么意思，你说她该怎么办？"

笔笔拿起办公桌上的粉色毛绒笔，在A4纸上乱画："他俩哪个帅？"

小桃冥思苦想："嗯……都挺帅的……不一样的帅……"

笔笔敏锐的目光盯视小桃："你都见过？"

小桃连忙摆手："没……没……没见过……我只见过她男朋友，是个……额……有点英伦范儿的阳光男孩。"

笔笔扔掉画乱的纸，又拿出一张，几笔勾出一个唯美漫画的阳光王子："这样的？"

"额……差不多吧……这里……嘴角再翘一点，眼睛再大点……嗯……头发染成浅色……差不多……另一个呢……是高冷的霸道总裁。"

笔笔在阳光王子右边又画了一个黑西服的阴郁美男："这样的？"

"对……哦……应该对……眼睛再长一点，眉毛再长点……眉头皱起来……嘴角总带着捉摸不定的笑……"小桃答。

"阳光男孩搞风搞雨善解人意浪漫得一塌糊涂？"笔笔说一句，就在左边的男孩旁边画一颗星星。

"……也不完全是……不过差不多……最重要的是……"小桃看着朱利安旁边的三颗星发呆："他让我……额……让她……总是充满幻想，感觉可以置身童话世界。"

笔笔"啪"地放下笔："幻想能当饭吃啊？总要醒来的啊，姐姐！"

小桃想想也对，自从朱利安来到中国，他自带的王子光环好像消失了，那些童话故事也不再冒出来了。不知道是因为环境还是因为审美疲劳？

笔笔又拿起笔："霸道总裁呢？他是什么样的？"

小桃想了想，恶狠狠地说："从来都不商量就自己做决定，从来都不考虑别人的感受，从来都自我感觉良好傲娇得没朋友！"

笔笔无奈地摇摇头："这也不算优点啊！就没什么优点？"

小桃想了半天："嗯……冷静果断？霸气侧漏？"

笔笔在右边男孩旁边画了两颗星："就没别的了？对你……哦，对她怎么样？"

小桃摸着下巴犹犹豫豫："虽然老是独断专行吧，但是对她还是没做什么坏事……"

笔笔盯着小桃的脸研究："只是没做什么坏事，连好都算不上？"

小桃想起昨天莫问给她贴创可贴的认真样子，还有买牛排时纵容的笑，红着脸说："这么一说，好像也还不错……"

笔笔咬着嘴唇又给莫问添上半颗星："好……又不是那么好……那么答案出来了。"笔笔神秘微笑。

小桃紧张地拉着她问："什么答案？"

笔笔在朱利安旁边又画了一颗星："你看，她男朋友现在本身关系稳定，就自带一颗星了，是四颗星。可是那边这位挖空心思想也不过两星半。"她拿出另外一支红笔在莫问旁边另外画出两个半红星："所以——那你知道这红的部分是什么吗？"

小桃懵圈着抬脸问："是什么？"

笔笔把笔投进不远处的笔筒里："是爱情啊，朋友！右边这位那么不如意还让她挂念成这样，那只能说明她爱上他啦！"

小桃看着画上的两颗半红星目瞪口呆，大脑一片空白。夏小桃爱莫问？这让她的高中同学父老乡亲听到不得笑掉大牙？

笔笔拍拍她肩膀，在她耳边低声说："我吃饭去了，自求多福啊！"又叹了一声说，"唉，要是有这么一位黑马杀进我的世界，我早把我那倒霉汉子踢一边去了！"

小桃呆了半晌，才想起反驳："这和我有毛线关系?！都说了是我朋友！朋友！"笔笔已经走得远了，无动于衷的背影里不知道是不是听见了她的话。

她看着 A4 纸上的两个帅哥，一个明媚地对她笑，一个阴郁地对她笑，笑得她更加心烦意乱："这个臭笔笔，到底是画师还是神婆啊？尽说些不靠谱的！一定是被她耍了！"

她想要把纸揉成一坨丢掉，却又舍不得，只好把揉皱的纸夹进文件夹。办公室里依旧冷冷清清的寂静着，或许宋睿去吃饭了？又或许她去开别的会了？是福不是祸，这么等下去说不定还会等出什么幺蛾子，一会儿笔笔回来对画里面的两个人刨根问底自己更是吃不消。小桃只好收拾东西下楼去赴朱利安的约会。

她带着朱利安走了走北京胡同，给他讲起自己小时候住的院子，如何忘带钥匙爬房顶翻进家，如何在房顶看着猫驱赶鸽子，又如何和胡同的男孩逮蛐蛐打扑克。她讲得眉飞色舞，朱利安只是微笑不语，像是听一个天方夜谭的故事。

"小孩子就该在农村长大，我小时候在我家门前的树上造树屋，梦想住在那里一辈子。"朱利安插着牛仔裤兜，站在行人红灯下，看各色行人熟视无睹地横穿马路，挂着吃惊的笑。

"我也觉得小孩就该无拘无束地在田里跑，可中国的教育水平差异太大，城里小孩可没办法在农村上小学。"小桃和朱利安站在行人红灯下，看四下无车，拽着他敏捷走过马路。

她刚回国之初，经常不习惯天朝这么彪悍的民风，总是等行人红绿灯，为身后的人开门，开车时不随便串道并线，在餐厅安静地举手招呼服务员而不是大声吼，渐渐的，她对这些事进行了适度的调整，因为在某些具体环境下，根本不适合百分百实现。好在朱利安是个不认死理的德国人，他也觉得在无车的街道等行人绿灯挺傻的，虽然许多德国人都是这么干。

朱利安把小桃带到雍和宫附近的一家小小的法国餐厅。法国老板殷勤地接待他们，朱利安娴熟地点菜。小桃这才发现，外国人在北京有着本地人不为所知的自己的北京地图，餐厅、超市、景点……都按他们共同的趣味和审美围成了一个相对封闭的城池，他们出不来，别人也进不去。

小桃拉起他的手，看着他在微光下由棕变绿的闪闪双眸，他的面容依旧是那么令人心醉，他的味道依旧是那么迷人。在这个雍和宫边上的小小的法国餐厅，小桃又找回了往日的朱利安。她和他看着彼此的眼睛低声细语，朱利安还乘兴开了瓶红酒。他一向是啤酒控，她很少见他喝红酒。

像马丁·布莱斯（马丁·布莱斯：美国导演，代表作《第六感生死缘》、《闻香识女人》）电影里的那些绅士似的，他娴熟地转杯品尝着服务员送上来的红酒："黑皮诺（黑皮诺：Pinot noir。产于法国勃艮第的葡萄种类。稚嫩时带着新鲜草莓、黑樱桃的香气，成熟后展现出复杂的蘑菇、动物的皮毛味道。代指用此类葡萄酿成的红酒）有点淡淡的杏仁味，你应该会喜欢。"他礼貌地拒绝了服务员倒酒，自己游刃有余地捏着瓶底亲自为小桃斟上，又在末尾轻捷地转动瓶身，把瓶子竖在一边的酒架上。

小桃问："为什么要在快倒完酒的时候转瓶子？"

朱利安无声地喝了一口汤说："因为这样酒才不容易滴出来。"

平时再怎么满不在乎地胡乱活着，细节里到底流露出贵族的气息。一个胡乱活着的贵族，这让朱利安看起来很迷人。小桃被这包含冲突感的男人深深打动。她总是爱被一些细节打动，并且难以自拔，如同她容易被细节摧毁一样。

"黄油有点硬，不是很好抹。"小桃对朱利安撒娇说，"你帮我抹。"

朱利安把吃完的菜盘子放在服务员方便取的位置，又把刀叉整理好放在盘子一侧："你又不是没手。"

本想起起腻，却被撅一边去，怎么就这么不在一个频道呢？小桃低声抗议："你抹多少年我抹多少年？你不是熟练嘛！"

朱利安淡淡说："我又不是你的奴隶。"

就这么互相你来我往的不是才有情趣吗？怎么就升华到自己奴役他了？小桃把面包扔回篮子里赌气不吃，朱利安却仿佛没看见，只是低眉切着他的菲力牛排。

“你的牛排好吃吗？我尝尝。”小桃切了一块自己的眼肉牛排递到他嘴边。

朱利安蹙眉犹豫了一秒，张嘴吃了：“我可不习惯从别人盘子里偷东西吃。”

小桃心里像有块石头堵着，又无从发泄：“这叫分享。”

朱利安无奈地切了一块自己的牛排送到小桃盘子里：“这又不是中国菜，我们只习惯吃自己那份。”

小桃如愿品尝到了小小的胜利，不再理会他的叽歪，喝着红酒岔开话题。

只要不落实到生活习惯和原则，他俩的交谈还是蛮和谐的。小桃努力忽视那些不和谐的因素，和他边喝边聊。一瓶红酒渐渐见了底，两个人都有些微醺。

“你说我不应该有事瞒着你，所以我得跟你报备一件事。”小桃字斟句酌地说。

“什么事？”朱利安审慎地摇着红酒杯问。

“我被我同学孙淼骗了，她说要我住她家，结果我搬过去才发现是莫问家。”

朱利安停了刀叉盯着小桃：“就是那天和咱们一起吃北京菜的傲慢家伙？”

小桃小心翼翼地观察着朱利安的表情，嗫嚅着“嗯”了一声。

朱利安若无其事地继续切牛排，不抬眼地说：“你这些朋友都在骗你，你根本不应该跟他们做朋友。”

唉，又触到德国人关于“诚实”的大忌了。

对于谎言，小桃本身也是排斥的。她本身不太具备说谎的素质，万不得已要说的时候，心底会马上生出自我厌弃的情绪，所以她总是尽可能地说出自己可以面对的现实，或者把现实消化成自己和对方都可以面对的样子说出来。

以她的英语水平和两个人的文化分歧，想解释这一切当然相当麻烦，小桃无法确定谎言和麻烦这把双刃剑哪边更让她无法接受。但是可以确定的是：有谎言就姑且没了麻烦，没谎言麻烦就随之而来。

所以她只好说："我也不想住在那里。但是现在房子已经租出去，我也没地方可住，只能将就一个月了。"

她把"住在莫问那里"的现实消化成自己和朱利安愿意接受的样子，避免了诸多麻烦。至于是否真的"不想"，她已不愿深究。

"你可以为了钱放弃原则？"朱利安盯着红酒杯，缓缓地将里面的酒摇动着。他的脸色因为小桃说的"不想"有些缓和了，但这并不影响他德国逻辑战车的驱动。

"你别那么严肃。我承认我起初是为了钱才出租的房子，但是那家人确实很需要我那个地方中转一个月。而且我都跟孙淼发长篇短信抗议了，说我不喜欢她这么搞。但是她不但不回短信，连电话都关机了，现在不是没办法嘛！"小桃努力心平气和地解释，竭力把责任推向一个朱利安看不见也摸不着的人，并且自己也乐意相信全是孙淼的错。

"你就是总把事情搅在一起，就不能单纯点？"朱利安冷静得像一把刀，却不去看小桃的眼睛。

"你能不能别老这么批判地看事情啊？"小桃在和朱利安争辩问题的时候总感觉很无力，仿佛他总在剥出她企图浑水摸鱼的中间地带。他仿佛一个目光犀利的渔夫，在她竭力搅浑的水里闪电般抓住她那些在逃的大鱼，那些鱼扭动身体奋力挣扎却难以逃脱他的铁腕，一条条被无情揪出暴露在光天化日之下。

"现在是你的问题，你用不着评判我。"

"我没评判你，这不是跟你商量呢吗？"

"你的事情自己做决定，用不着跟我商量。"朱利安嘴上这么说，却明显是在生气。

"你不是之前也说要搬出来租房子和我住吗？不然我们现在找找，我尽快搬出去。"小桃本想让朱利安主动提出这个建议，但是话题在走向哲学性的虚无。她实在按捺不住，只好自己先把这事说出来。

“你故意搬去他家，就是为了逼我租房子吗?”朱利安可能是有些醉了，音量稍微有些大，“我最讨厌别人跟我谈条件。”夜色渐渐染上来，他们借着幽暗的灯光和烛光才能看清彼此的脸。那是一个不近人情的德国男人和一个胡搅蛮缠的中国女人。

“我都说了，我是被骗的不是故意的，你听不明白吗?”小桃喝光了杯里最后的酒，音量也提了上来。仿佛只有这样才能在争论里用气势压倒对方：“什么叫谈条件? 我跟你是生意关系吗?”

“我现在不想租房子了。”朱利安的酒杯已空，他又抬手要了两瓶啤酒。

“你什么意思? 你不想和我住是吗?”小桃觉得心里的石头已碎成渣渣，堵在每条血管里。她觉得自己被嫌弃了，还是被自己的爱人。这是一种她所从未经历过的侮辱，她从来都是那个拒绝的人。她可以对有女朋友却要为了她跟人家分手的画家断然说：“你就是一个傻逼。”可以把自以为尊重她却认为所有内地女人都是鸡的香港商人在繁华的大街上绊个狗吃屎；而此刻她不但低三下四地提出了要求，而且被断然拒绝。他凭什么?!

“我觉得以我们现在的关系，不适合住在一起。你之前已经答应不再和他来往了，现在却和他住在一起。你这种没有信用的人，还想让我和你住在一起?”朱利安每句话都说得那么冷静，那么无懈可击，这让小桃更加恼怒。哪怕他直接说“我讨厌你和他住在一起。”都比现在如此羞辱她的感情、攻击她的人格要让她容易接受。

小桃愤怒地灌了半瓶啤酒，胸中积蓄的郁气通过音量来爆发：“我告诉你，我也没求着你跟我住。我现在有地方住，并且别无选择只能住在那里，这一部分是因为你。你给我记住了!”

朱利安冷笑：“因为我? 你总会把责任推到别人身上。”

小桃更加愤怒了，因为她知道他说得没错。这件事根本和朱利安没关系，可是她无法接受他这种通过攻击她来发泄愤怒的方式，并且完全把两个人的感情撇在一边，像个哲学家一样抽丝剥茧地分析她。她只好徒劳地叫："你是我男朋友，你不管我，我还能有什么别的选择？"

朱利安冷着脸边喝啤酒边听小桃抱怨，半晌低吼："我看你需要的不是男朋友，而是一个奴隶，替你干这干那的奴隶。你让那个吃猪肝的家伙去当这个奴隶吧！"

"对不起，你们说话的音量影响了别的客人。请你们出去。"本来如春天般温暖的法国老板此刻站在他们的桌边，冷若冰霜的面容如秋风扫落叶，深深的皱纹好像农田里龟裂的沟壑。

然后朱利安和小桃这对借酒撒疯的冤侣就像落叶一样被扫出了法国餐厅，和着纷飞的槐树叶，站在汽车自行车和行人凌乱一团的大街边，像一对斗败的公鸡。为了在这场没有结果的争论里占上风，他们两败俱伤。

"看吧，因为你，吃顿饭都要被赶出来。"朱利安冷冷地看着灯火弥漫的凌乱街市，不依不饶。

小桃终于可以无所顾忌地嚷："怎么又是因为我了？你没嚷嚷吗？那个老板可是在你跟我吼完之后才轰咱们走的！"她一边高兴自己成功回击了朱利安，一边因为自己的英语水平居然可以达到吵架吵赢的地步而沾沾自喜。

果然，朱利安不再说什么，拦了一辆出租车："跟我上车。我不想我们分开的时候是这个情绪。"

小桃知道他要带自己回自己宿舍，她也不想两个人这么无谓地吵下去。既然朱利安肯妥协，她也不想揪着不放。

重新坐回朱利安的身边，她忽然觉得精疲力竭。可能是因为刚才吵架太过投入，肾上腺素飙升，现在稍微冷静一下，重重的疲惫感随着肾上腺素的撤退袭来。朱利安像是一个滚烫的磁场，让她忍不住倒进他的怀抱里，抱住那真实发热并且属于自己的身体，什么也不打算再想。朱利安顺理成章地接受了小桃，将她揽在怀里，轻轻抚摸她的头发，像是抚摸一只刚才闹脾气的猫。

浓烈到融化一切的爱情袭来，小桃在心中给了自己一个大写的

"贱"字。上赶着要跟朱利安同居还屡屡被拒，被骂得狗血淋头此刻却还在投怀送抱，人生得此一个"贱"字，足矣。她承认了自己贱，不代表自己不再纠结。跟着朱利安回到宿舍，他们都像是不敢触碰新划破的伤口似的，谁也不再提起那件事，可那件事就像是薄冰下深深的裂痕，让表面的淡然变得如此不真实。

"对不起，我今天心情不好，可能说话有点过分了。"朱利安在幽暗的房间里低语，这里充满他和她的荷尔蒙味道。她枕在他的胳膊上，在狂乱的碰撞之后终于可以心平气和地说话。

不知道从何时起，他们总是靠做爱来抹平分歧，仿佛只有在床上完成了彼此征服和被征服的战争，才能让无法传递到对方心中的爱情狂澜得以发泄。

"我昨天终于接了玛利亚的电话，她还是不肯告诉我的亲生父亲是谁，所以我们又大吵了一架。"

黑暗中，小桃看不清他的脸，但是可以从声音里听到疼痛。她将手臂绕过他的脖子，轻抚他耳后柔软的头发，像是安抚一只受伤害的小动物。

她总是觉得他是一只单纯的小动物，温顺的时候可爱得融化人心，凶猛起来却又让人无法抵御。

"麦克或许没有生你，但他才是陪你从小长大的父亲。难道你要凭一张纸来否认这一切吗?"

"我没有否认麦克，我只是不能原谅欺骗，更不能原谅她不肯对我坦白。"

"或许她只是怕改变现在拥有的一切，又或许她有难言之隐。"

"难言之隐？她有得太多了。"黑暗中的朱利安从鼻子里笑了一声，"她通过自己的瑞士银行，联手意大利的黑手党，买通德国政府支持汽车产业的发展，削弱德国的铁路建设。她根本不想想这浅薄而肮脏的勾当会带来多少污染的空气和拥堵的交通。她和她那个沾满污秽的瑞士银行，我恨不得这辈子再也没有关联。"

生于金钱又厌恶金钱的朱利安，小桃从某种角度是可以理解的。相较于老牌的资本主义机器，中国的商人可能还处于上古洪荒的乐园。她无法对玛利亚的行为通过自己的经验做出任何建设性的评判，因而也无从安慰朱利安。每个人都带着只有自己才能背负的忧伤和原罪，谁也无法成为谁的救赎。

从朱利安的留学生宿舍出来已经接近子夜，她轻声打开莫问的公寓门，门内已昏暗无光。

他是睡了？还是不在家？小桃蹑手蹑脚地摸玄关灯的开关时，客厅的落地灯忽然亮了，一个黑影阴沉沉坐在沙发上，沙发背上还有一个胖墩墩竖着耳朵的猫剪影。

小桃最怕鬼。这弥漫着森森鬼气的一幕差点没把她吓晕，浑身哆嗦地定睛去看，果然是莫问："人吓人会吓死人的啊！"

莫问阴沉着脸不声不响地从沙发上走到她身边，径直经过她走上楼。

小桃忙追问："你今天真把宋睿姐的公司收购成功了？"

莫问忽然转过身走回来，把小桃逼到墙角，按着她身侧的墙一字一句说："你给我记住，住在我这里就要守我的规矩。以后回家时间不能超过晚上六点，不吃晚饭要及时告知。"

她在莫问近在咫尺的逼视下心中又不争气地乱跳，她努力提起嗓门抗议："我爸妈都没管我这么严！六点还算是下午吧?!"

"在我这儿我就是你爸妈！下不为例，但是要罚你明天做晚饭。"莫问越说离小桃越近，她被逼得缩在莫问的臂弯下，想了想，眨着无辜的大眼睛问："你这么生气，不会是等我吃晚饭了吧？"

莫问夸张地笑："我等你吃晚饭？做梦吧！我今天晚上吃了……不知道吃得有多饱！"他转身上了楼，在拐角的尽头撇下一句，"宋睿的公司已经归我了。以后你上班不要让别人知道认识我。"

"哦。"小桃没精打采地应了，心情跌入低谷。终究没保住宋睿姐的公司，明天去公司，不知道要面对的是一副怎样的愁云惨雾。

莫问的声音又从楼上传来："从今天起你睡沙发。"

楼下没了声音，也不知道小桃听到没有。莫问躺在床上，并没有得到预期的快感，反而因为她被欺负心情更加糟烂。

他今天推掉了几个应酬，特意提前下班买了些小桃爱吃的海鲜，指望和她一起吃晚饭。他边看纳斯达克刚刚开市的大盘边打游戏，又挂心着小桃什么时候回来。他第一次发现自己一个人的家有些冷清，那种期待一个人回家的心情很微妙，有幸福，有兴奋，还有微微的苦涩，是他从未感受过的心情。这心情泼在他的孤独上，让那孤独的色彩分外醒目。

但是等到天黑小桃也没回来。他又接了几个约他出去的电话，有女人，也有商业伙伴，他虽然有些饿，但是都推说自己有应酬拒绝了。他谁也不想见，又想着或许小桃下一秒就会推开那扇属于自己的门。而到头来，他只是忽然觉得，这世界也许没有他以为的那么需要他。

他回国之后，如约还了所有亏欠父亲的钱，父亲也不得不如约承诺不再过问他的选择。他第一次从父亲严厉的目光里看到了几丝欣慰，似乎因为他期货的成功，父亲对他的选择稍微有了些信心。

因此他又从父亲那里得到了一笔资金，可以在兴起的金融新领域大展拳脚。他靠着自己的头脑和家族关系，渐渐展现出自己的实力，很多叔叔伯伯现在已不是在靠父亲的面子选择他，而是真的相信他的选择。

但是在这个独处的夜晚，他唯一想要等到的人没有出现，这个世界依旧转动，如每一个不需要他的角落繁华绽放。他是这个领域的主宰，却是他自己世界的逃兵。他猜想小桃一定是去找朱利安了，可是他没有勇气给小桃打电话确认。他怕确认这件事情，就像害怕确认自己的感情。他想让这些事情根本不存在，这样他就可以不迷乱。可是他却把迷乱的祸根不择手段地骗到了自己跟前，让他更加无所适从。

当他知道小桃有男朋友的消息时，并没有感到有什么不对。因为他以为自己一辈子也可能不再和她有交集。可是当他再次看到她，那些企图斩断、以为埋葬的情绪变本加厉地袭来，当他在京菜饭馆看到朱利安吻她的那一刻，他几乎狂怒到想要把桌子掀翻。但是他什么也没有做，只是微笑着看他们手拉手走远。他凭什么愤怒呢？他只是她的高中同学，顶多现在多了个莫名其妙得到的房东身份而已。孙淼在说完小桃要把自己家出租给一家三口之后，第二天就说她表弟要临时借住他家，他早就知道这里面有问题，却没有刨根问底地揭穿。凭他对孙淼八卦功力的了解，她势必要蹚自己和小桃这湾浑水的，所以他除了将计就计地顺了孙淼的意思，现在就只有可怜地要求她回家的时间，别的还能做什么呢？

可怜？他因为自己的可怜而有些恨小桃。恨她无辜的眼睛和万里无云的笑。不可一世的他，凭什么因为一个女人轮流到如此可怜的地步？难道他又要重蹈多年前叶笙的覆辙了？他躺在床上狠下心蒙住头。滚开吧！滚开！一切心烦意乱。明天又是一条好汉！

可是当第二天清晨，莫问走下楼看到小桃盖一条沙发毯蜷缩在沙发里时，心又软了。但是他没有再次对自己叹气，更没有对自己的心软妥协。

他强忍住抱起她上楼放到自己床上的冲动，转过身，那速度像是在逃离什么。

“嗯？我这是在哪？”小桃睡眼蒙眬地看看自己醒来的地方，追忆这几天发生的事情。是的，在她蹩脚的筹措下，把自己的家让给了急需租房的一家三口，然后被孙淼骗到了莫问家，朱利安因此大发雷霆。唉，如果自己是朱利安，不发火才怪呢。

想起昨天和朱利安争吵时他说的那些刺耳的话，小桃的心中像是被什么揪着似的酸痛。从没有人那样骂过她，她更没有像那样在意过谁说的话。她因为这种从未经历过的痛而为自己的爱情感到悲伤，因为这悲伤，她再次感觉自己像是一只飘荡在空中的风筝，脚下空荡荡的，那拽着自己的线也随着越来越高的天际而若即若离。

她缓缓睁开眼，一个高大的身影填满自己空荡荡的双眼。莫问已穿好西服，正对着镜子打领带。

“过来。”莫问背对她冷冷地说，仿佛他背后有双眼睛一直盯着她。

小桃揉揉睁不开的眼睛，用还未清醒的头脑被动地听从莫问的指示。

“帮我系。”莫问冷着脸不去看面前头发蓬乱半闭着眼的小桃，微微抬起头，一副等待被伺候的公子哥模样。

“你没手啊？”小桃说完这句话，恍然发现这是昨天朱利安对自己说的话，暗骂自己中毒太深。

“我的手不是用来干这种小事的。”莫问用不容置疑的气场让小桃开始觉得给他系领带是天经地义的事情。

小桃想，他真是有上百种折磨她的法子，层出不穷，乐此不疲。自己要是也有气场有本事昨天这么对朱利安说就好了，可惜她偏偏没有这个本事和气场。

弱肉强食，愿赌服输。小桃是一个相信力量和权威的赌徒。既然她这一局赌输了，寄人篱下，就要有寄人篱下的自觉性。

“昨天我要是也敢这么说就好了。”小桃自言自语。

“说什么？怎么了？”莫问观察着她的神色问。

心里憋着事，对小桃来说就像无处排泄的粪便。此刻找到洗手间，自然要尽情纾解一番：“我昨天让朱利安帮我抹黄油，他就说这句‘你没手啊？’”

莫问用鼻子冷笑一下：“这什么男朋友啊？男女之间，不就是明明自己能做的事情，对方偏要帮你做，才显得浓情蜜意吗？”

“一言惊醒梦中人啊！高手，不愧是高手啊！”小桃心头豁然开朗，忍不住系领带的手上加大了力道，勒得莫问蹙眉咳嗽了几声。

“这不是什么高手不高手的问题，是男人都明白的。连这个都不明白，说明他还是个小孩儿。”莫问默默地把小桃系的领带拉松一点，尽量让自己的声音显得客观冷静，点到即止。

果然，小桃如他期望的那样陷入沉思。他微微闭上双眼，静静享受这一刻安静的美好。

闭上双眼之前，仿佛已看到千万只鸟飞跃大海，向自己涌来新凉的山谷清风。本来他即将张开双臂迎接这样一个属于他和小桃的新世界，但是闭上双眼的那一刻，叶笙为他系领带的那一幕豁然闪现眼前。还有她拉住领带搂着他脖子的吻："这次晚宴见到我老板，我们的投资项目就有眉目了。"

我们的投资。我们的。

叶笙总是把他的那些钱称为"我们的"，他也觉得一切本该如此，他的一切都可以是她的。可是他万万没想到，她想要的是把"我们的"变成"我的"。

那些毫不造作的浓情蜜意，那些看似真诚倾慕的眼神，那些流畅自如的亲密无间……他像是被针扎了一下，睁开双眼看着眼前魂不守舍的小桃。她正边给他系领带，边把并不存在的视线落在窗外挂满脚手架的国贸三期上。他也随她将那目光投向虚空的一点。这个即将成为全北京最高的建筑，就这样被两个人长久地盯视着，成为各自心里的"各自"。

他深爱着一个女人，然后她在某天消失了，带着他的巨款。从此他的爱情无处可去，却从不因谎言和欺骗而消失。

他的爱情就像掉在白衬衫上的葡萄酒，无论用多娴熟的小时工还是多强劲的化学试剂，都无法让那污渍彻底清除，就算随着时间的推移它变得越来越淡，却仍然可以在最不合时宜的场合跳出来提醒他曾经的存在。越是想要清除，越是铭刻于心。他将以那污渍的保存者著称于世，甚至可以召开去污失败的报告演说大会。

画地为牢，作茧自缚，最无法挣脱的总是自己。当人们觉得想要挣脱一件事情的时候，就是被它束缚的开始。

无论挣脱还是束缚，都是一个人的战争。他们近在咫尺地站在只能独自进入的孤岛上，企图眺望彼此，却只能看见自己脚下迷雾中的深海。说不清谁比谁更加孤独，是对过去恋情的挣扎，还是对当下恋人的迷茫？是对自己的骄傲，还是对他人的猜疑？那都是千万只鸟也无法跨越的深海，鸟儿的尸体在他们的脚下堆积，他们只能凭着微弱到听不清的呼唤辨认彼此的方向。

第十五章

三个人的冷战

他们各自安静地吃了早饭，谁也没有跟对方打招呼地走出了他们共处一室的房间。小桃没把父母的车开过来，因为这个黄金地段地下停车场的停车费简直可以抵她一个月有家难归赚来的房租了。当她艰难地在立交桥下蹬着自行车爬行时，看到莫问的宾利车从身边一扫而过，还熟视无睹地撇给她一阵暴土。她面无表情地注视扬长而去的豪车，挥一挥萦绕眼前的浮土，努力向前爬。

她今天必须去宋睿的公司，把公司接下来的命运弄清楚。因为这不但关系到宋睿和她同事的命运，也关系到自己的命运。她这种编外的临时工，很可能是第一个被辞退的对象。

小桃刚进公司就看见一帮同事迎面而来，他们拿着笔记本朝会议室走，说说笑笑一如往常，却对小桃熟视无睹，顶多有个把面熟的同事对她客气地点点头。

“来得正好，一起去开全员大会吧！”若不是碰见笔笔招呼她，恐怕她都不被认为是公司“全员”里的一员。

这个全员大会恐怕就是宋睿告诉大家晴天霹雳的大会，要是大家知道这个消息，还有几个能笑出来？小桃被笔笔拉着，心情无比沉重地进入会议室，坐在远远的一个角落里。

宋睿和往日没什么两样，一副清爽干练的打扮，微笑朗声说："今天给大家宣布一个好消息。这个消息可能大家也都有所耳闻，就是最近公司和顶金集团的融资项目。现在我正式向大家宣布，我们越高正式归入顶金集团旗下，欢迎顶金集团——也就是我们越高的董事长——莫问先生！"

完了，魔王要来杀人了！小桃坐在角落，心提到了嗓子眼儿，看大家议论纷纷地鼓着掌，一副待宰羔羊的懵样。

莫问穿着早上换上的那身深蓝暗纹西装走进来，蓝白色领带被小桃打得稍微有点歪。但他一进会议室，那些议论纷纷的声音都随着他站在台前而胆怯地渐渐消失。他无声地震慑住了全场。

"新老板好帅啊！我要为他打工，一生一世，死也愿意！"笔笔双眼冒出花痴的光，做出漫画里才会出现的二次元纯情少女状。

切，你们过会儿就只有死，没有打工了。长成这样也改变不了他是魔王的事实。小桃正在内心猛烈吐槽，却发现莫问在众人的掌声中向她微笑。她翻了个大大的白眼转过头，等着听他的宣判。

"大家好，今天我到这里主要要说两件事：第一，越高的决策执行人不变，仍由宋睿小姐全权承担；第二，越高的人员结构不变，福利和管理制度按顶金集团惯例执行。会比之前福利更好，管理更高效。这次合并的成功离不开宋睿小姐的努力，相信大家今后能在她的带领下继续创造出更大的价值。"莫问没有故意提高音量，但是平淡地说完这些毫不啰嗦的话，余音仿佛犹在会议室的上空盘旋。

他简练的几句话，不但解除了大家心中的许多疑虑，更让小桃大吃一惊。这是什么情况？说好的换老板和裁员呢？他难道真的听我劝了？小桃全心全意地盘算着这些问题，不再听莫问后面的业绩分析和宋睿的继往开来。好不容易熬到散会，她随着人流往外走，满心想找莫问去问个明白。

“公司被卖了，怎么宋总还那么高兴啊?”

“其实这次收购对宋总的好处最多，你没听说吗?”

“什么啊什么啊?”

“她虽然把公司卖了，但仍是公司的大股东，还是董事会的‘一致行动人’，背靠顶金这个干爹财神爷，比融资要划算多了!”

小桃听着大家这些七嘴八舌，云里雾里的，还不是很明白，但她唯一明白的就是：宋睿这次没吃亏，同事们这次也没吃亏。

她走出会议室，看见莫问被宋睿和众多公司高管簇拥着，脸上仍是往日的淡定冷漠，挂着拒人于千里的笑。她想冲上去问个究竟的欲望忽然消失了。她觉得世界就是围绕着他运转的，而她只是九霄云外一颗微不足道的尘埃。太阳不可能被尘埃影响运行轨道，他也不可能因为她的话而做出什么决策的改变。就像他说的，这次收购是宋睿的努力，她这颗尘埃只是咸吃萝卜淡操心而已。她这么贸然跑上去问他，只是自取其辱。

她静静地走过围绕着莫问的人群，和他擦肩而过，谁也没有看对方一眼，各自躲进自己的世界，看似忙碌。

无论付出多少，不过是擦肩而过。

开完小组会，那个和欧洲合作的礼品项目被正式提上日程。小桃一个人回到莫问的家，接到莫问的短信说晚上有事不回来吃饭了。几点回家并没有说。

朱利安今天也没跟她联系，很明显是在冷战。她想要发短信问他在干吗，又把短信删了扔掉手机。“很明显他还是个孩子。”莫问说的没错，她虽然一直不觉得他比她小两岁是个问题，但是很明显她要承担他未发展到她这个年龄的心智缺憾，更何况这缺憾里包含着中西文化的沟壑。

她很清楚，面对另一半的缺憾，或者包容，或者放弃，一切企图改变的妄想都是痴人说梦。

她无法做到包容，又不忍心放弃，所以只能选择冷战。她把自己的身体蜷缩得像子宫里的婴儿，百无聊赖地躺进沙发，看着夜色一点点地流淌进房间里。此刻她见谁的心情都没有，只想作为尘埃独自静静地被世界遗忘。

她站在自己和朱利安之间深深的沟壑边，徒劳地把一腔热血撒向填不满的深渊，在浑身冰冷中渐渐觉得，就算她失血而亡，也不可能将那沟壑填满走到朱利安的身边。他们只能像是在悬崖的钢丝上跳舞的小丑，自导自演着快乐浪漫的爱情，却说不清哪天掉进脚下的无底深渊。

“就剩你陪我了。”小桃逗着若即若离的啦啦，啦啦因为刚才被她喂饱，心满意足地让她抚摸了一阵，半晌像是忽然想起什么没办的大事，转身把她撇下，竖着尾巴走出房间。

她不知不觉地睡着了。往日在家里这样睡着的时候，都会被朋友的电话或者短信吵醒。可她离开中国一年多，朋友们已经戒掉了找她玩耍的习惯，或者说，她已经不再习惯随时准备着出去玩耍了。

一年足以改变许多事情，习惯，爱情，包括那些曾经追在她身后的男人。

这是她曾经想要通过出国实现的彼岸，但是一旦到达彼岸，却又忍不住心境苍凉，回望此岸的繁华。

这就是当她被自己饿醒，拿起毫无声息的手机时，心头寂寥的想法。

本来一个人做饭也没什么大不了，但是在本该有两个人的家里一个人做饭就不知不觉显得有些悲凉，所以她决定出外觅食。她穿过国贸桥下的人行横道，虽然这个人行横道几个小时前还挤满上下班的白领，但是此刻空无一人，稀稀落落的汽车从她身边掉头，急匆匆赶向它们刚刚来过的方向。

她穿过国贸大厦，走进后面陈旧潦倒的小区。在崭新华美的钢铁巨楼身后，每次看到这泛着垃圾味儿的凌乱破楼，都会让她想起美丽的开屏孔雀转过身去的屁眼儿。

她坐在楼下的烤串摊边点了五个羊肉串、两个鸡翅和一个肥腰，想了想又添了个花毛一体（花毛一体：煮花生和煮毛豆拼在一起的简称），来中和吃肉太多的罪恶感。

此刻人已少，只有旁边桌子一对半夜遛弯的夫妻。可以一眼看出他们是夫妻而不是情侣，因为女方说五句，男方只会回一句，但是谈话依旧顺畅，丝毫不见双方觉得哪里有不对的地方。

她想，当初她给男人界定的两个撩妹步骤有些太片面了，那只限于求偶的阶段。如果双方顺利通过了第二步骤的兽性大发而不散，恐怕迎来的就是这更可怕的下一阶段：婚姻。

根据她自己的切身体验和所见所闻，她把这个阶段也分为两个步骤：一，磨合；二，逆袭。这两个步骤不是先一后二来进行的，而是一起混合出现并层层递进的。男女如果顺利进入婚姻，男人会在婚后逆袭，把婚前给女人叼来的彩色石头变本加厉地要回来。这逆袭需要通过男女之间的磨合而一步步达成，男方得寸进尺，女方步步退让。男方通过实践性的试探渐渐退出家务和孩子养育的实际性工作，女方通过牢骚和传统化认知的自我催眠来渐渐接受这一无法改变的事实。用三五年的投入换一辈子——让我们姑且这么说——的产出，这买卖不可谓不划算，何况他们还会高举为家庭为事业的旗号理所当然地享受那些彩色石头的回报，完全对女性如今“不但需要通过事业确认自我还要通过顾家确认超我”这双重性负担视而不见。

一个作家说过：“人独自在自己的奥秘中流连，没有旅伴。”丈夫只回一句，妻子却要说五句。这都是他们自己的选择，无人可怨。

辛迪的遭遇也验证了小桃的理论。她在小桃出国之后和一个百般追求她的富二代闪婚，又在小桃回国之前闪离。她虽然远在德国，也仍旧在第一时间收到了辛迪在 MSN 上群发的离婚信息。一大段信息大致内容就是：她的朋友撞见了她老公和某女在三亚酒店开房间的全过程，她不再忍受他的斑斑劣迹，特此发表离婚声明。

男方选择逆袭，但是女方选择拒绝磨合，合作就此破裂。她对辛迪的决定十分赞同，没有人逼迫女人选择男人逆袭的生活，一切企图妥协的理由都是借口，关键还在自己的决定。

但是漂亮话虽是如此说，真正有勇气为自己决定选择的人并不多。女人总爱说，“都是因为他我才这样的”。仿佛这样就可以抹去自己的责任，就像小桃也爱偶尔埋怨朱利安和莫问造成了眼前这样尴尬的冷战局面。

所幸那些埋怨是说给男人听的，她心底还留着澄澈的自觉，住莫问家、和朱利安争吵，都是自己选择的结果，所以她对自己此刻大半夜一个人在破楼边吃不知道是不是羊肉做的串无怨无悔。

她孤单地结了账，孤单地踏上回去的路。她的孤单因为那对夫妻同情的注视而更加孤单。可是她并不伤感，因为孤单是她自己的选择。

尽管独自在自己的奥秘里流连，对可能出现另一个旅伴的希冀仍然无法打消。莫问会不会回来？她在楼下抬头寻找属于莫问房间的灯，却在淋漓的灯火中迷失了方向。在还没到家之前就对那个刚刚住进去没几天的家心生期待，她在心底嘲笑自己是个多么善变的女人。她唾弃了自己企图在一个人的旅程里寻找旅伴的期待，却依然在打开黑漆漆的房间时在心上掏出虚空的洞。

她拿出手机，想让朱利安捎来的只言片语填补这种空洞，却只是另一次徒劳的挣扎。手机赌气似的沉默着，像是印证孤独的隐喻。她沮丧地把手机扔到一边，洗漱睡觉。

睡梦里，她觉得有人抚摸自己的额头，为她拉紧褪到胸前的毯子。她猛地拉住那个人的手，想要看清他的样子，眼前却似闭着眼一般漆黑无二。她呓语着说：“笔笔说我爱你，我到底是不是爱你？”她努力把那些语言形成声音，却似乎只发出一些不令人满意的哼鸣。

经过两天的冷战，朱利安终于发来短信，但不是什么浓情蜜意的情话，只是严肃地宣布他“接受了小桃在莫问家暂居的事实”。他在这里用了“accept”（接受）而没有用“agree”（同意），所以可见他只是被动地接受，并不是打心眼儿里赞同。他又反复使用了“respect”（尊重）和“trust”（信任）等德国人爱用的字眼，小桃几乎可以看到他在文字背后紧锁的德式眉头。他重申了他对小桃的尊重和信任。小桃虽然发现他经常言行不一致，但是也算知足了，毕竟眼下实在没别的法子。

她现在没空太多考虑这件事情，因为公司的事情已经足够让她烦心了。一早就收到人事部发来的群发邮件，说公司要推行顶金的员工末位淘汰制，临时聘用的员工都要重新考核上岗。

“说什么这不变那不变，其实简直是明修栈道，暗度陈仓!”小桃咬牙切齿地瞪向董事长办公室遥远的门，看不见里面的莫问，却能从进进出出汇报工作的高层一个个战战兢兢的样子感受到他大大的存在感。

公司完全失去往日愉快活泼的样子，被莫问一个人的存在搞得人人自危。听说莫问也没骂过谁，只是每个进去汇报的高层都被他云淡风轻地提出了几个答不出来的问题，然后擦着一身冷汗离开，转眼陷入打鸡血的拼搏模式。

“日子不好混了啊!”大虾总监苍白着脸从董事长办公室出来，就开始给大家派任务，以前可以晃晃悠悠几天完成的事情，现在被新设立的流程部在后面逼着赶时间，完不成就影响业绩评分：“往后不但奖金和客户那边的过稿率直接挂钩，业绩评分最低的组还有被请出公司的危险。”

“这是黄世仁啊！创意是几点之前必须想出来就能想出来的吗!”小桃叹口气，站起身想要冲向董事长办公室。

笔笔连忙拉住她：“你疯啦？你一个 free（free：自由撰稿人的简称），还想去质问大 Boss？你不想活，不想想大虾哥他还活不活了？”

小桃看看大虾总监已被莫问整懵圈的胖脸，目光虚无地望着自己，眼睛本身虽然还存在“看”这一功能，但是大脑基本已经停止为这一功能提供后续的思考式服务。她只好咽下这口气坐下来。就算那个魔王忍了她，不见得不把邪火发到她部门总监头上，到时候倒霉的还是他们这群组员。

“其实莫总安排流程部也是科学的，4A（美国广告协会）广告公司差不多都有流程部，只不过咱们公司小，当初没设立而已。”马蜂转着笔，一副很专业的样子。他一向因为自己出身4A公司而自我感觉良好：“只是咱们现在流程部刚刚设立，里面的又都是新人，所以需要跟咱们磨合，可能以后就能好点儿。”

大虾总监叹气：“这些问题我也跟董事长说过，但是他说他只看结果，不管过程……咱们还是别把时间浪费在讨论没用的事儿上了。董事长可是动真格的，给每个组都安排了一堆新客户的pitch（比稿），咱们接下来可有的忙了。”

马蜂迟疑着问：“谁都知道，中国的广告全凭关系，比稿后面的猫腻才是关键，莫总有没有经验啊？别把咱玩儿坏了也pitch不出个毛线来。”

大虾总监低声说：“听说这个莫总，后面硬着呢！那些让咱们参加比稿的客户，他们怕是有不少小辫子都被莫总攥得死死的，不然怎么可能连客户部的流程都不走就直接比稿？”

大家心照不宣地撇撇嘴，陷入胡想联翩的沉默。小桃微微叹了口气，以莫问的关系网，那些客户的项目审批大权总会落在他家或他哪个叔叔手里的，名正言顺地通过广告公司来收他们给的好处，怕是最好的洗钱方式了。小桃希望莫问不至于做到如此地步，但是有些日资广告公司在中国就都养上一批官二代，来抓住客户的命脉，如此的广告圈潜规则，莫问又能逃掉几分呢？

大虾总监把一群沉浸在自己臆想世界里的神经病拽回现实：“眼下的当务之急，是之前那个欧洲礼品项目版权，现在急需一个和那边沟通的专员跟进，因为是德国公司，恐怕还得会说德语。我已经跟董事长申报过这个临时名额了，大家看看有什么人可以推荐，我直接决定，不用再请示上头。”

笔笔说：“小桃就是德国的留学生啊，叫她把这活儿也给接了，收两份钱，多好！”

小桃连忙摆手：“来不了，来不了！我学的是英语授课专业，德语只够买菜的，谈生意还不行，还不行……对了！我有个……额……朋友，可以来！德国人，英语好。他给我翻译，我给你们翻译。”

大家催着小桃联系，她正给朱利安发信息时，人事部又把她叫走了。

“什么？现在就要进行临时员工考核？我还什么都没准备啊！”小桃看其他部门的几个临时员工也缩在桌子后面哆嗦着，好像待宰的小鸡。

人事部的姐姐也一脸土：“董事长说了，什么都不准备才能考察出最真实的成绩。他连考核的资料都让总部发给我们了，我们想拖延也没理由啊！”

妹的，这话好像我听他临检我们公司的时候说过，当时听个热闹，没想到今天在我头上应验了！小桃好想窜出去跟他理论，可又似乎没理由可以反驳，只能把一口想要喷出的老血吞进肚子，埋头接了卷子猛写。

小桃灰头土脸地从会议室出来，笔笔跑过来，像是个关心产妇的娘家人：“怎么样怎么样？考得怎么样？”

小桃擦擦头上的冷汗，好像刚生完孩子的产妇：“完蛋了，大学时候没好好念专业课，好多基础知识都忘了，只有后面的创意题和英语加分题答得还凑合。”

笔笔沉痛地看看表，跟马蜂说：“中午大家一块儿给小桃吃个践行饭吧！吃饱了好上路。”

“我先收拾收拾遗物。”小桃魂不守舍地坐在办公桌前收拾资料，一张 A4 纸不知道从哪里掉到地上，上面画着两个男人，一左一右，阵垒分明。她刚要上前去捡，却被一个穿着黑西装的男人抢先捡了去。

那黑西装的主人竟是莫问。他正被宋睿和总监们簇拥着巡视公司，盯着那张画看了半晌，茫然不解。旁边的笔笔看见那画，侧头对小桃说：“这不是我帮你画的那张爱情分析图吗？早知道你当孤品珍藏，我就把名字签上了。”她不顾小桃的阻拦，又凑过去跟莫问献媚，“董事长好，我叫笔笔，这是我随手画的，怎么样？技法不错吧？您看见这右边霸道总裁下面画龙点睛的两颗半红星了吗……这代表纯真的爱……”

“她瞎画的……你……哦……董事长用不着为这种事上心，当心看多了长针眼。”小桃真是杀笔笔灭口的心都有了，她想把她拉走，顺便抢过画来，可宋睿居然也凑过来起哄：“这里是公司的创意部，年轻人最多，思想也最活跃。这些孩子虽然小，但是原创作品和创意都已经相当成熟了。”然后背着手和莫问一起欣赏他手上的作品，引得诸位总监都一起围观。

小桃现在杀谁的心情都没有了，一心只想自杀。当她生无可恋地望着这帮人围观自己心里的两个男人时，莫问忽然笑了，把这图递还给小桃，淡淡说：“画得不错，可以留用这次跟腾麦合作的饮料公关活动，你们之前提的主题不就是——”他刚刚侧头一顿，宋睿就像他的另一张嘴似的马上接：“恋爱少女季。莫总说得不错，纠结恋爱少女心，正好一个男生代表一种我们主推的口味，甜蜜的桃子和刺激的柠檬！这 idea（创意）可以作为线上线下公关活动的 concept（概念）延展一下。”

“谢谢莫总，谢谢宋总！”笔笔乐得找不着北，画蛇添足地说，“您真帅，长得好像这柠檬呢！”笔笔把神圣不可侵犯的董事长大人和卖饮料用的促销男孩进行如此雷人的一比，大家都有些懵圈，还是宋睿反应快，认真欣赏着说：“让笔笔这么一说……嗯……还真是……但是那霸气和睿智的气韵，也不及莫总的千分之一吧！”

莫问满意地瞥了一眼小桃，竟然默认了。

宋睿察言观色地偷瞄了一眼莫问，看他心情不错，连忙说：“我们还没为公司的喜事庆祝过，加上今天莫总开金口指定笔笔的人物设定进入腾麦的项目，一会儿的午餐时间，就和创意部一起聚餐吧。我请客！”

同事们一片雀跃，小桃低声支吾着：“我……我中午还要赶稿子……”她恨不得赶紧人间蒸发，哪儿还有脸跟莫问一起吃饭？

莫问面色一变，宋睿仿佛莫问手中的血滴子，飞快地窜到小桃面前拍着她的肩膀说："这画虽然不是你画的，但也有你这个文案的创意在里面。你们这组文案和设计合作这么亲密无间，你这个有功之臣是无论如何不能缺席的。十二点电梯那儿见。"

小桃瞥了一眼莫问，见他已挂着气人的微笑，携众人而去，半秒回答的时间都没给她留。

洗手间里，小桃让水龙头里的凉水浸透她红热到冒烟的面颊，然后站在洗手间外幽静的走廊尽头，热锅蚂蚁似的徘徊。完了完了，他不会发现那幅画里的男人是他了吧？这可怎么办啊？我干吗非要把那破玩意儿留到今天让他看见呢？

"没看出来没看出来……一定没看出来。这个魔王就算再聪明，也不会一眼看出那个二次元小哥就是他自己！"小桃追悔莫及地一阵撞墙，耳边忽然有个清晰的声音说："这墙跟你有仇吗？看我的公司不顺眼，想拆墙？"

莫问英俊的面容依旧带着不动声色的笑容。小桃被吓得贴在墙上，心想：我刚才说的话不会被他听到了吧？要真是这样，我简直连墙都不如！至少墙不会乱说话啊！

她支支吾吾地问："……怎么哪儿都有你？你……这又是打哪儿冒出来的？"

莫问瞥了一眼洗手间："只能说，我们的频率比较接近。"他一只手斜插着口袋，一只手拄在小桃头侧的墙边，缓缓斜过身子靠近小桃，低声说："你画里右边那个人，就是我吧？"

他终究还是看出来了！知道你智商高，但是不用高得让别人无路可走吧？小桃的内心是崩溃的，但她只能勉强在他邪恶的淫威下振作士气，把场面强撑起来，义正词严地说："莫总，这是在公司，你不是不想让别人知道我们认识吗？更不要让同事误会。"她看向洗手间，公司明明那么多人，怎么此刻连一个擦亮双眼的人民群众都不出现？

莫问随着她的目光也向洗手间瞥了一眼，唇角勾起更加邪恶的笑：“在同事眼皮底下搞这种偷偷摸摸的小秘密，不是更刺激吗？是不是和众目睽睽之下让大家看到你收藏我的画像一样刺激？”

小桃被他说得再次满面通红，却分不清是羞还是气。面对他越来越靠近的灼灼目光，她只觉得自己已被他看得一丝不挂体无完肤：“都说了是笔笔随便瞎画的！你是不是自我感觉太良好了，良好到以为全世界的人都会围着你转？竟然如此一本正经地胡说八道！流氓！臭流氓！”她推开他凑到面前的脸，逃命似的飞蹿回办公室。

莫问把她拽回来虽然易如反掌，但对面刚好走过来一个员工，和飞蹿的小桃擦肩而过，毕恭毕敬地向他打招呼。他只好威严地站好，和蔼地点点头，含笑目送仓皇逃窜的背影。

小桃没走出几步，电话响了，她欢快地用英文和电话里的人聊天，还说“你愿意来我公司帮忙那个德国项目就太好了”之类的话。莫问的心里忽然像是被什么揪住似的疼了一下，想起昨晚那个可怜的自己。

他昨晚在楼下就已经看到小桃孤单回家的身影，他默默跟着她，想要靠近，却不敢再次陷入；想要离开，却舍不得那身影离开自己的视线。他只好站在自己家的楼下，望住那盏熟悉的灯光，燃起，然后熄灭。很久很久，他才安心地独自走进那扇属于自己却被她占据的门。

他在床前轻抚她的额头，为她拉紧掉到沙发下的毯子。只有在她不知道的时候，他才有勇气这么做。他一边凝视着暗夜里浑然不知的面容，一边惊异于自己心中汹涌的情绪。

这一切让他意外，可他不知道这意外要持续多久。对于一个有男朋友的女人，他本该有多远躲多远，可他此刻却移不开那只轻抚着她额头的手。

她忽然在黑暗中拉住他，呓语着些什么，这让他惊惧，惊喜，又不知所措。他只有被动地被她拉着，直到她再次陷入梦境。

他是那么努力地躲避着这段感情。他相信爱情不过是一次多巴胺的恶作剧，既然能像潮水一般把他淹没，也会像潮水一般退去。他想做一个淹没在潮水中却巍然矗立的礁石，任凭潮水劈头盖脸地卷起泥沙泼向自己，撩人的小鱼在身边摇头摆尾，只要自己安静地待在原地不动，总会等到潮退的一天。等到那时，无论泥沙还是小鱼，不过是曾经的回忆，丝毫不会撼动他坚固的存在。

但是鱼不是那么好对付的，它们成群结队、五光十色，摆动着婀娜多姿的尾巴，无孔不入地寻找他天然存在的缝隙，企图在他自己都没发现的某个洞穴驻扎下来，长驱直入地扰乱他坚固的存在。

今天在办公室的画和小桃面颊绯红的慌乱，让他似乎确定了什么，这确定的什么又让他无力思考，甘心沉沦。他不知道这样做是对是错，而他似乎已别无选择。何况朱利安就像一个趁火打劫的渔夫，快活地撒着网，本该属于他的无知的鱼就在瞬间离他而去，本不想为鱼敞开的洞穴因而怅然若失。朱利安就这样一次又一次跳出来撒网，让一群群徘徊在莫问身畔的鱼摆动着不情愿的身体被一网打尽，让他怀疑自己是否还是那个固若金汤却纹丝不动的自己，甚至怀疑鱼群曾经到来的真实性。

所以，在就餐的时候，当宋睿和秘书理所当然地坐在他两侧之后，大虾总监企图坐在他对面的位置，莫问的脸就沉下来了。

“你是不是吃得挺多啊？”莫问淡淡看着大虾总监问。

大虾总监随莫问一起审视自己庞大肥硕的身躯，含羞答：“还……还可以……”

莫问惆怅地看了一眼面前的烤肉托盘：“我这人别的都挺好，就是忒护食儿，尤其讨厌有人跟我抢肉。”

“我……我最近减肥……吃素……”大虾总监别无选择地说。

“吃素你也不见得吃得少！胖和尚有的是！”宋睿飞快地把小桃招呼到跟前，叫她坐在对面。小桃千百个不愿意，被宋睿拉倒一边。她低着嗓子对小桃一字一句地说：“董事长看重你，是你的福分。还不赶紧趁着这股东风上位？别怪我没提醒你！”

小桃翻了一个大大的白眼，心想，他哪是看重我？根本就是想折磨我！他仗着有钱有这个公司就可以胡作非为吗？小桃咕哝一声：“我不稀罕。”宋睿恨铁不成钢地拽了下她的胳膊：“你脑袋里进水，可别连累全公司被董事长水淹七军。现在董事长新官上任，你惹了他，这水万一淹没了你们部门，可别怪我没提醒你。”低哑的声音渗着几分寒意。

这个魔王会这么没人性？小桃心中一惊，但是魔王之所以被称之为魔王，就因为他可以面不改色地滥杀无辜。惨剧会不会发生，一切都不好说。小桃只得像个被逼良为娼的少女，浑身不自在地坐到莫问对面，在老鸨子宋睿咬牙切齿的逼视下给莫问倒茶夹菜，到后来演得顺手了，居然还免费奉送了一些谄媚的皮笑肉不笑。

莫问被小桃伺候舒服了，满脸和煦的春风，看小桃笨手笨脚剪不断腌牛肉，一把夺过来自己剪了，还像在家里似的习惯性地给小桃夹了块肉，引得笔笔等人一片惊呼。

莫问这才意识到此举不妥，连忙给自己解释：“这是做男人最基本的风度，对不对啊……西……一啊小姐。”他想叫小桃，终于还是悬崖勒马叫出了“夏小姐”，心中一阵兴奋的冷汗。

小桃嫌弃地撇撇嘴，朗声笑说：“莫总说得没错，那些跟女生抢吃抢喝，动不动就吃光一锅饭的男生想必一定没什么大出息。”

大家在这其乐融融的氛围中冷笑热哈哈，只有莫问知道小桃是在挤对他在家的吃相，咬牙挤出一个笑说：“那也得看饭锅的大小。再说了，要是厨师烹饪水平太高，让人总是不小心吃撑的话，厨师也要负一部分责任的。”

小桃脱口而出瞪眼叫：“那我做得好吃还有错了？”话一出口已觉不对，当大家眼巴巴瞪着她的时候已经太迟。

“你给莫总做过饭？”笔笔是第一个敢把心中的疑问说出来的人。

这要是让大家知道我跟莫问的关系，我在这公司还怎么和小伙伴好好玩耍啊？就别想继续待下去了！小桃心中着急，嘴上卡壳，无助地看向莫问，用脚轻轻碰他的脚，想叫他挽回一下局面。莫问却好像浑然不觉地夹了一块肉放进自己碗里，审慎地蘸了恰到好处的蘸料，美滋滋放进嘴里嚼出满意的微笑，还边嚼边悠悠看向小桃，好像是吃爆米花看电影的观众。

擦，我忙着遵守跟你的承诺，为了守住这个秘密已经快肝脑涂地，你倒跟没事儿人儿似的在那儿看戏！也不想想要是这事儿败露，最倒霉的是你还是我？我一个无产阶级为什么要为这个剥削工人的臭资本家操心呢？小桃气急败坏地踢了他一脚，正中莫问脆弱的小腿骨，他忍不住“啊”地惨叫了一声。

宋睿趁势连忙说：“你们这些小姑娘就不要妄想了，谁不知道，董事长有女朋友的，经常出入董事长的高级国际公寓，漂亮得不可方物。”

这话一出，莫问和小桃看着彼此都是一惊，以为他们的事被识破了。莫问不动声色地吃菜。小桃却忍不住颤声问：“是……是……谁呀？”

宋睿说：“一看你们都是孤陋寡闻，连网上这么重要的新闻都不知道。搞创意也要多了解时事，才能结合热点创造新潮流啊！”

坐在马蜂旁边不爱说话的策划小猪搭茬了：“我知道，我知道，最近网站都登了，有个美女经常出入董事长公寓。狗仔推测说是 FTV 的名嘴露丹，露丹都默认了！”

有人跳出来心甘情愿顶了这个雷，小桃提起的一颗心放了回去。她偷瞄莫问，他依旧云淡风轻地吃着烤肉，好像大家在说别人的事。大家的眼睛都安静地落在莫问身上，八卦地等待验证。

莫问却只是悠闲地吃菜，仿佛大家谈论的不是自己。大家见这现成的八卦中心不予回应，也只好讪讪地将话题落幕，有一搭无一搭地说起工作的事情。

“哦，对了，那个德国的礼品项目，客户那边挺急的，最好明天就安排你那个德国朋友来面试。”大虾总监边吃边对小桃说。

莫问夹菜的筷子顿了一顿，一言不发地看了一眼小桃。

小桃浑然不觉，仍然沉浸在大家八卦风暴劫后余生的安逸里，满不在乎地说：“没问题，他每天除了上课也没什么正经事，我一会儿和他联系一下，明天就叫他过来面试。”

“小桃真牛，不但自己出国留学，还能把德国同学带回祖国。真是中国好资源。”客户部的女同事羡慕之情溢于言表，“这位海外资源是男是女啊？”

“是男生。”小桃说起朱利安，面色忍不住有些潮红。

莫问瞥了她一眼，蹙眉从大虾总监的筷子底下抢过一块肉，放进嘴里咬牙切齿地嚼。

“哎呀，德国男生颜值特别高，明天咱可要好好见识见识这帅哥小鲜肉。”客户部的女同事率先兴奋起来，都夸小桃艳福不浅。小桃嘴上否认着，面上的绯红却让莫问看得食不下咽。

在女同事春意盎然的七嘴八舌里，莫问忽然低声问宋睿：“你们想知道出入我家的人是不是露丹？”他的音量虽然不高，却足以让在座的每个人听得一清二楚。大家都忍不住安静下来，齐刷刷地看着莫问。

本来已经逃过的八卦风暴，却让当事人自己活生生扯了回来。宋睿不明所以，只得连忙应着说：“是……是啊……莫总，您的事儿就是网站头条，谁不想知道呀？”

莫问慢悠悠抬起眼睛，淡淡把目光放在小桃身上，凝视着她一字字说：“不是她。”

笔笔沉不住气，率先抢着问：“那是谁呀？”被旁边的大虾总监狠狠拉了一下，她只好忍住，用炯炯的目光八卦地盯住莫问，期待他能自己说出来。

莫问不语，轻轻挑弄着酱料碟子里的调料，目不转睛地望着小桃。小桃被莫问灼灼的目光盯到满脸发烧，感觉所有人的目光都集中到自己这边来。

宋睿见场面有些尴尬，也跟着啐笔笔说：“董事长的八卦哪能乱问的，是谁关你什么事？董事长想说那是咱们的福分，不想说也是个人隐私，理所当然的。”

笔笔嘟着嘴冤屈地嘟囔：“明明刚才是宋总先八卦的……”

这边莫问依旧满意地欣赏着小桃因自己挂上的红晕，小桃却被莫问盯得坐立不安，正暗骂他明明已经逃过的陷阱为什么还非得自己找回来跳进去，忽然看见他唇角闪过一丝似有若无的笑。

不怕莫问叫，就怕莫问笑。魔王每次这么笑的时候，就是有人要死了，而这回要死的好像不是别人就是自己。他这无人察觉的笑仿佛一道闪电，击中本以为劫后余生的小桃，她凭着小兽的直觉"轰隆"一声站起身说："我……我去洗手间。"

她刚要走，莫问忽然用不大却足以让所有人听到的音量说："是夏小桃。"

小桃驻了足，被自己身后响起的声音震得凝在原地。她回头看见所有人的目光正惊异地集中在莫问身上，而莫问正淡淡看着自己。他仿佛只说给她一个人听似的，用不大的音量看着她的眼睛再次重复了一遍："出入我家的人，是夏小桃。"

第十六章

见不得光的爱人

“小桃，真有你的，瞒得我们好苦啊！”出了饭馆，小桃正想要去质问莫问是何居心，却被一帮同事围攻。

“是不是以后要叫你董事长夫人了？”笔笔欢乐地喊。

策划小猪摸着下巴说：“福祸相依。小桃这事，不好说，不好说……”

小桃被他们七嘴八舌吵得头大，只得喊：“我跟他真的没什么！”

笔笔用鼻子笑：“周杰伦当初还说跟蔡依林没什么呢！你跟他没什么？那干吗住一起？”

小桃急得直跳：“我刚才不是都说了嘛，我们是高中同学，他只是暂时收留我而已！”

大家抱臂不再说话，纷纷撇嘴挂着神秘的笑，仿佛在说：信你才怪。

流言比野火烧得还快，转眼一下午，同事们对小桃这个本来没什么存在感的临时工的态度就大相径庭。她耳边总是响着低低的议论声，等到了声音的源头，那声音又莫名其妙好像没有出现似的消失了；跟她亲近的同事对她更加亲近，跟她不太对付的同事夹枪带棒地说些怪话，这一切让她觉得自己仿佛置身群众口水之浪的巅峰，不知什么时候就要被这巨浪拍个粉身碎骨。

果然没法再和同事好好玩耍了。连笔笔跟自己说话的时候都带着崭新的目光，好像在看本来想扔垃圾桶却忽然发现是限量版收藏款的动漫周边。

这一切都要归咎于莫问。他不知是何居心地率先揭穿了这个本不想让大家知道的秘密，又假装没事人似的外出办事去了。她在大家的流言之中静静矗立，渐渐连想要质问莫问的心情都没有了。

老虎必然要吃人的，就像莫问必然以折磨人为乐，或许根本没有为什么。

半年多前在德国不告而别，现在又让她在刚刚找到的工作前进退两难，莫问的存在简直就是她人生一个个关卡的大 Bug（Bug：本意是臭虫、缺陷等。现指在电脑程序中，隐藏着的一些未被发现的缺陷或问题统称漏洞），他就是为了愚弄她而出现的。他的出现一次次验证着她的天真和白痴，但是这次她没有那么蠢，不会轻易被他动摇，交出自己的心了。

她已有了朱利安，虽然不尽如人意，但是毕竟是她可以赖以固定自己的一段感情。或许莫问觉得她这个暧昧的设定在办公室出现很好玩，可她要让莫问知道，她不再是他玩弄于股掌之间的玩物，她虽然身处他的家、他的公司，但她没有卖给他这个胡作非为的魔王。他以为说出他们之间的关系就能让她在公司没有立足之地，然后为了寻求支援向他俯首称臣吗？他越是这样想，她就越不能认输，就越要凭自己的实力在公司咬牙坚持下去。

“我约那个支援德国礼品项目的同事来面试，你看明天几点合适？”小桃静静地走到大虾总监身边，大虾总监从自己的电脑前移开视线，淡淡回答：“上午有会，下午两点叫他来吧。”大虾总监是为数不多没有改变对小桃态度的人之一，这让小桃欣慰又敬畏，觉得他不愧为创意总监，毕竟有着处变不惊的风度。

莫问，你看，不是每个人都想你想象的那般市侩，会为一些浮云般的关系左右。小桃约了朱利安下午见面谈工作，朱利安欣然答应。他肯接受这个工作，多半是凭着想要游览中国公司的新鲜劲儿。她挂上电话想了想，又给莫问发了个示威般的短信："晚上不回去吃饭。"

"记得六点门禁。"仿佛莫问一直拿着手机似的，回复的短信以光速出现在小桃手机里。

小桃回了一个"知道"。像宝剑入鞘一般把电话揣进上衣口袋。你不是想和我玩吗？姐姐我会按着你的游戏规则奉陪到底。

小桃六点准时进入莫问家的门，屋里却空无一人。她满腔的战斗激情只迎来啦啦热切等待食物的眼神，她只好喂了猫洗洗躺下看电视。沙发虽然柔软，但毕竟有些窄，睡不舒服，她辗转换了几个姿势之后，睡意渐渐袭来，朦胧之间她叹息着想，这毕竟是他的家，他的公司，他有权力给我制定规则：必须六点之前回家，不可以泄露他和她的关系，而他自己完全不必遵守。这就是主宰者的特权。他用这种特权一点点地侵蚀她的心，而她唯一可以守住的，也只有自己。

和莫问的事情一样，她不想让自己私人的关系扯进工作上，所以在朱利安来公司面试的时候，她也没有提起两个人的关系。朱利安虽然年纪不大，但是面对总监的各种提问沉着冷静，干练专业。小桃本来替他捏着一把汗，在翻译的过程里渐渐放下了心。德国的教育从小就是从实践出发，他毫无悬念地被当场录用了。宋睿还约他第二天一起去给另一个项目提案，很明显觉得朱利安这张外国脸会起到促成项目的用处。

的确，一个本土公司里加上一个外国人，就显得这个公司更加专业和可信。朱利安在毫不知情的情况下被额外消费了，小桃也无法跟他解释清楚，只是欣喜于可以多见到他几面。看着他，她就可以告诉自己有爱人。

朱利安严守德国人对工作的认真负责，从来不在上班时间对小桃有什么出离工作之外的语言和动作，从未接触过类似工作的他居然把一切安排得井井有条，从联络、询价到谈判几乎全由他一人承担，小桃需要做的只是把他的业绩定期汇报给大虾总监而已。

而小桃和莫问，如同两只共处一穴的陌生物种，鼹鼠一般的小桃在游龙一般的巨蛇莫问身边苟延残喘，偶尔在与他擦肩而过时带起满地浮躁的尘埃，又在他远去时渐渐尘埃落定。小桃守着六点之前到家的门禁规则，莫问却故意躲着她似的，从来都在小桃熟睡之后才回到家。唯一不同的是，沙发不远处的茶几上总在他回家之后换上新的蔷薇。白色的，红色的，香槟色的……每天都是几支不同的花朵，小桃每个清晨沉睡的梦都被这种芬芳唤醒。

小桃不肯问他为什么知道自己最喜欢的花就是蔷薇，只在某天清晨一边刷牙一边问喝咖啡看报纸的莫问："大半夜你从哪儿买的花？"

"楼下花店卖剩下的花每天都要扔掉，怪可惜的。我给他们一个月的钱，让他们关门时给我留在前台。"他抖抖报纸抬眼笑，"美物赠美人。"他笑得淡漠，好像说的话不关乎她，只关乎亘古不变的真理。清晨的阳光偏偏不合时宜地斜射在他的笑颜上，让他纤长的睫毛在明媚的双眸边扫下优美的影子。

游龙再次摆尾，惊起小桃心中不争气的尘埃。牙膏沫顺着她嘴边缓缓流淌，她惊跳着从不切实际的梦幻里醒来，逃回盥洗室漱口洗脸。

小桃狂洗一阵脸，抬头看着镜中水珠凌乱流淌的面庞，心跳犹自未息。她咬牙切齿地叹息："习惯性撩妹……高手……死高手……"他不是一向对朱利安看不顺眼吗？朱利安进公司好几天，他怎么好像无所谓似的跟我在这儿老僧入定？

莫问在朱利安来到公司之后，没有惊诧，没有过问，没有一丝对于他存在的表情，偶尔视察时也熟视无睹地走过。直到朱利安某天抬头看到莫问，小桃安静又不平静的日子才告一段落。

"你从来没告诉过我这个公司是他的。"整个下午朱利安都阴沉着脸，直到下班之后的晚饭时才爆发，"而且我今天看见他之后又在楼道抽烟时碰见客户总监，她说全公司都知道你住在他家，说话的时候那表情……”

“那都是别人眼里的事情，他的存在对我没那么重要，所以我才没说。”小桃给朱利安的火锅调料碗里夹了一筷子肉，他却没有动。

她知道这顿晚饭注定吃得不安宁了，因为朱利安一开始就不再像以往一样坐在她身边，而是坐在她的对面，仿佛一个审判她的法官。

“如果知道这是他的公司，我才不会来。”朱利安的眉间再次锁出了德式的严肃。

小桃“嗤”地冷笑一声：“怎么好像你比我对他还要在意？”你就那么没自信吗？小桃想了想，又咽回了这半句想说的话。毕竟她在这件事上理亏，她可不想主动挑起战火。

朱利安冷冷地说：“我对他没什么可在意的，只是不想被他这个资本家剥削。你愿意被他剥削，是你的事。”

又来了，这种上纲上线的德式哲学争论！透着马克思恩格斯都是你们德国人是吗？小桃叹口气，垂死挣扎地解释：“我也不想，原本是我先来的公司，他却紧接着把我们公司收购了。我能有什么办法？我又不像你，家里那么有钱，工作还不是任你挑？我失去这个工作，再去德国上学的生活费都不知道从哪出！”小桃想想最近发生的种种，心里委屈得想哭。

朱利安见小桃满眼含泪地放下筷子，心也软了，却不知道自己哪句话惹到了她。他觉得她真的太爱哭了，尤其是最近，脆弱得不堪一击。他和她在一起有种如履薄冰的感觉，不知道自己哪句话触到了她的泪点，她就会泣不成声。他小心翼翼拾起笑容，问：“你有没有看过一部布鲁斯·威利斯演的片子？他演一个杀手。”

小桃擦擦眼泪拿起筷子，嘟嘴说：“他老演杀手，那又怎样？”

朱利安笑得更加取悦：“他杀人不眨眼，但就是拿他的孟加拉女朋友没办法。他随便说两句，她就会哭。她一哭，他心都碎了，可就是不知道他到底哪儿惹到她了。你说，东方女人是不是西方男人的天敌？”

小桃破涕为笑：“是啊，我恨不得把你吞得骨头都不剩！”她闪着泪光看着眼前这个想方设法讨她欢心的可爱男孩，伸出一只手作势去抓他。

因为距离太远，她当然没有抓住他。他却站起身坐到她旁边的位置，将自己的手送上门让她抓，又用另一只手揽住她的肩头。

这情势，已说不清谁抓住了谁。

“这样还怎么吃饭呀？”小桃笑着抱怨，心被他融化得找不到自己。

“两个人用一只手吃饭足够了。”朱利安把嘴伸到碗边，像是一只等待喂食的小狗。

小桃笑到夹不住肉。那肉颤巍巍地被送进朱利安的嘴里，他又故意把嘴凑到小桃嘴边：“要尝尝吗？”他认真的表情让小桃觉得好笑。

“不要。”小桃假装嫌恶心，侧过脸躲开他的嘴。

“尝尝吧！”“不要。”“好吃哪！”“不要！”她好喜欢这种腻腻歪歪的浪漫，她想要一直这样腻歪到全世界都羡慕。可惜朱利安是把双刃剑，或者，爱情本身就是把双刃剑，甜起来让人飞上天，苦起来又叫人下地狱。

回到莫问家，楼上卧室的灯居然是亮的。小桃把洗漱的声音故意弄得很大，但是他卧室的灯依旧无动于衷地亮着。自从朱利安来到公司，莫问就处于这种无动于衷的状态。在公司不怎么出现，在家里也不怎么出现，说不清他是刻意回避还是真心无感。

他们像两只相安无事的穴居动物，偶尔在同一个洞穴里擦肩而过，却不去看彼此的眼睛，仿佛看了就是祸，然后奔忙在各自觅食的路上，被自己的喜怒哀乐感动。小桃曾经期待他对上次公开宣布自己住在他家的事情做出解释，但是看他我行我素的样子，这小小的期待也渐渐熄灭了。

上次他说完“美物赠美人”之后却又好像什么都没发生似的自行其是，总把自己关在书房里，偶尔来往些西服革履的人，然后听到他们激动地谈论些她听不懂的术语，貌似某个项目遇到了阻碍。他不再招惹自己，小桃满意之余又有几分失落。她好像沙发旁边的那瓶蔷薇花，只是他忙碌生活的点缀——被莫问付了一个月的订金，在他想起来的时候被玩赏一下而已；又好像一只被老虎捉进洞穴的羊羔，不被它吃只是因为它还不饿而已。

何况现在公司的同事都认为小桃和莫问是一对，并且自动肩负起了群众的监督任务。所以，当她某天进入公司之后，就感到了一股清新的舆论之风，话题不再是小桃如何上位到董事长身边，而是她不但上位董事长，还染指他人，脚踏两条船。

“客户部的詹森说他看得真真切切，那情势绝不是一般朋友……”技术部的码农们本来只关心代码，但女人终究是女人，女码农们再怎么关心代码，也抵御不了对八卦的渴望。她们在小桃到来之前住了嘴，端着茶杯默默走开。这让小桃连辩解的余地都没有，只能闷闷地打开饮水机，让饮用水随着流言一股脑灌进水杯，再仰头一饮而尽。

根据她七拼八凑听到的余音，信息大概是那天晚上她和朱利安一起吃火锅时碰巧被同事詹森看到。作为一个男人，詹森不遗余力地对小桃的“劈腿”行径进行了宣扬性的批判，并表达了要和董事长同仇敌忾的决心，这次连同组的马蜂看小桃和朱利安的目光都有些嫌弃了，好像他们才是见不得光的一对。

有时候，真相虽然在自己心里，但是别人不断给你催眠他们看见的所谓真相，真正的真相就会在这种催眠里变得模棱两可，渐渐失去原本的样子。小桃在大家无声的声讨中几乎以为自己真的对不起莫问了，现在她连在办公室给朱利安一个微笑都觉得有千万双眼睛投来鄙视的目光，因而产生罪恶感。万幸的是，朱利安要上课，不在办公室过多停留，而且他的中文只有两岁儿童水平，更对中国人含蓄的肢体和表情信息的传达完全接收不到，所以没被流言所扰。

莫问，你跟大家宣布我住在你家，难道就是为了先下手为强？让我一个人在莫须有的罪名中备受煎熬？她忽然觉得这一幕似曾相识，一年前他在高中同学聚会和她假扮情侣，最后达到的效果也是让所有男生对她望而却步。小桃恍然大悟，原来莫问一直在不动声色地霸占着她，他明明对自己没有采取任何行动，却让全世界都以为她是他的。如果没有当初的假扮情侣，孙淼也不会想让他们“破镜重圆”，她也不会住进他家。这种无谓的霸占难道只是为了满足他的占有欲吗？

小桃内心的怒火随着血液翻涌，怒火震颤着她的身躯，却无处可泄。她颤抖的拳被笔笔清凉的手拉住，刘海下闪动的大眼睛让小桃觉得她像个天使。笔笔看着她的眼睛低声说：“现在画上的两个人全都露出水面，你可要想清楚，早作决定。不然倒霉的是自己。”

小桃不屑地挥挥手：“有什么可想的，我才不会屈服于那个魔王的淫威。”

笔笔无奈地看着她，摇摇头，像是在说：你太傻太天真。半晌起身说：“走，抽烟去。”

楼梯间里，笔笔理所当然地顺了小桃一支烟，点着之后蹙眉吞了一口，长吁一口烟雾说：“现在全公司都以为你和董事长是一对，明白吧？”

小桃坐在台阶上，同样蹙眉吞了一口烟，急促地吐出烟雾说：“明白……可是……”

笔笔打断她：“没有可是。只有你和朱利安清楚你们的关系。所以这关系你就算再怎么解释，在其他愿意相信你水性杨花的人眼里根本不存在，明白吗？”

“……明白……可……我该怎么办啊？”小桃看着眼前越来越浓的白烟，心和眼睛一样茫然。

笔笔冷静地看着她的眼睛，低低吐出几个字：“离开公司。”

小桃身子凝住了，呆呆地仰望天使脸庞魔鬼气息的笔笔：“你叫我辞职？我多冤啊！我招谁惹谁了？”

笔笔叹口气坐在她身旁，夹着烟的手指在空中挥舞：“你看，如果你继续留在这里，朱利安虽然是老外，但他不是白痴，早晚会知道别人是怎么看待你们的关系的。到时候他能跟你善罢甘休？”

小桃点点头：“我现在住莫问家，他已经很不乐意了。”

笔笔吸了一口烟又说："另外，如果你继续在公司待着，永远弄不清莫问是怎么想的。他虽然跟所有人撒播你住在他家的舆论，可是你看他根本不再有下一步的行动。他现在只是静观其变，等着看你跟朱利安崩盘的好戏而已。"

小桃听得毛骨悚然，点头自言自语说："旁观者清……旁观者清啊！可他……可他为什么要让我和朱利安崩盘啊？"

笔笔再次无奈地看着她摇摇头，挂着天使的微笑，狠狠捶向她的后心："他喜欢你呀，你这只猪！"

小桃简直不敢相信自己的耳朵，心烦意乱地站起来，把烟头碾碎在脚下："我现在脑袋有点乱……我再想想吧……再想想……我一个闲人，没什么工作经验，又不像你们那么有本事找工作，辞职就没钱赚了……我再想想……"她起身走出楼梯间，又回头问笔笔，"晚上我生日派对，我把大家聚到一起隆重介绍朱利安，你看可还行？"

"行，垂死挣扎吧！"笔笔吸了一口烟，把烟头扔进旁边的纸杯里，火热的烟头遭遇冰凉的脏水，发出清脆的嗤响。

小桃对过生日很有压力。作为生日的主体，她有义务陪生养她的父母庆祝一番，也有义务陪爱他的男朋友庆祝一番，但是还有那么多朋友惦记着她的生日，她不想让他们任何一个人失望。可她的生日只有一天，人只有一个，她实在想不出该怎么分解自己以达到这众口难调的世俗需求。

"找个安静的好地方庆祝吧，就我们两个人。"朱利安说这件事的时候，晶亮的双眼爱意满满，小桃真不忍心拂了他的美意。

她字斟句酌地说："如果在德国，我觉得这个提议很好，但是在中国，我还有那么多朋友呢！一起庆祝好不好？"

"好啊，只要你高兴。"只要和莫问没关系，他倒是个很好商量的人。

这次父母不在北京，她不必陪，就打算趁此机会和莫问决一死战。她干脆把所有挂念她的朋友都聚到一起，下狠心向大家隆重介绍朱利安，顺便拿刚刚到账的薪水寻欢作乐一番。

秋风已萧瑟。小桃带着朱利安在秋风萧瑟的夜里，徘徊在三里屯的大街上，却怎么也找不到“唐会”酒吧。那些酒吧曾经是她多么熟悉的地方啊，熟悉到在哪里都能遇见熟人。可一年没去，她居然连路都记不清了。她在德国曾经夸下海口，朱利安到了自己的地盘就由她罩着，可眼看朱利安被她带着在冷风里走了半个多小时，连鼻子都冻得跟圣诞老人的驯鹿似的，脸上已渐渐挂起了德式的严肃神情，他们却仍然在街上绝望地徘徊。她想，自己在他心中的评价肯定大打折扣，又因此对这个给自己评价打折扣的情人心中恨恨。

她实在没办法，只好给最不路痴的大学教授打电话问路。她身为一个北京土著，给一个台湾人打电话问路，这件事本身就很没面子了，朱利安还在旁边雪上加霜地讽刺她：“这里也不是西城区吧？”很明显，他还对上次她没当好向导还借口说王府井属于东城区而耿耿于怀。

她问清了路，发现唐会就在拐角，她却在另一条平行的路上走了个来回。她挂了电话没好气地说：“这里是朝阳区。”然后撇下他独自大步向前走。她知道这回答并不能把她路痴的等级降低，更因为知道这个现实而更加生挑起事端的朱利安的气。但这是她的生日，她对自己和朱利安的设定是出双入对扮一对神仙眷侣，让莫问的谣言不攻自破，所以她赌气撇下他走了几步之后，又嘟着嘴回头扯起朱利安的胳膊挽上，加速向前行进。

“小桃！生日快乐！”一票人都已经到得差不多了，伴着有点像肚子疼的电子乐，他们在包厢里朝小桃尖叫，但在整个昏天黑地的场子里并不显得特别吵。他们的声音淹没在更加强大的音浪和嘈杂声里，竟然显得有些寂寥。

小桃自动坐在大学教授杨飞旁边，两个人含笑互相打量：“好久不见呀！”这个来自台湾定居北京的大学教授，在小桃刚去德国时写过一大把动情的电子邮件，口口声声说要追随她去德国念书，后来就消失了，再后来就听说他有了新女朋友。小桃因此放下心来，她受不了他台湾偶像剧似的追求，何况他还在自己胳膊上用刀刻她的名字给她看，并且用划痕把左右胳膊的名字连在一起。自残明志这种事情从来不会打动她，只会让她觉得可怕，深深预感如果真的跟这个人在一起，那些划痕早晚会出现在自己身上。

不过，他作为朋友还是挺好玩的，所以这次她把他和他的几个台湾朋友都约来，听他们操着柔软的台湾腔骂街特别有意思。

另一边笔笔、马蜂、大虾哥也早已入座，两边人不太熟，所以各玩各的，小桃给他们互相介绍了，并且向所有人隆重而响亮地介绍了自己的男朋友——朱利安。

一边是明知道自己哥们儿追过小桃的台湾好基友，另一边是普遍认为小桃和莫问在一起的同事，两边人的表情却都平静得有些怪异，并没得到小桃预期的戏剧性效果。

"哎呀……小桃呀……"辛迪具有穿透力的声音在小桃身后不远处响起，她们用一只手互相拥抱，与此同时用另一只手摸向对方的胸部。这是她们惯用的问候方式，仿佛在时刻提示对方和自己，就算时间再怎么推移，胸部不能下垂。

辛迪还是那么娇娇软软，香气袭人。她的出现让台湾好基友们眼前一亮，创意宅男们则娇羞地垂下了双眼。她轻笑着问："我坐哪儿啊?"然后不出所料地，马蜂和大虾哥默默把自己身边挪出一个空位，台湾好基友们则热情地招呼："坐这里！坐这里!"

小桃杵了她一下，低声趴在她耳边说："还是这么骚，给我坐这儿!"辛迪坏笑了一下，按着小桃的指示坐在她旁边。

小桃给她逐一介绍，引荐到自己身边的杨飞，听了他的履历，辛迪无光的眼睛总算一亮："年轻才俊啊！幸会幸会!"俩人隔着小桃递出彼此的手，矜持一握。

小桃就知道她会对杨飞感兴趣，所以趁热打铁说："杨飞，给她讲讲你的苦逼学习史。"

杨飞满口台湾腔的羞涩："哎哟，这怎么好意思呢……"

小桃就受不了磨叽，抢着说："我说我说！杨飞以前在台北混黑社会的，从小根本不爱学习，但是他有个弟弟是学霸，可就在他十八岁那年，他弟弟出车祸过世了，从此他就把他弟弟的那份学起来，考了台大又考北大，一路学到现在的硕士生教授导师。”

“哎呀，这怎么是苦逼呢？这明明是很苦情哪！”还是辛迪会聊天，嫩白小手自然地在杨飞手上轻拍而过。杨飞深深点头，仿佛遇到知己，给小桃、辛迪都满上酒，又顺势给朱利安也满上：“往事不要再提，人生已多风雨。来，喝喝喝。”

小桃这才看见杨飞已经点了一瓶威士忌，暗暗肝颤。不知道他点的是多少钱的，看来这次自己的荷包在劫难逃，索性不再去想，今朝有酒今朝醉。

喝到差不多，小桃舞兴大起，拉着朱利安进入舞池，杨飞理所当然地拉起辛迪也下去了。

小桃和朱利安在舞曲里跳着，都不自禁想起两个人第一次见面的派对。他们从彼此的眼睛里都看到对方想起这件事，然后心照不宣地看着彼此的眼睛笑。他们尽力在乐曲中舞蹈着，想要找回那第一次的激情，可第一次一去不返，他们在享受往日重现的美好时，心底升起一丝徒劳的怅惘。

小桃侧头，倒是在杨飞的眼睛里找到了第一次的激情。他在辛迪身边起劲地跳着，辛迪随之微笑起舞，但明显有一半在附和。辛迪最近开了自己的公司，出了书，听说还在进军娱乐圈。她交际的那些达官显贵很明显是起到了作用，所以杨飞在她眼里未必值得一提，也不过是她逢场作戏的玩笑罢了。

小桃贴近她，两个人粘腻起舞，在她耳边问：“怎么样？”辛迪兴味索然地笑：“还行吧。”

“你眼光越来越高了。”小桃拉着娇小的辛迪在自己怀里转了个圈，又从上到下把她摸了一遍，引得两个男人起哄欢呼。

男人到酒酣处，需求都是差不多的，那就是女人。当年小桃和辛迪就是靠着这伎俩在北京的夜场混酒喝，虽然此刻一个离异，一个有了男朋友，但是凑到一起就找回了往日的节奏。她俩的热舞比和男人跳要好看得多，半晌已不止有了这两个观众，在半场男士激昂的起哄和围观中，辛迪对小桃耳语：“你男朋友挺帅啊！你终究还是肉包子打洋狗了。”

小桃边和辛迪贴腰慢摇，边把手搭在她丰满的臀上说：“我这是品尝土特产啊！”然后朝乐声里一无所知地摇摆的朱利安抛去一个媚眼。

DJ 配合着这对尤物，把乐曲打到爆，辛迪在小桃的两手之间魅惑起舞：“当心别吃坏肚子……我还是爱吃家乡菜。你看咱们包厢旁边那个大包厢……全场最帅。”然后她也朝乐声里一无所知地摇摆的杨飞抛去一个媚眼。

全场的围观浪潮一浪高过一浪，小桃边揽着辛迪的腰猛亲上她的唇，边看向辛迪所说的位置。人影憧憧，依稀的暗色中，她依稀的看到一个熟悉而落寞的面容。她在为她们而鼎沸的音浪和人浪声中拉着辛迪奔到那个人面前。

小桃借着半醺的酒力走到那个人跟前，他两边光艳的美女朝她投来惊诧的目光。小桃旁若无人地指着他的脸问辛迪：“你是说他吗？”

辛迪的手在小桃的手中微微挣扎，尴尬地笑：“你喝多了。”

美女之间的男人抬起眼睛冷冷看着站在他面前的两个人，一言不发地喝酒。小桃贴在辛迪耳边说：“你信不信我现在要来他的电话号码？”

辛迪嘴上说着“你别闹了”，然后松了手，看好戏似的等小桃去闹。

小桃拿起男人面前的手机给自己打电话，挥着自己闪烁的手机在辛迪面前哈哈笑：“要来了要来了。”

辛迪扫了一眼她的手机，冷笑问：“为什么来电显示是‘魔王’？”

小桃正对着自己的来电显示哈哈大笑，包厢里一个男人忽然把她扯到一边，指着她对莫问冷笑：“呦呵，有美女主动要电话啊？怪不得齐总说你把本事都用在女人身上了。”

莫问本来冰冷的目光里燃起火焰，把酒杯重重蹾在玻璃茶几上说：“你不过是齐伯伯的一条狗，也配评判我？”

那男人带着几分醉意朝莫问得意地笑：“我就算是一条狗，却能帮齐总搞定你这头自以为是的猪。是不是对我们的合作条款很不爽？来来来，找这个送上门的骚货发泄去吧！”他捏着小桃的胳膊随着话语加重了些力道，疼得小桃叫出声。那人却并不理会，一把把他推向莫问。

小桃跌进莫问怀里，却被他冰冷的目光冻得跳开。在他身边的美女嘲讽的目光里，她的酒意醒了大半。

又当了撞进奶酪陷阱的小白鼠，明明避之不及的瘟神，怎么居然自己还送上门被他羞辱？她后悔自己喝太多，光想着在辛迪面前嘚瑟，现在想跑却已来不及，又被那个莫问称为狗的家伙抓住。那人挑衅似的恶狠狠盯着莫问，任由小桃挣扎着叫，就是不松手：“别以为我不知道，现在谁都知道你和一个来路不明的女人鬼混在一起，在你公司里还给她安排了个职位，让全公司的员工看自己的董事长是多不靠谱的一个人。股东们当面不说什么，都背后拿这当笑料呢……够有本事的啊，家里藏着一个，眼前又来一个送上门的，是不是都和这小妞一样有几分姿色啊？怪不得把我们天上地下唯我独尊的莫总迷得神魂颠倒呢！你不要，我先替你尝尝……”他凑过喷着酒气的嘴，一副打算一亲芳泽的样子。

莫问刚要举起面前的酒杯朝他砸去，那酒杯却率先被小桃抢在了手里，兜头朝那人泼了一脸酒：“我看你需要清醒清醒，或许你真的是条狗仗人势的赖狗，但好歹做条清醒的狗。”

那人又惊又怒地看向小桃：“你个臭婊子，知道我是谁吗？就凭你也敢泼我?!”他抬手给了小桃一巴掌，小桃脚下不稳摔在地上。莫问站起来冲过去拽起他的衣领，那人却被冲过来的朱利安一拳打翻在地。

“这是搞什么飞机啊？好好的干吗打起来了？”杨飞操着一口台湾腔跑上来拉住朱利安劝架。朱利安恶狠狠地瞪着那人说用英文说：“这狗娘养的打小桃。”

那人被朱利安一拳闷击，有些惊诧地看着这个忽然冒出来的老外，犹犹豫豫冲上去作势要打，却被莫问拉住了。

杨飞此刻才看见被辛迪扶着从地上爬起来的小桃，挽起衬衫的袖子，露出满是肌肉的胳膊：“他妈的敢打我们寿星佬，活腻歪了吧？”

莫问笼着那人的胳膊，杨飞飞身上去就是一记猛拳，直接把那人打懵圈了。杨飞虽然现在是一介书生，但是混黑社会的底子一点没扔下，揍人的专业比谁都强，加上朱利安这个日耳曼青壮年和拉偏手的高大莫问，那人瞬间在脸上开了酱铺，被打得五彩斑斓。

“别打了别打了，这不是齐大少吗？都是朋友，别打了！”辛迪看这几位也痛快得差不多了，这才娇声上来劝。

小桃低声问辛迪：“这是谁啊？缺心眼似的。”

辛迪贴在她耳边匆忙说了一句：“没听说过‘帝都四少’吗？”又飞快地贴在那位有些站不起来的齐大少身上：“都这么大了，还跟小孩儿似的，别闹了。”

齐大少用已然大小不一致的眼睛瞥了眼辛迪：“辛迪？你怎么在这儿啊？”

辛迪趁着他站不稳摇摇欲坠，把他架得更服帖了：“我和朋友来玩儿的。这都是我朋友，真是不打不相识呢！这位是齐天禄齐少爷，他家的产业可是遍地开花，那这位是……”辛迪双眼含笑瞟向莫问。

齐天禄哼了一下，闷声不语。莫问淡然自我介绍：“莫问。”

辛迪在齐天禄怀里向莫问伸出手：“我说怎么远远看着就有些眼熟呢！原来是顶金的莫总。幸会幸会！”

莫问被动地伸出手，象征性地握了握，心不在焉地瞟向被杨飞和朱利安嘘寒问暖的小桃。辛迪察言观色地飞快瞟了一眼当前的尴尬局势，片刻笑说：“我扶天禄回去休息，我们改天再叙。”

齐天禄知道寡不敌众，也不想接着再吃眼前亏，向众人抛下几个怒视的目光，连忙就坡下驴，骂了几声随辛迪走了。

莫问身边的几个美女本来就是齐天禄花钱叫来陪酒的，看见打架，全都秒速闪人了。小桃虽然挨了一巴掌，并且因此挑起了一场肉搏，但是丝毫没因此影响自嗨的心情。她看着莫问面前那几瓶威士忌和各色洋酒，只顾着由衷开心今晚的酒钱可以省掉一半了。她反客为主坐在莫问的包厢里给大家倒酒：“都来喝，把笔笔他们叫过来，这么多酒不喝多浪费。”

莫问貌似因为齐天禄被揍而心情不错，也招呼大家坐下喝酒。他坐在小桃身边，俨然一副男主人的样子。大虾和马蜂等人看见董事长这阵势，半醉的酒也吓醒了，毕恭毕敬地喝着莫总递来的酒，看着小桃左边的朱利安和右边的莫问互相彬彬有礼地交谈有些犯晕。

笔笔企图和大家玩“Never ever”游戏，要求其中一个参与者说出一个以“我从来没有……”为开头的事。如果其他参与者同样没做过这件事，那么说的那个人罚酒；如果其他参与者有人做过这件事，那么做过这件事的人就要被罚酒。

尽管这个游戏出现在美剧里，显得很洋气，在众人微醺着想要扬起骚动的衣袖却又有莫问这个顶头上司把他们的衣袖冷冷踩在脚下的尴尬气氛里，不失为一剂活跃气氛的规则性道具。规则面前人人平等，或许是一眼看透了进入这规则的人必须暂时压低自我，可能受到难以预料的摆布，莫问断然拒绝玩这种游戏。

大家都被莫问搞得有些兴味索然，只有小桃自顾自地喝得乱七八糟：“今天可是我生日，我说了算。”她凑到莫问耳边低声说，“我都挨了你仇人的一掌，又把他给揍了，知恩图报懂不懂？”她大声地起头说，“我从来没有同时和俩人谈恋爱。”说完她又大声地看着朱利安重复了一遍英文，“I have never ever in tow relationships with two men at the same time!”她如此当着莫问和大家的面明志，朱利安满意地笑了。在大家的哄笑声中，杨飞和马蜂喝了碰杯一饮而尽：“够本事，好兄弟！”

接着轮到小桃身边的朱利安，他转了转眼睛一本正经地说：“I have never ever fall in love with my classmate.”（我从来没有爱上过自己同学）他目不斜视地看着前方，除了杨飞和他一个朋友，其他人都默默举起了酒杯，就连莫问也抿了一口。

“你什么时候……”小桃忍不住问莫问。

莫问支吾着低声说：“那时候不是追过班花吗？那个叫什么……徐……”

“徐菲颜！对对对，你不说我都忘了！”

“他说什么?”朱利安静静地看着莫问不自在的神色追问。

小桃低声对他用英文重复:“他追过我们班班花。”

朱利安扯过一丝冷笑，没再说什么。大家轮了一圈，各种奇葩事件依次被扒了出来，就连“我从来没有吃过自己鼻屎”这种天真的恶习都有马蜂这种天真的二货跳出来认罚喝酒。轮到莫问，他沉默半晌抬手叫:“服务员，结账。”

“别闹了，到你了你不说，有意思吗?”小桃嚷道。

“董事长，游戏面前人人平等，您就说一个吧!”笔笔也半醉着附和。

莫问叹口气:“我没有什么没做过的事情了。”

小桃谆谆教导:“你赤条条来到世间，不过活了二十几年，哪儿有你说的那么沧桑。”她摇着莫问，“好好想想，你好好想想啊!”

马蜂看着这情势，低声对大虾总监说:“还说他俩没什么，这不是在秀恩爱是什么?我看这倒霉的洋鬼子肯定是个拉来当幌子的冤大头。”

莫问想了想，瞥了一眼朱利安，故意用英文说:“I have never ever had more than 1 girlfriend.”(我从来没有交过一个以上的女朋友)。

他说完这话，全场都震惊得凝住了。笔笔一脸崩溃:“您一个业界精英高富帅，这辈子只交过一个女朋友?”

马蜂也是崩溃的，趁着醉意追问莫问:“不可能吧?那影视红星杨蓉蓉、主播名嘴露丹……还有那个名模……”

大虾总监笑着接话:“……那她们可不都成了炮灰嘛!这么专一的男人现在可是珍品啊!”

“岂止是珍品，简直是孤品!来来来，咱们这些烂人搓堆儿干了!”杨飞举起酒杯，满场的人连同朱利安一起干杯，却只剩小桃陪着莫问没喝。

朱利安怕小桃耍赖，还特别提醒他:“他虽然说的是女朋友，但是交过一个以上男朋友的也要算进去一起喝哦!”

小桃红着脸看看他又看看莫问:“我……我正式的男朋友就交过你

一个啊……”

朱利安像看外星人一样看着小桃和莫问，只得作罢。他饮了杯中的酒，像是上了一条没有莫问和小桃的船，而他离开的那条船上，偏偏只有莫问和小桃两个人。

莫问等朱利安喝完酒才缓缓用英语说：“你那个体育老师不算数吗?”

“什么体育老师?”朱利安问。

小桃顾不上回答，抢着用中文解释：“我们都没有真正在一起过好吗？要是吃过几顿饭聊过几句天都可以算，你女朋友早就排到太平洋了好吗？孙淼、徐菲颜……就连韩秋秋，哪个没跟你吃过饭聊过天?”

笔笔醉目中闪烁着向往：“知根知底就是好啊，谁也别想忽悠谁，这默契，也实在没谁了。”

朱利安兀自揣着一个疑问被小桃和莫问的中文甩到一边，脸色越来越阴沉，等小桃又掀起新一轮的游戏，他已拒绝再玩。

莫问贴在她耳边说：“你小男朋友累了，让他回家睡觉吧。”

“睡什么觉，这才几点?”当小桃站起身提出去吃夜宵的时候，大家已感受到三个人不一般的紧张气氛，连忙趁势散去。

“你不回家吗?”莫问喝了那么多却清醒得像块不锈钢，在自己的车前拦住企图趔趄上车的朱利安。

朱利安坦然地答：“小桃喝醉了，我得送她回家。”莫问无语地看着他，像是看一个答错题的孩子。

“我……没醉，我……可以开车回去。”小桃也来添乱，推开司机坐在驾驶座上。

朱利安打开车门，站在她身边一字一句地告诉小桃：“你不可能开车，想都别想。”由此可见他还是比小桃清醒的。

小桃认真地坚持，语无伦次地说：“车……我真的可以开，我……一点……事儿也没有。”她说着就去按启动按钮。

朱利安慌忙阻止，莫问推开他在她耳边说：“我知道你没事，但是我有司机。让他开，你坐后面。”他说着像哄孩子似的把不依不饶的小桃拉到后座。一个没留神，朱利安也坐到了后面。

莫问只好坐在副驾驶，让司机把车开到公寓。鉴于朱利安坚持要完成送小桃回家这个任务，三个人上了楼，进入公寓。

“你这儿有酒吗?”朱利安坐在沙发上问。小桃已脱了鞋，光着脚去逗猫。

“啦啦啦……”啦啦不情愿地和小桃对视，落地灯洒下淡淡的微光，两个男人端着酒杯坐在沙发上看她。

“她真可爱。”朱利安陶醉地看着小桃。

莫问抿了一口威士忌，看着小桃同意地泛起笑：“她就像只猫，总是摸不准她要去哪儿，干什么。”

“啦啦，啦啦……”小桃在他们的注视中旁若无人地抱起啦啦，啦啦不明所以地坐在她的膝盖上，在寂静如水的夜里，陪着她被两个男人静静注视。

“听杨飞说，你今天遇到点儿麻烦。”朱利安醉酒后的声音暗哑低沉，他晃着杯子里的酒，一侧投来的灯光让他的另一边脸陷入黑暗，仿佛一个迷人又杀人的吸血鬼。

莫问不以为然地轻笑：“商场上多得是麻烦，今天的敌人未必不是明天的朋友。这些事，你知道还太早。”

朱利安静静地看着他故作从容的样子，半晌只是淡淡吐出两个字：“也许……”他顿了一顿又说，“不过我知道很多瑞士银行都可以给信贷信誉良好的企业客户提供巨额贷款，你的竞争对手也不例外。”他扭头看看墙上的挂钟，然后放下酒杯，“你尽管去关心这些生意，我只需要关心一个人……”

朱利安走到在另一个世界独自欢乐的小桃身边：“十二点了，生日快乐。我的小猫咪。”朱利安从牛仔裤的兜里掏出一个小盒子，里面的珠链被朱利安挑在指尖，闪着暗夜里细碎的光。

小桃醉眼蒙眬地望着珠链末端中世纪家徽般的银坠子，中央的紫色宝石神秘璀璨：“你就是为了送我这个，才在这里等到现在的吗?”小桃简直被他的浪漫击翻。

朱利安帮小桃戴在颈上，欣赏着那坠子说：“这是我外婆送给我的，卡索家的家徽。”

朱利安的母亲姓卡索，他把这个家徽送给小桃，不但证明他不再怪母亲，而且还证明他想要小桃成为他家庭的一员。听到这话，小桃瞬间觉得自己的脖子重了许多，犹豫着说：“这么贵重的礼物，我不该收……”

朱利安吻了一下小桃的额头：“你只需要说‘很漂亮，谢谢。’”他不等小桃回答，坐回沙发和莫问碰杯说，“谢谢你的见证。”

莫问淡淡地微笑着抿了一口酒，表情却比喝了药还苦，攥着酒杯的手关节发白，几乎要把酒杯捏碎：“不过是一条项链，也谈不上什么见证。”

朱利安不屑地笑了笑，盯着酒杯里的酒说：“资本家就是爱用物质的眼睛看事情。”

莫问也狠狠地微笑了。他喝了几口酒，悠然站起身走向阳台的晾衣架，拿过小桃连衣裙、内衣、内裤一件件缓缓叠着，娴熟的样子，仿佛在干一件每天都在干的事情。他在朱利安渐渐愤怒的目光中抖开最后一件真丝睡袍，慢悠悠地走到小桃身边：“你的衣服都替你叠好了，快换上睡袍睡觉去吧！”

朱利安眼睁睁地看着莫问拿这些“物质”作工具，将他逼上无法容忍的悬崖。他耳边忽然响起了马蜂刚才在酒吧半醉之后含含糊糊的一句英语“小桃真的是你女朋友吗？公司里的人都说她是莫问女朋友”。他本来对这些谣言一笑置之，可如今在他眼前上演的画面，让他几乎相信那谣言是真的。

小桃笑嘻嘻地接过睡袍，却转眼抱着猫睡着了。她和猫一起团在地板上，被朱利安抢过来抱进沙发；莫问给她盖上毯子。两个人静静地各怀心事地看了她片刻，莫问忽然说：“你可以走了。”

朱利安忍着怒意，抬眉嘲讽地看他：“你并不仅仅是她的高中同学，对不对？”

莫问给朱利安打开门：“我是她的什么，大概和你无关。”

朱利安更加嘲讽地笑了："我是她男朋友，自然和我有关。只有胆小鬼才不敢承认自己的感情。"

莫问的眼中闪过一道寒光："我若是承认了，她也不会是你女朋友。"

朱利安收了笑容，凛冽的面容仿佛刀刻，迎着莫问的目光一字一句地说："那么我还是要谢谢你那么久以来一直是个胆小鬼了，所以小桃永远都会是我的。晚安。"门在朱利安背后关上，莫问在门内看着远处落地灯下酣然入睡的小桃，许久，许久，他在自家门前矗立成一尊悲伤的雕像。

当屋内的气息已凝结到连空气都不再流动的时候，他才缓缓地伸出右手，在自己的裤兜里紧紧攥成拳，半晌又妥协地松了手，用指尖捏出一个小巧碧蓝的盒子，打开它，挑出一条晶莹璀璨的项链，呻吟般地自言自语："胆小鬼……"

他看着项链末端的蒂夫妮白金锁，自嘲地笑了。这本想明天送给小桃的生日礼物，此刻可以锁住的恐怕只有他自己。

他整夜坐在小桃身边的地板上，端着酒杯看着人间的灯光一点点儿被日光吞噬……小桃颈子上朱利安的家徽被太阳照射出刺眼的光，昨夜齐天禄的话语依旧回荡着刺耳的余韵。

"我就算是一条狗，却能帮齐总搞定你这头自以为是的猪。"

自以为是。

他在生意上的一帆风顺，赢来许多众星捧月的风光，这一切的确让他有些忘乎所以自以为是了。人们一口一个"莫总""融资金眼""金融新贵"把他捧上天，不过是看在他能给他们带来的那些利益的面子上。本以为他能因此拥有一切，而在小桃出现之前，他也的确拥有着一切。

可小桃就这样意外地出现了，带着他曾经根本不放在眼里的朱利安。但是他越来越从朱利安对小桃的细节里感到自卑。他瞻前顾后地碍于情面和商场的局势，不能像朱利安那样第一个冲上去对侮辱小桃和自己的齐天禄迎头痛击，也不敢抛下过去和身份的桎梏，大声对小桃表白自己的感情，连生日礼物都握在手里来不及送出去，让她的颈子不再有挂上他礼物的余位。在他徘徊不前的时候，小桃已经被朱利安带向自己达不到的远方，越来越远。

他想笑着对自己说："事情就是这样的，我也没办法。"但是他却发现自己已经无法淡然地放下。小桃带给他的缺失，已不是一个女人那么简单，而是让他不得不面对自身的世俗和缺憾。因为自己世俗的缺憾而败给朱利安的抱憾感让他不能容忍，必须向前。

当长安街已渐渐汹涌，莫问回到自己房间盥洗，换上新一天的衣服，给他的秘书打电话："上海那个项目，你跟进得怎么样了？……确定他们是从朱总的银行贷款……好……很好……帮我约今晚和朱总吃饭……哦，另外帮我打听他们的海外资金是和哪家瑞士银行对接。"

小桃的手机铃声在空荡的公寓回响，她蹙眉努力睁开眼，接通辛迪的电话："嗯……"

"昨晚怎么样啊？"电话那边辛迪的声音依旧娇媚柔软，散发着无数暧昧的余韵。

小桃哑着嗓子答："我能怎么样，你要说的是你怎么样吧？"

果然，辛迪在电话那头满意地笑："我昨晚美女救英雄，当然是春宵一刻回味无穷了。"

小桃闭着眼扯下嘴角，毫无意外地恭喜她："亏你认得他，不然他准保被揍得连他妈都不认得。"

"你用不着挤对我，你也不是省油的灯。帝都四少被咱姐妹一次霸占俩，让那些妞儿气得毁容去吧！"辛迪得意的笑脸恍若眼前。

"俩？"小桃微微睁开眼，"什么俩？"

"别告诉我你不知道，他俩可都是万千名门淑媛可望而不可即的财阀二代。听说他俩的上一代就是过命的好兄弟，但是共苦之后没能同甘，现在反目成仇了。而且你那位莫大少现在被我这位齐大少抓住了小尾巴，所以昨天晚上才上演那场三英战吕布来着。"

小桃想想昨晚齐天禄鼻青脸肿的样子，用鼻子笑："吕布……你倒说说你那位吕布抓着莫问什么小尾巴了？”

“是这样，他们在上海合作一个项目。但是齐大少的叔叔，就是中央直属的项目负责大佬，指定要求大额参股，超额分红。莫问想要这个项目，就只能低三下四地被齐大少挤兑着，所以昨天才那么不爽。”辛迪能把这么幕后的消息扒出来，想来也费了不少工夫，所以说的时候字斟句酌，舍不得透露太多，又难掩得意地想要说。

辛迪肯透露那么多有用信息的目的，无非是抛砖引玉套问小桃更多的有用信息，当她了解到小桃以高中同学的身份住在莫问家，并且和莫问相安无事地生活在同一屋檐下之后，懵圈地挂了电话。

小桃坐在沙发上，上帝一样俯瞰繁花似锦的长安街，看着芸芸众生在她脚下奔波忙碌，她因莫问而带来的困惑和烦恼也远了，但并不因为遥远而消失。

她从没想过众星捧月的莫问也有被人踩在脚下的一天，更没想过莫问将她的事情置之不理是因为有更难化解的危机出现。她一向把自己的事情看成天大的事情，把自己的个体看成天大的个体，她是那样独一无二，高傲、美丽而特别。她觉得这很正常，因为自己的心跳和快乐，呼吸和痛苦都是那样无法忽视，所以人们难以把自己平等地和别人一样看待。

而现在，她却因为自己忽视了莫问的痛苦而感觉无法呼吸。她对此很不解，不明白为什么另一个人的痛苦会让自己产生生理的障碍。这很不科学，难道她生病了？或者是昨夜的宿醉太猛烈？

她就怀着这巨大的猜忌和彷徨，猫一样缩在沙发上，看着那个令她窒息的万恶之源匆匆系着领带从楼梯上走到她身边的窗前。他微抿下唇，让下巴和鼻子倾出不可一世的弧度，像上帝一样俯瞰脚下的车流。她为此而心动，因为这让她仿佛看到了几分钟前的自己。

她因而陷入更加疑神疑鬼的彷徨，下意识地抓住颈上的项链，用指尖反复摩挲。片刻她才猛地看向自己颈上的欧洲中世纪家徽，朱利安真诚的双眼和昨夜蕴着酒气的灯光扑进她的脑海，令她心烦意乱到几乎作呕。她不得不再次抬头看向莫问，却与他慌忙离开自己的视线擦身而过。

更加猛烈的心跳让她确信自己昨天一定是喝得太多了，捡到莫问那些不喝白不喝的酒，她就占便宜没够了……可是……为什么她自己连一点昨天付酒钱的记忆都没有？难道她把自己那单逃了？

“昨天的酒钱……我付了吗？”小桃把脚伸进毯子裹紧自己，仿佛这样可以增加一些让她不那么心慌意乱的安全感。

莫问的表情仿佛也很复杂，仿佛存在在此地又仿佛不在此地：“我的那单你没付，你那单朱利安付了。”

见鬼！自己的生日还让男朋友付账，堂堂的夏小桃在朋友面前将是一种什么样的茶婊形象？等见到朱利安一定得把钱还了，人虽然穷，但志不能短。她用毯子蒙住脸，可自己事情带来的彷徨却丝毫没有压住莫问麻烦带来的彷徨，她只好妥协地拉开毯子问：“昨晚……我们是不是给你惹麻烦了？你的朋友看起来不会那么善罢甘休。”

莫问心事重重地笑了，把自己的钱包和钥匙塞进口袋，扯着嘴角低语：“还没有什么事值得被我称为麻烦。”这话像是说给小桃，又像是说给自己。

他那不可一世的笑容此刻看起来居然不那么可恶了，反而让小桃觉得踏实许多。难道，他找到破解麻烦的方法了？难道，她的所有彷徨和窒息是多余的了？她有什么资格和能力替他彷徨和窒息？她不过是寄宿在他家的高中同学而已。

她再一次为自己的渺小和无能为力感到可耻，本以为天大的自己却在现实中如同无用的蝼蚁，在对自己存在价值的巨大猜疑中，莫问已走向门口：“中午 12 点在公司楼下见，和我吃午饭。”他不等小桃回答，关了门，独留小桃在门里惊慌失措。

或许根本不像笔笔说的那样，他对她和朱利安不是静观其变，而是没空搭理，她的存在在莫问巨额的生意场上根本不值一提。所以，如今有了空闲，居然有心情叫她中午吃饭了，并且完全无视她愿不愿意，有没有空。

但是笔笔却说对了一件事，她垂死挣扎介绍朱利安的计划因为莫问的最终出现根本没有达到效果，反而加重了她脚踏两条船的浓烈色彩。

今天，公司里的流言依旧围绕着小桃，只是内容有所更新。她隔着一道安全门，目睹马蜂是如何在楼道边抽烟边眉飞色舞跟客户部的姑娘形容小桃的生日聚会的。

“三个男人替她打架，两个男人给她付账。那阵势，简直亮瞎了我的狗眼。”

“你确定你没喝多？董事长和咱们那个洋帅哥都抢着给她付账来着？”

“我们屌丝只会擦亮双眼在一边干瞪眼，要是连这都干不好，连屌丝都不必当了好吗？”

“呦呵，长得漂亮真了不起啊！我要是有她那天使脸魔鬼心，我也这么耍去。”

小桃有心闯进去跟他们理论一番，可她知道如今自己的任何解释都只能越描越黑。她默默地收起自己的烟和打火机，往办公室走去。

她沿着墙走在写字楼的走廊里，如同一只小心翼翼的老鼠，可那只叫流言的猫头鹰，不知道什么时候就会从不可思议的某处忽然降临在她的头顶，让她无处可逃。不必抽烟了，她心里已经足够乌烟瘴气。要是事情继续这样发展下去，恐怕她真的只有辞职一条路了。

所以必须离莫问那个魔王远一点。避之不及的生日聚会都能碰见他，像这种招之即来的午饭邀请更是绝不能答应了。昨晚还能姑且称为无妄之灾，今天要是自己送上门，恐怕就是自作孽不可活了。

不去。绝不能去。他说十二点吃饭就十二点吃饭了？我凭什么就得答应？绝不答应！让这个不可一世的大魔王等去吧！小桃下定决心之后，脚步轻快了许多，走过走廊的转角，却看见宋睿在不远处朝她招招手然后转身而去。

她只得跟宋睿进入总经理办公室，眼巴巴地看着她用一根手指头将一张纸推到小桃面前。

小桃一看就傻眼了。那是她非正式员工考核的试卷，上面赫然用大红章盖着“未合格”的大印。

看来末位淘汰的被辞退员工名单已经出炉了。门外响起稀稀落落的哀鸣，仿佛天空中落单的孤雁在鸣叫。她已顾不上追究莫问那些冷血无情的杀招，满脑子只有眼前“未合格”这三个红大字。

完了，这下就算我想在公司继续待下去也不行了。本来以我的工作经验，根本也是等着人家来选择要不要我，哪轮得到我来选要不要人家？小桃面无血色地端详着宋睿神秘微笑的面容，忐忑不安地等待她宣判的死刑。

宋睿却半晌没说话，小桃只好坐在她面前饱受她复杂目光的审视。那目光里含着笑意，笑意里含着欣赏，欣赏里含着刮目相看。酝酿了许久，她才整理一下自己宝蓝色的洋装上衣开口说：“莫总早就发下指示，这次非正式员工考核不合格的员工，连同末位淘汰制辞退员工一起参加上岗培训，进入一个月的观察期，到下个月开始正式推行辞退制度。”

小桃呆呆听了宋睿的话，想了许久才缓缓确认：“这真是莫问……董事长亲自下达的指示？”

宋睿托腮靠近小桃，有料的身材在洋装 V 领深处若隐若现，故作神秘地说：“莫总在收购公司的时候就决定暂缓辞退制度的执行，只是为了让大家有所警醒，才推迟到今天发布这个消息。这几天的事情我都知道了，你是公司的功臣，所以不必烦，姐挺你，什么都不叫事儿。”

这话信息含量太大，小桃消化了半天，终究吐出一个没消化下去的核：“功臣？”

宋睿顿了一顿，失望地看着她：“学妹，你跟我装糊涂可就见外了。当初莫总抓住我审计上的小辫子打算把公司骨头都不剩地生吞了，可他在一夜之间居然改变主意让我参股当一致行动人，还对他们顶金集团一向坚守的辞退制度有所保留，难道不是因为你？”

小桃在宋睿洞悉一切的目光逼视下，愣是没敢说话。她知道莫问对宋睿手下留情，更对辞退制度的暂缓执行惊喜，可这难道不是像莫问说的“因为宋总的努力”吗？怎么会因为我了？他可是最讨厌我染指他的工作的，何况卑微如我，也没那个本事啊！

可她又不想承认这一切不是因为自己，这样恐怕全公司最能说得上话的人就不会在这个“脚踩两条船”事件中为她挺身而出了，更何况接下来的工作去留全都得指望宋睿说好话，她就算卑微，也有卑微地在公司活下去的权利吧？

所以，她只能眨眨大眼，假装无辜而天真地一言不发，等着宋睿提供更加确切的信息。

果然，宋睿得意地翘起嘴角低声说：“据我调查——抱歉，姐也是有些打探消息的手段的——他改变主意的关键一夜，你搬进了他家。”她深深地望着小桃，嘴角挂着蒙娜丽莎般的神秘微笑，仿佛在说“一切都逃不过姐的法眼”。

小桃惊得瞳孔都放大了，更令她吃惊的是，她随之想起了搬进莫问家中第一夜酒醉断片的记忆。

那段失去的记忆，本来是因为想不起来所以被抛进脑海深处的，此刻被宋睿一提，那段往事便如潮水般涌来，断片的记忆也如退潮后露出的礁石赫然显现。

她曾经只能记得莫问在床上牵着自己的手，一字一句地低语：“真希望我能离你这个意外远一点儿。”那温柔又无奈的目光，忽远忽近，似真似幻，让她捉摸不透。因为捉摸不透，所以心慌意乱；因为心烦意乱，所以她拒绝再对失去的记忆做任何企图回忆的努力。

她隐隐觉得，那失去的记忆里存在着她无法面对的东西，那些无法面对的东西，才令莫问在第二天清晨的笑容如此神秘。

可她此刻却无可挽回地想起了酒醉的第一晚，她在杯盘狼藉的酒桌前啜泣自己的无能。她真心为宋睿的公司着急，更为自己的无能为力而自卑。然后在某一时刻，小桃的一切纠结妥协在酒精的淫威之下，她瘫软地滑向桌下，被莫问起身捞进怀中。

有力的双臂，温暖的胸膛，她被莫问默默地放进他的床里。莫问矗立在她床前凝视了她半晌，当他打算转身离去的时候，她抓住了他的手。

“你不要走，不要再这样头也不回地转身离去。我受够了你的转身离去。”她在昏暗的卧室里低吟，吐露出一直憋闷于胸的往日积郁。她任性地用力拉住他，却没有感到他想要离去的反方向的力。他的身体只是顺从地留在了她的身边，虽然嘴上说着“你喝多了，快睡吧”，他的手却只是浅浅挣扎了一下。当他再次因为这挣扎而被她拽得更紧、拽得更近的时候，他不再有任何想要离去的意思。

他只是在微光里默默地看着她，像是在无奈地看着一个耍赖的孩子，却因为满心的怜爱而不忍责怪。

“你知道吗？那时候我回到宿舍，你却不在了，我一个人换的灯泡……你为什么留我一个人换灯泡……为什么……”小桃边说边有气无力地用拳头捶打在莫问的胸膛。莫问只是默默地把视线停留在虚无的黑暗里，无声地承受着她的责打。他的眼睛里汹涌着无法说出来的情绪，却只是沉默地任它汹涌。

“我不知道你去哪了……我一直在想你到底发生了什么……想到我整个人都不再是自己了……我用了多大力气才可以不再想你……你为什么又把我困在你的身边……我不想再像上次那样被你抛开，我不想要再回到那个你转身离去之后的自己……我恨那个自己……”小桃的捶打被泪水化得越来越弱，连同责骂一起呜咽成灰。

小桃沉浸在自怨自艾的过去，唇却被意外地堵住了。莫问的吻绵长而汹涌，如同诉说他眼中的一切。

“真希望我能离你这个意外远一点儿。”莫问明亮的双眼照进小桃的心里，他的手依旧被小桃牢牢牵着，他的话语叹息一般化进黑夜，逃到心都达不到的地方，留下苦涩的余味。

“但是一切已经太迟了……太迟了……”小桃一只手狠狠地将莫问往外推，另一只手却依旧牢牢牵着他。

莫问在小桃纠结的动作前纹丝未动，只是自行其是地将她拥入怀中。

“别离开我……再也别离开……”小桃在莫问的怀中梦呓，却在听到自己期待的答案之前被睡梦拉走。

她现在无可挽回地想起了那些事情，她因为这意外找回的回忆而无地自容，羞愧难当。她真的宁愿自己忘记，她实在后悔，不仅因为自己的所作所为后悔，甚至因为自己听从了宋睿的召唤坐在她面前找回记忆而后悔。

她不记得自己后来和宋睿敷衍地说了些什么，只记得宋睿反复重复的几句话：

“公司里那些人说什么你不必在意。你以为他们不想脚踏两条船不想红杏出墙吗？他们只是没这个机会。”

“姐也是洋枪队里混过的，洋鬼子不靠谱，你们早晚会散。”

她仓皇逃出宋睿的办公室，奋力让那些本该早就属于自己的记忆沉淀，可那些记忆却飞扬着膨胀，让她不敢再见莫问，不敢再回到那个暂时属于他们两个人的家。

不能这么逃避，既然我已经想起来，就必须面对它、解决它。我是有男朋友的人，怎么能让莫问怀揣那样的误会一直和我共处在同一屋檐下？

可是……他竟然真的怀揣那样的误会和我在同一屋檐下相处了那么久！在我毫不知情的情况下！他到底是怎么想的？难道……

莫问一直是那么喜怒不形于色，对于他想法的各种猜测让她坐立难安，她觉得自己必须马上见到他，知道他是怎么想的，才能针对他的想法提出有效的解决方案。

她从来没有那么渴望见到一个人。那个被渴望的对象本该是她的男朋友，可朱利安今天居然没来公司，短信电话一律没回，可见昨晚醉得不轻，现在还没醒。看看墙上的挂钟，才十一点半。为什么时间看似平均地前进，却在着急的人面前显得那么慢条斯理呢？

她心猿意马地在电脑前想着饮料推广游戏的创意，却根本无法集中精神，眼前总是浮现出那晚的画面。她只得将那些无地自容的片段全部放进情侣养成游戏的情节，回看之下更加无地自容，想要删除又舍不得，悲凉地抬头看表，时针和分针已在十二点的位置拥抱，她立即关掉电脑，匆忙跑下楼。

写字楼下，小桃边等莫问，边被不堪回首的记忆击倒。她现在又忽然有些后悔跑到楼下等莫问。如果这么多天莫问都把这件事当做没发生，那她又何必提起呢？我是多么费力地在我们之间筑起高墙，难道就要因为一次酒后断片的记忆毁于一旦吗？对，就当做是一次酒后的胡言乱语好了，我只需尽快地把这件事忘掉，那么一切就都可以回到原位了。

小桃转身想逃回写字楼，忽然又止住脚步。

“他改变主意的关键一夜，你搬进了他家。”宋睿的声音提醒小桃，莫问并没有真的当一切没发生。他以自己的方式，默默地为小桃做了一件至关重要的事情，甚至都不想让她知道。小桃真的很想知道莫问为什么如此大费周章地隐瞒他对她的好，他是在逃避什么？但是如果想要知道这些，就必须面对那个酒醉的夜晚……

“小桃，你在这儿转悠什么呢？走，吃饭去啊！”小桃进退两难地在楼下徘徊时，正好碰见笔笔和马蜂等人一起下楼吃午饭，或许是因为乘了同一部电梯，还有客户总监和她的同事也跟在后头。

“小桃跟咱们这些傻乎乎靠本事吃饭的不一样，人家靠的是颜值，中午约她的人肯定排大队，哪轮得到和咱们吃？”客户总监一向牙尖嘴利，又是大龄剩女，当然对桃色新闻频出的小桃第一个看不顺眼。

“你跟谁吃饭我们管不了，不过客户那边可催着要稿呢，下午两点能出来吧？”客户执行的姐姐当然是自家老大的血滴子，老大看谁不顺眼，她第一个飞出去让对方血溅当场。

“什么稿？”小桃一脸懵圈。她昨天刚刚加班改了好几次稿，差点儿连自己的生日派对都去不成，要不是大虾总监替她扛过去，她可能现在还在改那个永远改不好的稿。

“通意那个提案啊！你不会满脑子都是风花雪月，把正经工作都给忘了吧？”

“通意那个不是小猪在跟吗？创意会上说了的呀！”小桃最近本来就在公司如履薄冰，无论在公司里还是公司外，做什么事都有千百双雪亮的群众眼睛盯着，最怕工作出纰漏被人抓住把柄借题发挥，吓得连忙解释。

笔笔也说：“没错，我听得一清二楚，是让小猪来写的。再说谁中午没有自己的事了？她平时都跟我们一块儿吃饭的，哪儿有你说的那么多故事。”

“小猪在跟，你作为自由撰稿人当然要从旁协助啊！你以为工作也像你忽悠董事长那么容易吗？你就算长得再漂亮，脸蛋儿也不可能替你写字啊！”客户总监抱臂斜睨着她，像是看一片被她踩在脚下的纸屑。

小桃还没来得及回答，身前就已经停了一辆白色的玛莎拉蒂。

一身浅色西装的莫问从驾驶座出来，为小桃开了车门，安静地等她上车。

“董事长好！”总监们连同同事连忙打招呼，同时用滚烫的目光隐秘而热烈地围观小桃。

“这是干吗呢？都堵在门口。”莫问远远看到客户总监耀武扬威的神色，就知道小桃有麻烦了，所以虽然是在问大家话，却在问题的结尾盯住客户总监，等着听她的解释。

客户总监堆笑说：“没什么大不了的，同事出来吃饭，闲的没事聊些工作而已。”

笔笔跳出来说：“明明没安排给小桃的工作，她们非逼着她交稿。”

客户总监刚要解释，莫问已蹙眉说：“从什么时候起，客户部管起创意部的工作分配来了？”他说得平淡，那严厉的声音却让所有人汗毛倒竖。

客户总监怕莫问再追问起她越权的罪过，不敢再说话，也不敢就此一走了之，只能眼巴巴地看着莫问轻依着车门，云淡风轻地等小桃上车。

午饭时间，一大波一大波的白领外出觅食。众目睽睽之下，莫问和他的车在毫无特点的人流中突兀如鱼群中袭来的鲨鱼，吸引来更多的视线，小桃被他们的目光烧灼得几乎成灰。

可是就此上车，传言岂不成真了？正在她不知道该如何是好的时候，身后忽然被人用力一推。幸亏莫问敏捷地按了一下她的头，才让她没有一头撞到车顶。她一屁股栽进副驾驶，车门转眼被莫问关上。小桃隔着玻璃窗看到目瞪口呆的马蜂和客户总监以及一帮同事，还有他们身前的笔笔。笔笔在车边做着鬼脸朝小桃招招手，嘴形里说了个无声的“不谢”。

小桃已根本顾不过来怪罪把她一把推进车里的笔笔，此刻只被百爪挠心的紧张感煎熬着。现在全公司人都铁定认为她是个脚踩两条船的骚货了，而她自己也开始怀疑自己这一点。但是她居然在客户总监惊诧而饱含怨毒的目光中有些暗爽，隔着一个车门的距离，那个老处女不咸不淡地的说三道四，和那些没完没了改来改去的一堆工作，仿佛已是另一个世界遥远的浮云。

南瓜马车不费吹灰之力已把她装扮成与众不同的公主，她悲催的现实世界就此消失，暂时逃向白老鼠先生驾车奔往的宫殿。

众人已远，莫问巨大的存在感向她压过来。

他今天的西装比往日更加帅气，笔直的鼻子勾勒英俊的侧颜，他安然靠着座椅的靠背，一只手漫不经心地支在头侧，另一只手游刃有余地操控方向盘。

他既是她的白老鼠先生，又是她的王子。她想不明白他何以如此大费周章地对她，却如同对待每一个梦境，暂时不愿深究。

莫问心事重重地蹙着眉，刚才发生的一幕仍在他脑海徘徊。不到万不得已，他并不想把自己和小桃的关系在公司处理得如此高调。他已经一时头脑发热，覆水难收地在员工面前公开了他和小桃的关系，董事会随之而来的责问早晚会传到他父亲耳朵里，所以当他今天远远看到公司同事和小桃在一起时，他的第一个反应是避开，安静地在一个角落等着众人离去再过去接她，却在看到客户总监为难小桃得意的神情时，鬼使神差地一脚油门踩了过去，当他怀着淡淡的后悔时，已站在了小桃身前质问客户总监。

这下公司本就漂浮的流言就会更加汹涌。他不在乎大家传说自己和小桃在一起，其实他希望这传言传得越凶越好，最好是传到朱利安的耳朵里，这样才不枉费他舍弃高冷的形象在大家面前公开自己和小桃住在一起的初衷。但是因为一个临时在职人员而责怪自己公司的中层管理者，这行为太不专业太不理智了。无论小桃是否在理，总应该留给对方几分面子。

他有些怪自己，也有些怪引起自己这反常行为的小桃。最近小桃于他越来越像是精准雷达边的磁铁，就算她什么也不干地待着，存在本身已干扰他的各种正常判断和行为，但这引来的结果时好时坏，一时还难以说清对错。

小桃见他不说话，自己更无话可说，独自心跳着，彷徨着，得意着，羞愧着，直到他开车一路向北，进入一家附近的牛排馆。

小桃看着菜单咋舌：“就这价格，连宋睿姐恐怕都舍不得。你点吧，我吃沙拉。”小桃心不在焉地把菜单合上。

“你确定你只吃沙拉？”莫问犹豫地看着小桃。

那么贵的东西，以我现在的心情也吃不出味道。小桃勉强笑着说：“我减肥。”

莫问盯着她再次确认：“我请客，你不用花钱的。”

小桃压着嗓子对着莫问说：“谁请客也都是花钱啊！你的钱就不是钱了？”

终究做不了彻头彻尾的灰姑娘，小桃忍不住心算王子铺张的宴会账单。

莫问无奈作罢，对着服务员毫不犹豫地点了一堆菜，好像不要钱似的。

这个餐馆人不多，服务员上菜很快，小桃看看自己面前可怜的青菜沙拉，又看看莫问面前的各色前菜、汤和牛排，低头用叉子叉起蔬菜放进嘴里，边嚼边想着该不该把酒醉断片的事情说出口。

“你吃这些真的够吗？”莫问看她心不在焉的样子，以为是不满意饭菜，再次跟她确认。

小桃满怀心事，不耐烦地回答：“够啊……你跟我妈一样烦呀！”

明明还在努力消化对她的责怪，她反倒没事儿人似的嫌弃我了。莫问讪讪地低头切牛排，不再说话。小桃有点后悔自己为什么就从来没法像别人那样把他当成一个众星捧月的王子，却总是把他当帮忙的白老鼠先生。何况，他毕竟是化解她下岗危机的贵人呢！

从前那个大哥莫问和眼前这个董事长莫问在小桃的眼中和脑海确认重合好，小桃生涩地举起杯："谢谢你。对不起。"

莫问怀着自己重重的心事，满心茫然地随着她举起杯。

"谢谢你让宋睿姐当公司的'一致行动人'，也谢谢你给我们这些即将下岗的员工一次再就业的机会……对不起，昨晚给你添麻烦了。我听辛迪说，齐天禄在一个项目上正让你不痛快，你已经够心烦了，我们那一闹，不知道是不是会让事情更不顺利……"

莫问对小桃知道这么多事惊异了半秒，更对她这么商务范儿的感谢和道歉有些不习惯，这让他有了和那些主播明星吃饭的套路感，恍然感觉自己在吃工作餐。他匆匆碰了杯，满脸不自在地说："齐天禄的事情跟你没关系，我自己会解决；至于宋睿的事，那晚你跟我说完之后我想了想，你的提议对公司更有利。"

小桃听他说起"那晚"，心中一慌，连忙说："那晚我都说什么了？完全不记得了……我是不是喝太多了……呵呵……你别光吃肉，也吃点菜。"她没想到话题这么快就被带到了她最不想面对的那晚，急于岔开这话题，尴尬地笑着叉起一个小番茄，笨手笨脚地想要放进莫问的盘子里，却被他拉过她的手，直接将叉子送进了自己的嘴里。

她还是那个不经意间绽放明亮光芒的小桃，好像漆黑深海的夜明珠。面对她欲盖弥彰的慌乱，莫问心里更加有了底，从员工小桃那里寻回了往日熟识的小桃。

他叼着她的叉子，握着她的手，近在咫尺地凝视着她。当他确认她已被自己盯得魂飞魄散面红耳赤，才缓缓松开她的手，慢悠悠地说："我们一起度过的晚上那么多，我随便一提，你就知道是哪个，看来你已经想起那晚发生的事情了。"

“没有，没有，没想起来……”小桃慌乱地说着。见莫问此刻已经切了一大块牛排送到她的盘子里：“你也尝尝，他家的和牛牛眼肉是澳洲空运来的，北京仅此一家全球连锁的分店。”

得，怎么好像我越是否认他就越确认啊？他直接转移话题，搞得我连否认的余地都没有了，这可怎么办？

“可好吃了，七百元一两。”莫问的笑温柔可疑。

小桃细细地切了一小块莫问给的牛排放在嘴里嚼，果然入口即化美味无比，心中随着馋虫升起无限惆怅和感慨。惆怅的是莫问能如此自然地和她分享食物，可朱利安非得斤斤计较她偷他盘子里的菜。明明可以如此顺理成章的事情，为什么到朱利安那里就这么费劲呢？她又感慨莫问不知道是金融职业病还是生活缺乏想象力，衡量牛排好吃与否竟然是用价钱而不是口味。此刻如果朱利安在这里，恐怕定会讽刺他“把七百元人民币直接吃了是否更美味？”

她忍不住拿起手机看了一眼，仍旧没有朱利安的一丝消息。多半他都会主动发消息的，是他还没睡醒吗？或者是忙着上课顾不过来？又或者是昨天晚上送她回莫问家又把他刺激着了？她只记得她回家之后逗了猫，还收到了朱利安的生日礼物，别的记忆都有些模糊。她怅然若失地放下手机吃牛排。

等到下午三点，他要是还不打给我，我就再打给他一次。她对自己不争气的想法叹口气，抬头忽然看到莫问凝视着她，像是欣赏什么流连忘返的景色。被他这么盯着，让她恍然有些两个人是情侣的错觉，看向餐厅里一对对甜蜜的情人，她想自己在他们眼里或许也是一样的甜蜜。

不行，这怎么可以？我来这里是为了捋清关系的，怎么能把关系搞得更加不清不楚？她下定决心地深吸一口气说：“我虽然很感谢你为公司做的那些事情，但是有件事情我还是想和你说清楚……”

莫问忽然打断她，举杯说：“生日快乐。”

唉，他这个人就是这么我行我素，连对别人好都一副天上地下唯我独尊的拽样，根本不在乎别人的想法。小桃只好勉强配合着和他碰杯：

“你约我出来就是为了给我庆祝生日？”

莫问抬了抬下巴，服务员端上来一块精致如艺术品的甜点，上面插着一根蜡烛。

“我知道你不爱吃甜点，所以就点了这么一小块，咱们俩分也足够了……毕竟，幸福就像这小小的蛋糕，是无法和太多人分享的。”莫问指了指燃烧的蜡烛，小桃不禁按着他的指示闭上双眼许愿。

大脑却一片空白。她连自己该怎么办都不知道，又怎么可能知道自己该许什么愿呢？她迷茫地闭着双眼，企图用心找到一丝开启这片混沌的光，却感觉一只温暖有力的手牵住她的手：“我想了许久，就像公司的那些同事无法了解你我之间的关系，我的幸福不能淹没在别人的目光和判断里。我曾经在德国不告而别，无论是不是情非得已，但是对你造成了伤害是事实。我曾经以为不去看，那伤害就不存在，可其实我从来无法忘记自己不告而别的那一夜。”

小桃闻声睁开眼，不可置信地望着莫问。这个从来都不可一世的男人正用心看着自己。莫问的声音低沉深邃，讲述着他从未开启的心底的秘密：“我看到白色的连衣裙就会想起你，因为我离开那天，你穿着白色连衣裙；我吃巧克力布丁的时候就会想起你，因为我离开那天，我们吃了巧克力布丁；我看到新月的时候就会想起你，因为我离开那天，在你宿舍楼下回望我们曾经一起住过的小房间，正有一轮新月挂在它的正上方。

“那时候我笑了，我忍不住想指着月亮对你说，‘小桃你看’，可我身边已没有你，只有我父亲派来带走我的人。

“我本想安静地看着你幸福，我本以为这样对我来说就够了。可是我越来越无法逃开我自己，我感觉自己即将在现实和自我之间撕裂成灰。”

小桃惊异地听着，从他棕黑色的双眸中看到了他的心：“现在我就回答你那晚没能回答你的话。你曾经要我再也不要离开你。我一直没勇气告诉你，其实早在心里千百次重复了这个回答——我答应你，不再离开。

我不再转身离去，不再只留下你一个人，不再让你有胡思乱想的机会。”

“我曾经因为一个人，再也不打算相信爱情，决定让爱情至多成为我漫长一生微不足道的点缀而已。但是我偏偏意外地和你重逢，意外地让你频频闯进我的世界。你就像个意外，让我手忙脚乱，不知所措，不再能做我想做的自己。我曾经因为这些而厌弃你，可是我却发现到头来我厌弃的只是厌弃你的自己。我不想再纠结对错，因为我已经顾不上那么多。”

莫问的眼中闪烁着难得一见的诚挚，那诚挚的光透过他层层盘算和权术的薄雾，直射进小桃的心里。

这些话她曾经期盼听到，但是时过境迁，她已经有了男朋友，她怎么还能接受他的这些话呢？可是她猛烈的心跳是怎么回事？她对他的话语和眼神的眷恋又是怎么回事？她是喜欢他，还是喜欢听到这些话呢？或者，她是不是喜欢作为董事长的他，为她而平复了公司的危机，又把她用豪车在众目睽睽之下接到高档西餐厅来说这番话呢？她不得不承认，今天这戏剧性的一幕极大地满足了她的虚荣心，但是作为认识她那么多年的莫问，不可能不知道这一点。

所以，难道这又是莫问给她设下的一个新陷阱？明知道她有男朋友，却用荣耀、美食和豪车装点的虚荣陷阱，等着她满怀少女对美好爱情的憧憬一头跳下去，然后和大家一起嘲笑和摒弃脚踩两只船的她？高手啊……这都是高手惯用的伎俩吧？

怀着巨大的猜疑和对自己的疑虑，小桃无论如何也想不出莫问这种表白的真心出自何方。因为想不出，所以好像一只平白在野地里发现奶酪却找不到陷阱的老鼠，对那想吃却不敢吃的奶酪生闷气。

她咬唇冷冷地看着莫问，正在盘算该是严词拒绝他，还是姑且陪他演一段偶像剧的桥段再看虚实，耳边忽然响起一个苍老却洪亮的声音：

“小问。”

第十七章

逃到你身边

小桃看了看眼前这位目光炯炯的老先生，又看了看表情凝结的莫问。只见莫问松了紧握小桃的手，站起身喊了一声“爸”。她也连忙站起身说：“叔叔好。”

老先生身后站着几个人，衣着随意朴素却气场逼人，显然是刚才一起吃完饭从单间出来。莫问的父亲瞥了一眼小桃，又看了看莫问。莫问只得介绍说：“这是……我公司同事。”连名字都没说。

“小问最近很出息啊！总在报纸上看见你，没想到今天看见真人，真是一表人才啊！”莫问父亲身后的一位伯伯走到莫问身边，轻轻拍着他的肩。

莫问躬身笑说：“叶伯伯过奖了，我只是学以致用，在金融圈子小试拳脚。多谢叶伯伯和田伯伯的提携。”小桃从未见过莫问如此毕恭毕敬的样子，可见莫问的家教之严。

那位应该是田伯伯的老先生也走过来说：“长江后浪推前浪。以后我们这些老家伙还指望你们这些后辈呢！小问是这些后辈里最有出息的一个。就凭这点，他姓齐的牛个屁啊！后继无人，看他还能猖狂几年!”

莫老先生沉声说：“姓齐的运气好而已，想当年咱们都是东德出身，要不是他不择手段攀上了老首长，他能有今天？老田你也是，再夸小问，他都美到天上去了。不过初出茅庐，要经历的磨炼还差得远!”他虽这么说，面上却不禁有了几分喜色，又瞥了一眼小桃，背着手和几位老先生往外走了几步又回头说：“你妈说你好久没回去吃饭了，你给她打个电话。”

这几位老人完全无视小桃的存在，连招呼也没打一个。小桃却基于礼数，低声喊了句“叔叔再见”。转头再看莫问的脸色，却有些煞白。

“莫问……莫问……你没事吧？”小桃叫了几声，才把莫问从沉思里唤醒。

莫问恍然抬头说：“没事……”却看着小桃若有所思。刚刚对小桃说的话像是卡在喉咙里，半晌出不了声。

小桃看着莫问紧张的样子，忍不住问：“你……你没事吧？”她见莫问心事重重地陷入沉默，以为是他在等自己对他刚才说的话有所回应。可是她该怎么回应呢？他说的一切都那么美好，美好到不真实。她已厌烦了那些不真实的幻境，一堆守不住的珠宝，也不如一只可以牢牢握住的手。

然而如今又有什么可以让她能牢牢握住的呢？她脖子上虽然挂着朱利安的家徽，可他的喜怒无常早已让她疲惫到心里泛出冷意。

不行，就算我和朱利安之间有解决不了的问题，也不能拿莫问当逃避问题的方法。虽然莫问无视朱利安的存在向自己告白，但是自己也同样无视朱利安而接受他的告白的话，他肯定会在心里轻视自己，就像自己忍不住会轻视自己一样。

小桃刚刚打定主意盘算好拒绝的话，莫问却忽然起身结账说：“我有事先走，你慢慢吃。晚上我有饭局，你不用等我了。”他走了几步又停住脚步，回身在小桃额头上轻轻一吻：“我说的那些话，你知道就可以了。我不需要你做什么，只要站在原地等我去找你。”

小桃像是被自己满怀的一腔高傲激情闪了一下，茫然地“哦”了一声，呆看着莫问匆匆离去的身影。

蛋糕上的蜡烛仍旧没来得及吹灭，已烧成混沌不清的一摊暧昧。小桃盯着那摇曳着不知道什么时候就会熄灭的烛光，半晌猛地将它吹灭，起身独自走出餐厅。

她实在没心情面对同事更加猛烈的目光和言语，本来兼职的工作没有项目就不必去，她给大虾总监发了条短信，独自徘徊在街上。自己的家不能回，莫问的家又无法面对，朱利安的家又像失联一般。北京本来是她从小长大的家，此刻她却似一个无家可归的流浪汉。她频频看着手机，直到它毫无悬念地沉默到三点，她终于忍不住拨通了朱利安的手机。她现在急需找到他，仿佛找到那个牵着她风筝线的人，这样她才不会在空中飘摇到自己也不知道的远方。

手机没人接，无情地响着“嘟嘟”的铃声提示，仿佛另一边那个人在冷冷看着她的来电却不按通话键。

她忍受不了这种不明所以的失联状态，于是闯进了留学生宿舍楼。朱利安的壮硕奥地利室友开了门，说朱利安不在家。小桃说我在房间等他。奥地利室友说，我没得到他的允许不能让任何人进他的房间。

“我他妈是他女朋友！”小桃心烦意乱地喊。她不明白为什么今天仿佛一切都那么不对劲儿，只好把这股邪火发在墨守欧洲法律法规的奥地利室友身上，和他展开身材和体力毫不对等的肉搏，好像相扑选手和小孩的较量。

奥地利壮男大概被这个中国姑娘的煞气吓着了，居然在小桃不要命的猛攻之下败退，让小桃猛冲进朱利安的房间并瞬间把门反锁。

“你出来，不然我报警了。”壮男操着比德式英语还生硬的奥地利口音锲而不舍地敲着门。小桃坐在朱利安凌乱的床上，拉着窗帘的暗室里只有朱利安的气息包裹。她忐忑而坚决地坐着，静静地侧耳倾听那不温不火的敲门声，直到对方在荒诞的闹剧中退场，只留她一个人在昏暗的舞台中央，无法前进，也无法后退，像一只困在雪地里愤怒的松鼠。

不知过了多久，背着书包的朱利安打开门："你怎么在这儿?"面对朱利安一脸木讷而不甚欢迎的神态，让小桃几乎担心他要和他的欧洲室友一起对她履行欧洲法律的制裁。她只好把心一横，扑进朱利安怀里喊："你室友打我!"

朱利安对室友一直没有什么好感，一听这话，果然把对小桃忽然到访的不满化为了对室友的愤怒。小桃添油加醋地编派了一番那无辜的室友，把她"硬闯朱利安房间"变成了她"想要进屋休息却遭室友殴打"。

"我得跟他谈谈了。"朱利安锁着德式眉头认真说，"但是无论怎样，我现在并不想见你，你随便进我房间也不对。"

"为什么呀?"小桃睁大了无辜而惊讶的双眼。她这一整天的惊心动魄就想在找到他之后尘埃落定，可对方居然说他并不想见她。这种热脸贴冷屁股的感觉让小桃恼羞成怒，虽然她隐隐觉得这都是她自找的，是她非要来找他并强行突围，可这并不能降低她此刻恼羞成怒的指数。

"你对我们的爱情根本不忠诚，还来问我为什么?"朱利安拉开窗帘，可窗外的阳光已经西去，未上灯火的窗外只给室内带来有气无力的光，而且转瞬即逝。

"我怎么不忠诚了?"小桃接着用不可置信的口气质问他，可是想想莫问刚才的表白，和自己几乎松动的忠诚，稍微有些心虚。

朱利安背对着窗外的微光，让室内的灰色染上整个严峻的脸，让小桃恍然置身纳粹集中营："你和你那个高中同学，还用得着我多说吗?"

小桃实在受不了这种窒息的气氛，起身打开灯，一切又还回一切本该有的样子：男生凌乱的宿舍和宿醉着眼底泛红的男生。

"他的确对我有想法，但我也是今天才知道的。"小桃决定对他坦白，毕竟他们之间发誓不许藏着掖着。

但是，这并没有让朱利安满足，从他冒火的眼睛里小桃完全可以了解这一点。"你昨天就已经接了他递过来的睡袍，全公司也在传你是他女朋友。这些你也是今天才知道?"

“什么睡袍?”小桃陷入真心的茫然。她努力回想，想起自己早上醒来的时候确实抱着自己的粉睡袍。那睡袍是莫问递给她的?“他今天跟我表白了，但是我根本没同意！这不是马上就来找你了吗?”

朱利安像是嘲笑小桃的虚情假意似的，皮笑肉不笑地哼道：“你是想让我感到荣幸吗?你接过睡袍的时候，可完全不是拒绝的样子！你们每天都是这样在一个屋子里卿卿我我的吧?他还说如果他表白，你早就不是我女朋友了。这下你应该很满意他对你表白了吧?”

果然是被莫问黑了，可他黑自己的段位简直比自己黑那位无辜奥地利室友的段位要高明许多，这下她就算否认，朱利安也不会相信了，可她除了否认还能怎样呢?她只好耐心解释，然后朱利安当然不信，她只好耐心接着解释。她不明白这一切到底是为什么，但她心里很明确的事情只有一件：不能让莫问这个魔王遂了心愿，成功离间她和朱利安，无论他出于什么目的。

“我不需要你做什么，只要站在原地等我去找你。”莫问，如果你真的爱我，难道这就是你爱我的方式吗?你让我站在原地，就是让我哪儿也去不了，是吗?

朱利安似乎也厌倦了这种毫无结果的争论，叹气说：“无论如何，就是因为你，我才把手机丢了的。”

原来他的手机丢了。这让小桃对那些无人接听的电话稍许得到安慰，因而由衷担心着问：“怎么丢的?”

“我昨晚回来，看见楼下有个按摩的地方。我以为是和我去泰国旅游时差不多的那种按摩，可是里面那个女的按着按着就把我裤子脱了，然后又来了一个女的，俩人一起摸我……”朱利安依旧紧锁着眉头，拿起墙角凌乱堆放的啤酒，不顾昨晚宿醉未醒接着喝。

小桃听他边喝边诉说对方如何在他拒绝之后对他索要高到离谱的价格，他不答应，给了差不多的钱仓皇逃跑之后把手机落在那里，人家又不还给他。

看来他是莫名其妙地落入大保健的圈套了。可她并不因为他的落难而同情他，那么晚了，他还不回家老老实实睡觉，一个醉鬼到处乱晃，还让人对他上下其手，谁知道他是不是爽完之后才不愿意给钱的？小桃压抑着说不出的怨气，当朱利安提出让她帮忙要回手机的时候，她断然拒绝。

"事情是你惹出来的，你让我去给男朋友的这档子事善后，亏你想得出来！"小桃的声音因为压着怒气而有些颤抖。

"要不是你和莫问那些事惹得我心烦，我会去那样一个地方让她们对我下手吗？"朱利安咆哮得理直气壮，仿佛被脱了裤子占了天大的理。他微抬着下巴斜睨小桃，因为醉酒而失去表情，却难掩混蛋气息，"你帮我拿回手机，也弥补不了你背叛我的百分之一罪孽。"

小桃气得直笑："既然我弥补不了，那我更不用去要了。"

朱利安提着酒瓶摇摇晃晃地站在她面前，红着眼睛盯住她狠狠问："你承认你背叛我了？"

小桃坐在床上，抬起脸瞪着他："我说我没有，你信吗？既然你根本不相信我，那你就当我背叛你好了！"

朱利安一手拿着啤酒瓶，一手拎起靠在墙角小桃送给他的木吉他："那么这些东西也不必要了。"

猝不及防地，朱利安把木吉他砸到墙上，碎裂的轰响在小桃崩塌的心神中噤于无声。她不可置信地瞪着碎片飞向空中，残存的吉他和冷酷凝视她的朱利安一起让她的心缩成一团。

她曾那样满怀希望，也怀着对吉他和对朱利安的爱，将他们聚在一起，这是她送给朱利安为数不多的礼物，也是她送给任何人为数不多的重要礼物。而他竟然如此轻率地在她面前摔个稀烂。

这些想法如针毡一般滚过她的心，在片刻之间化为一声歇斯底里的尖叫，她看到自己疯了一般，打开窗户把自己送朱利安的大衣、书本一股脑扔到十几层楼外："不必要了！这些都不必要了！"朱利安把她拉住，狠狠推到床上。她觉得自己像个纸人一样飞了出去，就算是柔软的床，也让她感到自己的头撞上去带来的一阵眩晕。

她哭着和他打成一团，直到朱利安带着令人恐惧的恨意骑在她身上，让她的双手动弹不得。

她看着他陌生而可怖的脸，感受着手腕被他按着的剧痛，真的害怕了。她无助地嘤嘤啜泣，在他的身下缩成一团：“我要回家……让我回家……”

她企望最后的可怜样能打动他，让他大发善心放过她，而她的确做到了。她的身体一得到解开禁锢的信号，就拿起包飞速逃出了他的房间。如果她斗志昂扬地杀进这个房间时，知道自己几个小时后会如此抱头鼠窜，当时的拼命又是何必呢？可她顾不得想这些，就像大多数人都顾不得回想自己徒劳的一生，只是飞奔在向前的路上。

她不知道自己是怎么逃回家的。现在对于她来说，那个有莫问的地方就是家。无论他是怎样挑起她和朱利安的争端，但朱利安过激的反应是他自己的问题，而莫问是她此刻唯一能想起来可以庇护她的人。她有生以来从未被谁这样对待过，朱利安的怒火和着那无情的力量，还有他骑在她身上判若两人的残忍目光，这都让她由衷地心有余悸。万幸的是莫问已经回来，他在她开门的时候站起身迎过来，就像一个迎向她的避风港。她毫不犹豫地扑进他的怀里，像是身后有恶魔在追赶。

“朱利安他打我。”她抬起头睁大盛满恐惧的双眼，泪水无声地坠落。尽管她几乎崩溃，她仍可以感到莫问的怒意随着她泪水的坠落无声堆积，从他紧紧抿起的双唇和深不见底的黑色双眸中可以看到一点。这让小桃的心里略微有了些安慰，但是仍然无法阻止自己紧抓着他衬衫的双手微微颤抖。

“就算我和朱利安之间有解决不了的问题，也不能拿莫问当逃避问题的方法。”她早已把自己几个小时前冷静而高傲的决定抛到了九霄云外。

莫问扶小桃坐进沙发：“我去给你倒杯水。”他站起身，却被小桃拉住手。他回头看到小桃无助的眼神，是那样渴求他的陪伴，仿佛他一离去，她就碎成一片片。

下午和父亲的不期而遇，让他预感父亲绝不会对他和小桃的事情善罢甘休。他在父亲即将上车的时候追上他，想让他明白自己的事情，包括感情，已不再需要他操心，不料让父亲更加觉得小桃的存在让他方寸大乱。

“你那些乱七八糟的绯闻已经不止一次两次，可从未见你跟我解释过半句。想来这次才是真的了。她就是董事会那边传的你新收购公司的女员工吧？你为她收购一个公司也就罢了，可大家说得有多难听，你知道吗？你不在乎自己的形象，但不能影响家族的形象，何况要是又像上次那样……”地下车库里，父亲的司机站在车外，父子两人在车后座并排而坐，距离却是那样遥远。

“我不会再犯从前的错误。她跟我的生意没有半点关系，我也不会让她有这个机会。所以这次请您不要管我。”

“你是我儿子，我会不了解你？你在生意上老谋深算的本事我可以承认，但是你在处理女人的问题上太失败了，简直像个不懂事的孩子。你疑神疑鬼却终究总是感情用事，只会败在女人身上。今天让老田他们围观了个现形，当面夸你两句，你还真以为自己不得了了？他们背后不定怎么笑话你只知道围着女人打转呢！这世道，别人说什么都是假的，自己怎么回事自己最清楚。”

“我清楚自己在做什么。您也应该清楚，我一旦决定的事情，不会轻易罢休。所以，您这次什么都不要管，我自己会看着办。”莫问忍着不让自己爆发，咬牙低声说。

“看一个男人身边的女人，就知道这个男人是几斤几两的货色。那个女人配得上你吗？”

尽管莫问习惯了父亲不近人情的口气，却仍旧不愿屈服于他的武断，于是冷冷地说：“她是我高中同学。”他又迟疑着顿了一顿，像是为了让父亲更加放心似的，“晚上我会约朱总谈封锁齐伯伯那边银行贷款的事，只要他们国内的资金来源被封锁，上海那个项目的投资款来源只能转向国外的瑞士银行，我可以动用我的海外关系让他们无法贷款，这样他们就算想参与这个项目也是不可能的了。”齐伯伯是父亲的死对头，这次如果能顺利牵制住他，父亲就不会再对小桃那么咄咄逼人。

父亲静静听了一阵，果然放松似的靠向椅背说：“我也老了，管不了那么多。现在无非就是和那些老家伙们闲扯些旧事，你也渐渐成了气候，你做事自然有自己的分寸。”父亲面无表情地看着车窗外，辨不清他此刻是真心还是假意。

但是，晚上莫问和朱总的谈判不是很顺利。尽管他曾经欠莫问一笔投资款的人情，但是为此得罪位高权重的齐老，他仍然下不了决心，早早推说还有别的事情走了。

莫问把神情恍惚的小桃搂在怀里，仿佛搂着一只受惊的小鸟。他那些商场上的圈套被小桃苍白无血色的面容挤进触不到的深处。小桃紧紧抱着他的腰，仿佛由此可以抱住全世界，这让他在一整天的挫败感中稍许找回了一丝自尊。他轻声询问小桃整件事情的来龙去脉，听小桃断断续续地讲述她和朱利安的纠葛。他们之间的不合让他暗自欣喜，却又为小桃的凋零而心疼，更为自己掺和他们之间的烂事感到可笑。

他正细语安慰着小桃时，门铃响了起来。

不知道朱利安怎么从楼下的门禁混进来的，他站在门外口齿含混不清地说要找小桃，显然是喝多了。莫问厌烦地挡在门口，扭头看躲在他身后的小桃。

“我不要见他！我不要见他！”小桃疯了似的往后退，但又怕朱利安忽然闯进来，不敢将视线挪开。

“她不想见你，你走吧。”莫问的英文幽冷沉静，却有着好似来自地狱的威慑力。他高大的身躯挡在小桃身前，仿佛一堵无法逾越的墙。

“你算是什么东西？我们俩的事儿还轮不到你管！”朱利安晃晃悠悠地抬手推莫问，却被莫问用更加凶猛的力量推得一个趔趄。朱利安再次飞速扑上来时，莫问把门“砰”地关上，大步跨进书房，仿佛去拿什么东西。

朱利安撞门的声音响个没完。小桃呆站在门内，心再次缩成一团。她担心他们再打一架，更怕朱利安成功闯进来。

转眼莫问又出现在她身前，手里已多了一根棒球棒大小的铁棒。铁棒的末端是个手电筒，平时他只用来找啦啦弄到床底下的玩具，此刻握在他手里，却充满慑人的戾气。

朱利安尽管醉酒，但并不糊涂，他度了眼当下的情势，忽然冲莫问抱拳拱手："我楼下还有几个俄罗斯的朋友，有本事你下楼跟我们打！我等着你！"转眼消失在门前。

莫问愠怒中透着诧异地瞥了一眼小桃，关了门。小桃见警报解除，忽然挂着泪痕乐了，学着朱利安刚才抱拳拱手的样子："这……什么意思？哈哈……"

莫问余威犹存地从刚才还哭到精神失常的小桃身前走过去："瞅你找的男朋友……"

小桃和莫问一起自我反省，朱利安刚才的举动确实挺丢人的，不但丢了他的人，还丢了她的人，但是因为已经丢人丢到可笑的地步，她顾不上面子，意犹未尽地琢磨着朱利安的动作："哈哈哈……你说他怎么想的？以为拍武侠片呢？哈哈哈……"

莫问懒得再和小桃说她的男朋友，把铁棒放在一边，坐进沙发里："给我倒杯水。"

小桃马上给他端来水，递到手里，看救星似的看着他："那……你还下去找他和那几个俄罗斯人吗？"想到朱利安和北极熊似的俄罗斯同学正虎视眈眈地盘踞在楼下，小桃就心有余悸。

很明显，那只是朱利安落荒而逃时撂下的狠话，就算真有朱利安说的俄罗斯人，莫问至于傻到自投罗网吗？莫问对小桃这么头脑简单的问题气到想笑："去狗屁！"

"你才扯狗屁！"小桃顺手拿起沙发上的粉睡衣砸在莫问脸上："要不是你，他也不会变成厉鬼了！这也好，就此玩完，一拍两散！"

小桃特有的干净沐浴露味道随着粉睡衣猛烈袭来，莫问缓缓挪开那柔软的武器，无声地笑。

楼下当然没有北极熊一样的俄罗斯人。朱利安跌跌撞撞地飞快逃下楼，见莫问没追来，放心之余郁闷顿生，想要踢飞一个易拉罐泄愤，却因为酒力脚下不稳，一屁股坐倒在地。他失去了再站起来的动力，就此破罐破摔地瘫软在地。

他唯一的外套被小桃扔了，唯一的女朋友又被莫问抢走了，他长这么大从来没有担忧过自己的失去，因为他早在想要得到之前就已拥有了；更从来没有如此屈辱过，何况在异国他乡一个这样寒冷的夜里。

他想给玛利亚打电话，可手机丢了，这让他转而想起自己更加屈辱的出生之谜。是的，他连出身都是屈辱的，他就是这样一个屈辱的人。一个连自己亲生父亲都不知道是谁的家伙，或许也只配拥有这样的人生吧！

凄风冷夜里，肌肤冻结成冰，心头却怒火中烧。那些无从发泄的愤懑，唯有惩罚在不知道是谁给予的身体上。他狠狠地用拳头捶向地面，钝钝的疼痛敲醒他昏醉的心神。那疼痛越来越清晰地传来，一点点将醉意唤醒，当他看到鲜血顺着手指流下来的时候，他在这刺骨之痛里惨烈地笑。

身旁那个没有被踢飞的易拉罐被人一脚踩扁，朱利安看向脚的主人。一张淤青犹存的脸上挂着得意的笑，像是在说：可算让我给逮着了。

齐天禄微抬下巴，几个人转眼把朱利安推上一辆面包车，转眼消失无踪。繁华都市的寂冷深夜，只有被踩扁的易拉罐无声地呐喊。

啦啦团在沙发一边，小桃团在沙发另一边。最近公司没有项目需要她跟进，宋睿主动提出让她暂时在家避避风头。毕竟如今的小桃在她眼里，莫问女朋友的身份远比临时工的身份来得重要。

脚步声让她和啦啦的目光一起从车水马龙的长安街转到莫问身上。当莫问在小桃的额头上轻轻一吻，她扯出一个支离破碎的微笑。

“我晚上回来吃饭。”每次莫问离开房间时都会说这句话，仿佛怕小桃会为他的不知所踪再度陷入恐慌。

小桃浅浅的微笑和安静的动作，都让莫问不得不担心。她好像一只惊弓之鸟，虽然看似一切如常，却总在她闪动的目光深处看到崩塌之后的瓦砾，这在他们之间偶尔断线的谈话上尤为明显。

总是在小桃和他正说得热闹的某一时刻里，莫问说出某句等待被接续的话，小桃却忽然陷入心不在焉的沉默。莫问只能眼睁睁地看着小桃独自徘徊在自己的世界，他走不进那个世界，因为那个世界里有另一个男主角。

但是他并不担心，他相信时间可以治愈一切，更相信世上除了他，再也没有人能包容这个自私任性的女人至此。因为深深知道这一点，他就更加娇宠着她，甚至把她变得更加自私任性。

所以，他每天早上离去时给她一个安心的吻，每天尽量推掉所有应酬，回来之后吃光小桃做的所有饭菜，然后让她坐在自己旁边看背投电影。起先是小桃选的伍迪艾伦的老片子，大多是他不愿看的；后来是王家卫那些他无法看得下去的片子。所以他妥协地推荐给她《断背山》《通天塔》之类的伦理片，或者《疯狂的石头》之类完全不用动脑子的喜剧片，偶尔她会答应莫问看些自己并不感兴趣的动作片，然后在打斗最凶猛的节骨眼陷入睁不开眼的睡意中。

他把零食、饮料放在小桃伸手可及的地方，和小桃一起置身千奇百怪的世界，在某个情节之后顺着小桃的情绪浮想联翩。好久没有如此让思绪随意驰骋过，这让他觉得新奇又放松。

她会在《断背山》男男激吻时感叹：“和爷们儿之间的爱情比起来，男女之情简直弱爆了。”

她会在《疯狂的石头》黄渤钻出井盖时拍着莫问的腿和他笑成一团。

《金刚》里，黑猩猩从帝国大厦顶楼坠落，那个被它爱着却害了它的美丽女人，惊讶中含着一丝留恋地目睹它的死亡。当小桃在庞大丑陋的猩猩脸前静静流泪时，莫问决定带她出去吃饭。

他喜欢看她在精致的美食前绽放的由衷笑容，也喜欢看她在人群中寻找他踪迹的样子。她的习性和啦啦是那样的雷同，不需要在她身上花费太多钱，但是要花足够的时间和心思。这让他开始时有些手足无措，因为他从未习惯只需要花些伙食费的约会，可是她连多看一眼名品店和珠宝首饰的兴趣都没有，让他觉得自己的钱是那样的无用武之地，更让他深深意识到自己情感表达的匮乏。

他像照顾啦啦一样精心照顾着她。给她喂食，安排睡觉的地方，尽量不去打扰她。她也像啦啦一样渐渐学会了回报他的善意，或者不再抗拒。所以，每次她颈上那条卡索家徽的项链刺入眼帘的时候，他都在安慰自己，她摘下它只是时间的问题。

他不能否认，那项链多少让他有自己养别人家猫的感觉，不知主人何时会来领走寄养在自家的宠物的不安全感时常会袭上他的笑容，让他心慌，却因为这心慌更加不能放开。

一天莫问回家早些，还特意从楼下的花店买了一大束小桃最爱的安吉拉蔷薇。花草动物这些简单的自然界生灵就可以轻易换来小桃的开心，虽然他不太明白她热爱这些植物性器官的原因，但只要她高兴，就让他觉得很值得。

可小桃却不在家。管家像是来过，屋内窗明几净，整洁得可怕。莫问的面前瞬间浮起朱利安的面容，又浮起小桃和朱利安在一起欢笑的场景。这感觉让他窒息得作呕，他把花扔在桌上，点着一支烟在屋内心烦意乱地徘徊。他想坐下，却感觉坐在哪里都不舒服。他给自己倒了杯水，喝了一口却感觉如鲠在喉难以下咽。

小桃是不是走了？是不是再也不会回到这里？他觉得这想法实在荒谬，却一边嘲笑着自己的荒谬一边束手无策地任由这想法肿胀，肿胀到冲出胸膛，淹没整个庞大而寂寞的居室。

他抓起大衣奔向门口，门却在他触到把手前开了。门外是那张让他心神不宁的脸，他魂飞魄散的神志却因为看到这张脸重新回到了自己的躯壳里。

“今天怎么这么早?”小桃喘着粗气把楼下超市的大购物袋交到他的手里。他被动地接过来，目光却凝在她的脸上。

“你猜怎么着?今天德国啤酒全部半价，好多你爱喝的白啤，我买了一大堆!”小桃兀自沉浸在超市打折的喜悦里，转身去换拖鞋，身子却被紧紧从后面抱住。

生菜软弱地跌出购物袋，西红柿和易拉罐滚成一地，但没有人在意。自家的玄关前，他紧紧地抱着她，像是稍一松懈她就会烟消云散。

他把头埋进她颈边的长发，干净而熟悉的洗发水香味让他更加确认怀抱中这个人的存在感：“我说过我不会再离开，但是在我允许之前，你不可以离开我，绝对不可以。”

小桃在突如其来的拥抱中睁大双眼，却因为身后传来的柔软温度而渐渐平息了惊讶。她在他看不到的脸上勾起笑的弧度，轻声说：“我已经走了那么久，累得哪儿也不想去了。”

漫天浮躁的尘埃悄无声息地落定，流进温暖的血液里，让心跳送进绵长的心绪。

莫问拨过她的身子，好让自己可以看进她的双眸。他被她不见底的清澈包裹，看到自己不争气地沦陷。他轻叹说：“我有没有告诉过你，你是个奇葩?”

她笑了，像是晨露沾上第一道晨曦：“有。”

他的双唇微颤，渐渐接近她的唇。在咫尺的路途中，时间是如此缓慢，距离是如此遥远。许久，他仿佛下定决心似的问：“那我有没有告诉过你，我爱你?”

啦啦从什么地方溜达过来，蹲在莫问的脚下心不在焉地舔毛，肉墩墩的身子一下一下地蹭着他的小腿。可他顾不过来管它，他第一次心无旁骛地、不需要借口地吻着她。他终于看到自己的心，此刻那里不再有旧日的梦魇，不再有商场的纷乱，此刻那心中，只有她。他为此感到满意，感到幸福，甚至愿意为这种幸福抛弃一切，至少现在是这样的：

“你或许没兴趣知道，但是有件事我想要告诉你。”

“我从来没有对人讲过这件事。”莫问将一支烟熄灭在茶几上的水晶烟灰缸里，他的目光虽然落在怀中小桃那妩媚的夹着烟的手指，心却再一次站在高处审视着自己。

的确可以平静地面对叶笙的事情了。如何相识，如何在一起，又是如何分开。就连那曾经的爱情和痛苦，也可以平静地承认它们存在过。

“所以你就像傻瓜似的被骗走两千万?”小桃仰头顶在他的胸膛上，嘴上眼下地倒着看莫问的脸。

莫问瞥了一眼小桃鼻子下面的双眸，向下扯开自己鼻子上面的嘴笑:“嗯，像傻瓜似的。”他推开她顶在自己胸口的脑袋，“哎哟，疼死了。”

小桃跪坐在沙发上，在烟灰缸里象征性地按一下烟蒂，算是熄了烟:“所以，你逃到我那里炒期货，是去填自己弄出来的坑啊！原来是我帮你扳回了关键性的一局。我居然相信你是不放心‘独在异乡为异客’的我呢!”

莫问不置可否地笑了笑，默默地把她在烟灰缸里兀自燃烧的烟蒂反复按了几次，直到确认它的确熄灭。

连他自己都说不清，到底去炒期货或去看她，哪个才是借口。过去的事情，在浓墨重彩的记忆里，更加失去了还原真实的可能。

“你以后还会像那样相信我说的话吗?”莫问抚摸着她的头发问。她的发丝在他指间顺从地滑开，又在别处自顾自地聚拢。

“会。”小桃毫不犹豫地笑。

“为什么?”连他自己都不相信自己，却居然有一个人如此痛快地选择信任，这让他即惊讶又自卑。

小桃侧头看向落地窗外，将目光穿过遥远到看不清的街市和人群:“因为我是个乐观的人，在这个注定悲剧收场的人生里。”

宽大柔软的真皮沙发里，他沉默而笃定地再一次把小桃拉进自己的怀抱。

莫问抱着小桃，小桃抱着猫。莫问生命中真实拥有的全部，此刻就在这里，这比什么都重要。

银行的朱总在莫问搬来的直属管控机关的救兵前放宽了条件，同意在参与另一个项目的分红之后封锁齐家的贷款；朱利安发了几封善后欧洲礼品项目的邮件后，在他的宿舍和公司销声匿迹。

一切都看起来那样平静而顺利。

所以，莫问万万没有想到，当他已经和瑞士银行成功谈妥不对齐家借贷的条款之后，齐天禄会带着朱利安一起出现在他的上海项目签约会上。

这天，刚好是小桃暂居他家的最后一天。他答应小桃，只用一天往返上海签约之后就会送她回家。但是当西装革履的朱利安出现在齐天禄身后，一群人大摇大摆地走进签约会议室时，他意识到他可能要爽约了。

齐天禄依旧趾高气扬，他把一叠补充协议甩在莫问和诸多股东跟前，那赫然在目的巨额投资款和不可理喻的分红条款比之前变本加厉。有这样一个协议，莫问之前的一切努力只能宣告付诸东流，他和诸多股东只能沦为为齐家做嫁衣的奴仆。

半小时的休会时间里，莫问独自在办公室对着这份协议，他不但读到了自己在商场的败北，更读到了朱利安在里面不容小觑的邪恶作用。

“你知道吗？我最享受的人生就在此刻。不费吹灰之力的复仇快感。”朱利安与莫问擦肩而过时，撞过他的肩膀，留下这低低的一句话。

齐天禄得意洋洋地向所有人介绍朱利安身为在瑞士首屈一指的银行首席代表身份时，莫问对整件事情已有了答案。小桃曾说过朱利安豪富的身家，但他真的没想到这个嬉皮士为了复仇，竟然甘于做他这类人最不屑的事情——依靠父母的财富。

他更没有想到朱利安的家人会在这么短的时间内同意他做这件不可理喻的事情。他一定忽略了什么重要的不为人知的细节……

秘书急匆匆地走进来，语速飞快地对莫问说："田老作为第二大股东，已经宣布今天的协议暂缓签约，并且紧急计划召开半小时后的股东大会，他们打算……"

看着秘书吞吞吐吐的紧张样，莫问烦躁地催促："讲。"

秘书只好勉强说："因为他们调查到瑞士最大银行的忽然参与和莫总的私人恩怨有关，所以他们决定为了缓解补充协议的矛头指向，打算紧急召开……召开董事长的弹劾大会……"

莫问握着协议的手一紧，沉重的压迫感在无声中蔓延。许久许久，他面无表情地将那叠厚厚的协议狠狠地甩进空中，纸片如雪，卷着权势和阴谋、财富和仇恨，漫天飞舞。

手机在角落里安静地闪烁着小桃的来电显示，无辜而任性。

小桃无奈地挂掉电话，行李箱已收拾好，暮色也染了上来。早就过了约好的时间，人又联系不上。她是不是该再等等莫问，还是就此关门而去？她眷恋地环视这个曾经属于她和莫问的房间，在这短短一个月发生的种种袭上心头，袭进眼帘。惊疑，嫉恨，漠然，默契，依赖，彷徨，信任……他们像两只从陌生到亲密的猫崽子，在自我和对方之间反复交战，用猜疑划分领地，用慰藉共同栖息，最终难分彼此。她说不清这算不算爱情，但是那流动在心底的信赖化解两个人各自固守的猖狂，化生出一种比爱情更加可靠的感情。

她摸摸啦啦的头，啦啦享受地仰头享受着她的抚摸。"我不在的时候，你要好好陪他哦！他虽然表面很霸道，却是个比我还怕寂寞的人。"她和啦啦一起静静地看着长安街再一次披上灯火，自言自语："会想念这里，想念此时此刻这个等着他的我的，以后。"

门铃如期盼中那样轻响了几声，小桃光着脚奔跑在温暖的地板上，和啦啦一起迎上去："没带钥匙吗？"她边开门边嗔怪，目光却凝结在对方的脸上。

第十八章

触不到的爱

“小问在这件事情上虽然有不容推卸的责任，但是纵观集团成立至今他的贡献，还有对齐氏集团布下的这盘死局的努力，我们都是有目共睹的。这次就算没有他的私人恩怨包含在内，齐氏能否参与这个项目也全凭莫问的努力。我们不能因为这次的失利就自乱阵脚。”叶老在集团里也是举足轻重的大股东，因此他的话还是赢得了一片赞许之音。

田老蹙眉摇头：“我们谁不知道莫问对集团的贡献？但是这次事出突然，要想缓解当下的燃眉之急，只有这招缓兵之计了！不然眼看着我们一年的努力付诸东流吗？”

由于莫问的父亲，也就是顶金集团的第三大股东不在场，大家以不记名投票的方式参与了弹劾莫问的大会，并且打电话征询莫问父亲的意见。莫问的父亲在关键时刻，还是袒护了儿子，投了反对弹劾票。尽管田老力导大家先解除眼前的危机再从长计议，但是大家还是以微弱的优势留住了莫问的董事长席位。

秘书趁势急忙宣布：“50.4%赞成票，49.6%弹劾票。现在我宣布……”

“等等。”莫问忽然在大家屏息的沉默中说了话，像是投进死水的石子。他却很久没有再说话。大家都静静地看着他，很久，很久，他仿佛刚刚寻回了自己的声音，又仿佛确认了自己刚刚那句“等等”的意义：“我用最大的股权投出一票……弹劾自己。”

“弹劾自己？”“胜利在望却把自己赶下台？”“莫总是不是疯了？”一片低声的议论泛起越来越大的波澜。在大家或者疑惑或者惊异的目光中，莫问蹙眉一字一句地说：“或许我是疯了，亲手把自己推下这个谁都梦寐以求的位置，今后公司何去何从都不再由我掌控……但是我只知道，看着自己苦心扶植壮大的集团被这场突如其来的浩劫打入谷底，才是真的疯了。我不会就这样任由齐氏摆布，只想通过行动告诉大家，无论我在什么位置，顶金的前途才是我最看重的一切。”

全场的寂静中，大家呆呆地望着这个桀然傲骨的年轻人，几声寂寥的掌声回荡在空荡的会议室中。田老欣慰地点头，钦佩地鼓掌，一切已不必多说，所有股东不约而同响起的掌声已说明了一切。莫问在这掌声中扬起唇角，泛起一丝苦笑。

如果还有别的选择，我决不会走这条路。可惜，我已无路可走。

小桃兴冲冲地打开门，一张和莫问有几分相似却沧桑威严的面容出现在她面前。她匆忙侧身将莫问的父亲让进屋，颤声叫：“叔叔。”

有些人，不用一句话，不用一个眼神，就已具备了折服他人的魅力。这魅力，在莫问身上可以叫做气场；在莫问父亲身上，却是气魄。小桃站在莫问父亲跟前，还未开口说一句话，就已被他无声的气魄击倒。

“坐。”莫问的父亲比莫问稍矮些，虽然两鬓斑白，腰杆却是笔直的。他只是随随便便地坐在沙发上，随随便便地看了一眼小桃端来的茶，随随便便地说了个“坐”字，小桃却感觉他身后站着千军万马，一个字就是一个命令。她膝头一软，连忙在离他最远的位置坐下：“莫问还没回来，您再稍微等等，也许快了。”

“我知道。”莫问的父亲上下端详着小桃。目光烧在小桃身上，让她好想找个盾牌把自己遮住。为了怕这不自在的情绪烧遍自己的全身，她只好没话找话地挪了挪茶杯：“您喝茶。”

莫问的父亲连茶杯都不看一眼，只盯着她问：“你和小问住一起多久了？”

住一起？他怎么知道的？莫问应该不会把这种事情跟他父亲说吧？可这种问法好像我和他同居似的。小桃连忙解释：“我家里有点状况，莫问借我沙发睡……睡了一个月了……”她指了指莫问父亲的身子下面，示意她就睡在那里。莫问父亲随着她的手指微微蹙起了眉，小桃观察他的神色，他好像并没有被她这套说辞打动，反倒因为自己坐在小桃睡觉的位置而不自在地扯了一下唇角，她赶紧指了指墙角的行李说：“我今天就走。”

啦啦似乎并不在意哪个人的气势更吓人，居然在莫问父亲的脚下玩起来。它掏着沙发底下的什么东西，两只小爪子猛刨，胖身子摆动得几乎飞起来。莫问的父亲眉头蹙得更加深了：“一个男孩子，养只猫。”

小桃总感觉莫问的父亲就像门狙击炮，随时都有开火的可能。她生怕无知的啦啦就这样成了炮灰，赶忙把它从莫问父亲的脚下抱走，它爪子上挂着的一条粉色蕾丝带子却掉在莫问父亲的脚下。

莫问父亲下意识地把那蕾丝带子从沙发下面抻出来，却发现是一个胸罩的肩带，那粉嘟嘟的胸罩也因此赫然被莫问父亲提到面前。

他威严地瞥了一眼胸罩，大写的“尴尬”二字在两个人之间蔓延了半秒。小桃眼疾手快地扔了猫夺过胸罩，把它塞进自己身后沙发的角落里。为了遮掩尴尬，她大声笑：“呵呵……我说怎么找半天都找不着呢……呵呵……谢谢叔叔……”

莫问的父亲冷冷地看着她笑，直到看得她笑不下去。值得庆幸的是，他终于不再蹙着眉了，那表情倒有些像莫问看股票大盘时被她骚扰得无语加无奈。他喝了一口茶说：“你有男朋友，还和小问住一起，这样不太好吧……”

小桃刚要解释，莫问的父亲却根本没打算听，自顾自地接着说：“你要搬走，这很好。希望你搬走之后不要再和小问联系了。”

“为什么？”小桃问。

莫问的父亲好像在看一个从未见过的物种一样看着她：“你不必跟我装糊涂。你想什么，我比你更清楚。但是，你给莫问带来的那些极端恶劣的影响，恐怕你自己也不清楚。之前小问不让我管，但是今天发生的事，已经让我不可能袖手旁观了。”

小桃更加疑惑，眉毛拧成一团：“我是因为不明白才问的，我怎么影响莫问了？”

莫问的父亲挥挥手，仿佛在说：“你这点儿伎俩我都明白。”他加快了语速说，“夏小姐，我今天亲自来解决你和莫问的问题，已经是对你最大的尊重了。莫问这孩子向来容易感情用事，上次他因为那个女人损失了两千万，却还是没长记性。没过几年，又宁愿当一个第三者也要得到你，不顾股东的反对，用最妥协的收购条件收购了你打工的公司，这一笔收购的投资回报率根本微乎其微；他不顾这几年苦心营造的公众形象，承认了你和他的同居关系，让有意招他为婿的大股东田老失望至极，影响了集团内部的关系……还有就是……前几天我才知道，你就是两年前在科特布斯跟莫问同居的那个女孩。当初他就是为了在我面前撇清跟你的关系，不惜答应我让他入伍的要求，在最冷的季节主动要求去跟外界毫无信息往来的漠北边防。要不是小问妈心软求我放他回来，他为了怕我动你，可能早就冻伤成残废了！”

小桃听着莫问父亲慢条斯理的述说，仿佛有千万根针扎进心里。她越是听进去这些话，越是疯狂地摇头：“不可能……不可能……他从来没跟我说过这些事……就算说，也都轻描淡写地笑着一带而过……根本没有这么可怕……根本没有漠北边防……不可能……”

莫问的父亲说完这些，仿佛吐出了积郁已久的担忧，脸上的肌肉放松了几分，皱纹却仿佛多了几许。他轻叹一声说：“他什么都不说，跟我也不说，跟你也不说。可我是他的父亲，我了解他。他虽然表面上很冷静，却是个为了感情不顾一切的人，可能就算为对方去死，都会说得轻描淡写。你能体谅一下我这个想要保护儿子的父亲吗？离他远一点儿，我可以给你你想要的一切。”

小桃惊异地看着面前这个老人，他深邃的黑色双眸和莫问是那样相似，让她几乎无法拒绝这双眼睛主人的任何要求。她低头不去看他的眼睛，才看见自己的双手在微微颤抖，又觉得面颊有些微凉，轻轻拭了一下，又恍然发现自己的泪。

她缓缓摇头：“我曾经不能确定他的心。因为不确定，我让自己放下，让自己走了那么多弯路，甚至和别人在一起，可我其实又何曾真的放下过？到头来不过是毁了自己，也毁了别人。既然现在我知道了一切，又叫我怎么可能放下？您可不可以就相信我一次？相信我不会再给他的人生带来任何劫难，相信我可以像他保护我那样让他幸福快乐？我什么都不想要，只想要他幸福快乐。”

小桃在悔意和诧异的杂乱心绪里说着这些话，却看到莫问的父亲随着她动情的话语在瞳底冻结成冰。他和莫问极为相像的双眸中渐渐堆积起深灰色的寒意，对小桃说：“或许我的表达让你有了误会，我不是和你商量，而是在通知你，你必须离开莫问。现在离开，你可以得到很多；再晚些离开，我不确定你会失去什么；到一无所有头破血流时才知道应该离开，这恐怕是你我都不想看到的结果。”

小桃在他蕴着森冷威胁的口气里汗毛倒竖，想想那两个翌日清晨寻到自家门口的高壮警卫员，还有千里之外都能让莫问不辞而别的强大触角，莫问父亲说的那些恐怕不是威胁，而是事实。她在自己可能发生的悲惨事实前面色苍白，却仍然鼓足勇气颤声说：“我或许还没有疯狂到为了莫问赴汤蹈火也不计后果的程度，但是他为我做了那么多，我必须报答他。这是义气也好，是爱情也罢，总之是我夏小桃一定要去做的。您是当兵的，应该听说过那句‘金钱诚可贵，爱情价更高。若为自由故，两者皆可抛’。陪在他身边，让他幸福，是我的自由选择，不会被金钱影响，甚至爱情也不能改变。”

莫问父亲眼中萧索的冰山稍稍融化松动，微微点了点头："倒是个有血性的孩子。如果今天没发生那样的事情，我或许还会考虑一下……但是一切已经太迟了……"他再次冷冷地凝视小桃，眼中的冰霜比之前更加凛冽，"你知道他今天因为你，做了什么!?"

莫问在大家的掌声中面无表情地走下台，离开了本该属于自己的董事长职位。他曾经在这个职位上从孤身奋战到联盟遍野，从人人觉得不可能到亲手创出金融界奇迹，他用互联网的经营模式开创了融资和投资的新纪元，却败在了齐氏为首的固有势力面前。

全公司股东的注视和掌声将莫问送出门外，然后在门后消失。他的面前是一条无人的孤独的路，洁白寂静的走廊让全世界都消失了，只剩斜靠在走廊旁的朱利安，向他扬起邪魅的唇角。

朱利安点燃一支烟，玩着手中的 Zippo 打火机，将它高高抛向空中，然后接住再抛。他专注而戏谑地看着镶金裹钻的打火机在他股掌之间别无选择地折射太阳的光芒，仿佛这是世界上最有趣的事。那打火机却忽地被莫问一把从空中切走，点着了自己唇间的烟。

"夺走别人的东西真的好爽，怪不得你会那么做。"朱利安深深吸了一口烟，将烟雾喷向莫问的脸。

当朱利安在那个寂静的寒夜被齐天禄劫走之后，本以为齐天禄会毒打他一顿，为唐会酒吧那次败北雪耻，可没想到齐天禄对他礼敬有加。虽然是自己下令逮的人，却率先把手下那些人斥责了一顿，说对卡索先生这么有身份有地位的人太不尊重。

朱利安本来就不是拘于面子的人，他虽然不屑和齐天禄之流为伍，更不愿失去原则转身向玛利亚妥协，但是他在莫问带来的屈辱面前已经疯狂到慌不择路，不对夺走小桃的莫问复仇，他简直不知道该怎样活到明天。面对共同的敌人莫问，他根本不在乎齐天禄是怎么打听到他的身家底细，又是怎么把他"请"到他的私人会所的。两人一拍即合，吹起了反攻的号角。

莫问蹙眉侧过头，摘下唇间的烟冷笑："好好享受你背叛自己换来的复仇快感吧！我失去的还会再找回来，你失去的却再也找不回来了。"他缓缓地拉出朱利安的手，将打火机塞进他的掌心，安慰似的顿了一顿，仿佛在可怜他能玩弄的只有这个打火机。

而小桃的心，却如朱利安手指之间熄灭的烟蒂，能够燃烧的已成飞灰，就算依旧能被紧紧夹在指间，却已名存实亡。

"我就算找不回来，也不会让你得到。"朱利安望着莫问不慌不忙的远去背影，将熄灭的烟蒂狠狠踩在脚下。他爱惜地摩挲着手中的镶钻打火机，玩味着莫问刚才的话，如霜的苍白面容，将愤怒也冻结在遥远的深处。他将打火机狠狠抛向窗外人造水景的水池中，头也不回地朝莫问相反的方向走去。

小桃在莫问父亲的叙述中，瞳孔渐渐凝成一团。她虽然睁大了双眼，却只能看到朱利安骑在自己身上和自己扭打时魔鬼般的脸。她没想到他的销声匿迹竟然孕育了这样一场灾难，莫问一手营造的公司就这样被人釜底抽薪，苦心经营的一切就这样毁于一旦。这让她对莫问的悔意已不能只用陪伴来补偿。她的确无颜再面对他。

"红颜祸水。"莫问的父亲说完今天莫问所做的一切，忍不住从喉间挤出这几个字。他狠狠地看了小桃一眼，然后静静地喝茶，仿佛再多看她一眼都会倒霉。

难怪莫问今天一天都消失无踪，到现在都没回来，原来他深陷在因自己而起的浩劫里，而自己却还在这里厚颜无耻地谈论着对他的义气和爱情。悔恨、愧疚、对自己的厌弃，让小桃觉得窒息，她不自在地拉扯几下衣领，让空气可以顺畅地进入自己的身体，可衣领并不是很紧，胸中的闷痛已无药可救。

颈上卡索家的项链埋在衣领里，被她在慌乱之间扯断，静静地滑落到沙发上。它安静地闪闪发亮，却没有人来得及注意它的夺目。

一张黑色银行卡被莫问父亲用两个指尖夹到茶几上，向她面前无声地推过来。

“你们父子真的很像，都喜欢拿钱来打发人呢……可惜我若是那么容易打发掉的，您儿子在多年前就已经替您做了。”小桃凄然一笑，撇下那张银行卡站起身，“我想……我该走了。”小桃含着泪水，却仍然忍不住哽咽。她在转身之际泪流满面，视线模糊地带着自己的东西离开。

“我再确认一下……”莫问父亲的声音在她身后冷冷响起，“你不会再去找莫问了，是不是?”

小桃站在门口，低头看着属于莫问的大大的蓝色居家拖鞋：“我没脸见他，但我不会向您承诺什么。总之我最近不会联系他。”小桃将自己的视线从大蓝拖鞋上剥离开，擦干脸上的泪水，头也不回地走出了莫问的房间。

“这就足够了。”莫问父亲将茶杯蹾在玻璃茶几上，发出清朗干脆的响声。他带着老谋深算的笑容将视线划过小桃曾经坐过的沙发角落，忍不住拾起她掉落的项链斟酌，笑容却冻结在卡索家的家徽上。

小桃坐在自家的窗前，盯着笔记本电脑的屏幕呆呆出神。Word 文档上寥寥写着大段大段的英文，满是前言不搭后语的古文翻译，字符键却在断掉的句中间闪烁。一分钟，两分钟，半小时，一小时……时间缓缓滑过她日渐消瘦的肩头，她只是静静地坐在那里，望着电脑屏幕里的 Word 文档。

小桃的妈妈推开门，瞥了一眼显示屏，眉开眼笑：“吃饭了，作业待会儿再写吧！……桃桃……桃桃！”

小桃恍然初醒般看着妈妈，淡淡“哦”了一声，麻木地起身去吃饭。

妈妈喋喋不休地讲着小桃的事，从谁家的谁谁夸小桃了什么，到天冷了为什么还穿裙子。小桃对妈妈的声音不知何时已自动开启了屏蔽功能，反正她虽然在说小桃的事，却不需要小桃答多少话，小桃只需要在她偶尔断开的句子之间加入“嗯”“好”“行”之类的肯定性词汇，她就可以一直说到天荒地老。

小桃低头默默吃完饭，起身回房，起身前下意识一句“锅刷干净”脱口而出。当她说完，才恍然看向莫名其妙盯着自己的妈妈。

“天天就是个甩手掌柜的，还用得着你教我怎么刷锅！去把碗捡过去！”小桃在妈妈的嚷嚷声里拿起碗逃进厨房，打开水龙头望着匆匆的水流发呆。水流急急冲向碗中，水花四溅，覆水难收。

在莫问家时，每次都是小桃做饭，莫问刷碗。虽然有管家每天来打扫卫生，可小桃怕他们刷不干净，坚持让莫问去刷，但是有时候他炒菜锅刷不干净，小桃炒菜的时候就有黑锅渣混在里面，这让她非常不爽，所以每次吃完饭起身的时候，都忍不住会添一句“锅刷干净”叮嘱莫问。莫问往往会托腮望着她，深情款款地“嗯”一声，仿佛她在说世上最动听的情话。

手机铃声又响了，小桃奔向自己的房间关上门，望着“魔王”的来电显示，指尖却停在接通键上。

不知道是第几次了，莫问的电话一次又一次地响着，短信接二连三。可她却没法回。她不知道该怎样面对他，是该假装这一切都没发生地嬉笑，还是于事无补地说些歉意的话。无论她怎么做，都无法问心无愧地伴在他身边，因为她就是灾难的罪魁祸首。

所以，她只有把那些来电点开又关上，短信写了又删，然后轻抚来电显示里莫问的照片。那是莫问趁她不注意时设置的自拍照，照片里的他卓然不群地笑着，看照片外的小桃在电话声中泣不成声。

答应你不会离开，却终究还是不辞而别了。我就是这么自私任性的女人，不配你来爱的祸水。

她向宋睿发了辞职信，却被拒绝了。宋睿当然知道了集团内部的变故，却什么也没跟小桃提，只说不用急着做什么决定，时间会慢慢解决问题。

整件事情里，宋睿的态度是唯一让她欣慰的。集团出事，宋睿的公司一定也受影响，但是宋睿却没有怪她，倒反过来安慰她。这让她欣慰，却因为欣慰而更加内疚。

小桃躺在床上听着门铃响，随后传来妈妈的脚步声和开门声。“阿姨好。”这生硬的汉语发音让小桃心中一惊，她抹干眼泪打开房间的门，看到朱利安站在门外对妈妈笑。他手中拿着一大束红蔷薇，抬头将阳光明媚的笑容洒向小桃。那笑容是那样可爱而无害，英俊而绚烂，却只让小桃不寒而栗。

“你同学啊?”妈妈稀罕地看着这个高大英俊的外国男孩，喜得合不拢嘴，忙不迭地把他请进屋里，根本无视小桃苍白的面容。

“你干吗来了?”小桃趁妈妈喜滋滋地去插蔷薇花，用英语低声问他。

朱利安依旧笑得人畜无害：“向你道歉啊！上次是我不好，无论怎样我不该跟你打架的。”他轻轻地将手伸向小桃的手，小桃的手却在他的手到达之前飞快撤去。

“我不需要你道歉，你的所作所为已经让我受够了。”小桃见妈妈已经回来，准备倾情围观朱利安，更可能施出看家的盘问功底，把自己都不知道的朱利安祖宗十八代都刨出来。对于拥有骨灰级八卦功力的妈妈来说，语言问题都不叫事儿。

“我们出去说。”小桃拉起来朱利安向外走，又用中文冲妈妈说一遍：“我们出去一下。”

“怎么刚来就走啊?你让同学坐会儿啊!”妈妈追到门口，被朱利安的迷人笑容晃晕，又苦于英语词汇有限，只能向他一个劲地笑。

“他不需要。”小桃头也不回地用中文说。

“阿姨再见。”朱利安用生硬的中文说着，已被小桃拉着消失在门外。

宁静的咖啡厅里，小桃抱臂看着窗外，朱利安缓缓地嘬了一口咖啡说：“我和室友大吵了一架，已经搬出去住了。”

小桃静静地听着他的声音。那淡淡的德国腔英文曾经对她来说像天籁那样迷人，她也曾经那样想让他搬出来和自己一起住，但是现在这些却对自己的心再激不起半分波澜。她不动声色地惊异于自己内心神奇的变化，只恨恨地想他居然可以在经历了那么多惨烈的战争之后，还敢闯进她家，在她妈妈面前把她逼到跟他相对而坐。

“你对莫问做的那些事，想只字不提地就这么算了吗？你凭什么还来找我？”小桃厌倦了朱利安的顾左右而言他，终于忍不住盯着他的眼睛质问。

“那是他应得的下场。”朱利安的笑容渐渐隐去，眼中透出笃定的凶光。

“那是我们之间的事，从来就和他无关。你用下三烂的手段报复他，还有理了？”小桃对他不可理喻的逻辑早已厌烦，甚至对自己的质问也有些厌烦。她不知道自己跟他还有什么值得争论的，曾经的争论是为了更好地在一起，现在的争论已毫无意义。

“他鼓起他可怜的勇气把你抢走，我自然有自己的办法来应付这场争斗。”

“可怜的勇气？他对你从来不需要这样。”小桃气到想笑。

“从来都不敢表露自己内心的懦夫，终于在那晚鼓足勇气站在我面前。我看见了他的胆怯，但是他仍然努力把我赶走，守住他的家和他以为是自己的女人。至少在这点上他还像个男人。”朱利安认真而严肃地说着他认为的事实，或者他想要认为的事实。

或许抬高对手，可以让他的胜利看起来更完美。小桃不知道他头脑中的那晚到底是怎么回事，但她可以肯定完全不是他认为的那回事。她的记忆里，莫问是不费吹灰之力守护她的战士，而朱利安才是落荒而逃的败兵。

“随你怎么认为吧！反正我们已没什么好说的。”小桃发现自己连争论的兴趣都没有，忍不住将嘲弄的笑挂在唇角，收拾东西打算离开。

这一笑却让朱利安怒火中烧，他抓住想要逃窜的小桃，一字一句地说："如果你想就这样跟我分手，我无所谓。不过莫问最害怕的那笔资金，一定会在你跟我说分手的当天转到齐天禄的账上。"

什么？那笔资金还没转？那一切还有商量的余地了？小桃惊疑不定地望着朱利安狂邪的目光，想要抽回自己的手，却不敢轻举妄动，颤声问："你想怎样？"

朱利安将阴冷的目光射入小桃的心里："那要看你会怎样了。"他低头怜惜地看向自己的手，"那天我被你气得用手捶地，好像伤了手，到现在都在疼。你作为我女朋友，该带我去看看医生，也算对我的补偿。"

小桃心力交瘁地回到家，开门就迎来妈妈的一阵盘问。妈妈一向对小桃交男朋友的事情不太上心，因为从小到大找到她家的男生实在是太多了，她操心不过来。很容易看出妈妈中意哪个男生，因为不中意的在她家待不了多久，妈妈就会说"夏小桃要写作业了"，然后把对方轰走。导致很多来小桃家玩的男生都形成了同一个口头语："阿姨我这就走！"

对于中意的男生，妈妈就会冠以幻想，说该男生像哪个当红的偶像剧男星，当然都是她自己喜欢的类型。总的来说，妈妈对来找小桃的男生的判断主要看脸。

所以，这次小桃又毫无意外地听到了妈妈说朱利安像吴彦祖的一套说辞，小桃只好说他们什么关系也没有，只是一起从德国大学转过来的交换学生而已。

"同学还送花？"妈妈转过头去忙别的事情了，却仍然不死心地问，"他父母是干什么的？"

"老外都这样，你不懂。"小桃只好跟妈妈打马虎眼，敷衍过这波喋喋不休的盘问。要是她妈妈知道他家住城堡里还拥有一个瑞士最大的银行，肯定更加不会放过她，把所有自己看过的狗血剧情都在她身上幻想一气了。

妈妈在阳台收着衣服嚷："你刚走，又来一个男生找你。长得像韩国那个……那个赵寅成，也那么大高个。"赵寅成是妈妈最近追剧里最喜欢的一个韩星，可见这又是一个她中意的类型。

小桃疲惫地"哦"了一声，想要关上门赶紧结束对话。当习惯性屏蔽掉的妈妈的声音缓缓传到了她的大脑皮层，她想了想问："叫什么?"

"说是叫……莫问……是不是你高中时候有个叫这名儿的孩子来着?"妈妈依旧在阳台嚷，声音响彻全楼。可小桃"砰"地关上自己的房门，假装没听见。

"我跟他说你和德国同学出去了。"妈妈晾着刚洗好的衣服，在全屋最遥远的角落背对着小桃的房门说。

小桃没听见妈妈的话，摩挲着手机里莫问的名字，许久，许久，终于下定决心写出一条短信："我已安全回家，谢谢你这段时间对我的照顾，有缘再见。"她久久望着那条短信，终于把"有缘再见"四个字删掉发了出去。

没有回复。这让小桃失望之余松了口气，却随着时间的推移在心上生出越来越大的空洞。

越想要弥补，心上的空洞越大。好像被雨水浸湿的纸面，无可挽回地扩散。触不到的爱，欲念丛生，折磨着那空洞。

莫问望着小桃发来的几个字，关了手机惨烈地笑。他无声地笑了许久，笑到眼中充满泪水，空气中震颤着他哽咽的气息。

"夏小桃不会再回来，她跟齐家串通好把你赶下董事长的位子，早就和别人双宿双飞了。"

"败了还能再站起来，鬼迷心窍才是真的不可救药。"

父亲说的这些话，他本是不信的，但是无数的未接电话和没有回复的短信，让他的猜疑随着时间的推移越来越如海底的冰山，在情感的潮水退去时残酷地露出水面，直到今天在小桃家的门前成为毋庸置疑的现实。

"她和德国同学出去了。"小桃母亲轻描淡写的话像是毒药，一点点侵入他的肺腑，深浸无痕，排之不去。小桃的德国同学只有一个，就是让他失去一切的朱利安。

这个世界对他开了太多的玩笑，他只能无声地吞下这些笑料，在孤独黑暗的角落滋长出冰冷而坚硬的壳。

冬天的风猛烈地吹着，不像春风那么充满希望，只在飞沙走石中掠夺生命的热度。进到丰盛医院，小桃已被吹得双颊通红。朱利安蹙眉将双手捂在她的脸上，转眼融化了她的面颊，她却看都不看他一眼地将自己抽离，转身走向挂号台。

“你确定你的保险在这里可以用?”小桃帮他办了挂号的手续，按他的吩咐留下所有单据。她和他肩并肩坐在医院的候诊走廊上，大爷大妈向他们投来好奇而洞悉的目光。她只是被胁迫来的奴隶，可在他们眼里必是活生生的跨国恋案例。想到这里，她想要站起身划清界限，可走廊里人满为患，她若是站起来就没机会再坐下了，何况漫长的等候时间遥遥无期，她悲愤的心妥协在无奈的现实下。

“我妈给我上的保险，可以让我在地球上的任何地方用一辈子。”朱利安苦笑。小桃看着他熟悉又陌生的面容，无论如何也想不出一向视金钱如粪土的他，居然会用钱来报复莫问。

“你妈为什么忽然让你参与她的生意了？她真的那么放心你?”小桃小心翼翼地切入这个话题，想替莫问套出些虚实。

“她一直想让我接手她的生意，但是我不愿意。何况她因为不告诉我父亲是谁的事一直觉得对不起我。这次我主动要求参与项目，她高兴还来不及呢。”朱利安好奇地看着对面那些大爷大妈，大爷大妈敏锐地躲过他的视线。

“毕竟是那么大一笔款，她就放心地交给你了?”小桃继续追问。对于朱利安单纯不设防的思维，她早有预料，所以完全不必像和莫问沟通那样思前想后。

果然，朱利安无所顾忌地告诉她：“银行的基本职能就是贷款。我和她说明了投资的利益，她本来还有些犹豫，但是当她得到齐天禄提供的顶金集团的控股人名单资料之后，忽然就同意了。可能她也认为中国这个什么都可能发生的地方是有利可图的。”

顶金集团，控股人名单。那上面应该有莫问的名字，也有那些幕后大佬的名字，难道这里面有什么蹊跷？小桃忽然想到在古堡时玛利亚看到莫问照片时魂不守舍的样子，瞬间感到她忽略了一件重要的事情。至于那事情是什么，她却想不明白。

“我妈妈对中国好像特别有兴趣，她经常关注中国的新闻。或许这次投资，是她早就计划实施的想法了。她虽然一直在西德，可年轻时候在东德上过学，听说那时候也和许多来东德学习的中国人接触过。大概这就是她为什么对中国感兴趣的原因吧！”

“她来过东德还和中国人接触过？我从来没听她说过。”小桃对那个高贵却神秘的玛利亚越来越感到深不可测。

“她似乎不爱提那些事，这都是我外公告诉我的。听说她之所以那么痛快就同意我不选择她公司的职位去科特布斯念书，就是因为她年轻时也在那生活过。”

小桃还想再问，诊室里已经叫了朱利安的名字。她连忙带朱利安进去。大夫询问了受伤的经过，小桃一一翻译了，医生知道他自己捶地的事，诧异地笑了，说他手骨有轻微的裂痕，韧带也撕伤了，居然能忍这么多天。

小桃心里翻起一阵愧疚。她还以为朱利安是故意为了要挟她才要她陪着来看病，没想到他说的那些竟是真的。他是有多难过和愤懑，才会用自己的拳头来泄愤呢？

“可能会有点疼。”医生用中医的手法把他受伤的筋骨推拿到正确的位置。朱利安咧着嘴倒吸了一口气，然后微笑看了看小桃。医生大力地用砍柴似的手势推拿了许久，他只是面带微笑地咬着牙。半晌，医生边推拿边说：“这位先生够能忍的，换别人早叫了。”

小桃心中微颤，这才明白他微笑的下面忍着多少疼痛。或许他的报复太过偏执，但是罪魁祸首却仍是自己。她忍不住拉起他的另一只手，那掌心早已渗满微汗。她低声用英语说：“你妈妈曾经叮嘱过我，在中国无论发生什么事，都要在你身边。我没能做到，对不起。”

朱利安抬起头，用明亮而湿润的浅棕色双眸深深地望着小桃。她从他的瞳底又看到纯净的绿光。

“你喜欢什么车？”小桃在猛烈的风里拦出租车，每辆车里却都坐着躲避寒风的乘客。她拉紧自己的围巾，还是觉得冷风从四面八方灌进体内。她对朱利安的问话摸不到头脑，没好气地答：“能让我坐进去的车。”

朱利安迎风而立，小桃瞬间觉得风变小了。他低下睫毛轻声问：“说正经的，你喜欢什么车？宝马？奔驰？保时捷？”

小桃终于成功拦下一辆出租车，兴奋地说：“随便，最好是德国车，因为我喜欢德国。”她朝他调皮地笑了笑，带他上了车。

朱利安笑道：“我说的都是德国车啊。跟司机说，我们去最近的保时捷专卖店。”

“你在中国只待半年，确定要买辆车？”小桃在保时捷专卖店里慌乱地接过服务小姐递上来的茶。服务小姐飞速打量一眼两个人穷学生的装扮，有礼貌地微笑说：“您请先慢慢看，有需要叫我。”

她刚要转身走，却被朱利安叫住，指着一辆车说：“就这辆吧！”他又侧头对小桃低笑，“我不喜欢这车坐我们以外的人。”

小桃看了看那辆只有两个座的跑车，跟服务小姐翻译了朱利安的话。小姐惊慌失措地说：“您稍等。这是全球限量版，我看看我们这边有没有货。”

“中国可真逗，这车在德国都已经卖了好几年了。”朱利安听了小桃的翻译，坐进车里随意打量，仿佛是在菜市场挑土豆。

“我觉得你有必要明白一件事。”小桃无奈地坐在副驾驶位置：“我不会总是和你坐这辆车的，更不会跟你之间再发生什么同学之外的关系。”

朱利安停住兴冲冲四处摆弄的手，抬起头冷冷地盯着小桃，直到盯得她不寒而栗：“以你的立场，我不觉得你有资格说这些。”

小桃望着他冷酷如纳粹的脸，无言以对。因为这次又被他说对了。她对不起朱利安，更对不起莫问，如今没有她选择的余地，只有被选择的命运。她甚至不能像以前那样对他吼，跟他闹。因为她没有立场，也没有资格。

她只是那笔巨额贷款的抵押品，朱利安或者握住她，也握住贷款；或者放了她，也放了贷款。她不能让后者发生，因为那样做她会更对不起莫问，也对不起朱利安。

所以，她只有在朱利安冷酷的双眸前惨烈地笑，那笑断裂在心的深渊里，她甩下一句：“红车真丑。”然后摸索着找到门把手，下了车。

因为朱利安没办也不打算办国际驾照，所以几天以后，小桃责无旁贷地成为他银灰法拉利的司机。她冒着冷汗在拥挤的大街挪动，在杂乱的停车场停车，然后断然拒绝朱利安让她一起上楼看看他新公寓的要求。

当拒绝再一次被朱利安老套的要挟击溃，她拖着沉重的步子跟在朱利安后面进入这座学校附近最高的公寓楼。

全新的北欧风格简约家具泛着实木的清香，敞亮的落地飘窗照亮干净的大理石地板。可小桃只觉得自己脑袋昏昏沉沉的，麻木地坐在沙发上，没心情欣赏这个偌大的豪宅。

“新家很漂亮。我可以走了吗？”当朱利安紧挨着小桃坐在沙发上，小桃下意识地挪动一下身子。

朱利安挑唇笑：“你这个样子，可是很难让我相信你愿意和我在一起。”他不顾小桃的挣扎，轻轻撩起她颈边的长发，冷冷地望着她说，“你连我送你的项链都摘掉了，是吗？”

小桃前几天就发现自己弄丢了朱利安的家徽项链，想来想去也想不起来丢在哪里。听他这么一问，她心中像是敲起了大鼓，连忙心虚地拉紧衣服，想了半晌，看着朱利安的眼睛一字一句地说：“我弄丢了你的家徽……但是我一定想办法找回来，请你给我些时间……”

“我可没有那么多耐心。”朱利安愤怒地把她揽进怀中，埋头向她的锁骨之间狠狠吻去。他在她的颈边低吼：“我对你来说就是这么微不足道吗？我一切视若珍宝的东西对你来说都是这么一文不值吗？你这个下贱的女人，如果只有钱能收买你，我又何必费那么多周折？”

他的愤怒让他顾不上英语的表达，咬牙切齿地吼着德语，而他的吻还是那么火热滚烫。小桃对这吻曾经是那样沉迷，此刻却只变成惊跳。她像触电一样躲闪开，却苦于被他紧紧搂在自己的臂弯里，难以动弹。

她徒劳地挣扎了一阵，在酸痛无力的绝望里放弃了。她双眼直勾勾地盯着天花板的水晶吊灯，任由朱利安吻着自己的身体。水晶灯的形状在她眼前幻成朱利安愤怒的火焰烧灼她，又幻成莫问冰冷的注视冻伤她，她只好闭上双眼，把自己想象成地球上空虚渺小的尘埃，再把地球想象成宇宙中空虚渺小的尘埃。这样才能让她觉得发生在自己身上的事情是那样微不足道，可是泪水依旧任性地滑落。

那吻停了，朱利安的身体似乎也在瞬间放弃了对她的控制。她由此睁开眼，看到朱利安颓丧的面容。那紧锁的双眉里写满了对他自己的厌弃，还有对小桃的愤怒。

但是他的身体依旧在她的上方，蓄势待发地掌控着一切。她只能被动地注视着他的愤怒。他们就这样长久地互相注视着，好像除了互相注视，已没有别的事情可以做。朱利安浅棕色双眸里的怒火渐渐在小桃的泪水里软化、熄灭，化为一声无奈的叹息。他轻轻地把手搭在小桃的额头上，小桃这才意识到自己的额头有多滚烫。

小桃的手机响了，她像抓住救星一样飞快地接通电话，好让她片刻脱离这泥沼般的处境。宋睿的声音从电话那边传来。却不像往常那么轻快。她急匆匆地问：“你知道莫问在哪吗？”

小桃每次听到莫问这个名字，都像是听到魔咒般一阵眩晕，何况这么多天的音信全无。她本来以为宋睿可能是唯一和莫问保持联系的人，却从她的嘴里听到了这么一句让人心慌的问话。

“不知道……有什么事吗?”小桃心里隐隐有种不祥的预感，可她尽量不让自己的中文显得太过慌张，以免又让朱利安发现什么蛛丝马迹找自己麻烦。

好在因为这个电话，朱利安已经把自己充满威胁的身体移到沙发的另一边。他若有所思地看着大理石地板上的花纹，眉头依旧深蹙着，像是在做什么难解的习题。

“现在越高出事了，莫问虽然不当董事长，但还是咱们公司的大股东，好多事情必须找他商量。他从上海回来就没来过公司，家里也找不到人，他要是继续玩失踪……公司就要归齐氏了!”

“什么?怎么回事?公司是怎么回事?莫问又是怎么回事?”小桃此刻已经顾不过来假装平静，连珠炮似的追问，只迎来一阵气喘吁吁的眩晕。

“哎呀，详细的事情我也跟你说不清，总之齐氏要趁着顶金易主，越高股票走低，大额买入，眼看就要成为大股东有投票权了！我费尽周折联系到莫老，他居然说越高这种鸡肋早就该抛弃了!”宋睿急得嗓子都哑了，语无伦次地说，“小桃，我求求你！我没那么多资金跟齐氏抗衡，现在只能指望莫问了。你要是知道他在哪一定告诉我!”

简直是兵败如山倒！怎么一个危机还没解决，又来了一个新惨剧啊?“我也想帮你，可我……我现在已经不和他在一起了……”小桃字斟句酌地想要把整件事说得云淡风轻，却还是哽咽得说不出话。

“什么?分手了！我的小姑奶奶，你早不分晚不分，干吗这会儿分啊?你说实话……你是不是受那个朱利安的要挟了?我也是才知道整件事都是妒火中烧的朱利安搞的鬼。”

宋睿果然是阅尽千帆的情场高手，居然一下子就被她猜中了。小桃飞快地瞥了一眼朱利安，见他已把视线从地板挪到自己身上，那目光冰冷得像铸铁的毒箭。

小桃被他阴毒的目光盯得恍然觉得他听懂了一切中文，只好低声快速地说：“我正在他这里。”

宋睿在电话那边顿了一顿，放慢了语速说："嗯，我明白了。你多保重，有消息通知我。"

宋睿刚刚挂断电话，朱利安就问："谁啊？"

"宋睿。"小桃不会撒谎，也觉得不必撒谎。

"她问你是不是在我这里？"朱利安为了显示自己听懂了她们的对话，故意用中文重复了一句"我在他这里。"

"对。"小桃收拾东西起身，"我不舒服，先走了。"

朱利安这次没有拦她，只是站起身再次摸摸她的额头，"你把车开走吧，回去好好睡一觉。"

小桃惊异地看着他："你让我开辆法拉利回家？别说我爸妈知道会弄死我，就连我们小区那些大爷大妈都会用唾沫淹死我。"

朱利安无所谓地说："我觉得你不是在乎别人怎么说的人。"他把车钥匙举到她面前。

小桃想了想朱利安的话，缓缓接过钥匙。

她一路缓缓开车回家。发烧让她的浑身酸痛，却因为这身体的折磨，让她心上好受些。她的意识有些模糊，但只有莫问的事情始终无法让她释怀。她想着各种各样莫问可能存在的位置，各种各样莫问失踪的原因，却毫无头绪。她只好给莫问打电话，却毫无悬念地关机了。

黑沉沉的天空透出红光，寒风让路边树叶的枯枝猛烈晃动，好像是要下雪了。

小桃径自改道开车去了莫问的家，敲了许久也没有人应。她能感觉到门里死气沉沉的虚无，甚至感觉到啦啦从空无一人的居室里警觉地望向被敲的门，再事不关己地漠然转过头去。

如果这些方法能找到莫问，宋睿也不会急到给她打电话了。可小桃必须亲自确认一下，才能让无人回应的电话和房间真真切切地告诉自己：莫问的确失踪了，并且自己罪责难逃。

身体的疼痛在渐渐消失。她可以感到骨节之间的酸痛随着体温的升高而走向麻木的深处。她想就此坐在他家门前歇一阵子，甚至想就这样等到他回来为止。可她清清楚楚地知道，她不可能等到他。如果他打定主意不被人找到，那么就不可能有人找得到。

地球那么大，他们是那么小，怎样才能再一次遇见？而又是为什么，在那么多次遇见的时候不能好好相待？

她刚刚失魂落魄地回到自己的车，就接到了笔笔醉醺醺的电话，说公司现在已经上上下下乱成一锅粥，刚刚易主顶金转眼又要被齐氏收购的消息传得整个公司人心惶惶，好多人都打算发简历跳槽了；可她被公司压着好几个月的稿费轻易走不了，她妈妈的病又恶化了，男朋友居然在她企图劈腿之时提前劈腿；然后唱起了刘若英的《后来》，还逼着小桃在电话那头跟她一起唱：

后来，我总算学会了如何去爱，
可惜你早已远去消失在人海。
后来，终于在眼泪中明白，
有些人一旦错过就不再。

笔笔在电话那头哭着挂了电话，独留小桃一人在朱利安的法拉利车里、莫问国贸国际公寓家的楼下，泣不成声。

好像小时候紧握手中珍爱的气球，却仍旧不小心飞到了空中。谁小时候没有为飞了的气球哭过？只是长大之后，想要握在手中的气球越来越多，能哭的机会却越来越少。

漫天已飞雪，无声无息掩埋大地，就像夜里的城市掩埋她的哭泣。

第十九章

其实爱情都一样

一年后。

柏林泰格机场里，小桃把满箱子的行李物品摊了一地，旁若无人地反复精挑细选，才把从二手市场买的一摞盘子和囤积回国用的大瓶“黑人头”洗发水依依不舍地交给朱利安：“这些是最占分量的。”小桃使劲看了几眼金边雕花的套盘和国内改名叫施华蔻、虽然国产却价格翻倍的洗发水，然后自己把行李提上托运架。

整整40公斤，和来到这个国度时一样，她能带走的也只有这40公斤。

和那“黑人头”洗发水一样，她在德国给自己镀了个“海归”的标签，可依旧是国产货，卖不卖得出去还得看实力。

学习的实力她不能保证自己有所提升，但是生存的实力，她相信自己已把创造力发挥到极致。

她在回国交换学生的项目里胡乱地给中国教授写了一篇古文翻英文的论文作为他的著作出版，混到了一学期的足量学分；又回到德国找了一个动不动就爱亲自己双颊的德国老教授当自己毕业论文的导师，顺利通过答辩；唯一的难题是再次不及格的建筑学，她只好在补考之后谎称自己怀孕要急着回国生孩子，让女老师起了恻隐之心才高抬贵手。

因为德语太烂，小桃在德国找不到合适的工作，朱利安却从不主动开口留她；因为她把他重要的家徽弄丢了，他也绝不打算为了小桃的事再牵扯进家族的力量。

“你留下的这些东西，我会尽快邮寄给你。”朱利安深深地望着小桃，面色平静无波。

莫问虽然在他们之间消失了，朱利安也如约停了贷给齐天禄的那笔款，让莫问失去了头衔却保住了项目。但是他们似乎再也回不到从前。

有什么无可挽回地发生了，但他们却因各自的执着不让那发生的什么浮出水面，像是两个落水的人，在彼此的拥抱中沉入令人窒息的深海。

但是又能怎么样呢？他们唯一能抓得住的，只有彼此。

一个不甘心放手，一个伤怀着失去。他拿她当挽回尊严的赌注，她拿他当弥补空虚的稻草。每天玩着真真假假的游戏，在试探着对方的爱情和底线中，自己那边的界限早已模糊不清。

越来越多说不清缘由的争吵，让小桃只记得那些激烈的动作和语言，还有朱利安常常挂在嘴边的一句话：“我要把我在中国受的一切罪都还给你。”这让小桃本就死灰般的心更加冷了。她已说不清自己到底还爱不爱他，但是她更害怕一个人身处异乡的孤独和麻烦。所以，她宁可心猿意马地在他身边受折磨，也不愿一个人去沟通费劲的医院商店景点和公交。

其实他也没有怎样折磨小桃，没有找来别的女人让小桃像他那样流落街头，也没有把她在异国所剩无几的家当扔得漫天飞舞。不过是在正式拒绝齐氏贷款的前一天，逼着小桃退掉自己的学生公寓，和他在学校附近的别墅里同居，然后和小桃的各种意愿唱反调，逼得小桃用中文破口大骂，再恶狠狠地逼小桃用他能听懂的英文再骂一次。

最让小桃嫉恨的就是他不但不带她去音乐节，还撇下她，自己和米歇尔等人去那里扎帐篷玩了三天两夜。柏林报废机场的音乐节是多么让小桃向往啊！可朱利安一口咬定她事儿那么多，又来了大姨妈，肯定到那儿还不够照顾她的，没法痛快玩。

小桃从来就不是听话的乖宝宝，所以她越想越憋屈，在音乐节即将结束的那个下午，狠下心冒着走丢的危险，独自坐火车去了柏林，又摸索着按音乐节网站的指示在一个地铁口坐上去郊区机场的班车。看着一帮醉鬼和磕了药的人在电子乐的泥地里跳舞，男人们围成一圈在露天的小便池里小便，还有些人干脆全裸着在外面冲凉水淋浴，小桃才豁然明白朱利安说她一定不适应那个地方是怎么回事。

她没找到朱利安，只碰见了几个和朱利安一起去的火舞者。他们说朱利安坐米歇尔的车刚走，又拘于礼貌稍微聊了几句，彼此无话就各自道别了。

本来小桃还是很中意那一个个舞台上的电子乐和摇滚的，虽然音乐节已经接近尾声没什么大牌歌手，但这水平就已让小桃大开眼界乐在其中了，直到一位黑发黑眼貌似土耳其和日耳曼的混血男生粘了上来。

因为土耳其人祖祖辈辈就已经埋下了移民德国的种子，所以这类混血二三代比比皆是。小桃因为他们除了深邃的眉眼之外，看起来和中国人区别不大，所以对这种类型的男生不是特别有感觉。但是这位男生只是有礼貌地跟她并排走着，随性地和她搭讪聊天，所以她还是做不到像德国女生那样大声直接地说“Nein!”（Nein：德语，“不”的意思），然后转身而去。

但是，后来他知道小桃是独自来玩之后，热情地邀她去自己的帐篷过夜，她就有点受不了了，所以只能说：“我这就去跟我男朋友汇合去。”然后被迫踏上回程。

本来这次一个人说走就走的旅行还算完美，也算见了世面，但是她一个人优哉游哉回家开门之后，就迎来了朱利安的怒火炮击。朱利安说他在音乐节的火舞者朋友跟她道别后就给他打了电话，说他女朋友一个人在音乐节闲逛好奇怪。看来朱利安是料定小桃必会被醉鬼和嗑药的家伙们纠缠，虽然当时已经坐着米歇尔的车走了一半路，但是当即就让米歇尔原路返回去找小桃。结果俩汉子在音乐节转悠了一圈也没找着。苦于无法联系到坚持不用手机的小桃，他只好如坐针毡地回家里等。

小桃听他为自己如此大费周章，本来心里是很感动的，但是偏要嘴硬不肯服软，犟嘴说谁让你不带我去的。然后两个人又陷入新一轮无意义的争吵。

她总是这样故意给朱利安找麻烦，却说不清在折磨他还是在折磨自己。她总是在和朱利安可能和好如初的某些关键点想起莫问，还有那个不为人知独自哭泣的雪夜。所以，她无法心安理得地和朱利安好像什么都没发生一样和好如初，那样她会有一种卖国求荣的内疚。她不能让中国汉子就这样败给德国汉子。

其实一切已根本回不到从前。很多关于莫问的消息在小桃身边围绕，宋睿说齐天禄毫无悬念地收购了她的公司，但她再也没见到过莫问，听说他彻底被公司元老踢出了集团，连股份都被吞得所剩无几；孙淼说她毕业回家后在军队大院里听人说莫问出事了，逃到国外了；韩秋秋又说她有朋友在伦敦的街头见过他，一身英国绅士的派头，西服革履地和一个英伦美妇从茶屋里走出来。

她无从知道哪种传言是真的，但是她愿意相信最好的一个，却因为害怕最坏的那个发生而心底发颤。唯一可以肯定的是，她和朱利安一次也没有再提起这个人，但是这个人却从未离开。

有时候小桃想，其实爱情也就是那么回事。她可以为弥补对莫问的愧疚而和朱利安再次走到一起，说到底也是为了弥补莫问失踪留给自己心上的巨大空洞；她如今能够安然无恙地怀着那巨大的缺失感和朱利安度过这一年，不能不说朱利安由此成为了小桃感情的工具。

所以，此刻朱利安只是淡淡望着小桃离开他的国土，孑然一身地满载着属于她的 40 公斤，留下在德国得到的盘子和洗发水，还有他。

他成功地让莫问没有得到她，却也因此失去了得到全部的她的可能。他总是在她和他交谈的时候观察她的眼睛，数着她第几次抬头看他；也总是在嘴上骂着“我要报复你”“你不值得我替你做那么多”的时候默默担心她是不是又悄无声息地在哪里闯了祸。他明白在这爱情里，他们之间的付出越来越不对等，更因为这不对等而没来由地对小桃发火，却也因此总是期盼峰回路转，因此欲罢不能。

他不敢再开口让她留下，因为他已失去了留下她的筹码；他不敢面对被小桃拒绝这个建议之后的自己，但是他不相信这就是他们的终点；他还有大把的时间可以用邮件控诉她，还有大把的时间可以计划去中国纠缠她。他还有半年多就结束学校的课程，她如果不在有他的地方，他还可以去有她的地方。

和两年前一样，同一个落地窗外，同一个男人站在那里，还是那样的落寞孤单地望着自己；可小桃离他越远，越有着胜利返乡的快感。她因为自己没有做打洋狗的肉包子而自豪，虽然上次交换课程结束时，她甚至因为害怕自己不再回来而不敢离开自己的故乡，但是她此刻真的踏上了归途。

但是猝不及防地，她被背后传来的这伤感目光击中心中不为人知的角落。她转过身，坐在候机室的长凳上与这目光长久相对，不言不语，不上前。她看着他，像是在看她许多年留在德国的过往。关于德国的大半记忆，仿佛都与他有关。她离开他，像是离开了自己生命中的一部分。

他们远远地彼此看着，任由零星的人穿过他们之间的视线，直到通知登机的广播响彻大厅。

她拿起手边的箱子和包，朝依旧目不转睛凝视自己的朱利安轻轻笑了一下，然后转身而去。她要拿的东西太多，这让她有些狼狈，让她甚至没有时间想，也许这就是他们这辈子的最后一眼。

飞机穿越云层，跨过山川河流，让他们各自回到孤身一人的寂寞里，拉出想念的距离。

中国是个有趣的地方，不像德国的一成不变。每次小桃回来，总能发现新的拔地而起的建筑和新的高科技工具，人们争先恐后地追逐着这些新玩意儿，乐此不疲。

当大家在即将停用的 MSN 里忙着交换彼此的联系方式的时候，宋睿得知了小桃回国的消息，马上约她来自己公司谈入职的事情。

顶着时差带来的困意和头疼，小桃坐在宋睿的办公桌前。她如今面临的头等大事就是找工作，但是没想到连个倒时差的时间都没有，工作就已经摆在自己面前。

“我上次给你惹了那么多麻烦，你还不嫌弃我……”小桃感激涕零之余，实在有些想不通。

宋睿没有直接回答她，而是说：“你上次和笔笔一起创意的爱情养成类网游卖得还不错，对饮料的软植入也让客户特别满意。这次让你成为创意组正式的策划创意人员，应该还可以有不少可以做的事情。”宋睿精雕细琢的妆容和高档干练的套装毫无变化，好像这一年她就一直坐在这个办公桌后没动弹过一样。

“可是……你确定齐天禄会同意我入职公司吗？”小桃努力地把不在状态的大脑集中在面前这个人身上。但是当她看到宋睿给她展示的游戏界面，那熟悉的两张男人的脸虽然经过笔笔的修改变得更加秀色可餐，却击中了她的心跳，让她头疼欲裂。

“齐总不会管这些小事……再说……很多事都是无法预料的……”宋睿意味深长地对她微笑，像是藏着什么惊天的秘密。

小桃忍不住问：“什么事情无法预料了？”

宋睿没有回答她，却反问：“你听说过理查德·李吗？”

小桃无力地笑笑，虽然她并不关心财经新闻，但是理查德·李这个名字早就出没于网络的各个角落，想忽略都不行：“就是那个在英国缔造金融奇迹的华人吗？德国的新闻也都介绍过他呢！可听说谁也不知道他的长相，他在伦敦郊区的豪宅守卫严密，红外线探测头都用上了。别说狗仔队，连只苍蝇都飞不进去。”

宋睿更加意味深长地笑了，那笑容里透着难以掩饰的得意：“他就要进军中国市场了。”

小桃一惊：“你公司不会又要被收购了吧？”

宋睿“嗤”了一声：“他可是中国的巴菲特，能被他收购简直是上辈子修来的福分。这公司的名气就要响彻全球了！”

小桃咋舌：“齐天禄也同意？”

宋睿翻了个白眼：“他高兴还来不及呢！公司对他们这些大佬来说，还不是跟土豆一样买进卖出的商品，卖一次就涨一次价，比如上次……总之能卖给理查德·李，他倍儿有面子。”

看宋睿欲言又止的样子，小桃才豁然明白她作为公司的一致行动人和股东之一，上次莫问不在时候出售给他仇家齐天禄的公司，明显让她获利不少。怪不得宋睿对小桃一点都不生气呢！她简直间接成了宋睿的财神爷。小桃只好不动声色地问：“听你这意思，这事儿已经板上钉钉了？”

宋睿欢乐地托腮憧憬：“我公司简直就像个倾国倾城的妖姬，先是卖给莫问，再是被齐天禄抢过去，如今又要傍上风云盖世的理查德·李，这一步步登天的小云梯哟……”

小桃缓缓拍醒她：“最重要的是，保住你那个‘一致行动人’的位子。”

“那是当然的。我现在可学乖了，什么男人啊，爱情啊，都是扯淡。自己丰衣足食才是真章儿。”

小桃深深点头，上去和她握手：“宋总，那我就跟你一起迎接盖世大佬理查德·李的宠幸。要让我做什么，您说话。”

宋睿拉过她的手低笑：“先做你最擅长的，网络炒作，把这事图文并茂地宣扬出去，我是主角。现如今公司出名不如人出名，先把自己卖出去。”

小桃走出宋睿的办公室，环顾公司，细数这一年还能看着脸熟的人，却已没几个。那些传她八卦的人固然去了，可创意部那些跟她相熟的同事也不剩几个，只有笔笔依旧神秘兮兮地凑过来问：“小桃，你要成咱村儿里的新人儿了？”

小桃不解：“啥意思？”

笔笔嫌弃地白了她一眼：“ 在国外待得都落伍了。你是要来跟我们一起玩耍了，是吧？”

“哦，对对对！”小桃捂着脑袋，“时差还没倒过来，头疼。我这就回去睡觉去。”

笔笔委屈地说：“都不跟我吃顿饭就走！亏我还有八卦要跟你更新呢！”

小桃被笔笔挑拨得八卦之心顿起，电话忽然响了，她看了看心中一喜，连忙接通了：“呦呵，辛迪，你消息够灵通的啊！这就知道我回来了？”

辛迪娇柔的话音传来：“你真是贵人多忘事，上礼拜你自己告诉我的呀！”

小桃叹气：“我现在是老年痴呆了。最近各种事情乱七八糟，连自己说什么都不记得了——你等一下啊！”她转身对笔笔说，“我今天真不行了，等我下礼拜入职的，咱俩吃个够！”她在不依不饶的笔笔胸上揉了一记，让她的絮叨变成尖叫，然后飞速逃出公司。

辛迪也开了公司，约小桃要见面聊个项目。小桃没想到自己刚回来就忙得四脚朝天，但是听她电话里的口气像是摊上大事儿了，只好忍着头疼去见她。

男人啊，爱情啊，都是扯淡。自己丰衣足食才是真章儿。她真心享受着被闺蜜和事业围绕的单身感。

“我现在事业蒸蒸日上，男人满坑满谷。什么都有，就缺时间。”辛迪趴在美容院的按摩床上，头上裹着柔软的白色毛巾，好像一个印度人，微闭着眼享受美容师的按摩。

“堪称完美。女人趁年老色衰之前忙活忙活，等到成了明日黄花的时候才能握着大把的人民币说‘姐当年也红过’”。同样裹着白毛巾的小桃呻吟似的懒洋洋地说。

“你不太一样啦。”辛迪和小桃一起被各自的美容师抬起一条腿举到空中。

“怎么不一样了？”

“以前从来没见你把钱挂在嘴边上。”

“是吗？”小桃仔细想想，或许是这样的。这几年的留学生活才让她明白，爱情能给自己带来的安全感，远没有钱可靠。但是她还是不愿承认自己利欲熏心，因为她觉得自己追寻的东西，或许已经超越了爱情和金钱。所以，她不好意思地睁开眼，瞥了一眼依旧享受的辛迪说：“或许吧！”

“你之前跟我说过你有网络炒作的资源？”辛迪的脸埋在美容床里，看不见表情，只听见含混的声音从床下传来。

“对啊。”小桃同样含混的声音和着美容师拍打在她们姣好肉体上的清脆响声，听起来像是雨林里百兽鸣叫中的一声低吼。

“你帮我炒炒啊。”

“炒什么？”

“我自己。”辛迪在美容师的示意下翻转过身体，开始卸妆。

“现如今公司红，不如自己红。”小桃现炒现卖地学着宋睿的话。

“对啊！我的公关公司要接一个大项目，是国际金融大佬进军中国的第一仗。他还请了美国的大佬比利盖伯给他助阵。我率领公司的孩儿们负责全程活动，一水儿黑色低胸衬衫黑色工装裤。你有什么想法？”

“看你要花多少钱了。”小桃也缓缓翻过身体，“哎哟”一声长叹，“你真是贴心，这一通揉，头疼好多了。”

“钱不是问题。”白皙的辛迪卸了妆，满脸的青春痘痕惨不忍睹。

“大佬是谁？”

“商业机密，暂时不能透露。”

“新浪搜狐网易腾讯的金融频道软文加高点击率论坛置顶和跟帖，回头我给你一份网络媒体推荐策划案。”小桃面沉似水地闭着眼，任由美容师用针尖刺进自己的鼻尖清黑头，忍着钻心的疼，一声不吭。

辛迪顶着她卸妆后的一脸粉刺断然对美容师说："我不要针清。"

小桃没日没夜地忙着炒作这两个急于想红的女人，联系媒体、询价、创意话题、分别给她们上报讨论，然后再开始新一轮的创意。她无奈地看着自己从德国得到的硕士学位被弃之高阁，全凭本科的知识和人脉开天辟地。虽然如此，她还是很清楚，若不是她出国镀金这个浮华外壳带来的光辉，还有海外求生技能的磨炼，无论是宋睿还是辛迪，都不会对她如此信任。

写累了，她偶尔会到自家的平房废墟上逛逛。被挑穿的房顶，让陪她从小长大的房子显得那样卑微。她曾经觉这十几平方米就是她的全世界，而此刻不过是一片长草满阶的荒地。那个她曾经和莫问挤在一起的位置，也破败得什么也不是。

曾经硕果累累的石榴树倒了，曾经满院孩子围着捡枣的大枣树不知被谁劈成两半。她目睹着确认自己的童年和懵懂的少女时光就这样埋葬入荒芜，然后转身离去，为两个想要通过大佬一夜成名的女人埋头打通她们为世人所知所谈论的一切渠道和谈资。

宋睿和辛迪都在夜以继日地为大佬而忙碌着，小桃也在夜以继日地为迎接她们迎接大佬这件事而忙碌着，所以当她接到朱利安母亲玛利亚来电话要和她见面的时候，她完全调不过来频道，好像一台运转过速的电脑一样死机了。

她呆坐在玛利亚面前，看着她把咖啡勺放在杯中搅动的轻盈姿态，还有和朱利安如出一辙却碧绿许多的双眼。她反复确认她和她身后偶尔走过的中国顾客，确认着玛利亚出现在中国的这个现实。

小桃一直在和朱利安通电邮，互相控诉，互相想念，谁也没打算让步，谁也没打算转身。她不知道这种相持不下的僵局什么时候才能随着时间和感情的流逝而消逝，但她万万没想到自己会在中国见到朱利安的母亲，并且是在她和朱利安处于半分手状态的现实中。

"原谅我没和你确定地方就径自叫你来了。"玛利亚说话依旧亲切温和。虽然许久未见，却依旧笑得让人化解了时间带来的陌生感：“我实在喝不惯那些什么巴克……”她撇嘴做了个典型的德式“瞧不起”脸。

欧洲人自认是老牌贵族，一向把美国人视为农民。美国的比萨被意大利瞧不起，美国的咖啡被全欧洲瞧不起，但必胜客和星巴克快餐式的营销席卷着全球，让大多数人都没有机会知道真正的比萨和咖啡到底是怎么回事。

小桃端起咖啡品了一口，赞同地微笑：“这里的卡布奇诺的确不错，总算让我在回国之后能有个喝咖啡的地方。您从德国到中国远道而来，想必有什么重要的事情吧？”

玛利亚从包里翻找出一个小盒子，放在她面前：“我知道你很忙，我们有话直说。”她盯着那个盒子等小桃打开，然后盯着小桃举着闪耀的卡索家徽惊疑愧惧。

“其实早在一年前，莫鹏就把这个家徽项链还给我了。我没想到这么多年之后还有机会和他再见，更没想到我们会因此解开多年的心结。所以我特地把这条项链带回来交还给你，表示感谢。”

“莫鹏？”小桃不太确定玛利亚的中文发音，但是她猜测该是个中国人的名字。

“对了，你们中国人是不叫长辈名字的，这很好……所以或许这名字对你来说有点陌生。他是莫问的父亲。”

记者带着采访证煞有介事地奔跑着，他们为了把自己的摄像机架在最近的距离而默默地抢着地盘。一排排座椅披上白色的涤纶外衣，仿佛一个个冒充丝绸装扮的公主。每个气场不凡的嘉宾，被一袭黑衣的辛迪团队彬彬有礼的领位，坐在早就安排好的位子上寒暄。辛迪则穿着干练妖冶的黑色低胸衬衫满怀期待地望着后台的走廊。

“你真该早告诉我你要迎接的那个大佬就是理查德·李。”小桃也穿着一袭黑衣，躲在后台瞥向盛装飞舞在座位之间和嘉宾们谈笑的宋睿。

“你现在知道也不迟。”辛迪紧张地看看表，“怎么还不来?”她转身再次叮嘱特别雇来跟拍自己的摄影师，“等理查德·李一出现，我就马上贴过去领位，你赶紧给我们照相——有多少照多少，千万别虚了!”

一个黑色工装裤的女孩跑过来：“理查德·李的班机晚点了，他们现在还在机场!”

辛迪飞快地指示：“快通知主持人花花！让她跟大伙儿说一声。”

“她还在主持人化妆间化妆。”

辛迪凌乱地叹息一声，火速冲到宋睿身边，低声交代了几句。宋睿面色变了变，立刻含笑去安抚齐天禄等诸位嘉宾。

“这下可好，两个炒作项目变成了一个，男主角也变成了一个。她们要是知道我一仆侍二主，会不会把我生吞了?”小桃远远望着辛迪和宋睿两个各怀鬼胎的家伙相视而笑，低声长叹。

签约仪式推迟了足有半个多小时，小桃耳边充满了前方发来的快报：“理查德·李出海关了!”“理查德·李上车了!”“理查德·李快到了!”

随着各种快报，辛迪也越来越兴奋，憧憬着怎样能从后台贴上去，怎样能自然却亲密地挽着理查德·李的胳膊，能让小桃炒作的那些“理查德·李邂逅中国最美女 CEO”“理查德·李疑似已有中国女友”之类的绯闻能顺理成章。

面对辛迪欢脱到几乎虚脱的激昂情绪，小桃只有无奈地赔笑。眨眼间又看见宋睿远远向自己做了个“加油”的手势，宋睿那些即将炒作的话题点也从舞台前方袭入小桃脑海，让她不禁有些同情这个还没露脸就已被 360 度全方位算计了的理查德·李。

“来了来了!”黑工装裤女孩火烧屁股似的奔过来低声尖叫。

“花花呢?”辛迪低叫。

“她还在化妆间!”

“赶紧叫她下来啊!”她低声地尖叫。

“理查德·李从休息室出来了！和比利盖伯一起从休息室出来了！”又一个黑工装裤女孩被火烧了过来。

“快叫花花下来啊！怎么办怎么办！”辛迪和女孩们一起低声吱吱叫。

“你们小点声。”理查德·李戴着白色耳麦的黑西服工作人员已经涌出来，嫌弃而威严地俯视惊慌失措的辛迪等人，转身双手搭在体前，双脚不偏不倚地与肩同宽笔直站立。

“花花就位了花花就位了。”黑工装裤女孩已经在辛迪的感染下全部涌了过来，翘首望着光鲜舞台背后的斑驳走廊。

“你们别都挤在这。”理查德·李的黑西服工作人员抬起一只手臂，黑工装裤女孩像被驱赶的小鸡一样随之散开，腾出了狭小走廊的通路。只有辛迪一个人示意性地挪了下脚步，在小桃和摄影师的陪伴下独享翘首企盼的殊荣。

忽然，又一波黑西服冲出走廊，他们飞奔着把辛迪小桃等推到一边，紧接着两个高大的身穿浅灰色西服的男人被簇拥着快步踱了出来。此刻，百折不挠的中国传统女性品质被集中体现在辛迪身上，她迅雷不及掩耳地冲上去，一把挽住广为所知的比克盖伯身边那个华裔男人娇笑：“Finally（终于到了）！”

“Finally！首都机场还是那么不靠谱儿！”熟悉而充满磁性的北京男人声音，把小桃的心脏穿透。她缓缓从高大的黑西服身后挪出来，看到莫问著名的充满距离感的微笑。

是笑又不是笑，是亲切又不是亲切，一切都是可以转瞬换成另一幅冷漠的魔鬼般面孔的虚伪。但是人们仍旧为他这种谁都心知肚明的风度所倾倒，贡献出同样虚伪的逢迎。

尽管如此，小桃看到他笑脸的一刻，瞬间感觉自己的身体不再属于自己，血液冲出了胸膛飞入云霄，又袭回地面将她席卷得一阵眩晕。

此刻辛迪像是也认出了莫问，瞪着他忘了说话，挂在他身上被动地随着他飞快的脚步挪动……直到莫问忽然蹙眉放缓了脚步，并且停在小桃面前，她才想起了自己的炒作大计似的用力笑：“莫公子真是神龙见首不见尾！没想到几年不见，跟我们开了这么大一个玩笑。”

莫问盯着小桃的眼睛，对辛迪说：“我没开什么玩笑，也不认识什么莫公子。”

只有辛迪甜美的笑声越来越尴尬地回荡在晦暗的走廊里，黑西服们肃穆的矗立和黑工装裤们好奇地远远地围观中，被辛迪挽着胳膊的莫问无声地和小桃相互注视。小桃看着比往日更加光彩照人的莫问，想要抬起手轻触那张无数次进入她梦境的脸。

然而只是轻抬一下指尖，就已觉得是万钧的重。

她背叛了他，也背叛了自己的感情，无论是否出于朱利安的要挟，她都无颜再与他相对。

她只能徒劳地颤声微笑：“你过得很好……很好……”

好像过了许久，又好像只过了几秒，全世界都仿佛安静地在等待他们在彼此眼中确认对方的情绪。辛迪锲而不舍地挂在莫问身上，轻轻咳嗽了一声：“莫……李先生，盖伯先生在等咱们。”

莫问蹙眉盯着小桃眼中的泪水，缓缓走过小桃身边，撞过小桃的肩头，在奔忙的黑西服们的护送下站在后台比利盖伯的身旁，和他低声说笑，仿佛小桃根本不存在。

貌似还没有拍到两个人足够的亲密互动，辛迪只好强拉着莫问说笑：“上次见面的时候，我就一眼看出李先生非池中之物，却没想到手笔如此之大。”

莫问侧头冷冷瞥了眼辛迪挽着自己的手臂：“我们见过面吗？”

辛迪审时度势，只得讪讪地落了手臂笑：“您真是贵人多忘事，我们在小桃的生日派对见过的。”

莫问不再说话，也看不出是不是想起她，再次转头和比利盖伯低声说笑去了，把辛迪晒在一边，直到前方的舞台响起主持人花花的声音：“让我们有请理查德·李先生和比利盖伯先生！”

小桃躲在后台，只能看到莫问的背影，但台上宋睿和齐天禄的表情却尽收眼底。和宋睿惊喜的样子相比，齐天禄灰绿如见鬼的脸色更显得煞人。大家各怀鬼胎地在主持人花花的引导下完成了诸多问答，将准备好的继往开来的讲话正常发挥。当整个仪式接近尾声，花花宣布记者可以开始提问的时候，整个场下终于炸开了锅。

年轻的记者还在懵圈的时候，几个经验丰富的老记者早已争先恐后地发问："如果我们没有看错的话，被国际媒体封为'华裔金融之神'的理查德·李先生应该就是当年在内地被大家称作'投资金眼'的莫问莫先生吧？"

"请问莫问先生，您为什么化名理查德·李来进行内地的投资和收购呢？这其中有什么难言之隐吗？"

"请问莫问先生，业界周知您被自己的公司抛弃，请问这次又为什么重新进军内地金融市场呢？"

"莫问先生，越高从一家名不见经传的私营企业几年之内跃升为业界广为人知的大型民营传媒公司，这和您当初对它的收购密不可分。请问此次再次与之联手，是否是想要收复失地呢？"

还没等莫问回答，齐天禄已抢先说："这两年我们齐氏对越高的发展十分重视，将它从一个名不见经传的小公司发展成客户行业类型横跨数十种的大型综合传媒公司，的确也要感谢莫先生当初掀起了公众和业界对越高的注意。"

当初齐天禄被朱利安的瑞士银行摆了一道，上海项目进军失利，齐天禄才趁顶金的董事长换位股票走低的机会，收购了几家顶金旗下的小公司泄愤。为此他一直被叔叔骂，所以才打算凭这次和传说中的"华裔金融之神"合作，把这烫手的山芋甩出去顺便赚个噱头。齐氏对越高根本没有进行多少投入，整个公司全是宋睿靠莫问当初留下的老本儿辛辛苦苦打拼出来的。这摆明在抢功劳的一套体面说辞，知情人心里一清二楚，就连一向情商颇高的宋睿，都忍不住微微撇了撇嘴。

记者们都心满意足地将目光集中在莫问身上，等着看他如何反击。

莫问缓缓站起身说：“这次我作为理查德·李回国，只是想低调地工作而已。越高是一家潜力十足的公司，并且它不仅拥有自己庞大的客户群，还拥有自主研发互联网游戏、互联网新媒体的能力。这一点我在多年前就深信不疑。我再次声明，名字只是个符号，是莫问还是理查德·李并不重要，而公司却是由活生生的人组成的有灵魂的作品。我对我经手的所有公司都有着深厚的感情，所以我不会轻易让这样一个有灵魂的好作品离开我。这就是我重新收购它的理由。”

随着满场的喝彩声和齐天禄尴尬鼓掌的神情，莫问从容地系好西服的前扣，大步离开了舞台。

“‘拥有自主研发互联网游戏、互联网新媒体的能力！’理查德·李比齐总对这个公司了解多了！”一个老记者赞不绝口。

“《莫问衣锦还乡，齐天禄分分钟打脸》。你看我连新闻标题都想好了！”一个年轻的记者兴奋地笑着说。

后台围观的黑工装裤女孩也陶醉地说：“连收购公司都能说得这么深情款款，人又帅得人仰马翻，要是让他爱上，那得是一件多过瘾的事儿啊！”

“还爱上！你还是盼着能让他宠幸一晚上就够了！”

“那我也知足了！”

“你啊！做梦吧！咱们都没戏，要有戏的话，也就辛迪姐有戏！”

小桃随着黑工装裤女孩的议论声，回头去看辛迪。辛迪却仿佛刻意躲避她的视线似的催促着女孩说：“还不快干活儿去！散场引位有人没人？”

说话间，莫问已退到后台小桃身边。他们飞快地碰撞了视线，又像被什么烫到似的飞快地移开。看着莫问擦肩而过的背影，小桃不禁想起莫问刚才在台上说过的那句似曾相识的话。

“在你眼里公司可能就是赚钱的工具，可其实里面却是由活生生的人组成的，所以公司是有灵魂的呀！他们每个人也都是有家人的，你让他们忽然一下子失业怎么办？”那时候小桃一心想为宋睿的公司说情，想灌醉莫问却把自己先灌倒了。对他说的话，小桃自己固然还记得，而且很明显，莫问也不像当时看起来那样对这话嗤之以鼻。

他又一次在她看不见的地方成长了，更有人情味了。不知是真是假。

“不错，不错，有惊无险。”宋睿跟进后台拍了拍辛迪的肩膀，然后凑到小桃耳边低声说：“晚上的庆功宴才是重头戏，多积累点素材好好炒一炒！”

小桃犹豫：“庆功宴？我一定要去吗？”莫问好像很不愿意见到她，她觉得自己还是尽可能不要出现在他面前才好。

宋睿白了她一眼：“那当然。”她想了想，又更加低声对她说，“过去的事情都已经过去了，眼下的事情才是关键。”

小桃轻轻点头，僵硬地笑了笑。拿人钱财替人消灾，她既然接了宋睿的活儿，当然不能推辞，不然也太不专业了。

“这是刚才比利盖伯吃剩的巧克力！嗯……大佬儿的仙气儿！”

“这块留着理查德·李的唇印的谁也别跟我抢！嗯嗯嗯……好好吃……”

“快快快，先给我照张相！”

小桃垂头丧气地看黑工装裤女孩争抢着主席台上碟子里的食物残渣，愁眉苦脸地魂游天外；辛迪抱臂远远看着小桃的垂头丧气，娇丽的面容泛出冰冷的淡青色。

“对不起，您的着装不符合晚宴的要求，我们无法让您进去。”黑西装工作人员面无表情地将穿着黑工装裤背着大电脑包的小桃拒之门外，笃定的语气毫无转圜的余地。

小桃没参加过所谓的名流晚宴，没想到她一个编外的打酱油人士也得注意什么着装，难道她刚才坐在楼下的咖啡厅里给辛迪的炒作赶完稿子，还得专门回家换一趟衣服才能来？“我不是参加晚宴的，我是来工作的！”她明知徒劳地解释，毫无意外地没得到半分理会。黑西装工作人员兵马俑似的站着，小桃只能眼睁睁地看着那些穿着艳丽晚礼服的人拿着请柬，旁若无人地与她擦肩而过。

得，这下可好，原本是我不想去，现在是想去也去不了了。可宋睿的活儿我得干啊！这可怎么办？现在回家换衣服也来不及啊！再说我那点儿波西米亚垃圾裙，就算换上也未必让进去吧？

小桃正捏着请柬在门口急得团团转，忽然感觉几个黑西装兵马俑的站姿格外笔直起来。他们躬身行礼，齐声对着前方说："李先生！"

被另一群黑西装前呼后拥着，莫问出现在小桃眼前。她被那些黑西装吓怕了，赶紧提前躲到一边，祈祷莫问不要看见自己。

可她大概得罪了太多神灵，祈祷适得其反。莫问不但停在了她身边，还缓缓上下打量了她一番，瞥了一眼门卫。门卫马上说："这位小姐着装不合要求，可又在这纠缠想要进去。"

"谁纠缠了……都说我是工作……人员……"小桃虚张声势地争辩，却被莫问鄙夷的神情盯得说不下去。

"你不过是越高刚刚录用的一个普通员工，怎么可能有资格得到这里的请柬？"莫问瞥了一眼无人的四周，冷冷地凑到小桃耳边低声说，"是不是又想混进去玩弄哪个不长脑子的富二代？我看你还是算了吧！踏实回去找你的朱利安，别回国搅和自己人。"

小桃大脑一片空白。她做梦也没有想到莫问有一天会在大庭广众之下如此羞辱她，这惊讶已远远大过羞辱本身，可她还来不及做任何表情，莫问已冷笑着毫不迟疑地走远。

爱恨只由他们各自品味，却有记者躲在远处，飞速地拍下这一瞬间。两个人写满故事的表情，被悄无声息地以微秒为单位写进照片里。

豪华的大厅里，冰冷空旷。小桃想哭，却笑了。莫问这样对她，又能怪谁呢？不知道莫问的父亲是如何解释自己离开他的原因的，但就算她妥协于朱利安的威胁，结果仍然是自己需要承担的。

在他眼里，自己或许就是个玩弄了他的害人精吧？他没说错，自己给他带来的毕竟只有灾难和伤害。尽管如此，这话从他的口中亲自说出，却仍旧是这样的让人痛楚。小桃浑身的血液像是撤到了脚底，冰冷得没了知觉。她低着头往回走，走出几步，却被一个人拦住脚步。

第二十章

遇见百分之一男人

“您真觉得我行吗?”小桃从来不知道，原来还有这种会所级别的晚礼服订制专门店。这些有钱人虽然跟她同处一个城市，却完全生活在不同的世界。她在他的审视下换了几套衣服，终于穿着这件白色拖地晚礼服得到了点头式赞许。

“我只是弥补自己之前犯下的一个错误，顺便完成一个人的嘱托。你们有没有这个缘分，终究还要靠自己。”夹着雪茄的手松弛地垂在天鹅绒的巴洛克沙发椅扶手边。长长的烟灰摇摇欲坠，那人却仿佛没看见。

“这背……露得有点太……”小桃转过身从镜子里看了看开口低过后心的露背设计，尴尬地咋舌。

“女孩子，不趁年轻穿一穿，等老了就来不及了。”那人轻轻地把烟灰弹进女服务员躬身捧来的烟灰缸里，顺势微微一抬手。

小桃刚要唏嘘这么前卫的话居然能从一把年纪的老人嘴里说出来，几个服务员连同发型师、化妆师已经“呼啦”一下把小桃围了个严实。

“你们要干吗！”小桃被她们温柔且不由分说地拉走，只听见身后专卖店的老板娘和那人的声音。

“不好意思，现在我们也来不及定做，这件夏小姐穿着尺码正好的，是香港当红女星黛安娜·邓戛纳电影节要用的，之前订了又没取走。她应该不急，若是知道您要，我相信她不会介意再等等的。”

“好，谢谢。没有时间了，你弄完让她可以尽快走。”

杯光酒影的晚宴上，大家三五成群地轻语霏霏，提琴协奏的小乐队演奏着轻快绵软的乐曲。整个大厅被无形中分为两个目光的集中点，少一半有意海外投资的，目光总是在比利盖伯身上打转；多一半的人，却仍是不断瞟着海内外通吃的莫问。

“能承蒙莫先生……不，理查德·李先生的二度眷顾，我真是与有荣焉。”一袭宝蓝色短礼服珠环玉绕，分外妖娆，宋睿端起红酒杯和莫问碰了，故意在碰杯的一瞬多停了一停，笑得分外灿烂，好让摄影师捕捉更多的好图。

“我刚才在仪式上就说过，越高是我值得再度收购的公司。”莫问礼貌地微笑着，饮了一口酒，心不在焉地瞥向门口。

“理查德，你在仪式上的讲话真是太有魅力了！”辛迪仍旧是一贯的黑色妖姬范儿，满脸堆笑围过来，眼中闪烁着千言万语。

“你们认识？”宋睿下意识向前跨了半步，站在镜头前。

辛迪娴熟地和莫问碰杯娇笑：“老相识了，是不是？”她瞥了一眼站在另一边的跟拍摄影师，故意往莫问身上靠了靠，将他的脸朝摄影师的方向引。

莫问勉强地笑了笑，也懒得再分辨，再度将目光瞟向门口。

宋睿飞快而敏锐地观察着莫问，又看了看故意贴上来的辛迪，轻描淡写地笑着说：“我今天也请了小桃，她应该快到了。”

辛迪的面容僵了一瞬，转眼笑：“宋总大概是还停在老皇历呢，理查德早就不在意过去的事情了，当然过去的人也都不必提了。”她再次举杯，深情款款地望向莫问。

她这一望是有多年实战经验训练有素的一望。通常经过她这麻酥酥的一望的男人，就算不爱上也得添上几分难以抗拒的喜欢。她有统计数据，能抵得过这一望的男人，只有百分之一。所以她不到关键时刻、不面对关键人物，绝对不会使出这手杀招。

果然，莫问唇间带笑和她干了这杯酒，还意犹未尽地向她跟前走近了一步。辛迪此刻被莫问迷人的气场慑得几乎难以自拔，连镜头前的任务都差点忘了。她欣喜而期待地看着他一点点靠近，听他微笑地看着她的眼睛说：“我以为你是小桃的朋友。”

大概，今天叫她遇上了那不幸的百分之一男人。情场如战场。不是我把你迷得魂飞魄散，就是你把我降得五体投地。哪个没有负隅顽抗过？又有几个能全身而退？

辛迪笑得更加刻意，柔软的声音却依旧把每一个字说得像情话：“我们当然是朋友，所以我才知道过去的事情已经过去了啊！”她在浓墨重彩的笑里，目睹莫问的脸色一点点变得冰冷。他冻结的深灰色双眸泛着危险的魔力，缓缓地从她身上移到了她身后的某一点，却从冰封处窜出噬人的火焰。

“是她亲口告诉你的？”莫问泛着绝望涟漪的清冷声音，让人听了肝胆俱寒，而他的目光却忽然滑向辛迪身后的一点，停在那里再没回来，仿佛被磁石吸住了。

“对……好像……是吧……”辛迪顺着他的目光，回头看到了在白色晚礼服中闪耀的夏小桃。微卷的长发和轻纱曳地的长裙，让她恍如刚刚降临尘间的仙子。她在男士们的注目礼中四下寻找，在寻到宋睿时兴奋地点亮笑容，又在看到她身边的莫问时苍白地落荒而逃。她慌乱之中被自己的高跟鞋踩中裙摆，险些摔倒，挣扎一番胜利地没让自己倒下，却不小心崴了脚，一瘸一拐地在酒水区的角落里找了个不起眼的地方躲起来。

莫问在小桃看到自己之前飞快地移开了她身上的视线，假装依旧对着辛迪笑，却又在小桃差点摔倒时忍不住跨出了自己想要抢上前去扶住她的脚步。但是他仅仅跨出了一小步，就咬牙忍住了。又有新人出现在他面前，和他攀谈，他再度浮起演技十足的笑容，全心投入进新一轮的表演中。

“这不是帮我把顶金董事长赶下台的夏小姐吗?”齐天禄不知从什么地方冒出来，向小桃微微举了一下酒杯，“上次还没来得及谢你。”他不等小桃回应，径自喝了一大口酒，不怀好意地上下打量她，“尤物，果然是尤物。怪不得卡索家和莫家都败在你身上。”他堵住小桃唯一的去路，把她逼在墙角，笑嘻嘻地伸出手臂揽住她的腰，“不对……不是身上，是身下……哈哈……小尤物，你的腰好细啊!”

小桃用力推开他的手，挣扎之下，扭伤的脚踝更疼了。她低声说：“齐先生，您喝醉了。”

齐天禄的确喝了不少酒，这次莫问重新亮相，让他的整个决策瞬间成了笑话。他一面强撑着阵脚和嘉宾谈笑，一面想着回去该如何跟叔叔交代。叔叔无子，他才能仗着家族的余威逞逞威风，但近来叔叔对他越来越不满意，传言他在暗中物色别的接班人选。长此以往，他的身份地位怕是难保了。

他的手被推开，更令他恼羞成怒：“你不是辛迪的朋友吗？怎么这么不上道?”他随着小桃的视线远眺一眼和辛迪谈笑的莫问，冷笑说，“难道你还痴望着莫问会回心转意？我告诉你，你和那个姓卡索的一起把他玩儿到身败名裂之后，双宿双飞回德国，他就已经把你恨到骨子里去了。既然你又回到中国，看来是卡索也把你甩了，你还假装清高个什么劲儿？反正辛迪那小骚货看样子是吃定了莫问，如今连个正眼儿都不给我了。咱们同是天涯沦落人，还在这破晚宴上待着有什么意思？走，哥带你开个总统套去。”

他用了十成的力，拉起小桃的胳膊就外门口走。小桃的脚踝疼得使不上劲儿，只能被动地让他拖着走。她心急火燎之下，只能抄起水台上的酒杯朝他泼去。

齐天禄被迎头泼了个正着，整个人由内而外散发着更加浓烈的红酒味。但是他最受不了的是随之而来的惊呼和视线，除了自己的秘书和晚宴领班连忙奔过来给他擦拭，人们都嘲讽地远远看着，这让他更加成为彻头彻尾的笑话。

“你个贱货！也敢泼我!”他推开那些给他擦酒痕的手，举手甩给小桃一个响亮的耳光。

他满意地欣赏小桃羞怒难当的惨状，忍不住瞟向人群中的莫问。那目光里带着示威的得意，更带着玩弄战利品的狂邪。

莫问目睹着小桃的羞怒和齐天禄的猖獗，虽然僵冷的面容没有一丝表情，发白的指关节却几乎要把手中的酒杯攥碎。他微颤着深深吸了一气，压抑着一触即发的火焰，转身飞快地进入 VIP 休息室，仿佛在逃避着什么。

逃避什么呢？不过是自己罢了。逃开自己那颗企图挣脱理智的心，让齐天禄掴在小桃脸上的那一掌不在自己心上火辣辣地疼。

他的目光漫无目的地在空荡的豪华房间内寻找，此刻他必须让自己做些别的，想些别的，不然他不能确定自己会不会冲出去把齐天禄杀掉。可是他除了满目琳琅而死气沉沉的高档器皿和家居摆设，连能够转移自己注意力的东西也找不到。

就当他要被自己肿胀的情绪撑破时，手机响了。他心烦意乱地掏出来一看，却是一封来自父亲的短信。

大厅里，宋睿已走上来劝，却被齐天禄连带着骂了一顿：“别以为我不知道，你肯定早就和莫问勾搭成奸才欢天喜地等着他来收购。这贱人也是你叫来的吧？高层酒会她也配?”

宋睿早就对齐天禄跋扈的气焰习以为常，并不动气，保持着职业性的微笑说：“收购的事是齐总您一人全权决断的，我也是今天才知道莫问就是理查德·李。我就算提前知情，对整件事也毫无影响。夏小桃今晚有公司的公关宣传任务，所以我叫她来盯场。”

宋睿这几句话说得有理有据，不卑不亢。齐天禄见自己从她身上讨不到便宜，继续扯住小桃的手邪笑：“盯场？你是来盯人的吧？我看你一进场就往莫问身上瞟，对他余情未了是不是？就你这臊眉耷眼的样儿，人家能看上你？怎么也得是辛迪那样事业有成的女神才可以配得上人家啊！”

眼见齐天禄上演的闹剧正在升级，小桃已被羞辱得想要转身就走。辛迪却趁势堵住小桃的去路摇曳着走上来举着酒杯看热闹：“哎呀，齐少爷，你就别损我了！小桃能进来也是靠本事的。不但一脚踏着莫问一脚踏着你，连接工作都一脚踏着宋睿姐一脚踏着我。人家才是最会玩儿的玩家！”

宋睿此刻也不淡定了，忍不住问小桃：“这是真的？”

小桃连忙摇手：“我是今天才知道辛迪叫我做的项目跟你的一样。之前她一直没跟我透露项目的具体内容。”

辛迪抱臂幽幽说：“呦呵，那倒是我的不对了。我出于职业操守才不能暴露客户信息。可你知道自己接了两个人的同一个项目连个声都不吭，职业操守在哪呢？”

小桃看着面色越来越铁青的宋睿，只好说：“今天发生了太多让我措手不及的事情，我应该早点说出来，可是没来得及。但是我一定会对你们两个的项目尽心尽力的，辛迪的内容重点在今天上午的发布会，所以已经发出去一半了；宋睿姐你的内容着重在今晚，所以我晚上会连夜赶稿子，在明天早上十点的浏览高峰之前发出去。”

“你们掰扯这么半天，到底说的是什么项目啊？”齐天禄问。

辛迪和宋睿面面相觑，谁也没说话。小桃只好说：“这是我的职业操守，抱歉不能说。”

齐天禄邪笑着拉起她的胳膊：“你的职业？你的职业在我这儿呢！你看看这儿已经没人跟你一拨儿了，还是跟哥哥快活去吧！”他咬牙用力，一副志在必得的恶毒。也难怪，凭着他家的势力，只有他不想要的女人，没有不想要他的女人。那些女人都一个个排着队等着他宠幸，就算他连她们的名字长相都记不清，她们却仍旧以此为荣。因为谁都知道，被他宠幸过的女人都会得到不少好处，只不过这些好处是和他心血来潮的热度成正比的。

小桃的脚踝难以用力，被他拖倒在地毯上活生生地拽着。她惊呼地喊，向辛迪和宋睿投去求救的眼神，可她们都冷冷地站在原地，一点点远去了，连同酒会其他围观的人一点点远去了。小桃无助的尖叫响彻大厅，可是大家都仿佛没听见这和自己无关的声音，麻木地转过头去聊自己至关重要的生意。

比利盖伯基于绅士风度想要上来管一管，却被许多知道内情的人拦住拉走了。

小桃没有朋友。哪怕是可能称作朋友的人，在可能是利益的转捩点，也会抽身而去。她虽然对此早有自觉，但是面对这样的时刻，却仍然觉得凄凉无助。

总是这样被人强拽着拖走，或者悄无声息地，或者大庭广众的，总之孤独。小桃在比齐天禄带来的荒唐更加荒唐的孤独感中无奈地停止尖叫，任由他粗鲁地拽着自己，让华丽的地毯凌迟她华丽的盛装。

齐天禄就这样把小桃几乎拖到门口，那只拽着小桃的手却被人狠狠地拉住。他还没来得及看拉他的人，便被一记迎头猛击打翻在地。

这拳含着势如破竹的愤怒，将齐天禄打得一时弄不清自己身在何处。他呆坐在地上努力找回意识，却在抬起头怒视打他的人时，被那慑人的目光震得不敢站起身。

莫问站在小桃身前，面无表情地望着地上的齐天禄，可那双眼睛却含着杀人般的冷漠。小桃不可置信地看着他高大的背影，又看看人群中惊呆的宋睿和气急败坏的辛迪，低头不敢再看，只感到刚才漠然的视线瞬间因为莫问的出现而变得滚烫，越来越多的视线烧灼着她的全身，却忽然在众人纷纷的低语声中被莫问扶起来牵住手，疾步向外走去。

小桃一瘸一拐，被他急匆匆的步子拽得忍不住呻吟起来，却怎么也走不快。莫问环顾越来越多围观的视线，无声地轻叹，微微躬身一抱，将她抱在怀里向外冲去。

黑西服工作人员相当专业地第一时间排成两列，为他打开大厅沉重的巴洛克雕漆大门，一路飞奔着警戒四顾，将他们护送上一辆加长的黑色林肯轿车。

汽车游龙般滑进京城霓虹般的灯火深处。小桃望着莫问沉默不语的侧脸，半晌才鼓足勇气开口："你……为什么帮我？"她不自在地拉了一下被齐天禄扯坏的肩带。

莫问目光里冲撞着凌乱的心绪，半晌咬牙低吼："你能不能不要每次都那么蠢，让我担心？齐天禄那种大傻逼，你看见了就应该知道离他远点儿，这样我才能不用帮你！"

"对不起……"不知为什么，小桃似乎和他在一起时总是在说"对不起"。

他颈边突起的青筋明确地宣告着他余怒未消，喉咙里压着愤怒低声说："兜儿里揣他叔叔给的那俩半钢镚儿，也敢在我面前抖嘚瑟。别叫再我看见他，兹见着兹抽丫的。"

"谢谢……"不知为什么，小桃似乎和他在一起时总是在说"谢谢"。

"可是……我都没你那么生气了，你到底在生气什么？"小桃看着眼前这个一整天都在温文尔雅地指点江山的金融之神，此刻终于还原成了昔日那个桀骜不驯的大哥莫问。

莫问目光复杂地瞥了她一眼，转头看向窗外："废话。你是不知道才问的吗？"

小桃探头追着看向他别扭的表情："我就是不知道才问的啊……请问你脸红什么？"

莫问的脸背对着她，深深地看着车窗外的夜色，唇边飞扬起笑的弧度。

莫问父亲用信件般的格式发送的短信，写满绝不可能亲口说出来的字句，从来不擅长拼音的父亲一定是一字字手写出来的。

小问：

今闻你功成名就回国喜讯，虽此去经年，然挂怀之心甚慰。

小桃一去令你断念无踪，背井离乡，实非为父所愿，然全责在父。她非我当日所言舍你而去，实是情势所迫，受卡索家之子要挟所致，望你释怀。

近日见一旧友，谈及往事，茅塞顿开，反省昔日之过，特助夏小桃赴宴与你相见，望冰释前嫌。

早日归家。父字。

莫问鼻子有些发酸，他虽无法一一得知父亲所言的诸多转折，但父亲从未表露的悔意已是他们父子多年之间最深的交流。小桃这个总是带给他意外的奇葩，这次竟然有让父亲回心转意的魔力。

原来这么久的时间里，我恨的却是那个最无辜的人。她成为我又一次失败的爱情耻辱被我铭记于心，到头来却只成了我逃避自己失败的家庭关系和事业关系的借口。

小桃的尖叫从大厅传来，隔着厚重的雕漆木门，仿佛来自另一个世界，却响彻心扉。积郁于胸的悔恨和着新的愤怒，瞬间他的头脑已放脱了紧紧攥住身体的那只手，发疯般地奔出去。

北京夜晚的灯火总是不知疲倦地燃放，莫问将视线从这些他既熟悉又陌生的夜景收回来，蹙眉瞥向小桃的脚踝。他低眉脱了小桃的高跟鞋，将她的腿放到自己的膝盖上，轻轻揉着受伤的脚踝：“你没事儿吧?”

小桃对他上下午之间一百八十度的态度转变受宠若惊，惊异地看着莫问反问：“你没事儿吧?”

莫问帮小桃转转脚踝，确认她已无大碍，脱下自己的西装扔在小桃身上，低声嘟囔："这老头子的审美够前卫，敢情不是他媳妇，随便露。"

小桃把莫问的黑色西装向上拉了一下，确认它彻底把自己几乎断掉的肩带笼罩好，却不小心遭遇久违的熟悉味道。洗发水的清香混着他特有的干净味道。

她仍然相信爱情是一场生理性的化学反应，而彼此的气味就是催化剂。她只是不再相信爱情。

所以，她庆幸莫问的味道从未真正催化过她的情绪，这让她感觉安稳，好像倦鸟归巢般的安稳，让她有理由相信自己不会因为生理性的癫狂而走向失望的深渊，让所谓爱情夭折于化学反应的失效。

"你给我爸下了什么药？让他居然破天荒地发短信向我承认错误。"莫问脸上没有什么表情，眼睛却是笑的。他紧紧望住眼前的小桃，反复确认她的存在，仿佛稍一错开，她就会像梦一样消失。

长久以来弥留于胸的恨意一旦消散，才发现爱情从未离开。他到此刻才明白，能够平心静气地面对潜逃海外的叶笙，在伦敦的监狱里追回她带走的两千万，还能冷冷拒绝各色名媛美女的示好，只是因为他的心早已被眼前这个女人填满，再容不下任何女人。

"这事说来话长，也算冥冥之中自有天意……"小桃看着眼前这个多次与自己失之交臂的男人，感念她和他比上一代幸运。

那一日在咖啡厅，玛利亚给她讲了一个很久远也很遥远的故事。

上世纪七十年代，德国还是一个分裂的国家。东德和中国作为同属于社会主义阵营的兄弟，有过很多文化科技互助的项目。玛利亚就是和莫鹏在其中的一个项目的合作中认识的。理所当然地，她也同时认识了他的战友叶先、田战和齐伯轩。

当时的玛利亚，是西德的热血青年，她坚信分裂的国家终将统一，并且自愿从西德到东德支援建设。政府为他们这些外来工作人员安排了寓所。因为本地朋友不多，所以他们经常在休息日一起出去买东西、郊游。

玛利亚会在一起出游的时候拉起莫鹏的手，也会在告别的时候拥抱他。这对德国人来说都是习以为常的事情，但是对于上世纪七十年代的中国男人来说，简直不可置信。所以她特别喜欢看她做这些事情时莫鹏僵硬羞涩的表情，更喜欢在夏天的湖边穿着比基尼坐在他身边，玩味他通红的转过去的脸。

“其他中国男人都会偷看几眼，只有他，连眼睛都不知道放在哪儿好似的，慌张极了。他那可爱的样子我一辈子也忘不了。”玛利亚至今回忆起这些事情，面上的红潮和眼中闪动的光芒，让她在那个瞬间从沧桑的纹路间挣脱出来，重新回到了少女时代。

小桃是可以想象出当时的情景的，那克己内敛的莫氏外壳下，有着一颗多么桀骜激情的心。玛利亚风韵犹存的面容，已足以证明当年金发碧眼的她会是如油画里仙子般的美丽，所以在玛利亚主动对莫鹏表白心意之前，莫鹏可能早已经动心了。

合作项目的进程很漫长，这也是他们这对热恋的人所期盼的。那时的他们是那样年轻，比此刻的小桃和莫问还要年轻，所以玛利亚把自己家传的卡索家徽项链送给莫鹏的时候，他们从未想过将来，更没想过他们的爱情会迎来什么样的风雨。

本来莫鹏的军旅生涯一帆风顺，受领导器重才外派领队这次项目的保卫工作。可有一天却莫名其妙地被叫去审查，并且被东德军方搜查了居所。当他们搜出莫鹏藏在枕下的卡索家徽项链时，他们正式宣布他和西德间谍玛利亚·米亚·卡索互相勾结，窃取国家机密罪名成立。

莫鹏就这样蒙受不白之冤被遣送回国，从此不但再也没有见到玛利亚一面，更是在隔绝的通信联络中彻底和她断了一切联系。他的直属司令员爱惜这个人才，用自己的官衔力保他的清白。又因为他没有足以证明他间谍罪名的实证资料，莫鹏这才躲过一劫，却只能在这个莫须有的罪名下隐忍着，断了任何晋级的希望。

他一直想不明白自己为什么会受到如此的无妄之灾。直到和他同去东德情同手足的战友齐伯轩顶替了他的职位，又在回国之后转眼成为高官的乘龙快婿；还因为成功保全了东德和中国的项目与邦交一路高升，莫鹏才恍然明白自己被谁算计了。

莫鹏发生的这些事情玛利亚全部一无所知。她一直以为莫鹏是让她蒙受不白之冤的背叛者，直到她再次看到莫鹏拿着卡索家徽的项链出现在自己面前。

当她看到顶金集团的股东名单里莫鹏的名字，曾经遭受的背叛燃起了复仇的火焰，所以她才那么快地答应朱利安贷款齐氏的请求。她想要让莫鹏为当初的行为付出代价。

“如果不是我当初要回被没收的家徽项链回到西德，如果不是朱利安把项链送给你，如果不是你和莫鹏的儿子认识，我和莫鹏可能一直会活在误会和仇恨里。”玛利亚把那条项链按进小桃的掌心。

小桃把那项链放在掌心，家徽中的紫色宝石，随着她和朱利安点点滴滴的往昔，闪烁着难以磨灭的光芒。那光芒里的爱恨是如此刺目，让她至今不堪回首。她握着家徽沉吟半晌，决心为朱利安做最后一件她力所能及的事情，所以她缓缓问：“朱利安真正的父亲，到底是谁？”

这个问题，玛利亚曾经宁可冒着和朱利安断绝母子关系的危险都不肯回答，而此刻她却轻易地告诉了小桃：“是莫鹏。”

小桃颤声问：“可朱利安比我还小……你们不是从70年代就失去联系了吗？”

玛利亚轻叹：“中国对外开放之后，我曾经来中国打听过莫鹏的下落。当我得知他已经有了家、有了孩子，我简直对他恨得快疯掉了。我以为我承受的冤枉和侮辱对他来说都已经仿佛不存在了，所以我趁他出差的时候深夜闯进他的房间，和他发生了关系，又在第二天他睡醒之前照了许多照片，然后走掉了。

“我把那些照片放到莫鹏家的邮箱里，远远看着他中国的妻子从邮箱里取出那些照片时苍白的表情，我当时心里不知道有多痛快。我知道她是无辜的，但是我就不无辜吗？虽然现在想起来，我的恨很没意义，但是我当时也真的很惊异莫鹏妻子的表现——她居然还可以在收到这样的照片之后牵着孩子去买菜！"

多少中国女人在有了孩子之后，就把自我埋葬在家庭中，面对丈夫外遇这种事，或许也是可以慢慢被埋葬的自我情绪之一。小桃扯了下嘴角，静静听玛利亚述说往事。

"回国之后，我就发现自己已经怀孕了。却也因为这个孩子，而缓解了自己的痛苦。我发誓让莫鹏这辈子都不会知道自己有这样一个儿子，让他为自己对我造成的失去，而失去他人生一个重要的存在。"

用一个活生生的儿子进行报复，玛利亚真是很有魄力和想象力。但是玛利亚对朱利安的爱是假装不来的，那里面又含着多少她对莫鹏无法达成的爱恋呢？小桃忍不住接话："所以你们现在冰释前嫌，朱利安和莫鹏父子相认也是早晚的事情了？"

玛利亚摇摇头："这还要从长计议，我希望你先不要对任何人说，毕竟朱利安和莫鹏还不知道，我希望亲口告诉他们这件事。我们都有了自己的生活，这个血缘关系只是往事的一个印记而已。"

朱利安和莫问竟是兄弟……所以那个曾经因她而起的三人战争，尽管惨烈到三败俱伤，竟是一段兄弟反目的狗血剧了？小桃也需要时间来消化这件事。她一边点头保证不会将这件事告诉任何人，一边握着那个家徽沉吟半晌，下决心似的握住玛利亚的手，将那个家徽项链反手放到她的掌心："你们可以终究解开误会，是因为对彼此放不下的牵挂。这个家徽项链是关于你们之间的故事，并不是我的。"

小桃带着玛利亚去了近郊的一处农家，牛车边草垛的仓库里停着一辆落满尘埃的银灰色法拉利："我和朱利安之间的牵挂，已经早就成了过去。这是他上次在中国购买的车，我一直不知道该如何处置，今天可以物归原主了。"小桃谢过帮他看车的农家大叔，将车钥匙交给玛利亚。

玛利亚举着车钥匙，迟疑着问："朱利安和你，真的不可能了吗？我看得出他从未对任何女孩像对你那样在意。"

小桃用手拂去法拉利上的稻草，拈起一根攥在手里。枯黄的稻草在她指间摇曳，脆弱但是坚韧："我们曾经爱过。"她用了英语的过去式。这过去式加在爱的后面，仿佛含着千言万语，却在余韵里只留下无奈。

玛利亚垂下拿车钥匙的手，望着小桃手中的稻草无奈一笑："你宁愿手中握一根稻草，也不愿握住这把车钥匙……你们中国女人，表面上柔弱，可是一旦真的决定一件事，却执着得可怕。"

玛利亚和小桃走出草料仓，屋外的阳光和着泥土的清香与新鲜的牲畜粪便的味道。她们在艳阳里缓步走着，半晌玛利亚才说："虽然朱利安是我的儿子，但是我可以理解你。就好像我和莫鹏，虽然败给时间和空间的距离，但是未尝不是一个好的结局。与其朝夕相看两生厌，不如遥远着想念。"

小桃低头淡笑："或许上天给予每个人的，都是最好的安排。虽然遥远，但是只要知道他过得好，心里也是满的，总比那生死两茫茫的熬人来得平静快乐。"

玛利亚看着小桃寂寥的笑，轻声问："你无法和朱利安在一起，是不是因为你电脑照片里的那个人？莫鹏的儿子？"

"后来呢？"加长林肯汽车远远停在破旧的小区楼下，黑西服保镖远远矗立，穿着西装的莫问和裹着轻纱晚礼服落地裙的小桃坐在小桌前撸串。十根羊肉串转眼被莫问毫不犹豫地吃光。他调整了一下坐姿，小椅子让他只能大大地劈开双腿才能坐稳，然后伸胳膊去拿小桃面前的花生。

小桃一手揪住莫问的黑西服，一手把自己跟前的花毛一体往前推了推："你晚宴没吃饱啊？"她瞥了一眼旁边那对对他们行注目礼的夫妇，恍然就是那年她深夜独自从莫问公寓溜出来吃串时遇到的那对。这次他们的目光不再是同情，却是十分复杂。羡慕、好奇、欣赏、嫉妒……瞟来的目光交错着他们的低语，这对无话的夫妻终于有了话题。

没想到北京变了那么多，没变的居然是他们。或许这种平淡的幸福，一成不变且不自知，最美。小桃在心中笑。

莫问边剥着花生边愤愤地说："我从来没在这些晚宴上吃饱过。"

他剥出一粒花生塞进小桃嘴里，“吃完这颗接着讲。然后呢？老头子被那个玛利亚给说服了，才回心转意的？”

小桃如约省略了朱利安的身世之谜，嚼着肉串点头：“我只知道玛利亚在跟我见面之后就找到了你父亲，具体细节我也不清楚——你知道你父亲的话比玛利亚少得多——他只是说他不想当自己最恨的齐伯轩，做棒打鸳鸯的小人，让人产生一辈子的误会和遗憾。”烤串的竹签划过她的脸，留下一道长长的油渍，好像一根猫的胡须横在嘴边。她满足地叹口气，在德国的时候她是多怀念北京的烤串啊！

莫问把一个竹签扔进烤盘扯起嘴角：“老头子恨不了他多久了。”

小桃看着莫问高深莫测的冷笑，知道他又在盘算着什么阴谋诡计，摇头说：“人生就那么短，花时间来盘算恨，不如花时间来盘算爱。”

莫问勾起唇角凑近她的脸，轻轻用拇指抹掉她嘴边的油渍，低声说：“男人的爱不是盘算出来的，是做出来的。”然后他更加勾起邪笑的弧度，拉她起身离开。

国贸三期未正式对外开放的酒店里，纯白色的床单在阳光下闪耀。小桃朦胧间睁开眼，看到莫问近在咫尺的熟睡容颜。她再一次仔细看他浓密纤长的睫毛和英挺俊朗的鼻子，却好像怎么也看不厌。回想昨晚他坚决笃定想要得到她的样子，让她至今心跳难平。

她不在国内的时候，长安街又变了模样，更多的高楼拔地而起，更多的豪宅竣工在即。莫问带她穿过深夜无人的国贸大厦，刚刚竣工的国贸三期通天柱般巍峨耸立。但是她顾不上看这些，满心只是想着莫问那句“爱是做出来的”。那低沉的声音和暧昧的表情，让她没想到一切都发生得那么快，快得让她心慌意乱：“我们这是去哪儿？”

莫问拉着小桃走进灯火通明的国贸三期，保安伸手阻拦说：“对不起，我们还未正式开放。”黑西服保镖不知从哪窜了出来，其中一个向保安出示了一下证件，保安昏昏欲睡的目光忽然像打了鸡血一样晶亮，连忙躬身退去。

莫问好像相当熟悉这里似的，带她进电梯按了顶楼的按钮。小桃在飞速高升的电梯里一个劲儿咽唾沫，还是觉得耳朵里像是堵了什么。她说不清自己是因为失重还是因为眼前的这个男人，心里一阵阵发慌，像只待宰的鹌鹑似的被他直接拉进一间总统套房。

她刚刚在昨晚羞涩的回忆中拉开唇上的笑意，却忽然惊醒地转身拿起手机看表：9点了！宋睿姐的炒作软文马上就要发稿了！她企图离开床的身体，忽然被莫问紧紧拉回了他的怀抱。小桃无奈的心里漾着甜的涟漪，她在依旧闭着眼的莫问唇上轻轻一吻："别闹，姐要赚钱养家了。"

莫问模糊着醒来，幽怨地抱着被子看小桃在写字台前敲打键盘的背影："这可是我们的第一夜呀。"

小桃一只脚踩在椅子上，白色毛巾睡袍的带子柔软地搭在她另一只脚的脚踝边。她沉吟半晌点了邮件的发送按钮，才侧头对他说："工作的事情不能耽误。"

莫问看着她专心工作的样子，即欣赏又失落，低声幽怨地叹了声"薄情"。他一只手支着头，好奇地看着她的电脑屏幕，却看到了自己的照片。

他起身围好浴袍凑过去看："这是什么？"

小桃叹气说："我好为难的，你帮我想想怎么办。辛迪和宋睿姐都让我帮她们炒作和你的事，辛迪的内容在昨天发布会之后就发出去一半了，宋睿姐的今天才发。虽然两个人的侧重点不同，但是内容上难免有雷同，大家对某个人的关注度肯定会受影响的。"

莫问看看自己和宋睿、辛迪在各种场合被抓拍的暧昧照片，又看看小桃一本正经锁着眉的钻研神态，气得翻着白眼笑："你现在是告诉我，我的女人在为难炒作我和谁的绯闻好？哎，你就不觉得炒作我的绯闻这件事本身就不太好吗？"

小桃冷冷白了他一眼："你不觉得现在就叫'我的女人'有点太早

吗？不过是睡了一晚上而已。”她推开他挡着屏幕的脸，“你到现在还没有做个公众人物的自觉吗？今天不是被我炒也会被别人炒，不和宋睿炒也会和辛迪炒……隔行如隔山。跟你这个外行讨论关注度，我也是醉了。”

“这张照得太丑不要发不要发……哎哎哎唉……”莫问眼睁睁地看着小桃给媒体发出了一张张自己表情很怪但和宋睿站得很近的照片，直起身望着认真忙碌的小桃，胸有成竹地笑。他并不真的关心小桃这些煞有介事的炒作，因为他知道真正的重磅消息已经在路上：“我叫早饭，你吃什么？”

小桃嚼着三明治晕头转向地忙完时，莫问已换上了助理送来的新西装：“帮我系。”他在笔挺的西装里微抬下颌，指向床边的领带。

在莫问的国际公寓同居时，小桃就在他的逼迫下不止一次给他系过领带。那时候两个人站在彼此面前，却远眺着挂满脚手架的国贸三期想着各自心里的各自。

此刻他们站在曾经远眺的国贸三期里，莫问又是这样习以为常让人伺候的神情，又是这幅掌控一切的上帝模样。虽说他此刻帅得一塌糊涂，但是这并不影响小桃的反抗精神。小桃挑眉拉起他的领带，莫问不得不为了将就小桃的身高而微微弯下腰，任由小桃认真地对着他的颈部。看着她白皙的额头正对着自己的嘴，他好想吻下去，可是他怕就此一发不可收拾。他把视线滑向小桃身后的挂钟上，确认了一下时间：刚穿好的衣服再穿一次恐怕来不及。

小桃忙碌片刻，满意地看着自己的作品，踮起脚尖拍拍莫问的肩膀，再次绽开她该死的万里无云的笑颜：“好了，莫公子请自便。”然后脚底抹油想跑。

莫问警觉地把在逃人员控制在自己的怀抱里，不顾她的挣扎转身对着穿衣镜欣赏小桃的作品，却看到他的领带被系成了一个大蝴蝶结，镜子里的人好像马戏团里装扮好的大狗熊。

他夸张地咬牙切齿，在她耳边佯装低吼：“怪不得跑得这么快！这个磨人的小妖精!”他扳过她的头，露出她白皙的颈子，在她半叫半笑的挣扎中吸血鬼般狠狠吻了下去。

此时他们身在彼时眺望的国贸三期刚刚竣工的高层簇新酒店里。他们顾不得再眺望远方，因为彼此眼中的彼此已填满他们的全部。

当怀抱中的挣扎变为暧昧，叫声变成低吟，莫问只好目睹着自己浑身燃烧的火焰轻叹：终究还是要再穿一回衣服了。

“快点快点，抓紧时间。”

“你每次都折腾那么久，还叫我抓紧时间?”小桃的抱怨声越来越低沉含混……

电梯里，小桃整理着莫问助理送来的西装，努力让自己面上的潮红看起来不要那么一目了然。她侧目看着西服革履中刚才和自己水乳交融过的男人，眉峰满意地微蹙着，对她展开没有伪装的笑容：“一会儿什么也不必说，只需说‘我愿意’。”

“什么?”小桃还没来得及明白他意味深长的笑，电梯门已打开，她瞬间被蜂拥而来的记者和闪光灯晃得晕头转向。

“理查德·李先生，请问您身边的这位小姐就是昨晚您在宴会上公然抱走的那位小姐吗?”

“理查德·李先生，您为这位小姐对齐氏集团的公子大打出手，请问是为什么?”

“理查德·李先生，您刚刚回国就和这位小姐占领了所有媒体的头条，请问是有计划的炒作吗?”

“理查德·李先生，请问您身边的这位小姐是不是和您在这酒店里共度了一夜?她和您是什么关系?”

小桃在记者们连环炮的追问中慌张地连连摆手：“不是……不是什么关系……”

小桃从来没被这么多记者包围过，何况问的问题都叫人脸红心跳无法回答。她慌张地瞪了一眼莫问，忙用手抵御频频袭来的镜头闪光点，连话都顾不上说。

莫问无视众人的严重围观，依旧勾起唇角可恶的微笑，柔声在小桃耳边说：“现在起，你也该培养一下做公众人物的感觉了。”

小桃见他把自己刚才说的话都原封不动还给自己，又羞又气却找不到骂词，扭头想跑，却被莫问闪电般揽住了腰。莫问秒速把她控制在怀里，然后抛给小桃一个浓情蜜意的大大微笑，让本就疯狂的闪光灯闪烁得比天上的太阳还要亮。

他对记者展开他程式化的招牌笑容：“感谢大家对我和这位夏小桃小姐的关注。没错，我昨天和她一起在我注资参与并刚刚竣工的国贸三期酒店共同度过了一个愉快的夜晚。为了迎接2008年奥运会，我们采用英国皇家酒店式管理的国贸三期酒店和餐厅已如期交付使用，并且经过我的亲身实验，可以保证给大家带来全方位的愉悦体验。这一切和我能在回国之后与夏小姐再次相遇一样，都只是偶然之中的必然。”

在大大小小媒体记者的摄像机前，莫问缓缓单膝跪地，望着小桃说：“小桃，爱情是什么我并不太清楚，也不太相信。我只知道我想把你宠上天，让你生气也对着我，开心也对着我，吃饭也对着我，看书也对着我，仿佛这样的我才是完整的自己。我不敢想象，除了你，这世上还能有谁可以给我这样完整的自己，所以我决定不再让你有机会离开。”他从口袋里拿出一个天鹅绒的小盒子，打开盒子，一枚镶着白金锁的戒指静静躺在所有人的注视中。

那是他多年前没有送出的项链，曾经的锁形小吊坠已被改造成戒指的模样。他将戒指拿在手中，伸出另一只手，等着握住小桃的手。

众目睽睽之下，小桃却已看不见记者的闪光灯和摄像机，眼中只有莫问深邃入海的黑色双眸和那枚宣誓着忠贞的戒指。

“我爱你。虽然不知道这爱确切的生产日期，但是可以确定的是，这爱没有失效日期。你愿意嫁给我吗，夏小桃？”那迷人的双眸此刻也旁若无人地注视着她，仿佛此刻只有彼此。

“一会儿什么都不必说，只需说‘我愿意’。”莫问刚才在电梯里叮嘱在小桃耳边回响。居然连求婚都这么阴谋霸道，还说不是高手？他顺水推舟的一篇酒店推广说辞，简直把她筹谋了三周的网络炒作甩出几条街。小桃在心中嗔着，手却伸了出去，泪流满面地说："辛迪、宋睿姐，我对不起你们……我没完成你们的工作，你们的关注度保不住，我也没脸向你们收钱了！这一切的确都来得太快了，却又像是等了太久……可是……可是……"

莫问虽然跪在她面前，却再次用魔王般邪恶霸气的目光瞪住她，仿佛在说：当着这么多媒体的面你还扯她们干吗？他一个劲儿对小桃使眼色，叫她赶紧闭嘴伸手。小桃被他可爱的霸道击溃，心中再次漾起挡不住的甜蜜涟漪："可是我愿意！"在记者们飙来的欢呼和闪光灯新高潮中，她被莫问牵住手，将镶着白金锁的戒指套在了她右手的无名指上。

小桃开着爸爸老旧的黑色捷达，将车停在一幢老楼下面，急匆匆上了楼。

韩秋秋已扶着颤巍巍的约瑟夫走到门口。约瑟夫苍白着脸，仍不忘用德文提醒韩秋秋："带上我的水瓶子，我拉得已经脱水了。"

"还有他的护照，到医院可能用得上。"小桃也提醒韩秋秋。

"都带着啦！"韩秋秋淡定的脸上依旧带着平静的笑。

韩秋秋毕业回国探亲，背着她的男朋友把约瑟夫带回来，还安排他住在自家弃置不用的老房子里。建筑系刚刚毕业的约瑟夫居然真的听了小桃的劝，来中国找工作，却在来中国的第一天被中国菜打倒，狂泻不止。

"一定是因为我昨天吃的鱼香肉丝。中国的水土和德国的太不一样了。"斑驳得好像鲸鱼肚子的楼梯间里，约瑟夫被韩秋秋扶着往楼下走，边走边坚强地安慰自己："北京比柏林还冷，还好我带了秋裤。"

协和医院的涉外诊疗科里，韩秋秋和小桃并肩坐在走廊的椅子上等着去做检查的约瑟夫。中国女人和德国男人相互扶持的一个集中体现，就是带着对方在自己国家的医院看病了。

"你跟朱利安真的玩完了？不联系了？"韩秋秋问。

“偶尔还通邮件，但是又有什么用？”小桃想要云淡风轻地笑，嘴角却沉得扯不起来。

韩秋秋抱怨：“你一拍屁股走人了，他到现在还怪我把你介绍给他呢！”

“他的逻辑没有人懂。”小桃轻叹，那些剪不断理还乱的事情不想再提，“倒是你，怎么打算的？约瑟夫和你男朋友。”

韩秋秋恬淡地笑：“一个国家一个男人，这挺好。我帮约瑟夫联系了一家建筑公司，下礼拜就去面试。”

“真是羡慕你，能把男人管理得这么井井有条。”小桃玩着自己无名指上的戒指，“我却一不小心订了婚。”

“你就别得了便宜还卖乖了，你男人要什么有什么，一个顶一百个，多好。”

“好什么？刚拿我炒作完自己的新酒店就跑到美国去了，半个多月了，还没回来。都说不清他到底是求婚还是作秀。”

“事业型的男人你不能指望他天天在你眼前转悠。小朱能这样，你不是也没要嘛。要我看，小朱对你可是掏心掏肺，你确定你不会后悔？”

小桃果断摇头：“我一旦决定了就不会后悔。他的爱情像熊熊的火，燃烧自己，也灼伤我；莫问的爱情像无言的水，寂静相爱，默默喜欢。我怕被烧死，还是多喝点儿水比较好。”

韩秋秋“啧啧”慨叹：“人呀，到头来最喜欢的还是自己。做女人还是自立才能给自己选择的权利，听说你现在也忙得风生水起呢！”

小桃雄心壮志地点点头：“有莫问的关系和之前的事，我也不方便在越高接着干了。因为我在德国玩的脸书回国都没法用了，现在我和之前有联系的网络公司在筹划打造中国的脸书。”

韩秋秋轻叹道：“国内有根基的都回国大展宏图了，像我这种在国外待太久的人，国内两眼一抹黑，想回也回不来了。”

小桃安慰她：“在咱们大学留校当老师，多稳定多有内涵啊！”

韩秋秋叹息着更正：“是助教！中国人在德国再怎么混，也是二等公民，好多人被长时间的压抑都弄得心理变态了。他们开始专门坑害自己的同胞，好像让别人也受自己的罪能好受点似的。”

“那样的人毕竟是少数吧。”小桃不知道怎么安慰她才好。

“我没开玩笑，我们真的想回也回不来了。我的情况还算好的，你看看贺然。”

踩在自己拖鞋上的干裂脚后跟和他斩钉截铁的说话样子一起窜入小桃的脑海，这个在小桃初到德国时救她于孤独无助的男生，除了后来回德国时候和朱利安一起在学生宿舍楼下遇见过一次，再没有任何交集。贺然最后一次看她的表情，带着些惊异的微笑，那是主观上想要向小桃表示友好的微笑和客观上因为想不通所以惊异的目光结合的表情，他大概一时没想明白，为什么小桃身边不是那个在她宿舍楼里殷勤如主人般接待他的高大中国男生，却终究是个洋鬼子。

“贺然怎么了?”小桃对他仍然心存感激，所以难免关心。

“他申根签证（申根签证：Schengen Visa。指根据申根协议而签发的欧洲签证。这项协议由于在卢森堡的申根签署而得名，它规定了成员国的单一签证政策)。其实早就过期了，但是父母离婚，把他一个人扔在德国没人管，所以就一直黑在科特布斯。他总在华人圈子里混，德语又不怎么样，只能靠赚点中国学生的钱混日子。要想回去，只能靠大使馆遣返了，而且一旦回去就再也来不了德国了。”

小桃听了心中一沉，她想起他曾经不止一次提过让她开通手机，又帮她办了无线互联网，而这些或许被贺然利用来赚钱的猜测却并不是她心中一沉的本因，她只为贺然单纯地感到难过。他曾经不止一次透露过他殷实的家境，他说的或许是真的，但终究弥补不了他孤独的情势。那些演讲般的长篇大论在知道了关于他的实情后更显得可怜。

人或许无论怎样，终其一生难免孤独吧？小桃这样想着，拿出来嘀嘀作响的手机看，那些事不关己的难过姑且被抛到了一边：“莫问说他今天要回来了。刚才我还在他那里躲清静写东西来着呢!”

莫问提着行李回到国贸三期酒店的总统套房，这个他和小桃定情的酒店房间，姑且成为他暂时的家。他在什刹海边相中的四合院还在翻修，要和小桃一起去看才能订家具。他们的结婚日期已经提上日程，双方家长也默许他们住在一起，一切都是那么顺利，顺利得让莫问感到怀疑。

朱利安虽然远在德国，悄无声息地就此消失，但一直是莫问的一块心病。小桃虽然说他们就此断了，他却不敢就此相信。

他抽着烟喝威士忌，不时瞟着写字台上小桃留下的笔记本电脑。安静的簇新大厦直插云霄，此刻却只住着他一个人，而横霸天下的他，此刻却只在意小桃的笔记本电脑。

他长久地坐在沙发上，聆听窗外城市特有的噪声。啦啦要是能在多好，这样还能让他在抚摸它柔软的绒毛时不用胡思乱想，可啦啦已在父母家安度余生，见了他也不过是比平常人多几分亲近。

车水马龙里混杂着几千万人的恩怨情仇，这其中也只有一人的心绪让他介怀。当一根烟几乎燃尽的时候，他下定决心似的将烟蒂按三次，确认它不会死灰复燃之后，打开了小桃的笔记本电脑。

没有锁屏密码，邮箱密码也简单得用不着试几次就能破译。小桃的简单让他觉得安心。

但是现实不会让人因为安心就给他喘息的机会，他不情愿却不惊讶地在她邮箱里发现了一个叫做“Candy”的文件夹，里面全是小桃和朱利安的往来邮件。

Candy，糖果。不是赖以为生的主食大餐，却让人总是想要忍不住偶尔想要吃一口。贪婪的人总是不满足单一的口味，所以candy才会大量横行于世。

他点开信件一封封地看，面色一点点从和煦的温柔变为冰冷的阴沉。

关于小桃是否和朱利安藕断丝连的猜疑被不情愿但不意外地被验证，证实了他一次也没有问出口的假设。在他看来，藕断丝连和背叛存在着实质性的区别，这区别旨在是否存在利益的瓜葛。小桃让他事业陷入低谷并和朱利安双宿双飞这是他不能接受的，但已被父亲的一封长短信化解，又从父亲那里得到了详尽的解释。小桃为保住他的项目而做出的牺牲，足以让他理解她孤身一人在国外和朱利安拥抱取暖的现实，而藕断丝连这种事他也经历过，他和叶笙之间虽然是单方面的藕断丝连，但是也经历了许久才能平复。

很多人以为男人为了面子问题是不可能允许女方藕断丝连的，但事实恰恰相反，很多男人在不影响自己正常生活和事业步调的基础上，往往对藕断丝连的问题睁一只眼闭一只眼，甚至一忍再忍，而这恰恰是因为面子。他们不允许自己因为个人感情问题牵扯，投入过多的情绪和精力。

无论原因为何，知道这种事情的结果通常都是不好受的，也不可能好受。

随着门响的声音，莫问飞速关上电脑，步履沉着而不失速度地在迎接小桃的位置站好。他塞给小桃一份英文报纸，目光闪烁地笑："你在美国也出名了。"

小桃伸手接受莫问递上的订婚戒指的那一刻，被全球的媒体记录在案。"理查德·李的高调求婚震撼了全球"，那份英文报纸上用充满噱头的标题这样写着。

"哦。"小桃接过报纸看了看，疲惫地坐进沙发，"把约瑟夫他们从协和医院带出来就开始堵车，一路堵到楼下。"

他的求婚就算震撼了全球，也未必能震撼到无政府主义和自由主义泛滥的朱利安和小桃。他们需要一个实质性的关键转变才能一刀两断。

莫问面无表情地盯着小桃，半晌，他忽然快步走到小桃跟前，坚决而笃定地把她从沙发上抱起来走向卧室。

"你干吗？"小桃惊叫，像只要被抓去洗澡的猫。

"我们生个孩子。"莫问低沉却不容置疑的声音，随着他用脚关门的"砰"响落幕。

第二十一章

后来

后来，小桃怀孕，和莫问完婚并产下一子。她梦想中的中国脸书，被企图合作的互联网公司趁她怀孕产子的工夫捷足先登，着实在中国家喻户晓地火了一把，可惜与她毫无关系。朱利安在得知小桃怀孕后发了一封破口大骂指责背叛的电邮，与她断绝了联系，一年后在德国和韩秋秋的另一个上海女性朋友结婚。

韩秋秋没有和金发男友吉姆或狼外婆约瑟夫在一起，却和一个德国互联网公司老板结了婚，长居德国，至今无子。

约瑟夫在中国的建筑公司工作一年，成为公司内招牌式的人物，香饽饽似的被大批中国女人围绕，与当年舅舅不疼姥姥不爱的面目判若两人，然后和一个青岛女孩完婚后一起回了德国。

小桃偶尔会在校门口接孩子的时候想起那些人和事，仿佛一个遥远的梦境。此时小桃挤在家长群中等待面前巨大的铁门开启，耳边响着的是老年家长对放暑假时间的猜测和中年家长对课外班的选择。

像个臭鸡蛋被男人争先恐后地叮咬，走在路上小心翼翼地躲避对面无一例外袭来的注目礼，那样的日子已经在某个时刻悄然落幕，却有更多更鲜活的漂亮女孩在幕布再次拉开时登场，其中不乏与莫问的共同演出。

小桃对他的所作所为痛心过、激愤过，可到头来总会迎来同一句话："你当年和朱利安在一起的时候不也是这样吗？"

每当那句话被莫问抛出来的时候，小桃就会像嘴里塞进一个热土豆，再说不出什么可圈可点的回击，仿佛自己都觉得他这么"逢场作戏"也情有可原。毕竟他像许多中国男人一样，面对婚后的庸常生活难免心有不甘拈花惹草，也像许多中国男人一样对家庭和孩子尽职尽责，整体来说家庭生活相安无事。

这是小桃面对莫问逆袭之后的磨合结果，是她的选择。她和莫问的关系从来不是建立在信任和激情上的，更像是对方不可取代的战友，在对方败下阵来的时候施以意想不到的援手；又或者是一个窝里的两只猫崽子，可以独自奔向远方，却知道遥远的身后有个可以回去依偎取暖的另一个自己。

并不是说如此就可以让莫问心安理得地四处拈花惹草，但是小桃却在心底里不具备百分百排斥这件事的能力。她更多的愤怒来自于自己老老实实在家看孩子而他却花红柳绿，所以她差强人意地随便找人花红柳绿一下，这件事的阴影基本就莫名其妙消失了。

不是她本身不具备嫉妒的功能，而是她对莫问无法产生这种功能，如果对方换作朱利安，只要发生一次，他们建立在信任和激情上的爱情就会土崩瓦解。

小桃曾经连续几年在朱利安的生日那天给他发电子邮件祝贺，每次的回复简短、礼貌而毫无感情色彩。当她提出或许可以做回朋友这个建议时，被对方义正言词地拒绝："不希望两个人的关系存在模糊的暧昧"。这让小桃恼羞成怒，仿佛再一次被他揭开了自己企图和稀泥的中间地带，她回信慷慨激昂地否定自己没有企图建立"模糊的暧昧"关系，然后两个人就彻底断了联系。

如果当初选择朱利安，或许不会有面对中国男人这些无奈的时刻吧？许多次，小桃看着长时间追美剧视频不曾抬头看自己一眼的莫问，这样想着。

但是，随之而来的那些朱利安的愤怒和指责就会把这怨念淹没，他的恨和他的爱一样浓烈，但转身而去的却从来不是他，而是自己。

老天给每个人的，已是最好的安排。

幸福往往都是过后回味时才发现的美好，她相信只要能抓住当下幸福的时刻，哪怕只有那么几个瞬间，也可以像捕捉消失在晨曦第一丝光芒里的精灵那样，让人生沾上华美绚丽的灵光。

不幸的是，她是个自私的女人，并且自认可能将一辈子抱着自己有些天真的自私活到生命的终点；万幸的是，她是个漂亮的女人，就算只是曾经拥有过美丽的躯壳，却让她的灵魂因为经历而丰满，磨砺了她自私的底线和选择的智慧，让她得到了每个人都可能拥有过的不算完美的爱情，用男人们的爱情成就一个更加丰满的自己。

她珍藏落日余晖里科特布斯的校园，她和朱利安手捧书本坐在草坪上，笑看拨着草丛找四叶草的米歇尔；她也珍藏热风里闪着翠绿树叶的南长街，她和莫问久别重逢，抱着各自漫无目的的青春肩并肩在人群中行走。

这些瞬间被她收藏进独特的位置，不需寻找就会转眼间重现，不需呵护就会历久弥新，它们坚固地存留在不会因为现在而动摇的过去，就像深埋土壤的钻石，任凭风吹雨打和满怀恶意的摔打烧灼，依旧让人放心地闪闪发亮。

她深深明白，那些发亮的东西不可以攥在手心里，攥久了只存出怨怼的汗味。或许她早就在冥冥中感觉到朱利安的爱可望而不可即，才先于他撒了手，以便珍存在记忆里。

孩子学校的大门被什么人从里面无声地开启，她一边用胡思乱想安慰着自己，一边随着人流身不由己向前涌，然后让那些胡思乱想随着遥远的记忆，抛却进门外掀起的烟尘里。

生活在继续。

< 全文完 >